Katz & Hund, literarisch

Katz & Hund
literarisch

Herausgegeben von

Sibylle Birrer, Annetta Ganzoni, Marie-Thérèse Lathion und Ulrich Weber

Eine Publikation des Schweizerischen Literaturarchivs, Bern,
und des Präsidialdepartements der Stadt Zürich

Verlag Neue Zürcher Zeitung

Das Buch erscheint anlässlich der Austellung «Katz & Hund, literarisch»

Schweizerische Landesbibliothek, Bern, 7. September 2001 bis 24. November 2001
Strauhof Zürich, 12. Dezember 2001 bis 3. März 2002
Weitere Stationen sind in Planung.

Eine französischsprachige Ausgabe erscheint zeitgleich bei Editions Zoé, Carouge-Genève.

Die Übersetzung der Texte wurde unterstützt durch Pro Helvetia, Zürich,
und die Oertli-Stiftung, Zürich.

Abbildungen auf dem Umschlag:
Vorderseite:
Katzenzeichnung aus dem Nachlass von Patricia Highsmith, Schweizerisches Literaturarchiv,
© 1995 by Diogenes Verlag AG, Zürich.
Illustration von Gunter Böhmer zu Thomas Manns «Herr und Hund»,
Abdruck mit freundlicher Genehmigung der Erben von Gunter Böhmer.
Rückseite:
Aquatinta nach Aquarell von Gottfried Mind,
Graphische Sammlung der Schweizerischen Landesbibliothek, Bern, Sammlung Gugelmann.

Übersetzungen ins Deutsche:
Michael von Killisch-Horn, Markus Hediger (französisch),
Maja Pflug, Clà Riatsch (italienisch),
Christina Kurth, Giovanni Netzer (romanisch).

Gestaltung: Udo Eschner, Zürich
Satz, Fotolithos: Fotosatz Schmidt+Co., Weinstadt
Druck, Einband: B+K Offsetdruck, Ottersweier
www.nzz-buchverlag.ch
ISBN 3-85823-904-6

BUNDESAMT FÜR KULTUR

INHALTSVERZEICHNIS

Zum Geleit

Hält man das Ohr an die Kultur- und insbesondere die Literaturgeschichte, so hört man ein grosses Bellen, Kläffen und Mauzen – sowie ein sonores Schnurren, wenn der allgemeine Geräuschpegel für einen kurzen Moment absinkt. Als häufigste Begleiterinnen und Begleiter der Menschen haben Katzen und Hunde Eingang ins kulturelle Gedächtnis gefunden: gezeichnet und beschrieben, besungen wie selbst erzählend, als symbolische Platzhalter, menschliche Stellvertreter, tierische Freunde und pelztragende Spiegelgesichter.

Wer mit zoologischer Akribie die kulturgeschichtlichen Gefilde zu erkunden versucht, wird schnell einmal vom felinen Getümmel und der Reichhaltigkeit eines sprichwörtlichen Hundelebens darauf verwiesen, dass *Katz&Hund, literarisch* nicht auf den Seiten des mitgebrachten Notizbüchleins Platz finden werden. Streunend und schwanzend, jagend und Beute machend sind die getrennt-vereinten Vierbeiner der eigenen Beschreibung immer schon einen Sprung voraus.

Was bleibt angesichts dieser Tatsache den kulturgeschichtlichen Beobachterinnen und Beobachtern übrig? Nichts Anderes und Schöneres als hinterher zu springen.

Sprünge und Sätze in ganz unterschiedlicher Manier haben denn auch alle an diesem Buch Beteiligten unternommen: Während die einen für die Abfassung von Essays im weiten Revier auf wissenschaftliche Techniken zurückgriffen, war es 22 (zumindest zeitweilig) in der Schweiz lebenden Autorinnen und Autoren überlassen, zum Thema das freie Hüpfen und Springen zu wagen. Die Erfolgsmeldungen lesen sich im Folgenden als Originaltexte – Seite um Seite.

Doch auch das Tier lebt nicht vom Wort allein. Deshalb finden sich zahlreiche Abbildungen aus der faunischen Kunst- und Literaturgeschichte dazwischen gestreut – alles in allem also eine einzige Aufforderung zum ebenso gezielten Jagen wie selbstvergessenen Streuen.

Aber Achtung: Wildern auf eigene Gefahr!

Die Herausgeberinnen und Herausgeber

Grandville:
Illustration zu «Causes Célèbres»

Thomas Feitknecht

Spuren lesen.
Anstelle eines Vorwortes

«Mein bester Kamerad» – dies schrieb einen Monat vor seinem Tod Hermann Hesse auf eine Fotografie, auf der – neben seiner Bronzebüste sitzend – sein Kater abgebildet ist. Die Katze als sein bester Kamerad? Das wäre also die Summe des Lebens dessen gewesen, der in Tausenden von Briefen hilfesuchenden Mitmenschen unermüdlich mit Rat und Tat beigestanden hatte? Hesse ist keine Ausnahme. Katz und Hund sind seit Jahrhunderten die kleinen Freunde grosser Geister. Jean-Jacques Rousseau liess im Londoner *Public Advertiser* eine Vermisstanzeige erscheinen, nachdem sein Hund «Sultan» entwischt war. Und E.T.A. Hoffmann verfasste für seinen geliebten Kater Murr eine Todesanzeige.

Aber nicht nur im Leben der Dichter, sondern auch in ihren Büchern ist das Tier der engste Vertraute. «Wenn man's nicht anders wüsste, so sollte man beinahe glauben, Rollo sei dir mehr ans Herz gewachsen als Mann und Kind», sagt in Theodor Fontanes Roman *Effi Briest* der alte Vater zu seiner jung verheirateten Tochter. Rollo, der schöne Neufundländer, ist tatsächlich der einzige Treue und Vertraute der unglücklichen Effi. Aber eben: Als Mensch weiss man es nicht anders. Nachdem Effi, einer unerlaubten Liebe wegen von der Gesellschaft geächtet, gestorben ist, liegt Rollo neben der Gedenkplatte im Rondell des Familiengutes, und bei seinem Anblick sinniert der alte Briest: «Es ist nicht so viel mit uns, wie wir glauben. Da reden wir immer von Instinkt. Am Ende ist es doch das beste.»

Katz und Hund haben in der europäisch-amerikanischen Literatur lange Stammbäume. Bereits in Homers *Odyssee* ist es der alte Hund Argos, der als einziger den von seinen Irrfahrten zurückkehrenden Herrn wieder erkennt (und dann stirbt). Bedingungslose Treue charakterisiert auch den Hund Krambambuli in der gleichnamigen Novelle von Marie von Ebner-Eschenbach. Krambambuli wird vom Revierjäger Hopp einem Vaganten abgekauft, erkennt aber später seinen früheren Meister wieder, als dieser als Wilderer gestellt wird. Er ist hin- und hergerissen zwischen den beiden Herren und kriecht schliesslich zu seinem alten Meister. Der auf frischer Tat ertappte Wilderer wird erschossen, der Hund entgeht diesem Schicksal, obschon Hopp ihn zuerst für den Treuebruch bestrafen will. Krambambuli bleibt bei der Leiche und streunt später in der Gegend herum. Erst zum Sterben kehrt das völlig abgemagerte Tier zum Revierjäger zurück.

Hermann Hesse in Montagnola, um 1940

Die bekannteste literarische Schilderung des innigen Verhältnisses zwischen Mensch und Haustier ist wohl Thomas Manns *Herr und Hund.* Der Verfasser nennt sie eine «Idylle», und sie erscheint an einer Bruchstelle in seiner Biogafie, und zwar nach der Veröffentlichung seiner Essaysammlung *Betrachtungen eines Unpolitischen* und vor der Wiederaufnahme der Arbeit am Roman *Zauberberg.* Bauschan, sein Lieblingshund, begleitet den Schriftsteller auf seinem Weg vom Reaktionär zum Demokraten. Fast ein halbes Jahrhundert später widmet sein Sohn Golo, auch er passionierter Hundehalter, den Begleitern auf seinen eigenen, oft einsamen Wanderungen berührende Tagebuchnotizen.

Cervantes hat im 17. Jahrhundert den Stammbaum des sprechenden Hundes Berganza begründet. Berganza und Cipión äussern sich in seinem *Zwiegespräch der Hunde* über ihre Erlebnisse mit den Menschen und über deren Schwächen. «Die Dinge, die sie besprachen, waren wichtig und mannigfaltig; es schien eher, als kämen ihre Worte aus dem Munde weiser Männer als aus Hundemäulern», sagt der Fähnrich, der die Gespräche mitgehört zu haben glaubt und aufgezeichnet hat. Oder ist alles ein Traum? Auch Berganza stellt diese Frage, und er beantwortet sie im Gespräch mit Cipión gleich selber: «Doch das soll uns nicht abhalten, von der Gabe der Sprache, die uns zuteil ward, und von dem grossen Vorzug, dass wir die menschliche Vernunft besitzen, Gebrauch zu machen, so lange wir können.»

Zweihundert Jahre später taucht Berganza bei E. T. A. Hoffmann wieder auf. In der Dunkelheit der Nacht findet Cervantes' Hund in der gleichnamigen Erzählung wieder zur Sprache: «Wenn ich denn nun reden darf, so tut es mir wohl, mich über meine Leiden und Freuden in menschlichen Tönen auszuschwatzen, weil eure Sprache doch recht dazu geeignet scheint, durch die für so manche Gegenstände und Erscheinungen in der Welt erfundenen Wörter die Begebenheiten recht deutlich darzulegen», sagt

Thomas Mann, 1932

Berganza zum Erzähler. Im darauf folgenden 20. Jahrhundert ist dann alles nicht mehr so ganz selbstverständlich: In Franz Kafkas Fragment *Forschungen eines Hundes* reflektiert der sprechende Hund über die Möglichkeit der Erkenntnis und zweifelt am Sinn des Gesetzes, dem er unterworfen ist. «Jeder Hund hat wie ich den Drang zu fragen und ich habe wie jeder Hund den Drang zu schweigen», bemerkt der Hund. «Vielleicht war die Wahrheit gar nicht mehr allzuweit, nur für mich zu weit, der ich versagte und starb.»

E. T. A. Hoffmann führt en passant auch gleich seinen Kater Murr und den gestiefelten Kater in seine *Berganza*-Geschichte ein, so dass bei ihm die literarischen Stammbäume von Katz und Hund sich kreuzen. In seinen *Lebensansichten des Katers Murr* hat der Titelheld einen Gegenspieler in der Hundewelt, nämlich den Pudel Ponto. Murr ist eine Parodie des Künstlers, und seine Aufzeichnungen, mit denjenigen über das Leben seines Meisters Kreisler vermischt, sind erzähltechnisch ein Hypertext avant la lettre. *Der gestiefelte Kater* hat seinen Ursprung im ausgehenden 17. Jahrhundert, in den *Erzählungen meiner Mutter Gans* von Charles Perrault. Ludwig Tieck bringt ihn als Kater Hinze auf die Bühne, als ein für seine Zeit formal äusserst modernes gesellschaftskritisches Theater im Theater. Hinze rühmt die Katzen als «das freieste Geschlecht, weil wir uns bei aller unsrer Geschicklichkeit so ungeschickt anzustellen wissen, dass es der Mensch ganz aufgibt, uns zu erziehn.» Als Märchen ist *Der gestiefelte Kater* im Laufe der Jahrzehnte für Kinder immer neu erzählt und illustriert worden und hat ganze Generationen geprägt.

Ein entfernter Verwandter des gestiefelten Katers ist Gottfried Kellers *Spiegel das Kätzchen:* Kellers Katze ist dem Menschen intellektuell überlegen und überlistet den Seldwyler Hexenmeister Pineiss, der mit ihr einen faustischen Pakt geschlossen hat. Ein Zitat aus Goethes *Faust* stellt Michail Bulgakov seinem Roman *Der Meister und Margarita* voran, einer politischen Satire auf das stalinistische Moskau. Der Teufel, der in der Gestalt des ausländischen Magiers Professor Voland die sowjetische Hauptstadt heimsucht, wird assistiert von einem riesigen schwarzen Kater, der sprechen kann, Strassenbahn fährt und Wodka trinkt. Ein Hund dagegen ist Protagonist in Bulgakovs Roman *Hundeherz*, der ebenfalls in der Sowjetunion unter Stalin handelt und die Geschichte eines revolutionären medizinischen Experiments erzählt. Der Hund Moppel, dem Hoden und Hypophyse eines verstorbenen jungen Mannes implantiert worden sind, entwickelt sich zu einem so bedrohlichen Wesen, dass der Arzt Professor Filipp Filippowitsch die Operation rückgängig macht.

T. S. Eliots hintergründige Katzenverse für Kinder in *Old Possums Katzenbuch (Old Possum's Book of Practical Cats)* waren die Vorlage zu *Cats*, einem der grössten Musical-Erfolge. Aber die Katze ist im Grunde keine Freundin lauter Töne, sondern schleicht oft lieber auf leisen Pfoten zwischen den Zeilen durch den Text. In Tennessee Williams' Stück *Die Katze auf dem heissen Blechdach* ist sie Metapher für die Schwiegertochter des amerikanischen Plantagenbesitzers Big Daddy und das Gewebe der Lebenslügen in seinem ganzen Clan. Wenn sich Elsa Morante in ihrem Roman *Lüge und Zauberei* die schmerzlichen Familienschicksale in einer süditalienischen Kleinstadt vergegenwärtigt, lässt sie sich über nahezu tausend Seiten von einem ungenannten, geheimnisvollen Wesen begleiten. Erst ganz am Schluss wird die Identität dieses Gefährten preisgegeben, und die Autorin verabschiedet sich mit einem emphatischen *Lied für den Kater Alvaro:*

Die Lust, zum Freunde dich zu haben,
genügt dem Herzen. Über meine Tollheit, meine Qualen,
kannst du mit deinen Küssen, deinen holden Klagen
mir Trost verleihen,
o mein Kater!

Ein anderer Stammbaum verbindet die Katzen, die als Opfer und Täter Menschenschicksale beeinflussen. Diese Tradition geht auf Edgar Allan Poe zurück, dessen Werk und «Geist der Perversion» vor allem auch in Frankreich grossen Einfluss gehabt hat, namentlich auf Charles Baudelaire und Stéphane Mallarmé. In Poes Schauergeschichte *Der schwarze Kater* wird ein Mann zum Mörder seiner Frau, weil ihn der Doppelgänger seines Katers Pluto, dem er im Alkoholrausch ein Auge ausgestochen und den er dann getötet hat, wie ein Rachegeist auf Schritt und Tritt verfolgt: « [...] ein vernunftloses Tier bereitete mir, einem Menschen nach dem Ebenbilde Gottes, eine solch unerträgliche Qual!» Der Mann mauert die Leiche der Frau im Keller seines Hauses ein, wird aber durch das Geschrei des schwarzen Katers verraten, den er in diesem Verlies irrtümlich ebenfalls eingeschlossen hat: « [...] der schon stark in Verwesung übergegangene, mit geronnenem Blut bedeckte Leichnam meiner Frau stand aufrecht [...] da. Auf dem Kopf, mit aufgerissenem roten Maul und seinem einzigen glühenden Auge, hockte das scheussliche Tier, dessen Gebaren mich zum Morde verleitet hatte und dessen verräterische Stimme mich jetzt dem Henker überlieferte.» Die Erzählung ist von Baudelaire

Patricia Highsmith, 1958

übersetzt worden, der selber drei Gedichte auf Katzen verfasst hat. Eines davon hat Literaturgeschichte geschrieben, nämlich das Sonett *Die Katzen*, das ein Jahrhundert nach seinem Erscheinen unter Literaturkritikern eine grosse Kontroverse über Interpretationsmethoden auslöste.

Im Frankreich des 20. Jahrhundert war Colette die Katzenautorin par excellence. Ihr Roman *Eifersucht* (*La Chatte*) schildert die Beziehung zwischen dem Grossbürgersohn Alain und seiner jungen Frau Camille. Alains Zuneigung zu seiner Katze Saha weckt die Eifersucht Camilles. Und Saha weckt in Alain die Erkenntnis der Fehler und Mängel Camilles, ja der gemeinsamen Beziehung überhaupt. Nachdem Camille versucht hat, Saha zu töten, indem sie sie von der Balkonbrüstung in die Tiefe stösst, trennt sich Alain von seiner Frau. Eine ähnliche Eifersuchtsszene spielt sich in Patricia Highsmith' Erzählung *Mings grösste Beute* ab. Der Kater rächt sich dort am Liebhaber seiner Herrin Elaine, indem er ihn durch einen Sprung auf seine Schulter zu Fall bringt, so dass er sich das Genick bricht. Nachdem die Leiche fortgebracht worden ist, streichelt Elaine Mings Kopf, «hob seine linke Pfote und drückte sie sanft, so dass die Krallen heraustraten. ‹O Ming – Ming›, sagte sie leise. Und Ming hörte aus ihrer Stimme, wie lieb sie ihn hatte.»

Je besser ich die Menschen kenne,
desto mehr liebe ich die Hunde.

Erik Satie

Ob es wohl einen Mann von Geist geben kann,
der Hunde achtet?

Ludwig Hohl

Marius Borgeaud:
Die Boulespieler, 1918

Urs Widmer

Urs Widmer
Hund und Katze

Der **Hund** ist ein **Hund**. Eine **Katze** ist eine **Katze**. Ein **Hund** ist blöd. Eine **Katze** ist lieb. Der **Hund** stinkt, die **Katze** stinkt nicht. Der **Hund** kennt keine Distanz, er schnüffelt an dir rum und schaut mit grossen Augen, und wenn du so tust, als würdest du ein Stöckchen werfen, startet er schon mal, der **Hund**. Die **Katze** geht ihre eigenen Wege. Sie weiss, anders als der **Hund**, was Würde ist. Sie würde nie Whiskas kaufen, nie. Niemand ist so ernst wie die **Katze**, so absolut. Dabei kann sie lachen, tut es auch zuweilen! Der **Hund** lacht nie, er hat keinen Humor. Er bellt. Er ist unterwürfig. Er ist ein **Hund**. Seit Jahrtausenden formt ihn der Mensch nach seinem Bilde, und genau so sieht er inzwischen aus. Herr und **Hund**, wie zwei **Dackel**, wie zwei **Pittbulls**. Die **Katze** ist immer eine **Katze**. Sie gleicht dem Menschen nicht. Da müssten wir lange daran arbeiten, um auch nur ein bisschen **katzen**artig zu werden. Generationen! Ich bremse zwar auch für **Hunde**, ich bin kein Mörder: Aber wenn ich eine ratlose **Katze** am Strassenrand sehe, helfe ich ihr über die Strasse. Die **Katze** sagt nicht Dankeschön, sie lebt in einer Welt, die weder Dank noch Undank kennt. Sie verschwindet im Gebüsch.

Birgit Kempker
(Collage Birgit Kempker)

Birgit Kempker
Was heisst Hund?

Die Sphinx von Pontresina freut sich, dem Schweizerischen Literaturarchiv die Antwort auf die Frage nach dem Hund zu präsentieren.

Ein Hund ist mit dem Kopf näher an den Füssen als ein Mensch. Ein Hund ist insgesamt näher an der Blume, der Strasse, dem Fluss, dem Maulwurf als ein Mensch, und da es mehr Welt als Menschen gibt, ist der Hund näher an der Welt, aber auch weniger unterschieden von ihr, im Bewusstsein des Menschen, der sich damit vom Hund unterscheidet – vom Hundebewusstsein spricht diese Sprache hier nicht – und damit von der Welt, soweit der Mensch davon weiss.

Dieser Unterschied kann den Menschen daran hindern, länger in der Welt sein zu wollen. Für den Mensch in der Blüte seines Unglücks ist die Welt untergegangen, nicht aber der Hund. Der Mensch wird ihn füttern. Den Gummiknochen kochen. Die Vitamintablette reichen. Den Läusekamm anwenden. Den Dorn aus der Pfote ziehen. Den Knüppel schmeissen. Vielleicht auch treten. Die Blüte seines Unglücks heisst für den Mensch mit Hund Melancholie, ein Garten, mit samtenen Pfoten drin zu warten.

Ein Hund kann etwas, was der Mensch nicht weiss und sehr selten hat, er hat einen Draht zu den Toten. Die Toten ziehen den Menschen kräftig an, doch wenn sie Schutzengel spielen, z.B. im Gefäss eines Hundes, halten sie den Menschen noch gern etwas fern, zum Spielen.

Isolde Schaad
Eine stumme Instanz

Würde ich endlich den Prado besuchen, was meine berufliche Pflicht ist, dann wäre es seinetwegen. Ich glaubte ihn schon zu kennen, als er eines Tages ankam, per Post zwar, doch von weither wie aus der Vorzeit, als die Erde noch wüst und leer war, eine unentrinnbare ptolemäische Fläche, die er durchmass, um in meinen Haushalt zu kommen. Meine Bekannte, die ihn ausgewählt hat, aus einer Reihe von Meisterwerken einer Epoche, aus der man für gewöhnlich höfische Porträts oder Schlachtengemälde schickt, wusste nicht, welche Dimension ihr freundlicher Kartengruss annehmen würde, sie hielt die geschriebene Seite für die Botschaft, während mir sofort klar war, es würde die Bildseite sein.

Eine Hundeschnauze, die sich menschenseelenallein auf der Leinwand abrackert. Sagte ich Leinwand? Man könnte gewiss Platons Höhlengleichnis bemühen, wenn der Fall nicht so hoffnungslos wäre. Erst dachte ich, was, wenn das Tier gerettet würde? Aber es wüsste gar nicht wohin und wäre auf Erden noch ausgesetzter. Oben passiert der Atomsprühregen vor seiner Zeit, und es gibt kein Entrinnen, das steht in diesem vom Wissen gelähmten Hundeblick, kluger Hund, weiser Hund. Hat sich in die verseuchte Kruste gebuddelt. Der Hals hebt sich kantenscharf aus dem verklebten, verdichteten Staub. Ein Inferno, das wie eine Einöde aussieht, und die will ihm, wie die Röntgenanalyse der Forschung nachwies, unmittelbar an die Kehle: Die Farbe, die den Hund zu verschlingen droht, wurde direkt aufgetragen, und hat keine missratene Idylle oder ein Landschäftchen decken müssen: Es ist ein Höllenbraun mit Blindstellen, wie angesengt vom Gebrauch der Geschichte. Wir wissen, dass dieses Höllenbraun wiederkehrt, diesmal im Norden, hundertzehn Jahre nach der Entstehung des Bildes, 1820–23 in einem Landhaus vor den Toren Madrids, wo die Inquisition wütet.

Ich sah den Hund in einer Qual, wie sie Francis Bacon oder Alberto Giacometti später am Individuum darstellen werden, in den Augen dieser ums Leben ringenden Kreatur liegt noch die universale Verdammnis. Das Flehen wird eingesaugt, von einer die Figuration löschenden Abstraktion. Damit es die Stummheit sei, die bewegt, das hat der Künstler gewollt, glaube ich, sodass man in Tränen ausbrechen möchte, wäre das Ereignis des Bildes nicht innen und nicht zu veräussern. Ich weiss nicht, wie lange es her ist, seit der Hund von Goya zu mir kam, die Postkarte trägt kein Datum, der Rand ist schon etwas brüchig. Er blieb unterm Magnetkopf am Kühlschrank sitzen in meinem Leben und zog mit mir um, als eine Haushalt-Hoheit, meine stumme Instanz.

Leo Tuor mit Hündin Sinta

Leo Tuor
riclalaid dil tgaun

Vaooohuuuuu, sche mo jeu fuss buca staus aschi maufers, in mèl nundetg hai jeu mél fatg, salata maisecattada, ed uss jeu pauper tgaun, balluccal jeu cheu fatscha en fatscha visavi a miu patrun che fa cun mei sco da pender. Ha priu mei pil cavez, ha alzau mei orda plaun, ed ussa pendel cheu aschi liungs sco mai, in pover murtirau pendel jeu cheu, in tgaun tgietschen, ina lumpa, sfurzaus da mirar els egls a miu patrun che sbrinzlan horribel, siu péz da siu nas schetg peglia en il péz da miu nas muosch. Nas encunter nas. Egls visavi ad egls. Egls rabiai da carstgaun viers egls pigns tgaun culla tema entadem il culiez ed il cor ellas caultschas. Sun cheu sc'in cavallut dalla mar, las ureglias anavos, ina enzenna da damonda che sa ni nu'en ni nu'ora. Siuel sc'in pudel, fetsch gleiti cagnieuls. Fuss bien dar la cua ni forsa gest bu?

Oh ti car patrun, pren erbarm, malpuccau, misericordia cun tiu tgaunet. Lai buc ir mei en tgauns. Tgei sas, damaun eis ti forsa en mia pial. Essan gie tuts el medem fitguer, *nus en sin la mare/stein tuts per negare,* e tgi sa cu il moni sevolva? e damaun sappi dieus tgi ch'ei sil hun.

Huhu-u, jeu savess snarrir. Ils tgauns gronds maglian ils pigns. Fai feruc cun mei – e perduna. Jeu empermettel da mai empruar da menar tei pli davos la ligiongia. Jeu hai gie era mes tics ed in tic ed aunc in tic dat in tac.

Ah, la veta da tgaun ei buca schi sempla ed il min ei era buca in sogn. Uh, jeu pauper tier dalla mar. Vi esser dacheudenvi maufers. Stun mal. Sc'in tgaun.

Deutsche Übersetzung Seite 318

Ruth Schweikert mit Hund Anais

Ruth Schweikert
Ohne Titel

An einem Sonntagnachmittag spazieren viele Menschen dem See entlang und halten in der rechten Hand riesige Bratwürste ohne Brot und in der linken Hand Vanilleeis. Warum wird ihnen nicht schlecht?, fragt mich ein Kind, dem ich weder das eine noch das andere gekauft habe. Vom Magen bis in den Kopf, erinnere ich mich, braucht eine Übelkeit oder ein Hunger manchmal ein ganzes Jahr, und diese Reise einer Übelkeit oder eines Hungers im Innern des Körpers beschleunigt kein Kopfstand. Um über sich selbst etwas zu erfahren, ist es einfacher und schneller, das Haustier zu beobachten oder vorsichtig ein leeres Weinglas in die Hand zu nehmen, als über sich selbst nachzudenken.

Wenn ihr Hund, erzählt eine, die zufällig neben uns spaziert dem See entlang, in hohem Bogen vom Balkon im zweiten Stock auf den Sonnenschirm des Vermieters im ersten Stock kotze, sei es eigentlich sie selbst, die in hohem Bogen von oben herab auf den gelben Sonnenschirm des Vermieters kotze; und zerbreche das Weinglas frühmorgens beim Abwaschen in ihrer vorsichtigen Hand, zerbreche in Wirklichkeit etwas in ihr selbst.

Sie könne niemandem von ihrem Hund erzählen, redet sie weiter; kaum spreche sie seinen Namen aus, heule er auf dem Balkon wie ein Wolf. Sie beide könnten voreinander nichts verbergen, auch keine Gedanken, sie träumten dasselbe, es herrsche zwischen ihnen die absolute Verständigung, die keiner Worte bedürfe, die keine Worte ertrage. Es sei grauenvoll, in den Augen des Hundes immerzu die Wahrheit zu sehen, deshalb habe sie ihn eingeschläfert, was nichts genutzt habe; er heule jetzt in ihrem Kopf.

Vielleicht, sagt das Kind, wird es denen gar nie schlecht; wir denken es bloss.

26

Grytzko Mascioni mit Hund Tiny Tim, Toscana, um 1974

Grytzko Mascioni
Io e il cane: la stessa ansiosa cosa

Che fastidio sentire fino alla noia che il cane è il migliore amico dell'uomo: la ribadita sciocchezza nega la pur tenue speranza che sia l'uomo a dover essere il migliore amico dell'uomo. La melensa espressione tradisce un ghigno cinico che corruga il fondo dei pensieri, sedotti dall'allusiva battuta che ammicca al mondo senza sapersi triviale. O addirittura, feroce.

Vorrei essere io, piuttosto, a potermi dire il migliore amico del cane, capace di penetrare il mistero dei suoi occhi umidi, di quello sguardo che non ci abbandona e nel quale ora leggo avvilita amarezza, ora dolce abbandono. O più spesso, l'oscura paura di un'irrimediabile solitudine. Nella zampa levata, nel naso che ti struscia, nella goffa danza della coda che tenta nell'aria il disegno di confuse emozioni e inabili messaggi, affiora la richiesta o il dono di un conforto che aspira inconsapevole alla fraternità di tutto ciò che è. L'uggiolìo festoso o il ringhio sordo parlano d'umile gioia o ombrosi timori, e l'irrequietezza animale è la curiosità, a noi ben nota, del perché del mondo. Regolarmente delusa.

Basta frequentarne l'innocente amore, e vediamo come il cane si porti dentro il segreto di un universo di sensazioni simili eppure remote alle nostre, così che né le umane carezze né le sue arruffate prove d'affetto bastano a colmare l'abisso che ci distanzia. Ma a ben vedere è l'abisso che si schiude tra noi e la nostra stessa immagine riflessa da uno specchio prossimo e tuttavia inattingibile nella sua sfuggente realtà. E anche il cane – come ogni altra esistenza animata – si fa specchio dell'unica e identica domanda che inevasa ci turba e accora: *perché ?* Così, nella condivisa interrogazione, io e il cane non siamo amici: solo due aspetti di un solo precario vivere. La stessa ansiosa cosa.

Deutsche Übersetzung Seite 319

Jutta Buchner-Fuhs

Katze und Hund – volkskundlich-kulturwissenschaftliche Annäherungen

Katzen und Hunde gehören bekannterweise zu den beliebtesten Haustieren. Rund sechs Millionen Katzen leben in deutschen, über eine Million der schnurrenden Vierbeiner in schweizerischen Haushalten. Fünf Millionen Hunde werden in Deutschland gezählt – in der Statistik liegen sie damit leicht hinter den Katzen und den Ziervögeln. Diese Zahlen sprechen für sich, und sie könnten noch ergänzt werden durch die immensen Beträge, die Milliarden, die für Fertignahrung, und die Millionen, die für die zahlreichen Bedarfsartikel wie etwa Katzen- und Hundekörbchen oder Spielsachen jährlich ausgegeben werden.

Eine volkskundliche Beschäftigung mit den geliebten Vierbeinern ist nicht immer einfach. Mit Rudolf Schenda lässt sich sagen: «Der Erforscher von Hundegeschichten wird ständig hin- und hergerissen zwischen der einen Partei, die alles Hündische verachtet [...], und der anderen, die ihren Hunden und Hündchen schon auf dieser Welt ein Paradies bereitet, Hundeboutiquen finanziert, jedem zwanzig Kilo schweren Bello in zehn Jahren bis zu 40 000 Mark verfüttert und den verhätschelten Tieren schliesslich ein Begräbnis zuteil werden lässt, wie es nicht allen Christenmenschen vergönnt ist.»[1]

Am Hund scheiden sich die Geister, und für Katzen liesse sich Vergleichbares feststellen. Auf der einen Seite steht die Partei der Katzenliebhaber. Sie lassen es zum Beispiel zu, dass ihre Wohnung schleichend, wie Hanna Rheinz in ihrem Buch *Eine tierische Liebe* beschreibt, zur «Katzenbehausung» avanciert.[2] Die Polstermöbel seien in charakteristischer Weise markiert: «Der Bezug hängt an den Ecken in Fetzen herunter. [...] Katzenklos okkupieren wichtigen Abstellraum, hässliche Katzenbäume, mit braunem Plüsch bezogen, verstellen, obwohl von Katzen beharrlich ignoriert, den Ausblick.»[3] Lässt Hanna Rheinz uns zudem noch wissen, dass sich ihre beiden Katzen «jährlich durch eine 72 Meter hohe Weissblech-Säule»[4] fressen, dann wird dieses Katzen-Szenario für die Partei der Nicht-Katzenliebhaber endgültig suspekt.

Die schnurrenden, brummenden und bellenden Vierbeiner werden in der Regel nicht gemeinsam betrachtet. Die Hunde- und Katzenwelten scheinen getrennt. An dieser Stelle setzt der hiesige Beitrag an. Aus volkskundlich-kulturwissenschaftlicher Sicht steht die kulturelle Bedeutung von Katze und Hund im Zentrum des Interesses.[5] Die Tiere, das wird aufgezeigt, sind kulturell geformt, mit ihnen verbinden sich bestimmte Charaktereigenschaften, Vorstellungen und Bilder, die – und das gilt sowohl für den Hund als auch für die Katze – ambivalent sind. Diese Bilder und Zuschreibungen

Otto von Bismarck und seine Doggen. «Spaziergang des Fürsten, auf der Rosenbank». Zeichnung von Christian Wilhelm Allers, 1892

werden im Folgenden näher untersucht. Dabei wird es um Tierliebhaber und ihre Tiere sowie um Katze und Hund in den gern erzählten sagenhaften Geschichten gehen.

Freundschaften

Katzen und Hunde zählen nicht nur zu den Haustieren wie die Kühe und Schweine, sondern auch zu den Heimtieren.[6] Als solche hat der Mensch sie in seinen Wohnbereich aufgenommen. Es sind Tiere, die ihm nicht als Nahrungslieferanten dienen.[7] Häufig werden diese besonderen Vierbeiner als Kuschel- und Schmusetiere gehalten. Heimtiere erfüllen Bedürfnisse nach Zärtlichkeit und ermöglichen vielfältigste Möglichkeiten der Begegnung zwischen Mensch und Tier. Die Freundschaft zu Tieren, die vielen Menschen in ihrem privaten Leben sehr wichtig ist, ist anscheinend – fast möchte man sagen: trotz und wegen der jahrtausendlangen gemeinsamen Geschichte von Mensch und Hund, aber auch von Mensch und Katze – immer noch und immer wieder erklärungsbedürftig. Unzählige Autorinnen und Autoren unterschiedlichster Provenienz haben sich mit Tieren und der Tierliebe beschäftigt, wobei Katze und Hund besondere Aufmerksamkeit zuteil wurde und wird. Katzen berühmter Frauen sind etwa in die Literatur eingegangen, feine Damen mit Schosshündchen gehören zum Bild der vergangenen «guten Gesellschaft». Auch Männer und ihr Verhältnis zum Hund sind nicht erst seit Thomas Manns *Herr und Hund* sowie der literarisch festgehaltenen Tierquälereien von *Tobias Mindernickel* ein Thema.[8] Zahlreiche populäre Zeitschriften widmen sich ausschliesslich Katzen oder Hunden, aber auch bekannte Tages- und Wochenzeitschriften oder Magazine und nicht zuletzt die sogenannte Regenbogenpresse beschäftigen ihre Leserschaft mit immer neuen Tiergeschichten. Von Brigitte Bardot «weiss» man, dass sie Tiere und besonders Katzen liebt, Bill Clintons Labrador «Buddy» wurde kürzlich in der *Zeit* vorgestellt.[9] «Buddy und Bill», – so ist zu erfahren, «sind ein untrennbares Paar – vor allem jetzt, da Hillary Clinton kaum noch zu Hause schläft und in New York Wahlkampf macht.» Ein Bekenntnis zum eigenen Hund folgt, wenn der frühere amerikanische Präsident mit der Aussage zitiert wird: «Ich habe einen Freund bekommen. Er schläft bei mir, wenn Hillary nicht da ist. Er ist ein wahrer Freund. Wir haben eine grossartige Zeit zusammen.» Vor Buddy – so teilt der Artikel informativ mit – habe es schon 33 weitere Hunde im Weissen Haus gegeben.

Die Hundeliebe von Personen des öffentlichen Lebens liesse sich leicht zu einer langen Liste ergänzen[10] – ist doch nicht erst seit Otto von Bismarck bekannt, dass die Liebe zu Tieren «mächtige Männer» der Geschichte in den Augen der Öffentlichkeit menschlicher werden lässt.[11] Von Bismarck zum Beispiel ist überliefert, dass er beim Tod seiner Doggen, Tyras und Sultan, grosse Trauer empfunden habe.[12] Geheimrat von Tiedemann, er war sechs Jahre lang Chef der Reichskanzlei, hatte am 26. Oktober 1877 das Sterben von Sultan miterlebt. Er war, wie er festhielt, geradezu erschüttert vom Anblick Bismarcks, der versucht habe, seine Tränen zu verbergen. Das ganze Haus sei ein «Trauerhaus» gewesen. Später habe Bismarck gesagt: Es «sei sündlich, so wie er getan, sein Herz an ein Tier zu hängen, er habe aber nichts Lieberes auf der Welt gehabt».[13] Die Tierliebe einer öffentlichen Person, eines nicht unumstrittenen Staatsmannes, war indes nichts Privates. Der Tod des geliebten Hundes und die Reaktion seines Herrn zeigten Bismarck von einer unvertraut menschlichen Seite: Der «eiserne Kanzler» konnte Gefühle haben.

Wer passt zu wem?

Hundefreunde sind nicht unbedingt Katzenfreunde. Wenn man von zwei Menschen sagt, dass sie «wie Katz' und Hund miteinander stehen», dann heisst das, dass sie sich nicht gut vertragen.[14] Die Tiere dagegen sind nicht die ausgemachten Feinde, für die man sie immer hält: Sie können in der Realität sehr gut zusammenleben, wenn auch im Verhältnis von Katzen und Hunden immer wieder von Feindschaft die Rede ist.[15]

Adolf Hitler, um 1926

«Sinnlichkeit gegen Gekläff» war unlängst im Magazin *Stern* zu lesen, der sich damit auf die Seite der Katzenliebhaber stellt. «Wollen doch nicht vergessen», so fährt die Titelgeschichte zur «Katzen-Liebe» fort, «dass Künstler wie Baudelaire und Tomi Ungerer von Katzen schwärmen und für den Hund Leute wie Hitler typisch sind.»[16]

Solche grobschlächtigen Vergleiche greifen verbreitete Bilder von der Eigenständigkeit der Katze und der Unterwürfigkeit des Hundes auf, die dann mit menschlichen Charakteren in Verbindung gebracht werden. Eigenschaften und Verhaltensformen von Tieren dienen dazu, kurzsichtige Psychogramme von Hunde- oder Katzenhaltern zu erstellen. Historisch betrachtet trifft es allerdings auch für Hitler zu, dass er, was nur bei oberflächlicher Betrachtung verwundern mag, in seiner Liebe zum Hund Menschlichkeit präsentierten wollte.[17] Hitler umgab sich gern mit Kindern und Tieren.

Die Hunde konnten auch eine politische Bedeutung haben. Hitlers Lieblingsrasse wurde Ende des 19. Jahrhunderts als «deutscher» Hund gezüchtet. Der Deutsche Schäferhund wurde so in seinen Rassemerkmalen festgelegt, dass er zum Deutschen Reich passte. Spätestens in der historischen Rückschau wird deutlich, dass die Formung und Züchtung von Tieren nicht nur mit altruistischer Tierliebe zu tun hat, sondern nationale und auch nationalsozialistische Zielsetzungen verfolgen konnte.[18] Zur Geschichte der Hundezucht gehört es, die Vierbeiner in vielfältiger Weise zu bilden und zu formen. Menschliche Interessen und Belange bestimmten und bestimmen das

Aussehen und die Eigenschaften der gezüchteten und damit kulturell geformten Tiere. Die Zuchtziele aber, die eingebunden sind in den historischen Wandel, sind veränderbar.[19] Züchtungen können potentiellen Tierbesitzern die Gewissheit vermitteln, das zu ihnen passende Tier zu finden, da die gezüchteten Tiere standardisierte Eigenschaften besitzen (sollen). So kann man in einem bekannten englischen Hundelexikon über die Eigenschaften, die «Personality», des Deutschen Schäferhundes erfahren: «Bold, cheerful, obedient, steady, loyal, affectionate with its master and with children, tolerant of other animals, wary of strangers, easily trained.»[20] Ein ganz anderes Profil ergibt dagegen die folgende Beschreibung: «Astute, playful, intelligent, and devoted to its master.»[21] Mit diesen Charaktereigenschaften wird die «personality» des Maltesers, eines typischen Schosshundes, skizziert. Der Schäferhund wird also als wachsamer Familienhund, der Malteser als unterwürfiger, aber dennoch aufgeweckter Schmusehund angepriesen. Zur Geschichte der Mensch-Tier-Beziehung gehört es, dass Eigenschaften, die sowohl generell den Tieren als auch einzelnen Tierrassen zugeschrieben werden, mit menschlichen Eigenschaften in Verbindung gebracht werden. Die Menschen spiegeln sich in den Tieren.

Verallgemeinernd lässt sich sagen, dass die Verknüpfung animalischer und menschlicher Merkmale zu aufeinander bezogenen Charaktereigenschaften eine Kulturgebärde darstellt. So verwundert es nicht, dass in unserer Gegenwart die Wesensmerkmale von Buddy, dem Hund Bill Clintons, von Interesse sind. «Dem Labrador attestiert der FCI-Rassestandard (Fédération Cynologique Internationale) ein ‹ausgeglichenes, freundliches Naturell› und ‹keinerlei Anzeichen von Aggressivität› – ein Charakterriese», so der bereits erwähnte Zeitungsartikel, der mit ironischem Unterton fortfährt, «für Bill Clinton die perfekte Ergänzung. ‹FOB›, Friend of Bill, schwärmen begeistert die Amerikaner.»

Im Unterschied zur Hundefreundschaft[22] stehen bei der Freundschaft zu Katzen[23] andere Werte im Vordergrund. Katzenliebhaber und -liebhaberinnen betonen gerne die Unabhängigkeit ihrer Tiere. «Wie brachte es die Katze zuwege», heisst es zum Beispiel in einem reich mit Katzenabbildungen bestückten Büchlein, «ganze Generationen von Menschen so zu täuschen, dass ihr eigennütziges Verhalten als Zahmheit interpretiert wird? Über welche magischen Kräfte verfügt die Katze, dass sie ein in der Regel doch völlig unabhängiges Geschöpf wie den Homo sapiens gänzlich in ihren Bann ziehen kann, ohne dabei auch nur einen Funken ihrer eigenen Unabhängigkeit aufzugeben?»[24] Die Treue des Hundes und die Magie der Katze sind zwei Formen der symbolischen Besetzung von Tieren.

Kulturelle Deutungen

Trotz der Unterschiede, die die Eigenschaften von Katze und Hund auszeichnen, trotz der im Alltag häufig erfahrbaren Differenzen zwischen Katzen- und Hundefreunden, also trotz der postulierten Unabhängigkeit und der konstatierten Unterwürfigkeit lassen sich vergleichbare Aussagen finden, wenn es um kulturelle Deutungen

Chaplin mit dem Hund Scraps in «A Dog's Life», 1918

geht, die mit beiden Tieren verbunden sind. Zwei kurze Beispiele, die Aussagen zu Katzen und Hunden gegenüberstellen, sollen die vergleichbaren Wirkungen der Tiere auf den Menschen verdeutlichen. Charakteristisch sei für Katzen – so ist im erwähnten Katzenbüchlein zu lesen – ein «Anderssein, das die vielen in unserem Innersten verborgenen und unerfüllten Hoffnungen wachruft und uns vor Augen führt, wie wir sein wollen, doch niemals sein werden.»[25] Und vom Hund heisst es: Er «wird zum Bewahrer jener mustergültigen menschlichen Qualitäten, die wir zynischerweise unter Menschen nicht mehr zu finden erwarten. Wo ist heute die ganze Palette des *Book of Virtues* [Buch der Tugenden] von William Bennett – von Mut und Verantwortung über Loyalität bis zu den Familienwerten – zu finden, wenn nicht bei Lassie, Beethoven, Millie [...]?»[26]

Die unterschiedlichen Verhaltensweisen der geliebten Tiere, so lassen sich diese kurzen Beispiele verstehen, konfrontieren uns mit unseren Wünschen und Hoffnungen. Wenn uns Katze und Hund im Alltag begleiten, so verweisen sie uns – jenseits der skizzierten Differenzen – auf unser Menschsein. Wir spiegeln uns in ihnen und fühlen uns verstanden. Filmhunde, vom Menschen für menschliche Belange dressiert, bieten in diesem Zusammenwirken von Mensch und Tier sicher beste Möglichkeiten zur Projektion.

James Serpell, der sich eingehend mit der Frage befasst hat, warum Hunde und Katzen über eine «anhaltende Popularität als Tiergefährten»[27] verfügen, vermutet, dass der «nicht-verbalen Ausdrucksfähigkeit» der beiden Spezies besondere Bedeutung zukomme: «Dadurch, dass sie unsere Nähe und unsere Zärtlichkeit suchen, durch ihre überschwengliche Art der Begrüssung und ihren Trennungsschmerz, durch ihr besitzergreifendes Wesen und ihren Ausdruck respektvoller Bewunderung überzeugen diese

Tiere uns davon, dass sie uns trotz all unserer vorhandenen Fehler und Mängel lieben und wertschätzen.»[28] Dies sei nicht als Fehler oder Mangel der Tierliebhaber zu verstehen, sondern gehöre in einer Welt, in der «potentielle Konflikt- und Wettbewerbsituationen» vorherrschten, zum Menschsein dazu.

Unabhängig davon, ob man diesem Erklärungsmodell zustimmen mag oder nicht, lässt sich generell festhalten, dass Katzen und Hunde zu unserem Alltag gehören, auch wenn wir selbst uns nicht zu den Tierhaltern oder den Tierfreunden zählen. Die Behandlung der Tiere sowie der Umgang mit ihnen ist ein Teil unserer Kultur, und die Domestizierung von Katzen und Hunden ragt tief in das Wurzelgeflecht der Kultur hinein. Rudolf Schenda führt in diesem Zusammenhang in der Enzyklopädie des Märchens zum Stichwort *Hund* aus: «Dem langen Prozess der Domestizierung des Hundes ist ein zweiter, ebenso ausgedehnter der Zivilisierung und Humanisierung dieses adaptionsfähigen Tieres gefolgt. Dieser Wandel vom Natur- zum Kulturwesen, ja zum Verwandten des Menschen, ist in populären Hundeerzählungen seit der Antike vorgebildet [...].»[30]

Verbreitete Bilder und Vorstellungen von Hunden, aber auch von Katzen sind, auch das ist der *Enzyklopädie des Märchens* zu entnehmen, ausgesprochen ambivalent. Unterschieden werden zahlreiche negative und positive Eigenschaften, die im Folgenden in Stichworten genannt werden. Im Erzählgut[31] sind Hunde «aggressiv und erzeugen Angst», sie «sind gefrässig», sie «sind neidisch», «sind schamlos, sodomitisch», ihr Leben «ist unehrenhaft und schandbar», sie «sind unsauber», der Vierbeiner «kehrt zu seinem Auswurf zurück»,[32] er «ist faul, zumal wenn er zuviel gefressen hat», er «ist hässlich und gemein» und speziell die Hündin «mit den jungen Welpen ist unsozial». Daneben zählt Schenda zehn «positive Eigenschaften» auf, die den Hunden in verschiedensten Erzählungen zugeschrieben werden: Hunde «können als Boten ausgesandt werden», sie «heilen, helfen und retten», sie «jagen und kämpfen», sie verfügen über «Klugheit», sie sind «nicht nur ein Symbol des Eros, sondern auch der Caritas»,[33] ihre «Liebe» ist so gross, «dass sie sich für den Menschen opfern», sie können «riechen, Spuren finden, vorausschauen», sie sind «Schauspieler», die Treue gehört zu ihren «hervorragendsten Eigenschaften» und sie «sind wachsam».

Auch für die Katze gilt, dass ihr sehr widersprüchliche Eigenschaften zugeschrieben werden. Im Erzählgut sind negative Bilder der Katze vorherrschend, «nur gelegentlich werden positive Aspekte thematisiert».[34] Sie gilt als dämonisches Tier. «So wird über die schwarze K. [Katze, J.B-F] gesagt, sie vergifte die Gedanken der Menschen, bringe Krankheit, Blindheit und Armut, und ihr Schwanz sei der Gegenstand, mit dem der Teufel seine Verzauberungen vollziehe.»[35] Zahlreiche Erzählungen handeln von der schwarzen Katze als «Begleiter oder Verkörperung der Hexe». Zusammenfassend stellt Irmela Roschmann-Steltenkamp fest, dass als positive Eigenschaften der Katzen gelten: «ihre Sauberkeit», «Gemütlichkeit» und «ihr Schnurren». Dagegen steht, dass sie als «faul» angesehen werde, ihre «Freiheitsliebe» werde gedeutet als «Unberechenbarkeit und Hinterhältigkeit». Darüber hinaus gelte die Katze «kultisch als unrein».[36] Hunde und Katze sind – das lässt sich festhalten – nicht nur reale Beziehungswesen für Menschen. Sie begegnen uns in vielfältiger Weise in Erzählungen und in der Literatur.

Aus dem grossen Fundus von historischen Erzählungen zu Katzen und Hunden werden im Folgenden einige sagenhafte Geschichten vorgestellt, die zum heutigen Erzählrepertoire gehören.

Sagenhafte Geschichten um Katze und Hund

Die enge Beziehung, die Menschen zu Tieren eingehen können, hat auch in den modernen Sagen ihren Niederschlag gefunden, die Rolf Wilhelm Brednich unter der Überschrift «Katzenjammer» in seiner bekannten und beliebten Sammlung *Die Spinne in der Yucca-Palme* veröffentlicht hat. Die Geschichten greifen bekannte Bilder von Katzen und Hunden auf, die dann im Erzählen zu ausserordentlichen Eigenschaften gesteigert werden. Das erste Beispiel handelt von einer anhänglichen Familienkatze, das zweite bringt die Treue des Hundes zu Gehör:

«Eine Familie besitzt seit vielen, vielen Jahren eine Katze. Als sie umzieht, der Möbelwagen gepackt ist und abfahren will, ist die Katze nicht da. Alles wartet, doch der Möbeltransporter muss schliesslich fahren, da es sich nicht länger aufschieben lässt. Die Familie hofft, dass sie die Katze irgendwie nachholen kann, und verlässt mit dem Möbelwagen ihren alten Wohnort. Nach einer bestimmten Zeit ist die Katze immer noch nicht da. Die Familie versucht, das Tier am alten Wohnort zu suchen und abzuholen, aber es ist nicht auffindbar. Merkwürdigerweise miaut es vier Wochen später vor der neuen Wohnung der Leute, die weit über 100 Kilometer von der alten entfernt ist: vor der Tür steht ihre Katze.»[37]

Zu dieser treuen, aber auch klugen Katze, die in der Lage sein soll, weite Distanzen ohne menschliche Hilfe zu überwinden, gesellt sich der Hund, der übrigens ebenfalls nach einer vierwöchigen Zeit des Ungewissen, seine Treue in ganz besonderer Weise erweist: Er vermisst seinen Herrn so sehr und ist ihm so ergeben, dass er aus Trauer mit ihm stirbt.

«Ein Hund begleitete jeden Tag seinen Herrn zum Dienst. Abends holte der Hund ihn von der Dienststelle wieder ab. Durch einen Arbeitsunfall verunglückte der Mann tödlich. Der Hund wartete vor dem Tor, aber der Herr kam nicht. Jeden Tag fand sich das Tier vor der Dienststelle ein, um seinen Herrn abzuholen. Erst nach über einem Monat war er plötzlich verschwunden und wurde später verhungert auf dem Grabe seines Herrn aufgefunden.»[38]

In beiden Fällen der Tiertreue geht es über die realen Fähigkeiten von Katze und Hund hinaus, gewissermassen hellseherisch über veränderte Raumstrukturen, also über die konkrete Lage von neuem Wohnort und Grabstätte, Bescheid zu wissen. Brednich führt als weiteres Beispiel für die sagenhafte Katzentreue einen Artikel der Illustrierten *Freizeit-Revue* auf, in dem mit «angeblichem Beweisfoto» die bewegende Geschichte eines Katers kundgetan wurde. In Stuttgart sei das Tier verschenkt worden. Die neuen Besitzer, die umziehen mussten, hätten es mit nach Frankreich genommen. «Von dort aus soll das Tier in drei Jahren siebenhundert Kilometer zurückgelegt haben, um nach Hause zu finden.»[39]

In dieser Version erfährt die obige Katzengeschichte also noch eine Steigerung. Der Kater wird zum Wandergesellen, der über mehrere Jahre unterwegs ist und doch sein heimatliches Ziel nicht aus den Augen verliert. «Moderne Sagen [...] stellen sich bei näherer Betrachtung», so Brednich, «als ein Ausdruck von Ideen, Gefühlen, Befürchtungen und vor allem von Sorgen, Nöten und Ängsten der heutigen Zeit heraus. Sie sind Indikatoren auch für die soziale und wirtschaftliche Situation eines Landes, und die Inhalte des aktuellen Erzählens [...] sagen auch einiges über den Bewusstseinszustand einer Gesellschaft aus, die sich damit identifiziert.»[40] Nicht selten zielen die Geschichten auf das Kuriose.

Zur gegenwärtigen Alltagskultur, das zeigen moderne Sagensammlungen, gehören Geschichten über ungewöhnliche Begebenheiten mit Tieren. Die sagenhaften Erlebnisse werden mit dem Anspruch auf Glaubwürdigkeit erzählt, mit Interesse, Neugier, aber auch mit Betroffenheit gehört und weitererzählt. Tiere, vor denen Menschen Angst haben oder sich ekeln können wie vor Schlangen und Spinnen, tauchen in den Geschichten ebenso auf wie Nutztiere. So etwa in der Geschichte vom Huhn mit dem Gipsbein, das für grosse Verwirrung sorgte.[41]

Im Fall der erwähnten Katzen- und Hundegeschichte handelt es sich um Tiere, deren Nähe zum Menschen der Ausgangspunkt der kurzen Erzählung ist. Die Familie und auch der unbekannte Herr kümmern sich um ihre animalischen Freunde. Das ist nicht selbstverständlich, könnten die Tiere doch auch ausgesetzt, verstossen oder, und auch das ist gängige Praxis beim Umzug, an einen neuen Besitzer (oder an das Tierheim) weitergegeben werden. Im Katzen- und Hundebeispiel geraten fürsorgliche Menschen, die sich um Tiere kümmern, an Tiere, deren Hingabe die der Menschen noch übertrifft.

Konrad Lorenz erzählt zum Beispiel in rührender Weise die Geschichte einer sehr treuen Hündin. Stasi, ein Chow-Schäferhund-Mischling, hatte sich so sehr an ihn gebunden, dass das Tier litt und trauerte, wenn ihr «Herr»[42] (so die Selbstbezeichnung von Lorenz) seinen Wohnort wechselte. Wir erfahren von Abschiedsszenen am Bahnhof, als Lorenz seine Tätigkeit als Ordinarius für Psychologie an der Universität Königsberg aufnahm, vom Freudentaumel der Hündin beim Wiedersehen und von der erneuten Trennung durch die Einberufung ihres Herrn zum Militär. Die Hündin war häufig von ihm getrennt, und Stasis «Kummer» habe sich «bis zur Neurose» gesteigert.[43] In ihrer Trauer um den abwesenden Herrn wurde die Hündin unberechenbar. Sie veränderte ihr Wesen, sie streunte und wilderte. In Gegenwart ihres Herrn jedoch war sie wieder die «alte» Stasi. Doch die Geschichte nahm kein gutes Ende. Als Lorenz im Jahr 1944 an die Front versetzt wurde, sah er keine andere Chance, als seine geliebte Hündin in den Schönbrunner Tiergarten zu geben. Dort sei sie bei einer Bombenexplosion getötet worden. Für Lorenz war sie der «bei weitem treueste Hund»[44]. Und der Verhaltensforscher Lorenz erläutert an anderer Stelle:

«Die schlichte Tatsache, dass mein Hund mich mehr liebt als ich ihn, ist einfach nicht wegzuleugnen und erfüllt mich immer mit einer gewissen Beschämung. Der Hund ist jederzeit bereit, für mich sein Leben zu lassen. Hätte mich ein Löwe oder ein Tiger bedroht – Ali, Bully, Tito, Stasi und wie sie alle heissen, sie alle hätten ohne einen

Augenblick zu zögern den aussichtslosen Kampf aufgenommen, um mein Leben auch nur für einige Sekunden zu schützen. Und ich?»[45]

Als Ethologe, der für ein breitet Publikum schreibt, erklärt und deutet Lorenz die animalischen Verhaltensweisen in anschaulicher Weise. Lorenz ist zudem immer auch ein Geschichtenerzähler. In seinem Büchlein *So kam der Mensch auf den Hund* finden sich zahlreiche Szenen, Erlebnisse, Beobachtungen und Erfahrungen, die es sich lohnt, aus der Perspektive der modernen Erzählforschung genauer in den Blick zu nehmen. Die Frage der Hunde-Liebe und der Beschämung, die der Mensch erfährt, wenn er seinem treuen Tier unrecht tut, wird auch in der folgenden sagenhaften Geschichte *Der treue Pudel* behandelt. Die Formen der folgenden «modernen Horrorgeschichte» (Brednich) lassen sich weit zurückverfolgen: «Die Erzählung von der ungerechten Tötung eines Hundes[46] ist seit dem dritten vorchristlichen Jahrhundert in Indien bekannt [...].» Im modernen Gewand, so könnte man sagen, lautet die Geschichte folgendermassen:

«Ein Mann fährt am Samstagmorgen zum Einkaufen in den Supermarkt. Da es schönes Wetter ist, nimmt er seinen Sohn und den Pudel mit in den Variant. Nach dem Einkauf lädt er zunächst die Sachen in den Wagen, und da sieht er, dass er das Leergut noch nicht weggebracht hat. Er setzt seinen kleinen Sohn in den Kindersitz und lässt auch den Pudel einsteigen, anschliessend bringt er schnell die Flaschen in den Container. Als er zurückkommt, hat sein Sohn ein blutverschmiertes Gesicht und schreit wie am Spiess. Sein erster Gedanke ist: Der Pudel hat das Kind überfallen! Tatsächlich ist dessen Schnauze ebenfalls mit Blut verschmiert. In seiner Wut zerrt er den Pudel an den Hinterbeinen aus dem Wagen und haut ihn mit dem Kopf auf den Betonboden. Sudden death! Erst als er anschliessend das Kind aus dem Wagen holt, um es zu versorgen, sieht er voller Schreck, was wirklich passiert ist: Eine Ratte war aus dem Kartoffelsack geschlüpft, den er zuvor gerade eingeladen hatte, und hatte das Kind überfallen. Der treue Hund hatte das Kind verteidigt und die Ratte totgebissen.»[47]

Ein Augenzeuge, charakteristischer Weise ist es der Freund einer Nachbarin, soll das Drama miterlebt haben. Über die Ratte in der Volkserzählung wäre eigens nachzudenken, der Hund jedenfalls erweist sich in dieser Geschichte als der treue Familienwächter und -beschützer. In dieser modernen Sage kommt aber auch die Angst zum Ausdruck, dass unter der domestizierten Oberfläche des Hundes das ursprünglich gefährliche und bedrohliche Wildtier lauern kann. Im Umgang mit der ungezähmten Natur verliert dann auch der Mensch «seine Kultur»: Der fürsorgliche Familienvater wird von seiner Wut so eingenommen, dass er selbst seine Affekte nicht mehr zu kontrollieren vermag. Vor den Augen des Kindes, dessen Verletzung zunächst übrigens keine Rolle spielt, tötet er den Hund.

Sowohl in der Sage als auch in der Realität hat die Liebe und Treue der Hunde ihr Pendant in der Bedrohlichkeit, die von den Vierbeinern ausgehen kann: Durch spezielle Dressur- und Züchtungsmethoden können Hunde zu gefährlichen Waffen werden. Für den Umgang mit Tieren und für die Bedeutung von Tieren in der Kultur trifft zu, dass die Tierzucht als Kulturleistung auch zu solchen Formen des Tierumgangs geführt hat, in denen Hunde sich als Tötungswaffe einsetzen lassen oder auch (vom Menschen

Grandville: Illustration zu den «Erinnerungen einer alten Krähe»

unkontrolliert) als solche selbständig tätig werden. Die Relevanz des Themas Bissigkeit und Gefährlichkeit von Hunden zeigt sich im Diskurs um die Tragepflicht von Maulkörben, um einzelne gefährliche Hunderassen und generell um Kampfhunde.[48]

Seit dem 26. Juni 2000, dem Tag, an dem ein Sechsjähriger auf einem Schulgelände in Hamburg von Kampfhunden totgebissen wurde, hat sich die Diskussion um Kampfhunde in Deutschland deutlich verschärft. «Er kann nicht mehr lachen, er kann nicht mehr essen, fremde Menschen wenden sich entsetzt von ihm ab. Sein fürchterlich entstelltes Gesicht – alle, die Kampfhunde immer noch verniedlichen, sollten es sich genau ansehen.» In Wort und Bild ist ein Pitbull-Opfer im Internet[49] und in der (dazugehörigen) *Bild*-Zeitung[50] zu sehen. Viele Hundeliebhaber allerdings wehren sich gegen eine generelle Ablehnung bestimmter Rassen.

«Der Pitbull», entgegnet Hartmut Böhme, «steckt in uns selber.»[51] Der Mensch sei das Problem: «Nur scheinbar sind die Angriffe dieser hoch gezüchteten Kampfmaschinen ein Zeugnis zwischenartlicher Aggression; in Wahrheit sind sie maskierte innerartliche Wut, eine vertrackte Form des mit sich selbst aggressiv zerfallenen Menschen.»

Hannes Binder: aus «Born des Bösen», 1997

Im Umgang mit den beissenden Hunden wird der Mensch in besonderer Weise auf sich selbst verwiesen. Jenseits der Kampfhund-Debatte gilt es ebenfalls, dass im Zusammenhang mit der Behandlung von Tieren der Mensch in seiner Menschlichkeit gefragt ist. Zur zivilisierten Gesellschaft gehört es auch, dass geliebte Tiere gequält werden, dass Heimtiere ausgesetzt werden, oder auch – um ein ganz anderes Beispiel zu nehmen – Schlachtvieh kilometerlange Wege durch halb Europa zurücklegen muss.

Katze und Hund sind nicht nur zwei Tiere, die dem Menschen sehr nahe sind, an ihnen lässt sich auch die Ambivalenz des menschlichen Umgangs mit Tieren exemplarisch aufzeigen. Die Tiere dienen den menschlichen Bedürfnissen und Belangen. Die kulturelle Bedeutung von Katze und Hund wird im Kontrast aller Nutzungsformen sichtbar: Der hochgezüchteten Rassekatze muss die Wald-und-Wiesen-Katze, der geliebten Wohnungskatze muss der funktionale Mäusefänger an die Seite gestellt werden. Gleiches gilt für den Hund: Jagdhund, Schosshund, Familienhund, Wachhund, Rasse- und Mischlingshunde sind Facetten unseres kulturellen Umgangs mit den Vierbeinern.

Anmerkungen

1 Schenda, Rudolf, *Das ABC der Tiere, Märchen, Mythen und Geschichten,* München: Beck 1995, S. 150. – Tierfriedhöfe, die an die eigenen Lieblinge, aber auch an berühmt gewordene Tiere erinnern, wären ein eigenes Thema. Zum Beispiel befindet sich ein Monument des bemerkenswerten Hundes Barry, der im 19. Jahrhundert auf dem St. Bernhard-Pass eingesetzt wurde und 40 Menschenleben gerettet haben soll, auf dem Pariser Cimetière des chiens. Vgl. Walter, Karin, *Ein Hamburger Hundefriedhof,* in: *Ein Hundeleben! Zur Kulturgeschichte einer geliebten und geschundenen Kreatur,* Begleitheft zu Ausstellung und Katalog, Altonaer Museum in Hamburg, Norddeutsches Landesmuseum, Hamburg 1995, S. 12.

2 Rheinz, Hanna, *Eine tierische Liebe, Zur Psychologie der Beziehung zwischen Mensch und Tier,* München: Kösel-Verlag 1994, S. 21.

3 Ebd., S. 21 f.

4 Ebd., S. 23.

5 Zur historischen Perspektive vgl. die regionale Studie von Herborn, Wolfgang, *Hund und Katze im städtischen und ländlichen Leben im Raum Köln während des ausgehenden Mittelalters und der frühen Neuzeit,* in: Hirschfelder, Gunther u.a. (Hrsg.), *Kulturen – Sprachen – Übergänge. Festschrift für H. L. Cox zum 65. Geburtstag,* Köln, Weimar, Wien: Böhlau 2000, S. 397–413.

6 Zu den vielfältigen Nutzformen des Hundes vgl. Kaiser, Hermann, *Ein Hundeleben, Von Bauernhunden und Karrenkötern, Zur Alltagsgeschichte einer geliebten und geschundenen Kreatur* (= Materialien zur Volkskultur nordwestliches Niedersachsen, 19), Cloppenburg: Museumsdorf Cloppenburg, Niedersächsisches Freilichtmuseum 1993. – Vgl. auch Petri, Marion, *Von Katzen und Zweibeinern, Eine tierisch (-) menschliche Beziehung,* in: *Katz und Maus, Tierisch-menschliche Beziehungsgeschichten,* Begleitbuch zur Ausstellung, Red.: Osterloh, Elke; Petri, Marion. Ulm: Süddeutsche Verlagsgesellschaft o. J., S. 59–67.

7 In Not- und Kriegszeiten wurde das Nahrungstabu von Katzen- und Hundefleisch immer auch umgangen. Zu den historischen Dimensionen des Verbotes von Hunde- und Katzenfleisch vgl. Nowosadtko, Jutta, *Zwischen Ausbeutung und Tabu, Nutztiere in der Frühen Neuzeit,* in: Münch, Paul (in Verbindung mit Rainer Walz) (Hrsg.), *Tiere und Menschen, Geschichte und Aktualität eines prekären Verhältnisses,* Paderborn, München, Wien, Zürich: Schöningh 1998, S. 247–274; hier: S. 265–270. Vgl. auch Geppert, Pia, *Hundeschlachtungen in Deutschland,* München (Diss.) 1990.

8 Vgl. hierzu Buchner, Jutta, *«Im Wagen sassen zwei Damen mit einem Bologneserhündchen», Zur städtischen Hundehaltung in der wilhelminischen Klassengesellschaft um 1900,* in: Becker, Siegfried; Bimmer, Andreas C. (Hrsg.), *Mensch und Tier, Kulturwissenschaftliche Aspekte einer Sozialbeziehung* (= Hessische Blätter für Volks- und Kulturforschung, N. F., 27), Marburg: Jonas Verlag 1991, S. 119–138.

9 Lieckfeld, Claus-Peter, *Mitarbeiter der Woche,* in: Die Zeit, 18. 5. 2000.

10 In alphabetischer Reihenfolge, vom Athener General und Politiker Alkibiades (ca. 450–404 v. Chr.) über Winston Churchill, Friedrich den Grossen bis zu Xanthippos, dem Vater des Perikles, hat Helga Dudman in ihrem vergnüglich zu lesenden Buch 67 berühmte Hundebesitzer und -besitzerinnen mit ihren Tieren vorgestellt. Vgl. Dudman, Helga, *Schopenhauers Pudel, Hitchcocks Terrier und 67 andere verkannte Hunde,* München: Deutscher Taschenbuch Verlag 1998 (israelische Originalausg. u. d. T.: *The Dog's Guide to Famous Owners).*

11 Vgl. auch Garber, Marjorie, *Die Liebe zum Hund, Beschreibung eines Gefühls,* Frankfurt am Main: Fischer Verlag 1997, S. 15 (amerik. Originalausg. u. d. T.: *Dog Love*).

12 Zu den «Reichshunden» Otto von Bismarcks vgl. Buchner, Jutta, *Kultur mit Tieren, Zur Formierung des bürgerlichen Tierverständnisses im 19. Jahrhundert,* Münster u.a.: Waxmann Verlag 1996, S. 106–113.

13 Zit. bei Klein, Tim, *Der Kanzler, Otto von Bismarck in seinen Briefen, Reden, Erinnerungen, sowie in Berichten und Anekdoten seiner Zeit,* Ebenhausen bei München 1937, S. 259.

14 Zu Katze und Hund in sprichwörtlichen Redensarten vgl. Röhrich, Lutz, *Lexikon der sprichwörtlichen Redensarten,* Bd. 1, Freiburg im Breisgau: Herder Verlag 1973, S. 491–500, 445–453; hier: S. 494.

15 Vgl. etwa die Geschichte vom *Privileg der Hunde* (Systematik der vergleichenden Märchenforschung von Antti Aarne und Stith Thompson = AaTh 200). Die Feindschaft der Tiere wird damit begründet, dass die Katze, die ein wichtiges Hundedokument aufbewahren sollte, nicht achtsam war, so dass es den Mäusen zum Opfer fiel.

16 Juppenlatz, Peter, *Der geliebte Tyrann,* in: stern, 25.6.1998, S. 57.

17 Im Zusammenhang mit der Funktionalisierung der deutschen Schäferhunde wäre auch die «Dämonisierung Hitlers und des Dritten Reiches» zu nennen. Vgl. hierzu das Kapitel «Hunde im Dritten Reich» von Wippermann, Wolfgang; Berentzen, Detlef, *Die Deutschen und ihre Hunde, Ein Sonderweg der Mentalitätsgeschichte?,*

München: Goldmann 1999, S. 74–87; hier: S. 85.

18 Vgl. auch Bertram, Jürgen, *Kamerad Hasso, Anmerkungen zu einem deutschen Wesen,* Darmstadt und Neuwied: Luchterhand Verlag 1980.

19 Die Anfänge des deutschen Schäferhundes zum Beispiel reichen in die Zeit kurz vor 1900 zurück. Noch um 1880 war nicht entschieden, wie der Hund aussehen sollte. Hunde jener Jahre würden heute als Bastarde bezeichnet. Kulturwissenschaftlich ist es aufschlussreich, dass die Bezeichnung Schäferhund zwar Assoziationen weckt, es handele sich um den Hund der Schäfer. Aber die Rasse, also der bekannte deutsche Schäferhund, ist Ergebnis von bürgerlichen Vereinsbestrebungen, wobei der neue Hund als sogenannter Gebrauchshund über die Eigenschaften eines Hütehundes verfügen sollte. Diese Herkunft sollte gewährleisten, dass der Hund Kraft, Stärke und Durchhaltevermögen besitze, so dass er für vielseitigste Aufgaben einsetzbar sei. Vgl. Buchner, Jutta, *«Im Wagen sassen zwei Damen mit einem Bologneserhündchen»* (wie Anm. 8), S. 131–136.

20 *The Macdonald Encyclopedia of Dogs,* London and Sydney: Macdonald and Co. 1983, Working Dogs, 1.

21 Ebd., Toys, 253.

22 Vgl. Brackert, Helmut; van Kleffens, Cora, *Von Hunden und Menschen,* Geschichte einer Lebensgemeinschaft, München: Beck 1989.

23 Vgl. auch Streitenfeld, Regina und Dirk, *Katzenkultur, Kitsch, Kunst, Kommerz,* Hamburg und Zürich: Rasch und Röhring 1987.

24 Coppin, Giorgio (Hrsg.), *Die Katze,* Köln 1992, S. 9 u. 12.

25 Ebd., S. 13.

26 Garber, Marjorie, *Die Liebe zum Hund* (wie Anm. 11), S. 11. – Millie hiess übrigens der Hund des früheren US-Präsidenten George Bush.

27 Serpell, James, *Das Tier und wir, Eine Beziehungsstudie,* Rüschlikon-Zürich: Albert Müller Verlag 1990, S. 145.

28 Ebd., S. 145 f.

30 Schenda, Rudolf, *Hund,* in: Brednich, Rolf Wilhelm (zus. mit Bausinger, Hermann u.a.) (Hrsg.), *Enzyklopädie des Märchens, Handwörterbuch zur historischen und vergleichenden Erzählforschung,* Bd. 6, Berlin und New York: Walter de Gruyter 1990, Sp. 1330.

31 Zu den folgenden Angaben vgl. ebd., Sp. 1317–1326.

32 Vgl. hierzu das Sprichwort «Der Hund frisst wieder, was er ausgespien hat». Hier handelt es sich um ein «didaktisches Topos», nachgewiesen «in den Regulae pastorum Gregors des Grossen ebenso wie in den Bestiarien des 13. Jh.s und anderen Texten geistlicher Tierinterpretation bis hin zur Fabelliteratur der Neuzeit». Ebd. Sp. 1317 f.

33 «Im Märchen kann eine Fee, die Reichtümer verstreut und zu einer Liebesnacht verhilft», in Gestalt eines kleinen Hundes auftreten. Hierzu und zu weiteren Beispielen vgl. ebd., Sp. 1323.

34 Roschmann-Steltenkamp, Irmela, *Katze,* in: Brednich, Rolf Wilhelm (zus. mit Bausinger, Hermann u.a.) (Hrsg.), *Enzyklopädie des Märchens, Handwörterbuch zur historischen und vergleichenden Erzählforschung,* Bd. 7, Berlin und New York: Walter de Gruyter 1993, Sp. 1102.

35 Ebd.

36 Ebd., Sp 1100.

37 Brednich, Rolf Wilhelm, *Die Spinne in der Yucca-Palme, Sagenhafte Geschichten von heute,* München: Beck 1990, S. 94 f.

38 Ebd. S. 95.

39 Ebd.

40 Ebd. S. 18 f.

41 Brednich, Rolf Wilhelm, *Das Huhn mit dem Gipsbein, Neueste sagenhafte Geschichten von heute,* München: Beck 1993, S. 114–117.

42 Lorenz, Konrad, *So kam der Mensch auf den Hund,* München: Deutscher Taschenbuch Verlag 1972, S. 22.

43 Ebd., S. 19.

44 Ebd., S. 22

45 Ebd., S. 103.

46 AaTh 178 A.

47 Brednich, Rolf Wilhelm, *Die Ratte am Strohhalm. Allerneueste sagenhafte Geschichten von heute,* München: Beck 1996, S. 134 f.

48 Die Diskussion wird schon länger geführt. «Insbesondere grosse Hunde, Doggen und Schäferhunde, haben in den letzten Jahren immer wieder nicht nur Kinder schwer verletzt oder getötet, sondern oft auch ihre Besitzer angegriffen», heisst es vor 15 Jahren. Franke, Klaus, *Eine Urfreundschaft mit dem Menschen? Die Deutschen und ihr Hund,* in: ders. (Hrsg.): *Mehr Recht für Tiere* (*Spiegel*-Buch), Reinbek bei Hamburg: Rowohlt 1985, S. 24–44; hier: S. 40. – Franke spricht in diesem Zusammenhang vom «Blutdurst der Tiere», von «Killer-Hunden».

49 [online]http://www.bild.de/service/archiv/2000/jun/28/aktuell/hund1/hund2.html.

50 Bild, 28.6.2000. – Im *Bild*-online Meinungs-Center vom gleichen Tag finden sich hitzige Debatten.

51 Böhme, Hartmut, *Meiner beisst nicht,* in: *Die Zeit,* 6.7.2000.

Treue und Freiheit?

Gegen Ende des achten Jahrhunderts vor Christus liess Homer Odysseus angesichts seines Hundes Argos, der, verlassen auf einem Misthaufen liegend, seinen Meister bei seiner Rückkehr nach Ithaka in der Verkleidung als Bettler wiedererkannte, Tränen vergiessen: «Aber Argos umhüllte der schwarze Schatten des Todes, da er im zwanzigsten Jahr Odysseus wieder gesehen.»

Gegen Ende des achten Jahrhunderts nach Christus dichtet ein irischer Mönch, dessen Name nicht überliefert ist, über seinen weissen Kater Pangur, der bei ihren gemeinsamen Wachen mit Lust Mäuse jagt, während er mit Leidenschaft und Demut den Sinn der göttlichen Rede jagt: «Pangur ist ein Meister seiner Kunst/ Für die er wohl von Gott geschaffen ist/ uns gemein mag sein die Herzensbrunst/ Im Verein mit hundsgemeiner Hinterlist.»

Argos und Pangur bilden ein zwar mehr als unwahrscheinliches, aber nichtsdestoweniger emblematisches Paar für die Art und Weise, wie Hund und Katze mit dem Menschen leben: Leidenschaftliche Bindung beim ersten, distanzierte Begleitung beim zweiten. Sie spalten die Menschheit (und besonders die Schriftsteller) in Kynophile und Ailurophile, zwei Clans, die oft nicht sehr freundlich miteinander umgehen. «Wie Hund und Katze» lautet eine in vielen Sprachen verbreitete Redewendung und «die Hunde sind vom lieben Gott, die Katzen vom Teufel» ein provenzalisches Sprichwort, das die Tonalität in der Symbolik der beiden Tiere wiedergibt. Seit dem Mittelalter unterliegt der Hund einem positiven und männlichen Bedeutungsregister, mit ihm werden Erde, Sonne, Regen, Tag, Leben, Gold und Silber assoziiert, während die Katze über ein mehrdeutiges, weibliches Reich des Wassers, des Mondes, des Hagels, der Nacht, des Todes, des Kupfers und Bleis herrscht. Die schwarze Katze der Hexerei mit ihrem Leichenzug ist nicht weit entfernt. Allerdings ist da der weisse Pangur, der uns in Erinnerung ruft, dass nichts einfach und eindeutig ist – vor allem nicht eine Katze –, dass sich die Wertungen verkehren und jedes Symbol sein Gegenbeispiel hat.

«Ach, wenn er gesprochen hätte, hätte er mir nicht von sich, sondern von mir erzählt», ruft eine Figur bei Marcel Jouhandeau angesichts ihres toten Hundes aus, während Colette die Sorge ihrer Brabanter-Hündin in die Worte fasst: «Sie überwacht mich stets und wird mich stets überwachen, erst im Tod wird sie aufhören, mir jeden Augenblick ihrer Aufmerksamkeit zu schenken». Der Hund ist laut Maeterlinck «das einzige Lebewesen, das einen unzweifelhaften, berührbaren, unwiderlegbaren und endgültigen Gott kennt und anerkennt.» Der Hund ist so sehr ein Emblem der Treue, dass er sie im Namen trägt – wieviele Hunde heissen *Fido*! Dieser Altruist, der vom Teilen lebt und Ergebenheit wie freiwilliges Schenken verkörpert, kennt weder den Zweifel noch die Infragestellung und zeigt – grossartige Schwäche – die unbedingte Anhänglichkeit noch für den ärgsten Meister. Man hat die Hunde mit allen Mächten in Verbindung gesehen, als Garanten und Verteidiger aller etablierten Ordnungen, und Blondie folgt Hilter bis in den Selbstmord-Bunker. «In den Augen des Hundes herrscht die Trauer darüber, seit den Tagen der Schöpfung vergeblich die Peitsche seines Peinigers geleckt zu haben», notiert Francis Jammes.

Seit Urzeiten hat die Katze ihre Unabhängigkeit erklärt und ihren Weg unbeirrt neben jenem der Menschen gewählt: Bosch stellt sie in seinem *Garten der Lüste* mit einer Maus zwischen den Zähnen dar, ein erster Bruch in einer sonst noch harmonischen Welt. Die Katze etabliert sich als Symbol aller Freiheiten, aller Zweideutigkeiten, sie kennt das Spiel, sie kennt den geringen Halt der Existenz, vielleicht sogar ihrer eigenen? Rilke behauptet, für ihn sei «ihr Dasein immer nur eine ziemlich gewagte Behauptung» gewesen, und Mallarmé bekennt, ganze Tage allein mit seiner Katze verbracht zu haben: «Unter ‹allein› verstehe ich: ohne ein körperliches Wesen – meine Katze ist ein mystischer Begleiter, ein Geist.» Für *Alice hinter den Spiegeln* bleibt von einer anderen Katze nur ein in der Luft schwebendes Lächeln übrig, immer noch genug, dass die Katze, wie Marcel Mauss meint, «das einzige Lebewesen ist, dem es gelungen ist, den Menschen zu domestizieren».

«Cave canem»
(Vorsicht vor dem Hunde):
Römisches Mosaik, 1. Jh.n.Chr.

Sandro Botticelli:
Die Geschichte des Nastagio degli Honesti, nach Boccaccio, Decamerone V, 8; 1483.
Nastagio degli Honesti, der von seinem Mädchen verschmähte Liebhaber, wird Zeuge einer grausam-phantastischen «Jagd» zwischen zwei Wiedergängern. Der Ritter Guido, der sich wegen der Zurückweisung durch eine Frau das Leben genommen hatte, ist dazu verdammt, die ebenfalls verstorbene Frau jede Woche erneut zu töten und dabei zuzuschauen, wie seine Hunde sie zerreissen. Der listige Nastagio organisiert daraufhin ein Festessen, um gemeinsam mit seiner schönen Widerspenstigen der unheimlichen Szene beizuwohnen. Tatsächlich lässt sie sich dadurch bezähmen – zumindest, um dem gleichen Schicksal zu entgehen.

Domenico di Bartolo Ghezzi: Beichte eines Sterbenden, Fresko, um 1440/44. Der Kampf von Hund und Katze zu Füssen eines Sterbenden wird häufig als Kampf zwischen Gut und Böse interpretiert.

Théophile Alexandre Steinlen: Der Winter oder Katze auf einem Kissen, Farblithographie, 1909. Die Katze, gemäss Cocteau «die unsichtbare Seele des Hauses», versinnbildlicht traditionellerweise den Winter und die Behaglichkeit.

Théophile Alexandre Steinlen: «Le chat noir Gaudeamus», Öl auf Leinwand, 1890. Die Aufforderung der schwarzen Katze bezieht sich auf ein mittelalterliches Studentenlied und steht gleichzeitig für die Katze als Symbol des Hedonismus und der Freiheitsliebe.

Jacques Louis Copia, nach Vorlage von Pierre Prud'hon: Die französische Verfassung, 1793. Im 2. Jh.v.Chr. liess Tiberius Crachus in Rom einen der Freiheit geweihten Tempel erbauen. Zu Füssen der Allegorie der Freiheit ruhte eine Katze – die französische Revolution nahm das Motiv wieder auf.

«Libertas sine labore», Zeichnung von Viollet-Le-Duc für «Les Chats» von Champfleury, 1869.

Hieronymus Bosch: der Garten der Lüste (Ausschnitt), um 1500. Die Katze mit der Maus zwischen den Zähnen: Ein Symbol für die ersten dunklen Anzeichen im idyllischen Eden oder die Bejahung der natürlichen Bestimmung des Tieres? Es existieren beide Interpretationen.

Félix Vallotton: «La Paresse», Holzschnitt, 1896

Hund auf dem Grab des Lyciers Jason, «Die Treue überdauert den Tod»: Emblem der Treue aus «Emblemas Morales de Don Sebastian de Covarrubias Orozco», Madrid, 1610

Der Brunnen der Treue, Freiburg i.Ue., Musée d'art et d'histoire, 16./17. Jh.

Franz Niklaus König: «Der Kiltgang im Kanton Bern», um 1801.
Der nächtliche Verehrerbesuch war eine bernische Tradition, auf die nicht nur Casanova hingewiesen hat, sondern auch Stendhal und Nicolas Bouvier. Als Zeichen der Verführung sind die Katzen in diesem Bild wohl platziert – dahingegen räumen sie dem treuen Hund das Feld, wo es um die Darstellung des Eheglücks geht.

Georg Volmar: «Eheglück»

Renate Böschenstein

Katze und Verbrechen

Zur Funktion von Katzen in Kriminalgeschichten

1. Katze, Mensch, Verbrechen: Anfänge

Ein irischer Mönch sitzt in seiner Zelle, vergnügt, weil er sie mit einem Freund teilt, dessen Beschäftigung der seinen analog ist: dem weissen Kater Pangur.

Hunting mice is his delight,
Hunting words I sit all night.

Beide erleben parallele Momente freudiger Befriedigung, Pangur, wenn er dank seinem scharfen Blick eine Maus erwischt, der Mönch, wenn er mit Hilfe seiner kühnen Gedanken in den Schriften, die er studiert, eine Bedeutung erhascht: zwei frühmittelalterliche Detektive. Was hier an der Katze hervorgehoben wird, ist ihre Intelligenz und Geschicklichkeit. Das wäre eine Piste, um ihre offensichtliche Affinität zu Kriminalgeschichten zu verstehen, die in den letzten Jahren dazu geführt hat, dass «Katzen-Krimi» zum Gattungsbegriff geworden ist. Eine ganz andere Begründung gibt ein Autor, der durch diese Spezies zu Ruhm und Vermögen gelangt ist: Akif Pirinçci. «Das Leben von Katzen ist eben eine einzige Abfolge von Sex und Crime. Das macht sie zu idealen Helden.» Darf man so formulieren?

Sicher hat die Vorliebe zur Einführung von Katzen in Kriminalgeschichten damit zu tun, dass sie dem Menschen den Vorgang des Tötens mitten in der Zivilisation vor Augen führen, in seinem Haus oder Garten – ein zwanghaftes Töten, das den Menschen grausam anmutet durch das Spiel, das die Katze mit ihrer Beute treibt, ehe sie zubeisst, und das ihn zugleich beeindruckt durch die Ausdauer, mit der sie den Moment abpasst, in dem etwa ein Spatz sich niederlässt, und die blitzschnelle Reaktion, mit der sie auf ihn losschiesst. Niemals hätte der irische Mönch dies Verhalten «crime» genannt, denn schliesslich war es der Katze von der gottgestifteten Weltordnung aufgetragen, Vögel und Mäuse zu fangen. Seit wann die Ambivalenz, mit der die Menschen das todbringende Handeln der Katze beobachten und – bewusst oder unbewusst – mit dem eigenen in Vergleich setzen? Es ist eine mehrfache Ambivalenz: die Doppelheit von Abscheu und Bewunderung, die Spaltung von spontaner Abwehr und dem Wissen, dass die Katze gegenüber dem Naturgesetz keine Freiheit hat, und das Ineinander von Zuneigung zu diesem oft besonders zärtlichen Tier und dem Bewusstsein seiner – fremdartigen? fremdartig nur scheinenden? – Gewaltsamkeit.

Eine Katze frisst einen Fisch. Theben, Grab des Nakht, ägyptisch, ca. 1425 v.Chr.

Cat,
I am afraid of your poisonous beauty,
I have seen you torturing a mouse.
Yet when you lie purring in my lap
I forget everything but how soft you are [...].

Das schreibt Amy Lowell nach einem Jahrhundert, in dem sich die literarische Katze in der Nähe des Verbrechens etabliert hat. Nicht von ungefähr entsteht die Gattung der Kriminalerzählung, entspringend aus einer neuen Sensibilität für die Psyche des Verbrechers, um die gleiche Zeit – um die Wende vom 18. zum 19. Jahrhundert –, in der die Darstellung von Tieren sich von der traditionellen Unbefangenheit löst, mit der die Fabeldichter menschliche Eigenschaften in die Tiere projizierten, und die Autoren sich zunehmend bemühen, Tiere ihrer Eigenart gemäss zu schildern, ja, sich in ihre Mentalität einzufühlen. Es ist das Jahrhundert, in dem die seit zweihundert Jahren von Biologen und Philosophen leidenschaftlich geführte Diskussion über die Abgrenzung zwischen Mensch und Tier durch Darwins Thesen einen neuen Akzent erhält. Implizit bestimmt die Unsicherheit über diese Grenze auch die Funktion der Katze in der Kriminalgeschichte. Es entsteht ein Netz von Bezügen, die sich überschneiden können. Die Katze kann Detektivin sein, Täterin, Opfer, Zeugin – dies alles auf der Ebene der Realität. Sie kann aber auch Phantom oder Symbol sein oder in diese Existenzweise übergehen. Von entscheidender Bedeutung ist die Perspektive, aus der erzählt wird: Spricht ein objektiver Erzähler, ein Täter oder die Katze selbst, sei es als Ich-Erzählerin, sei es in einer personalisierten dritten Person? Diese letzteren Erzählformen mit ihren sprachlichen Implikationen sind natürlich die stärkste Herausforderung für die Einfühlungsgabe der Autoren. «Das ist ja wohl das letzte, wenn sie auch anfangen, Miau zu sagen», lässt gerade Hanna Johansen, welche diese Gabe in hohem Grade besitzt, ihren Helden Felis denken. Für die deutschsprachigen Autoren kommt noch eine Schwierigkeit hinzu: Die Gattungsbezeichnung ist weiblich. Doch hat die Notwendigkeit, spezifisch vom «Kater» zu sprechen, auch ihren Wert für den modernen Leser: Seine Aufmerksamkeit wird darauf gelenkt, dass die meisten Krimi-Katzen, soweit sich das Feld überblicken lässt, mit Ausnahme der jüngsten Produktion männlichen Geschlechts sind.

Erstaunlich, dass E.T.A. Hoffmann, der mit seinem *Fräulein von Scuderi* zu den Vätern des Kriminalromans gehört, seinen berühmten Kater Murr – seinerseits Stammvater zahlreicher literarischer Katzen – nicht zumindest zum Zeugen von Verbrechen gemacht hat. Oder täuscht dieser Eindruck? Bekanntlich ist, der Herausgeberfiktion zufolge, die originelle Doppelstruktur von Murrs *Lebens-Ansichten* (1821) dadurch zustande gekommen, dass der Kater, als er sie aufzeichnete, aus einem Roman herausgerissene Blätter als Löschpapier und Unterlage gebrauchte und diese versehentlich mitabgedruckt wurden. Die Welt dieses Romans nun, in dessen Zentrum der exzentrische Musiker Kreisler steht, d.h. die Residenz eines mediatisierten Fürsten, ist durch und durch mit verbrecherischen Impulsen durchsetzt. Intrigen, Entführung, Mordanschläge sind an der Tagesordnung. Hier werden Vögel gequält, aber von einem debilen Prinzen, hier herrschen Sex und Crime, aber zwischen Menschen. Murr dagegen ist ein sehr friedfertiger Kater, den der ihm – nach seinem Selbstverständnis – «innewohnende Genius» zur Lebensweise eines Philosophen und Schriftstellers bestimmt. Dennoch stellt Murr nicht etwa ein didaktisch motiviertes Gegenbild zum aggressiven Menschen dar. Hoffmann kann bei der Konzeption der Kater-Autobiographie nicht vorbeigehen an den aggressiven Momenten des – ihm im übrigen aus dem Umgang mit seinem eigenen geliebten Murr sehr vertrauten – Katzenlebens: den «Katzbalgereien» um geliebte Kätzinnen, der – damals und noch lange als naturgegeben betrachteten – Feindschaft zwischen Katze und Hund, aber er mildert sie nach Möglichkeit. Murr schliesst nicht nur Freundschaft mit dem Pudel Ponto, sondern lernt auch «Pudelisch» und weist in einem Aufsatz nach, dass Hund und Katze nur verschiedene Strahlen sind, «aus einem Prisma geworfen». Was Hoffmann, der Liebhaber von Callots aus Mensch und Tier zusammengesetzten Figuren, mit einem in seiner Epoche seltenen Scharfblick durchschaut, ist die Gemeinsamkeit der mächtigen elementaren Impulse in Menschen und

Maximilian Liebenwein: Illustration zu E.T.A. Hoffmann: «Lebensansichten des Katers Murr», 1923

Alfred Kubin: Illustration zu Edgar Allan Poe, «The Black Cat»

Tieren, und es gehört zu seiner ironischen Anthropologie, dass er den Tieren die gemässigte, den Menschen die wilde Ausdrucksform zuteilt. Dieser fundamental ironische Blick erlaubt es ihm auch, seinen Schriftsteller Murr mit einer überzeugenden Sprache auszustatten: Denn aus der Bibliothek seines Meisters hat Murr jene Rhetorik gelernt, die sich offen als Imitation der Menschensprache und nicht als originales «Kätzisch» präsentiert: «Unsichtbare Pfoten rissen mich hin zu ihr [...]», schreibt der verliebte Kater, der sich in Ovids Traktat über die Liebeskunst Trost und Rat holt.

2. Katzen als Zeichen

Ist Hoffmanns Perspektive auf Mensch und Katze zugleich beunruhigend und befreiend, so herrscht nur noch das Beunruhigende im Meisterwerk seines Schülers Edgar Allan Poe *The Black Cat* (1843). Selten sind in einen Text von wenigen Seiten so viele und so widersprüchliche Aspekte gebannt worden. Der Ich-Erzähler, der vor seiner Hinrichtung seine Beichte niederschreibt, glaubt an einen – zugleich gnädigen und grausamen – Gott; er unterscheidet auch klar zwischen Gut und Böse. Aber er ist zutiefst davon überzeugt, dass «Perversität», der Trieb, das Böse um des Bösen willen zu tun und dadurch sich selbst zu peinigen, eine primäre Anlage des Menschen ist. Mit seiner Beichte will er keine Deutung des Geschehens geben, und doch ist sie eine Art Selbstanalyse, die freilich mit Leerstellen und Selbsttäuschungen durchsetzt ist. Der Erzähler schildert sich als ein besonders sanftes Kind mit einer grossen Tierliebe – ohne zu bemerken, dass diese mit Abneigung gegen die «blossen Menschen» gekoppelt ist. Unter den vielen von ihm und seiner Gattin geliebten Haustieren ist sein Liebling eine grosse, schöne, intelligente und völlig schwarze Katze. Er teilt nicht den Aberglauben der Gattin, schwarze Katzen seien verkleidete Hexen: Wenn er aber am Schluss von der «craft» des Tieres spricht, die ihn zum Mord verführt habe, so meint er «witchcraft».

Diese Katze ist nicht mehr dieselbe wie jener Liebling und doch die gleiche. Mit dem Namen «Pluto» für jene wird eine symbolische Ebene eröffnet, die der als real präsentierten parallel läuft. Die Veränderung seines Charakters zur Grausamkeit hin, die ihn Gattin und Tiere misshandeln lässt, erklärt der Erzähler schlicht und monokausal durch seine Alkoholsucht. Ist es nur dieser Dämon, der ihn treibt, der Katze, als sie sich von ihm abzuwenden scheint, ein Auge auszustechen? Von nun an oszilliert das Geschehen zwischen realem Vorgang und Phantasma, wobei der Erzähler dafür sorgt, Zeugen für die Faktizität des von ihm Wahrgenommenen aufzubieten. Als der Sadomasochist unter strömenden Tränen die Katze erhängt hat, brennt sein Haus ab, und auf der einzig erhaltenen Mauer erblickt nicht nur er, sondern eine ganze Menschenmenge das Bild einer riesigen Katze, den Strick um den Hals. Die scheinbar zufällig gefundene einäugige Katze, die er als Ersatz ins Haus nimmt, wird gerade durch ihre übergrosse Anhänglichkeit zur Verfolgerin – und hat überdies einen weissen Fleck in Form eines Galgens. Als er das unheimliche Tier töten will, erschlägt er unversehens seine Gattin, die ihm in den Arm fällt. Der beichtende Mörder spricht nicht von Reue über die Tötung dieser liebevollen und geduldigen Person, sondern nur vom Triumph, in der Kellerwand ein sicheres Versteck für die Leiche gefunden zu haben. Doch eben die Hybris wird zur Verräterin. Als er in Gegenwart der Polizisten an die Wand klopft, antwortet von innen ein Schrei: die Stimme der Katze, die er versehentlich mit eingemauert hat. Das schaurige Bild der Katze mit dem einen Feuerauge, die auf dem Kopf der Leiche hockt, ist doppelter Natur: Ihr Erscheinen ist, wie überdeutlich gemacht wird, Folge der unbewussten Selbstbestrafungstendenz des Mörders; zugleich ist sie aber ein Zeichen der tödlichen Verstrickung in eine sich steigernde Reihe von Untaten, deren letzte Beweggründe rätselhaft sind – dem Erzähler wie dem Leser.

Die Funktion der Katze, Zeichen zu sein für die Präsenz – drohender oder begangener – Verbrechen und insbesondere für deren komplexen, letztlich nicht ganz zu erhellenden Charakter hat sich immer wieder in suggestiven Darstellungen konkretisiert. Als Theodor Fontane sich als vermeintlicher Spion auf der Insel Oléron in Festungshaft befand, tröstete ihn die junge Katze Blanche als Zellengenossin durch ihre anmutigen Spiele, die er ebenso anmutig zu beschreiben weiss. Aber als er in seinem Kriminalroman *Unterm Birnbaum* (1885) das Rätsel gestalten will, wie zwei durchaus sympathische, «normale» Personen in finanzieller Not zu Raubmördern werden können, präfiguriert er dieses Geschehen durch eine Katze ganz anderer Art. In der ihm eigentümlichen untertreibenden Form von «disguised symbolism» lässt er durch den Garten des zukünftigen Mörders die Katze der hexenhaften Nachbarin schleichen, und diese ist schwarzgelb, trägt also die Höllenfarben, und wenn sie «mutmasslich auf der Sperlingssuche» ist, so antizipiert sie auch die zukünftige Strafe. Denn der Sperling ist das Totemtier des Schuldigen, das ihn zu trösten sucht, ehe auch er sich unwissentlich selbst zugrunde richtet.

Trotz der zunehmenden Einsicht in das Anthropomorphe der den Katzen zugeschriebenen vorgegebenen Nähe zum Verbrechen ist ihnen der so geprägte emblematische Charakter geblieben, so dass noch am Ende des 20. Jahrhunderts knappe Evokationen

Madlaina Demarmels: Umschlagentwurf zu Jon Semadeni: «Il giat cotchen», 1978

stark wirken können. In Peter Handkes Stück *Das Mündel will Vormund sein* (1968) fügt sich die Katze als reines Zeichen besonders gut ein, da der dramatische Text keinen Dialog, nur Bühnenbild und Gesten kennt. Handke beschreibt aus der Perspektive des präsumptiven Zuschauers die beiden Bühnenbilder, eine ländliche Szenerie und ein Zimmer, und die beiden Figuren, einen jungen und einen erwachsenen Mann in Arbeitskleidern. Zentral ist zuerst ein Hackklotz mit Holzscheit und Beil, und auf diesem «erblicken wir eine Katze». Sie «stellt das dar, was sie tut», und zwar in völliger Freiheit, im Gegensatz zum Mündel. Denn im Folgenden rollt eine langsame Folge von Bewegungen und Handlungen ab, die, alle minutiös geschildert, die Abhängigkeit des Mündels vom Vormund zeigen, den es imitiert, dem es behilflich ist, dessen Blick jede eigengelenkte Tätigkeit absterben lässt. Der Umschlag bereitet sich vor, als es dem Mündel gelingt, durch eine Katzenklappe in der zugeschlagenen Tür nach draussen zu gelangen. Und auch hier zeigt das Wiedererscheinen der Katze das bevorstehende Verbrechen an: Der Vormund, der das Mündel lehren wollte, mit einer Maschine Rüben zu schneiden, fällt deren Messer zum Opfer. Auf der Bühne bleibt das Mündel zurück, einsam, schuldig und befreit, ohne die Katze, deren Funktion erfüllt ist.

Die unterdrückten Emotionen der wortlosen Personen und die Unsicherheit über die Berechtigung solcher Tötung – Mord oder Notwehr gegen einen Tyrannen? – erfüllen Handkes sehr abstrakt strukturiertes Stück mit einer unterirdisch fliessenden Unruhe. Unmittelbar evoziert wird die Unruhe, und zwar vor allem mittels Struktur und Syntax, in der Erzählung *Il giat cotschen* (*Die rote Katze,* 1980) des Bündners Jon Semadeni. Wie bei Poe tritt hier eine Katze aus der Mauer, aber eine uralte Katze, die beim Umbau einer Bauernhauses gefunden wird: ein «Phantom mit braun-rötlichem Fell, ausgemergelt von den Jahrhunderten», mit einem vom letzten Schrei noch aufgerissenem Maul. So wie diese vergangene Katze noch lebendig ist, so ist dem Ich-Erzähler, einem alten, betrunkenen Mann, der bei Regen und Dunkelheit durch sein Heimatdorf geht, seine ganze Vergangenheit präsent. Mit grosser Kunst macht das kontinuierliche Präsens der Erzählung das Ineinander von Gegenwart und Bildern des Gewesenen deutlich – in zeitloser Anklage. Denn immer wieder hat dieser Mann, arrivierter Anwalt und Landammann, Schuld auf sich geladen, indem er seiner Karriere Menschen opferte: die Jugendgeliebte, die er verlässt, die Magd, die er schwängert, den Beleidiger, den er erschiesst – oder ist dieser Mord nur der Wahn des vor Rachsucht Fiebernden? Auch hier ist die Katze, die den Erzähler verfolgt, Zeichen des Rätselhaften am Verbrechen. In der Nacht vor dem Schuss, den er im Gebirge auf seinen Feind richtet, erscheint ihm die Katze als fauchendes Untier, Symbol seiner Wut. Aber diese Katze, die einst Opfer war – vielleicht des Glaubens, man müsse beim Hausbau etwas Lebendiges einmauern – ist auch das Zeichen schmerzhafter Selbsterkenntnis: «Ich spüre, wie sie [...] versucht, mir in die Augen zu schauen. – Ein unruhiges, phosphoreszierendes Licht dringt durch meine Augenlider.» Und so wird seine Ich-Erzählung selbst zur Katze.

Ihr Weiterleben in der Gegenwart verdankt die emblematische Katze auch ihrem Vermögen, Kommentare zu ersparen. Das macht sich Bernhard Schlink zunutze, in dessen

Maximilian Liebenwein: Illustration zu Gottfried Keller: «Spiegel das Kätzchen», 1922

Romanen sich bekanntlich die aktuellen Verbrechen mit den einstigen politischen verschlingen. Sein Privatdetektiv Selb, in seiner Jugend Staatsanwalt im Dienst des Nazi-Regimes, richtet am Ende von *Selbs Justiz* (1987) in Person einen mit alter und neuer Schuld beladenen Wirtschaftsboss. Sein Kater Turbo, wenig individualisiert, fängt am Beginn des Romans eine Maus; am Schluss, als sein Besitzer die der seinen parallele Aufgabe gelöst hat, bricht er auf einer Silvesterparty der zum Zaubertrick dienenden Maus das Genick. Gleich darauf rezitiert ein Schuljunge als Beitrag zur Geselligkeit C. F. Meyers Ballade *Die Füsse im Feuer* mit dem Schluss: «Mein ist die Rache, spricht der Herr». Diese unauffällig erzählten Episoden geben das Urteil über Selbs Handeln an den Leser weiter.

3. Katzen als Personen

Parallel zu den zeichenhaften Katzen bewegt sich eine andere Spezies durch die Literatur: jene konkret geschilderten, individualisierten Katzen, denen ihre Erfinder die gleiche deskriptive Psychologie zukommen lassen wie ihren menschlichen Gefährten. Ihr Prototyp ist Spiegel, Kellers kluger Kater, der sich dem Verbrechen, dessen Opfer er werden soll, durch List, Phantasie und Redekunst entzieht. Wie sein Autor schon im Titel durch den Diminutiv «Kätzchen» andeutet (1855), ist das schöne Tier mit dem glänzenden Fell wie Murr eine gleichsam bürgerliche Katze. Spiegels aggressive Impulse sind sehr gedämpft: Die Jagd betreibt er «mit Vernunft und Mässigung»: Er fängt «nur die zudringlichsten und frechsten Mäuse». Dank der Bezeichnung des Textes als «Märchen» kann er auch ohne Studien philosophisch denken und in Menschensprache anschaulich erzählen. Spiegels heitere Geschichte zeigt indes, angesiedelt in dem ambivalenten Idyllenort Seldwyla, auch die finstere Kehrseite solchen Bürgerlebens. Keller demonstriert an Spiegel ein durch die bürgerliche Behaglichkeit zunächst verdecktes hartes Gesetz: Geist ist abhängig von Materie. Als Spiegel nach dem Tod seiner Herrin Hunger leidet, verfällt er auch geistig und seelisch. Würdelos akzeptiert er das Angebot des «Stadthexenmeisters», ihn zu mästen, um ihn dann zu schlachten und so das zum Hexen nötige Katzenfett zu gewinnen. Zwar entfaltet Keller die ganze ironische Grazie seines Erzählens bei der Schilderung der künstlichen Landschaft – gebratene Vögelein auf Tannenbäumchen –, in der der Hexer dem Kater seine Speise serviert, aber auf dem düsteren Grund eines Kampfes um Leben und Tod. Die grausame Ausbeutung des verhungerten Tiers wird dadurch gesteigert, dass sie durch einen regelrechten Vertrag festgelegt wird. Spiegel, dem mit der Nahrung auch die Intelligenz zurückkehrt, kann sich zunächst durch bewusste Mässigkeit und Hingabe an zehrende erotische Leidenschaft vor der Tötung schützen; als aber der Hexer diese List durchschaut, rettet ihn vor dem Messer nur dessen eigenes Begehren nach Geld und Sexualität, das ihn an Spiegels phantastische Erzählung von einem Schatz glauben lässt, den er durch die Heirat mit einem armen, schönen Fräulein gewinnen könne. Dieses enthüllt sich dann freilich in der Hochzeitsnacht als die scheinfromme alte Nachbarin, eine stärkere Hexe, die den potentiellen Katzenmörder durch ihre «höllischen Künste» fortan beherrscht. Hier erlaubt es nur die Gattung ‹Märchen› mit ihrer deutlichen Trennung von Gut und Böse, den düsteren Schluss als positiv empfinden zu lassen.

Die Qualen, die zwei alte Menschen sich im engen bürgerlichen Zusammenleben bereiten können, hat dann ein Jahrhundert später, ohne mildernde Märchenmotive, Georges Simenon dargestellt, eingetaucht in die seinem Schreiben eigentümliche

«Le chat». Standbild mit Jean Gabin, Film von Pierre Granier-Deferre nach dem gleichnamigen Roman von Georges Simenon, 1971

schwerfällige Melancholie: in *Le Chat* (1967). Ihr Ursprung ist hier die Ermordung einer Katze. Der Zufall der Nachbarschaft hat zwei Personen zu einer späten zweiten Ehe zusammengeführt, deren sozialer Hintergrund so verschieden ist wie ihre Interessen. Emile, aus dessen Perspektive erzählt wird, ist ein einfacher, gutmütiger Mensch, pensionierter Arbeiter beim Pariser Strassenbau, von proletarischer Herkunft, die seine Sprache und Manieren prägt, liebt Bistrots und belebte Strassen; Marguerite, fixiert auf ihre Vergangenheit als Tochter aus einstmals vermögendem Hause, pedantisch, bigott, strickt und liest sentimentale Romane. Der Konflikt konkretisiert sich in der von Emile eingebrachten Katze, dem Findling mit dem frommen Namen Joseph, der für seinen Herrn fast die Anhänglichkeit eines Hundes entwickelt hat. Marguerite kann ihn ebensowenig ertragen wie Joseph und Emile ihren Papagei mit seinen schillernden Federn und schrillen Schreien. Sie benutzt eine Krankheit des Gatten, um Joseph zu vergiften. Unvergesslich die Szene aus dem Film (mit Jean Gabin und Simone Signoret), wo der verzweifelte kranke Emile in den Strassen nach dem Freund sucht. Seine Rache: Er reisst dem Papagei die Schwanzfedern aus, im halben Bewusstsein, damit die verhasste Herkunftsfamilie der Frau zu treffen. Die Ehe wird zum toten Leben. Die Gatten sprechen nicht mehr miteinander, sondern werfen sich bedrohliche Zettel zu: LE CHAT / LE PERROQUET. Sie sitzen stumm im Salon, wo der ausgestopfte Papagei prangt. Dieses Leben in Feindschaft wird zum psychischen Gefängnis, dem sie nicht entrinnen können. Als Emile auszubrechen versucht und zu einer munteren Bistrotwirtin zieht, demütigt sich die Gattin, bis er heimkehrt, aber ohne Versöhnung. Gepeinigt vom Lärm einer Baustelle, wo die einst ihrer Familie gehörigen Häuser einem Wohnblock weichen, erliegt sie stumm einem Herzversagen. Emile überlebt den Schock, aber nur äusserlich: «Il n'était plus rien.» Der Roman hat starke symbolische Züge – man wohnt in einer Sackgasse –, aber sie werden überdeckt von den detailliert geschilderten Elementen der konkreten Aussenwelt: den Baumaschinen, den Mahlzeiten. In der Katze wird zwar ihr Herr getötet, aber auch dieser eine besondere Kater Joseph.

Wenn Katzen aktiv – als Detektive oder als Täter – an Verbrechen beteiligt sind: Welche Fähigkeiten darf man ihnen mitgeben? Welche Ausschnitte aus der umgebenden Welt soll man sie wahrnehmen lassen? In welcher Sprache sollen sie planen? Wieviel spezifisch Tierhaftes muss ihnen erhalten bleiben? Vor dem heiklen Balanceakt, hier jeweils die richtige Mischung zu finden, die den Leser das Prekäre der Fiktion vergessen lässt, stehen die Verfasser von Katzen-Krimis ohne Märchenlizenzen. Eine Meisterin auf diesem Seil ist Patricia Highsmith, deren Einfühlungsgabe in ihrer berühmten Sammlung *The Animal-Lover's Book of Beastly Murder* (1975) sich nicht nur auf ein Kamel und eine Ratte, sondern sogar auf einen Kakerlaken erstreckt. Mit Ausnahme des letzteren begehen alle Tier-Protagonisten dieser Geschichten ein Verbrechen an einem Menschen, den sie töten oder verletzen. Dennoch gilt ihnen die Sympathie der Leser, denn ihre Taten sind Racheakte an Peinigern oder Verfolgern. Bereits der Titel stachelt die Reflexion an: Die Bezeichnung des Adressaten als «animal-lover» erinnert an die vom Klischeebild des ‹unschuldigen Tiers› ausgehende Verführung zur Sentimentalität, der ein solcher oft erliegt. Der Stachel bohrt sich tiefer ein durch das Adjektiv «beastly», geläufige

Qualifikation einer besonders grausamen menschlichen Tat, das hier konkret genommen wird. Implizit oder explizit ist dem modernen Katzen-Krimi zugleich mit der Unklarheit der Mensch-Tier-Relation und der mit ihr verflochtenen Unsicherheit über die Kategorien ‹gut› und ‹böse› das Problem der Kosmodizee eingeschrieben. Leicht nachvollziehbar ist das Eifersuchtsdrama zwischen Kater und Liebhaber in *Ming's Biggest Prey*, das ganz aus Mings Perspektive geschildert wird. Die Anfangs-Szenerie, eine mittägliche Meeresbucht, wird mit den Sinnen des auf dem Dach eines Segelboots ruhenden Katers evoziert; elegant lässt die Autorin nur eben einfliessen, dass es sich um die Bucht von Acapulco handelt. Ebenso stellt sich der zweite Schauplatz, die Villa der Ming zärtlich liebenden Herrin, als sein Revier dar. Die Streitgespräche des Menschenpaars nimmt Ming nur am Ton als solche wahr. In die zwischen Mensch und Tier spielende Handlung, nämlich die Versuche des Liebhabers, Ming zu töten, wird ein Mini-Verbrechen des Liebhabers eingeflochten, offenbar um Mings Abneigung gegen den Liebhaber nicht nur egoistisch zu motivieren: Er stiehlt ein Schmuckstück seiner Freundin. Durch seine Gewandtheit kann der Kater den letzten Mordversuch umkehren: Der Liebhaber, der ihn in den Tod stürzen will, wird von Ming auf einer steilen Treppe so heftig angesprungen, dass er selbst sich den Hals bricht. Dabei werden Mings Impulse krude wiedergegeben: Der Blutgeruch des getöteten Feindes erregt in ihm jene Lust, die er vom Vogeltöten her kennt: «the aroma of his victory». Wenn so der Autorin die Evokation des spezifisch Katzenhaften gelingt, so wird sie doch durch das Vokabular der Menschensprache gezwungen, die Empfindungen des Katers mit menschlichen zu identifizieren: «Hatred burned his eyes [...].» Gezwungen? Es ist ein Zusammenfall, der indes wohl auch ihrer Konzeption der menschlichen Psyche entspricht.

Auf die schwierige Abgrenzung von Tier und Mensch deutet die Formel *The Cat who [...],* mit der alle Titel der über zwanzig Katzen-Krimis beginnen, die Lilian Jackson Braun, gleichfalls Amerikanerin, seit den sechziger Jahren verfasst hat: Die Einführung des personalen Pronomens anstelle des für Tiere gebräuchlichen sächlichen eröffnet auch in diesen – sehr auf lockere Unterhaltung hin angelegten – Geschichten gleichsam eine philosophische Dimension. Ein Topos der Katzen-Krimis ist die Reflexion der Katzen über die bedauerliche Beschränktheit der menschlichen Fähigkeiten. «They were unable to see in the dark. They ate and drank unthinkable concoctions. And they had only five senses [...]». So denkt der Siamkater Phut Phat, der mit Mühe versucht, die stumpfen Geschöpfe seine eigene Kunst zu lehren, durch Konzentration Gedanken zu übermitteln. Nur mit Anstrengung gelingt es ihm, nach einem Einbruchdiebstahl, dessen Zeuge er war, seinem «Menschen II» (dem Ehegatten) mitzuteilen, wer ihn begangen hat. Diese Vorliebe für telepathische Fähigkeiten der Katzen führt in einem der letzten Romane der Serie, *The Cat who robbed a Bank* (1999), dahin, dass der Siamese Koko genau in der Nachtstunde, in der ein Mord geschieht, zu heulen beginnt und von da an vergeblich versucht, dessen Einzelheiten seinem Besitzer durch symbolische Handlungen mitzuteilen. Dieser, wenngleich ein sehr aufgeschlossener Journalist, der seinen Katzen aus der Weltliteratur vorliest, kann die Botschaften nur ex post begreifen, zumal er solchem geheimnisvollen Wissen gegenüber ein wenig skeptisch bleibt – wie der Leser.

Ganz rational und empirisch gehen dagegen die drei Detektivinnen der jüngeren Kollegin Rita Mae Brown (und ihrer kätzischen Ko-Autorin Sneaky Pie) vor. Es sind zwei (nunmehr weibliche!) Katzen, die getigerte Mrs. Murphy und die grauglänzende Pewter sowie die mit ihnen befreundete Corgy-Hündin Tucker. Ihr Element ist die Spurensuche, die ihnen ihre feinen Sinnesorgane erlauben. Rita Mae Brown hat ihren neuesten Katzenroman *Cat on the Scent* (1999) wieder in einer Kleinstadt in Virginia angesiedelt, deren aus südstaatlichen Traditionsresten und moderner kommerzieller Mentalität gekreuzte Sozialstruktur gerade im verfremdenden Medium der Tier-

Katzenfigürchen und -kalender aus dem Nachlass von Patricia Highsmith

Perspektive sehr plastisch wird. Den Handlungsrahmen liefert die Bodenspekulation. Geschickt hat die Autorin zur Besitzerin der drei Tiere die Posthalterin bestimmt, in deren Amtsstube die Detektivinnen die wichtigsten Einwohner kennen und durchschauen lernen. Von den vier in die Bodenspekulation verwickelten Männern werden zwei ermordet und zwei angeschossen. Um die Tiere an der Aufklärung dieser Verbrechen sehr aktiv teilnehmen zu lassen, müssen sie freilich Fähigkeiten erhalten, die über die bekannten felinen Künste hinausgehen: Sie können lesen, sogar Landkarten, und im Notfall ein Auto lenken. Als Ausgleich wird viel biologisch verbürgtes Tierleben integriert, wie die Jagdlust und die Angst vor stärkeren Verfolgern wie einem Luchs. Auch hier wird die Unfähigkeit der Menschen, Tiersprache zu verstehen, zum Problem. Die Besitzerin kann zwar Kätzisch, aber nur auf elementarer Ebene. Wie die Ergebnisse

Patricia Highsmith

der Spurensuche mitteilen? Mrs. Murphy muss die verräterische Landkarte geradezu der Polizistin vor die Füsse legen. Es gibt aber auch Anlässe zu tieferen Reflexionen über die Menschen, etwa als diese mit Feuereifer eine historische Schlacht nachkämpfen. «[...] sie können die Wirklichkeit nicht akzeptieren», ist die Theorie, mit der Mrs. Murphy die sonderbare Ausdrucksform der Aggressivität im Menschen – den Krieg – erklärt. Wegen der Sinnlosigkeit der Wirklichkeit, so glaubt sie, entwickeln die Menschen «Prinzipien», deren Kollision dann die Kämpfe auslöst. «Die einzige Wirklichkeit ist die Natur.» Auf der Ebene der Darstellung erweist diese in der Grenzverwischung zwischen Mensch und Tier ihre beiden Seiten: die Macht der Instinkte wie Imponiergehabe und sexuelle Rivalität, aber auch die Solidarität der Lebewesen.

4. Katze, Mensch, Gott

Die verborgene Kosmodizee der Katzen-Krimis wird zur expliziten Diskussion der Theodizee in *Felidae* (1989), dem Bestseller des deutsch-türkischen Autors Akif Pirinçci. Auf diese Frage führt schon sein Paratext: «Und Gott sah, dass es gut war», schliesst das Motto aus der *Genesis,* und der Vorspruch zitiert aus dem Schluss des Buches: «Seit die Erde existiert, findet auf ihr eine Kettenreaktion des Leides und des Grauens statt.» «Krönung all der Hässlichkeiten [...] ist jedoch mit ziemlicher Sicherheit der Mensch.» Es folgt eine Aufzählung seiner entsetzlichen Eigenschaften, doch auch die Frage: «Doch was ist mit den *anderen*?»

Der Roman hat zwei feline Protagonisten: den scharf beobachtenden und reflektierenden Francis und den klugen Pascal, den Francis schliesslich als den Urheber der zahlreichen grausamen Morde an Katzen entlarvt, die in seinem Wohngebiet vorfallen. Ihr abschliessender grosser Dialog lässt diese Mordtaten als Exponenten weltanschaulicher Positionen erkennen. Der Autor widerlegt so seine eingangs zitierte grobschlächtige Äusserung über Sex und Crime als die Komponenten des Katzenlebens. Der Anteil des Menschlich-Intellektuellen überwiegt in diesem Buch weit den des Tierhaften, wenngleich der Autor sich bemüht, durch wissenschaftlich abgestützte biologische Details dem Balanceakt gerecht zu werden. Dass beide Kater belesen sind wie einst Murr – Pascal ist sogar ein Computerchampion –, wird nicht weiter problematisiert. Mentalität und Schreibweise des Ich-Erzählers Francis haben eine grosse Bandbreite: Sie reicht von Zynismus und schnoddrigem Neudeutsch zu hoher ästhetischer, erotischer und moralischer Sensibilität. Beide Kater können weinen. Visionäre Träume geleiten Francis durch ein Labyrinth gefährlicher Ermittlungen. Schlüssel zur Mordserie und zu deren moralischer Problematik ist ein altes Tagebuch, das Francis auf der Rattenjagd entdeckt: das Tagebuch eines wahnsinnigen Pharmaforschers. Um seine fixe Idee, ein Wundklebemittel, zu entwickeln, quält er trotz aller Misserfolge bedenkenlos eine grosse Zahl von Katzen als Versuchstiere aufs grausamste. (Diese aktuelle Problematik hat John F. Sutter auf einer einfacheren Ebene, aber packend in einer kurzen Erzählung komprimiert. Eine medizinische Forscherin wird von einem Freundespaar, Erfinder und Gattin, in ein einsames Landhaus in Connecticut eingeladen. Die Haltung dieser

Freunde gegenüber Tieren ist widersprüchlich: Sie verurteilen die Tätigkeit des Gastes, der mit Versuchstieren arbeitet und überzeugt ist, dabei durch den Nutzen für die Menschen, die auch Tiere sind, gerechtfertigt zu sein, aber der Erfinder hat eine ferngesteuerte, batteriebetriebene Metallkatze entwickelt, die in der Umgebung des Hauses Hasen und Nagetiere vernichtet. Durch ein Versehen tötet sie aber die Gattin, und die Forscherin, die erkennt, dass eigentlich sie das Opfer sein sollte, lässt auch den Erfinder des Untiers von ihm umbringen.) Das Ende des Forschers wird erst bekannt, als Pascal sich als das letzte Versuchstier zu erkennen gibt, das schliesslich den Forscher im Zweikampf getötet hat. Aber wie hat er auf die erlittenen Verbrechen reagiert? Um die Menschen aus ihrer Herrscherposition zu stürzen, will er – gestützt auf Mendels Vererbungslehre – das «Domestikationsgen» in den Katzen auslöschen und eine neue Rasse von starken, wilden Katzen züchten, in der die ursprünglichen stolzen «Felidae» auferstehen und die schliesslich alle Lebewesen beherrschen wird. Dazu ist aber notwendig, dass die dazu geeigneten Exemplare sich nicht mit durchschnittlichen Katzen vermischen, und da die Propaganda für die neue Idee wenig wirksam ist, müssen diejenigen, die sich diesem Gebot nicht fügen, getötet werden. Francis, den der alte, kranke Pascal zu seinem Nachfolger als Promotor der neuen Rasse bestimmt hat, schaudert vor dieser Allmachtsphantasie zurück. In seinen Augen ist Pascal selbst zum Menschen geworden, der nur eine Wiederholung von deren Diktatur anstrebt, während er selbst am Traum einer künftigen Harmonie aller Lebewesen festhält. Der Streit endet im physischen Kampf der beiden Tiere, in dem Francis siegt, während Pascals Werkzeuge, Computer und Bibliothek, in einer Art Höllenfeuer aufgehen. «Wenn es einen Gott gibt, dann ist er eine riesige, abscheuliche Spinne im Finstern», ist das Bekenntnis des einstigen Versuchstiers, während der Ich-Erzähler trotz allem hofft, Tiere – und Menschen, die letztlich Tiere sind –, könnten als Ko-Autoren Gottes die Geschichte des Lebens sinnvoll schreiben.

Die Schärfe, mit der in diesem Katzenroman das Theodizeeproblem gestellt wird, ruft das Gegenbild einer Erzählung wach, in der eine Katze zur Erlöserin wird. Sie ist umso eindrucksvoller, als ihr Autor, Robert Musil, sonst einer harmonisierenden Konzeption der Natur denkbar fern ist. Er, der etwa in *Hasenkatastrophe* den elementaren Ausbruch der Grausamkeit eines Tiers schonungslos beschreibt, lässt in *Die Portugiesin* (1924) ein Verbrechen, dessen Umrisse sich schon abzeichnen, durch eine Katze verhindern: Von seinen Kriegszügen ist der einst starke und aggressive Ritter mit dem sprechenden Namen «von Ketten» krank und gebrochen zurückgekehrt, und der vertraute Umgang seiner portugiesischen Gattin mit einem Gast aus ihrem Heimatland lässt Ehebruch und Rache an den Schuldigen erwarten. In der von düsterer Spannung erfüllten Burg aber erscheint eine kleine Katze, sanft und anhänglich. Sie erleidet das Martyrium einer ekelhaften Krankheit, die die Menschen zwingt, sie trotz aller Zuneigung zu töten. Mit grosser Kunst macht Musil deutlich, dass sie die Krankheit des Herrn von Ketten auf sich genommen hat, an seiner Stelle stirbt. So ist die Katze ein allegorisches Zeichen, ihre Einwirkung auf die Seelen der Menschen wird nicht realistisch-psychologisch beschrieben, sie wird aber zugleich ganz greifbar durch die genaue

Schilderung ihrer Krankheit. Die Wolke des drohenden Verbrechens löst sich auf. In der ganzen literarischen Geschichte von Katzen und Verbrechen ist es ein völlig singuläres Wort, das dieser nicht-christliche Autor die Portugiesin sprechen lässt: «Wenn Gott Mensch werden konnte, kann er auch Katze werden.»

Bibliographische Angaben

Anonymus: *Pangur Ban* (8. oder 9. Jh.), in: Sara L. Whittier (Hrsg.), *101 Favorite Cat Poems,* Chicago: Contemporary Books 1991, S. 4–5. Deutsche Ausgabe: *Der Mönch und sein Lieblingskater,* in: Peter Hamm (Hrsg.), *Welches Tier gehört zu dir? Eine poetische Arche Noah,* München und Wien: Hanser 1984, S. 72–73. Das altirische Original findet sich unter dem Titel *The Scholar and the Cat:* Green, David; O'Connor, Frank (Hg.), A Golden Treasury of Irish Poetry, a.d. 600–1200, London/Melbourne/Toronto: Mcmillan 1967, Nr. 17, S. 81–83 (mit englischer Prosaübersetzung).

Braun, Lilian Jackson, *Phut Phat Concentrates* (1963), in: *The Cat who had 14 Tales,* New York: Jove Books 1988, S. 1–14.

Braun, Lilian Jackson, *The Cat who robbed a Bank,* London: Headline 1999.

Brown, Rita Mae and Sneaky Pie, *Cat on the Scent,* New York: Bantam Books 1999. Deutsche Ausgabe: *Die Katze riecht Lunte,* übersetzt von Margarete Längsfeld, Reinbek bei Hamburg: Rowohlt 2000.

Fontane, Theodor, *Kriegsgefangen. Erlebtes 1870,* in: *Sämtliche Werke,* München: Nymphenburger Verlagsbuchhandlung, Bd. 16, 1962, S. 97–99.

Fontane, Theodor, *Unterm Birnbaum,* in: *Romane und Erzählungen,* Berlin: Aufbau-Verlag, Bd. 4, 4. Aufl. 1993, S. 191–295.

Handke, Peter, *Das Mündel will Vormund sein,* in: *Prosa, Gedichte, Theaterstücke, Hörspiel, Aufsätze,* Frankfurt a.M.: Suhrkamp 1969, S. 157–179.

Highsmith, Patricia, *Ming's Biggest Prey,* in: *The Animal-Lover's Book of Beastly Murder,* New York, London, Tokio: The Mysterious Press 1975, S. 53–66. Deutsche Ausgabe: *Mings grösste Beute,* in: *Kleine Mordgeschichten für Tierfreunde,* übersetzt von Anne Uhde, Zürich: Diogenes 1979, S. 80–98 (detebe Nr. 20483).

Hoffmann, E.T.A., *Lebens-Ansichten des Katers Murr,* in: *Sämtliche Werke in 6 Bänden,* Frankfurt a.M.: Deutscher Klassiker Verlag, Bd. 5, 1992, S. 9–458.

Johansen, Hanna, *Felis, Felis. Eine Katergeschichte,* Zürich: Nagel und Kimche 1987.

Keller, Gottfried, *Spiegel, das Kätzchen. Ein Märchen,* in: *Sämtliche Werke in 7 Bänden,* Frankfurt a. M.: Deutscher Klassiker Verlag, Bd. 4, 1989, S. 240–279.

Lowell, Amy, *To Winky,* in: Sara L. Whittier (Hrsg.), *101 Favorite Cat Poems,* Chicago: Contemporary Books 1991, S. 11–13.

Musil, Robert, *Die Portugiesin,* in: *Gesammelte Werke in 9 Bänden,* Reinbek bei Hamburg: Rowohlt, Bd. 6, 1978, S. 252–270.

Pirinçci, Akif, *Felidae,* München: Goldmann 1989 (Nr. 9298).

Poe, Edgar Allan, *The Black Cat. Die schwarze Katze,* englisch und deutsch, übersetzt von Dietrich Klose, Stuttgart: Reclam 1971 (UB Nr. 1703).

Schlink, Bernhard / Popp, Walter, *Selbs Justiz,* Zürich: Diogenes 1987 (detebe Nr. 21543).

Semadeni, Jon, *Die rote Katze. Il giat cotschen,* rätoromanisch und deutsch, übersetzt von Mevina Puorger und Franz Cavigelli, Zürich: Limmat Verlag 1998.

Simenon, Georges, *Le Chat,* Paris: Presses de la Cité 1967. Deutsche Ausgabe: *Die Katze,* übersetzt von Angela v. Hagen, Zürich: Diogenes 1987 (detebe Nr. 21378).

Sutter, John F., *Electron,* in: Martin H. Greenberg / Ed Gorman (Hrsg.), *Cat crimes,* New York: D.I. Fine, 1991. Französische Ausgabe: *La Griffe du Chat,* Paris: Editions Payot et Rivages 1998, S. 371–387 (Rivages/Mystère Nr. 28).

Katzenzeichnungen von Patricia Highsmith

«Warum sollte es erstaunlich sein, dass viele Schriftsteller gerne zeichnen oder bildhauern?» Mit dieser Frage beginnt Patricia Highsmith die Einleitung zu einem Bildband ihrer Zeichnungen und Malereien, den sie am Ende ihres Lebens vorbereitete und der nach ihrem Tod im Diogenes Verlag erschien (Patricia Highsmith, *Zeichnungen*). Damit kam erstmals eine grössere Auswahl der vielen Hundert Zeichnungen an die Öffentlichkeit, die im Verlauf des Lebens der Autorin entstanden sind und die heute im Schweizerischen Literaturarchiv liegen. Bereits als Studentin am Barnard College in New York hatte Highsmith, deren Mutter, Vater und Stiefvater alle als freie Grafiker arbeiteten, künstlerische Ambitionen: Sie illustrierte ihre frühen Geschichten, die mehrheitlich im *Barnard Quarterly* erschienen, mit Karikaturen und besuchte zeitweilig Malunterricht. Doch wählte sie das Schreiben als Beruf und primäre kreative Ausdrucksform und liess dafür zahlreiche ihrer Helden in der einen oder anderen Art und Weise – als Kunsthändler, Fälscher, Sonntagsmaler – mit der Malerei in Berührung kommen. Das Skizzieren und Zeichnen blieb trotzdem eine Konstante in ihrem Leben, die Zeichnungen bilden einen oft heiteren Gegenpol zu ihren abgründigen und beklemmenden Geschichten. Bilder entstehen von all den Aufenthaltsorten auf ihren zahlreichen und langen Reisen, Porträts von ihr nahestehenden Personen – und vor allem immer wieder Katzen, die dauerhaftesten Begleiter dieser zurückhaltenden Person, der längere Anwesenheit von Mitmenschen oft zur Last und zur Störung in der für ihre Arbeit notwendigen Konzentration wurde. In unzähligen Varianten und Techniken versucht Highsmith, die graziöse Eleganz ebenso wie die Verspieltheit dieser Tiere einzufangen. Die vorliegende Serie von bis anhin unveröffentlichten Portraits einer Siamkatze stammt dem – wohl nachträglich eingefügten – Datum auf einer der Zeichnungen zufolge aus dem Jahr 1958.

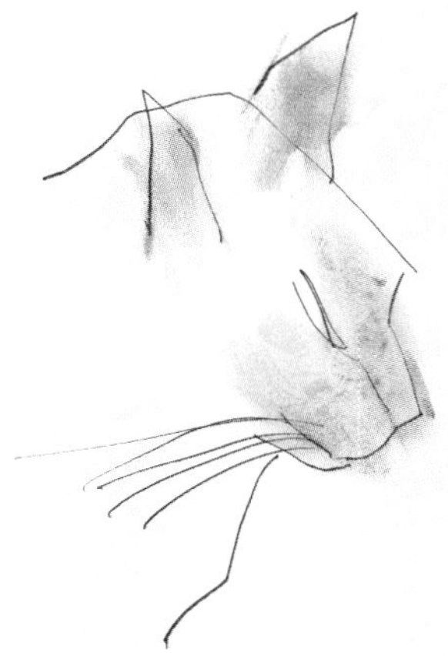

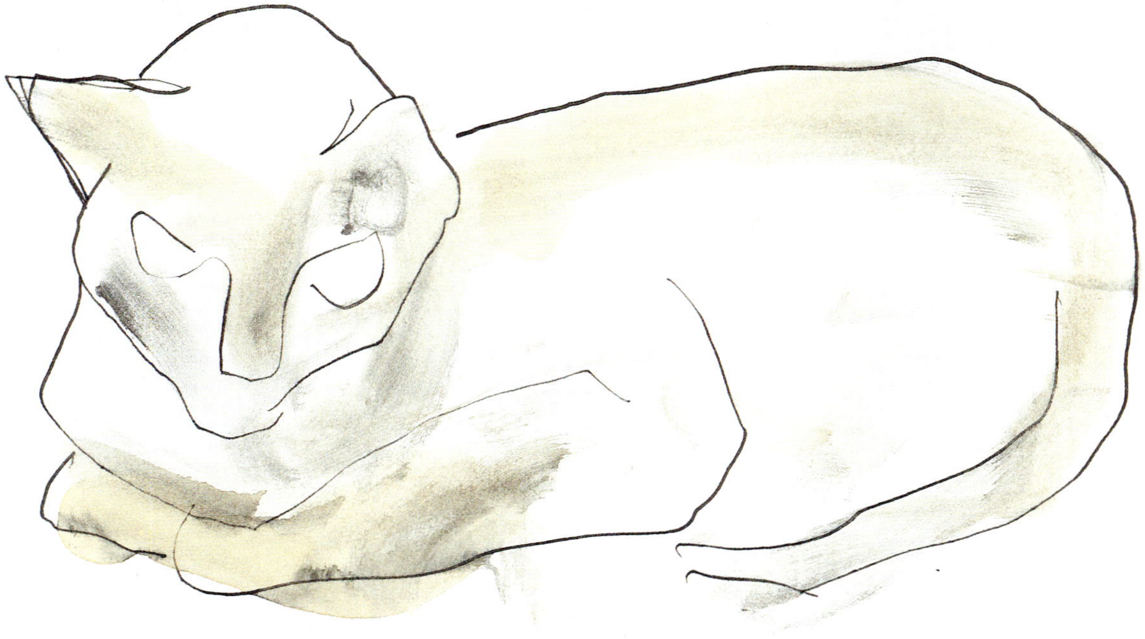

Noch die kleinste Katze ist ein Meisterwerk.

Leonardo da Vinci

Die Überlegenheit der Katze über den Hund zeigt sich darin, dass es keine Polizeikatzen gibt.

Jean Cocteau

Eines Tages wollte die Katze nicht mehr.
Sie ging zum Balkon hinaus und flog davon.

Paul Morand

Alberto Giacometti: Le chat, 1951

Vahé Godel, 1979

Vahé Godel
Chat noir – Chat blanc

Sous un regard de miel et de soufre, mince comme une paille, tu laisses ta main (ta plume) errer sur le papier – le jour, la nuit, quelles que soient l'heure et la saison. Certaines pages noircissent à vue d' œil. D'autres demeurent presque blanches. De temps en temps, tu froisses une feuille, la comprimes, la malaxes, puis jettes la boule derrière toi, par-dessus l'épaule. Aussitôt, la petite sentinelle ouvre tout grand les yeux et, d'un bond fulgurant, s'abat sur la proie de papier: elle la propulse, la poursuit sous les meubles, d'un mur à l'autre, puis, l'immobilisant au milieu de la pièce, elle la déchire à coups de griffes et de canines, la déchiquette, l'anéantit – avant de regagner nonchalamment son poste. Toi, tu n'as pas bronché, assis devant la table, te contentant de mordiller ta plume, mais savourant les moindres bruits de course et de massacre. «Seule compte la fin, songes-tu, l'achèvement, la grâce, le coup de patte.» (Ah, oui, savoir finir..., en finir..., donner le coup de grâce...)

Moi, je parle, je parle, n'arrête pas de parler. J'appelle. J'attends. Pas de réponse. J'ai beau tendre l'oreille. J'ai beau dire... J'observe mes mains vides, là, sur la table, mes doigts qui remuent sans que je sache pourquoi. A mon corps défendant. Je parle toute seule. Silence. Le noir. Je ne vois rien. Rien que le noir d'une nuit blanche. Je parle à mon chat. Pas à celui qui est là, pelotonné sur la chaise et que j'ai recueilli jadis, un soir d'hiver. Non. Je ne parle qu'à mon chat virtuel. Lui n'existe que lorsque je lui parle. Je ne le vois que dans le noir. Je ferme les yeux. Il est blanc, tout blanc, et ses prunelles bleues, d'un bleu, ah, comment dire... Je lui parle de toi, à voix basse, jour et nuit, sans reprendre mon souffle. Ce faisant, je te parle, je te crible de mots. Ma mémoire te mange: oui, figure-toi, plus je te parle, moins tu existes... Mon beau chat virtuel ne me quitte pas des yeux. Plus je parle, plus je me perds. Seule me reste une bouche. Une voix. La griffure d'une caresse.

Deutsche Übersetzung Seite 320

Klaus Merz

Klaus Merz
Schwebendes Verfahren

«In unserer Verwandtschaft wurde mein Bruder *Sonne* genannt. Er schrie nicht, als die tote Katze neben ihm im Wasser lag. Ich hatte sie ertränkt, um ihn von der Wut zu befreien, die er an uns nie auslassen konnte. Und ich nicht an ihm.» – Ende der Zugabe. Schlussapplaus.

Aber dann baut sich, in der linken Hand die Bretzel, in der rechten Faust das Andechser Bier, schon die Hauswartin vor mir auf. Sie ist erst während der letzten paar Sätze der Lesung zu uns gestossen. Ich halte ihrem Blick nicht lange stand, richte meine Augen hilflos auf ihren blauen Brustlatz und wage es auch nicht, um wenigstens ein bisschen besser über ihre gestellte Frage nachdenken zu können, meine eigenen Schuhspitzen ins Visier zu nehmen: «Habn'S die Katz dertränkt oder net?», wiederholte sie barsch.

Bier und Bretzel sind uns für das gemütliche Zusammensein nach der Lesung vom Veranstalter ausdrücklich versprochen worden. Aber wie stehe ich jetzt da, hungrig und durstig und mit dieser immensen Frau vor dem Bug, an ihrem Fusse knurrend der deutsche Schäfer. Und die Abwartin hebt ihre guten Gaben nur noch höher über meinen Kopf hinaus, als ich ihr jetzt zögernd zu erklären versuche, dass die Sache mit der Katze nur ein Bild sei für die Ohnmacht des Knaben, nein, beider Brüder zugleich.

«Habn'S oder habn'S net?» hakt sie gnadenlos nach. Ich schüttle, um ihn versuchshalber aus der immer enger werdenden Schlinge zu ziehen, kaum merklich den Kopf – und die Hauswartin ist zufrieden, drückt mir Bier und Gebäck freimütig an die Brust: «Mit die Tiere, verstehn'S, versteh i nämli koan Spass. Fuss, Magda, Fuss!»

Anne-Lou Steininger

Anne-Lou Steininger
Docteur Méduse

Maintenant, vous pouvez le regarder; maintenant, et pour l'éternité, fixer sans crainte ses yeux de craie, ses traits mélancoliques archivés en géologies imaginaires, l'approcher, le toucher même : il est inoffensif.

Appelons-le Dr Méduse. Plus que tout autre, il était hanté par l'obsession de posséder, et que rien ne lui réchappe jamais. L'idée qu'un être puisse vivre hors de sa pensée, de sa vue, de ses mains lui était intolérable. Le Dr Méduse avait trouvé une manière radicale de s'approprier le monde : en le pétrifiant. Il lui suffisait d'un seul regard et... Fleurs de sable, arbres de pierre, en guise de ciel, une ardoise griffée par des pluies enrayées; dans les allées de son jardin lunaire, des statues de maraudeurs et de curieux n'en finissaient pas de s'étonner, un oiseau soudain foudroyé se brisait en tombant. Ses domestiques, terrorisés, balayaient pendant la nuit les débris crissants des fragiles papillons de schiste qui jonchaient le sol de la maison. Lui, personne ne l'avait vu, mais on racontait qu'il mangeait les yeux bandés et qu'il passait son temps à caresser ses victimes en soupirant.

Puis vint ce chat, un chat ordinaire. L'homme le sentit approcher, se délectant d'avance de cette vie à saisir. Il le laissa venir, plus près, encore plus près. Enfin, il jeta ses yeux sur sa proie... Et quoi? Il vit un chat, un banal chat gris anthracite qui traversait la pièce tranquillement. Comme tous ceux de son espèce, il semblait se mouvoir dans une autre consistance, tactile et inatteignable, de l'espace. Mais l'homme ne se méfia pas. Le chat passa devant lui; il le regarda passer, vaguement fasciné. Il ne réalisa pas immédiatement que le chat ne s'était ni pétrifié, ni même arrêté. Il voulut pousser un cri de rage. Seul un pénible feulement sortit de sa gorge. Il vit encore le chat se retourner et, comme l'on se sent tomber dans les rêves, il comprit qu'il était à son tour de pierre devenu.

27.09.00

Deutsche Übersetzung S. 323

Jacques Chessex mit Céleste

Jacques Chessex
Un chat qui traverse la pluie

Un chat qui traverse la pluie
    précis et lunaire
Comme avant un chat
Non pas errant
    mais passant
Un chat comme avant dans l'enfance
Un chat de la part secrète
Dans sa lumière de chat

Un chat qui traverse la pluie
Comme avant précis et lunaire
Chat seul dans lumière grise
Titre de tableau non pas sujet
On a peint trop de chats
Il faut un formidable
    pouvoir d'invention
Pour dire un chat vieux comme le monde
Et faire du neuf, du vivant
Ainsi ce chat seul dans ce gris
Lumineux gris ou jour lisse
Comment dire un chat
    épuré comme un dessin de chat
Et matériel devant ce pré ?
Un chat qui traverse la pluie
Distrait en apparence et appliqué
A ne pas peser plus qu'il ne faut
    en écriture
Ni en pratique ni même en songe
Quand ce chat passe
    dans le paysage
Avec les flocons, la buée
Le vent immobile ce matin
Qui vient peut-être de l'enfance
Et de son immobilité
    presque sans regret

[Ropraz 20 fév. – TGV Paris 28 mars 00.]

Deutsche Übersetzung Seite 324

Anna Felder mit Katze Scusa

Anna Felder
Senza violino

Prima la violinista, poi la gatta.

No, prima la gatta, poi la violinista.

Suona e dorme, dorme e suona. La gatta, cioè la violinista.

Muta, chiusa, la bocca cucita: sta suonando, sta dormendo.

Anche gli occhi cuciti, succhiati nei capelli, la testa reclinata, il violino in braccio, che canta. Si è addormentata in piedi sopra il violino in sala davanti a tutti; così il violino continua il sogno a voce alta, tanto più alta, celeste e lontana, quanto più il sonno è profondo.

O siamo noi seduti in sala, a suonare, ciascuno dentro di sè, mentre la violinista dorme per noi.

Respira? Respira.

Senza violino la gatta. Andato perduto nella notte dei tempi. Oppure mai posseduto, escogitato un mattino in smemoratezza, in pensieri corti, in volo d'uccello: un tremore ai baffi, e via.

Mentre il sonno è lungo, più lungo di sette vite, misurato in musica prima ancora del violino: il sonno è raso terra, sempre stato, è alla finestra, è nel vivo del grembo, dappertutto.

Basta entrarci con il pelo addosso, con le zampe ritmate e le narici libere, con gli orecchi già in cuffia, in preludio di concerto: il concerto infatti è in onda dai primordi del creato, lì raso terra sul tappeto, sopra i giornali, sotto la sedia, dipende dal calendario: orchestra e solisti in esecuzione impeccabile, forte fortissimo da modulare nelle cuffie, quindici quattordici tredici, tredici per via dei fiati, l'acustica è ottimale se disponiamo la gobba a levante, no, meglio a ponente, proviamo.

La mia gatta prova sul guanciale in camera da letto, sul sinistro, annusa, o sul piumone?, riprova sul guanciale destro, riannusa, ascolta, lecca in serietà, riascolta, si concentra sul ricamo, destro sinistro, congiunge, confonde, coniuga lui lei in chiave di sol, si ostina ora sul posto, meccanismo anteriore di zampe, smorza gli occhi, strabica, assorta, assordata, già tutta musica, tutta sonno: ecco le trombe, ecco i violini, i fiati: la gatta calca e ricalca in pura seta i suoni per saperli raccolti al completo sul cuscino, guai non ritrovarli, affare di vita o di morte; bel cuscino bianco di bucato, o qui o mai fisserà dimora per sempre, forse per sempre in fulva coscienza, qui piomberà intera per sprofondarsi nel cuore della musica, nel centro del sonno a mille miglia dai cani.

Eccola addentrata, accentrata, dimentica, estranea, cuciti gli occhi nel folto della seta, chiuso il muso a chiudere la coda, a non lasciarsi sfuggire tra baffi e coda un solo legato, un solo rubato; eccola in competenza abbandonata a cantare per noi, solitaria, solista, criniera soffiata mandibole inerti, addormentata al posto nostro. Sorride appena, s'imbroncia appena, il violino a scatti le solletica la mente, fremito d'ala in volo, in fuga, in urgenza d'uccello: per nulla al mondo la mia gatta agguanterebbe l'uccello né mai lo azzannerebbe, foderata com'è fin nel sogno, di pura seta pulita: addio violino, addio uccello, cari cani addio, noi suoniamo Mozart Mozart Mozart in perfetta armonia per i secoli dei secoli.

Respira? Respira.

Questa mattina che sulla soglia di casa deploro con la vicina il ventaglio di penne depositato fresco di sangue in omaggio per me, anonimo, senza violino, senza gatta, mi accorgo ad un tratto come gli occhi della signora vicina si fissano sulle mie parole, anzi dietro le mie parole: me le fermano in faccia prima ancora che io parli, mi scrutano severi, mi controllano dentro in bocca, mi si ficcano feroci proprio dentro in gola, sì, proprio in fondo all'anima.

La tua? La mia.

Deutsche Übersetzung Seite 321

SIBYLLE BIRRER

Die literarische Tradition der Hundedialoge

KYNOLOGISCHE BEOBACHTUNGEN AM RANDE DER LITERATURGESCHICHTE

Berganza: «Ich bin zwar ein Hund, aber euer Vorzug, aufrecht zu gehen, Hosen zu tragen und beständig zu schwatzen, wie es euch gefällt, ist nicht so viel wert, als im langen Schweigen den treuen Sinn zu bewahren, der die Natur in ihrer heiligsten Tiefe ergreift und aus dem die wahre Poesie emporkeimt.»[1]

Kurz nacheinander trotteten im Herbst 1999 zwei Hunde auf die Bühne der literarischen Neuerscheinungen. Mr. Bones, die herrenlos gewordene Promenadenmischung aus Paul Austers Erzählung *Timbuktu,* entdeckte dem Publikum über eine Erzählstimme seinen hündischen Lebenslauf am Rande der amerikanischen Gesellschaft. Es fehlte darin nicht an Zeugnissen für Mr. Bones' menschliche Erinnerungs- und Erkenntnisfähigkeit. King, der andere literarische Vierbeiner, Hauptakteur im gleichnamigen Buch von John Berger, richtete selber das Wort an das staunende Publikum. Melancholisch und ein bisschen kehlig klangen seine Sätze, in denen er hundstraurig, aber würdevoll ebenfalls vom Leben am Rande erzählte: Herrin, Herr und Hund, alle drei obdach- und gegen die Stürme der Zeit chancenlos. King sprach klug, zuweilen recht philosophisch; er kannte die Abgründe des Lebens und hatte den Blick für das Ungerechte – dieser Hund war ein guter Mensch.

Verwundert verleibte sich die Leserschaft den zweifachen Hundeblick ein und würdigte die Perspektive als originell. Aus den Rängen der Kritik waren Zwischenrufe zu hören, die auf das Altgediente der literarischen Hundeperspektive verwiesen und allenfalls gar historisch verbürgte sprechende – oder zumindest in Menschensprache denkende – Literaturhunde namentlich in Erinnerung riefen.

Ohne Zweifel: Seit ihm mit der Domestizierung die Haustüre geöffnet wurde, hat der Hund weit über Fabeln und Parabeln hinaus Einlass in die Tierdichtung gefunden; fast zahllos sind vor allem die Abenteuergeschichten für Kinder und Erwachsene, von denen einige, beispielsweise Jack Londons *Ruf der Wildnis* oder Virgina Woolfs *Flush,* Eingang in die Literaturgeschichte gefunden haben.[2] In deren kynologischem Unterkapitel hat sich jedoch eine Gattung besonders hervorgetan: der «Canis familiaris loquax», der eigentliche sprachbegabte Hof- und Haushund. Ohne Anspruch auf eine vollständige Genealogie sollen hier seine markantesten Fährten mit der Absicht verfolgt werden, hinter deren Zickzack ein kontinuierliches literarisches Motiv-Spiel zwischen Innovation und Tradition sichtbar zu machen.

Am Ursprung der Hundesprache: Erste Sichtungen

Der literarischen Aneignung eines Hundeblicks, um aus dieser Perspektive in die Welt und auf die Menschengesellschaft zu schauen, geht die Annahme voraus, dass Hunde klug, wenn nicht gar philosophisch begabt seien. Vor allem in der Antike beschäftigte die Frage nach hündischer Begabung zu Vernunft und Erkenntnisfähigkeit Denker wie Chrysipp, Plutarch oder Sextus Empiricus nachhaltig.[3] Auch aus dem Munde Sokrates' ist in Platons *Politeia* zu lesen, dass Hunde von Natur aus «recht eigentlich philosophisch» seien.[4] Dass die philosophische Gruppierung der Kyniker ihren Spottnamen als Hunde (gr. «kynos») selber übernommen hat, erscheint vor diesem Hintergrund plausibel. Umso abgründiger war es vom Satiriker Lukian, dass er im vermutlich ersten literarischen «Hundegespräch», welches er zwischen dem Kyniker Menippos und dem Höllenhund Cerberus stattfinden liess, dem Wächter des Totenreichs die Entweihung des furchtlosen Sokrates in die Schnauze legte: Trotz seiner Beteuerung, sich ganz und gar nicht vor dem Tod zu fürchten, sei auch Sokrates beim Anblick der Höllenglut in Wehklagen verfallen und habe «die seltsamsten Gesichter von der Welt»[5] geschnitten. Im 21. seiner *Totengespräche* (166/167 n. Chr.) hatte damit Lukian mit der kurzen Wechselrede der beiden «Hunde» – die sich aufgrund der göttlichen Ausstattung des Cerberus in Menschensprache unterhalten konnten – die sokratische Gelassenheit und deren philosophische Verbrämung als pure Theorie entlarvt. Umso gelassener, da in seiner kynischen Haltung bestärkt, konnte Menippos wieder aus dem Hades ziehen.

In den wenigen Zeilen von Lukians Wechselrede zwischen Menippos und Cerberus sind erstaunlicherweise bereits die wesentlichen Punkte enthalten, die das Motiv der sprechenden Hunde bis zur Moderne auszeichnen sollte: Der Hundekommentar widerspiegelt den Blick des zwar Vertrauten, aber dennoch Anderen auf die Menschenwelt. Satire und Kritik erhalten eine Maskerade mit Hundepelz. Zwar ist der

Hans Sebald Beham: Herakles und Cerberus, 1545

Hirsch, von einem Jagdhund angesprungen. Bronzestatuette, sardisch, 9. Jh.v.Chr.

Hund in seiner Kreatürlichkeit naiv, aber aufgrund seiner naturgegebenen Klugheit besonders vertrauenswürdig. Für die Erklärung der Sprech- bzw. Verständigungsfähigkeit wird entweder eine zwischen göttlich und dämonisch liegende, wundersame Begebenheit herbeizitiert oder das Hundegespräch findet im Zwischenbereich von Realität und Wahn, Fieber, Trunkenheit oder in sonstiger Nähe von geistigem Einnachten statt. Erst mit der Moderne fällt jedes Erklärungsbedürfnis für die Skurrilität der Situation dahin.

Während die satirische Enthüllung des Cerberus als Abrechnung mit dem sokratischen Sophismus gut verständlich war, gab über ein Jahrtausend später ein Hundegespräch in deren Tradition Rätsel auf. Nach langer Vergessenheit waren Lukians *Totengespräche* in der Renaissance wieder entdeckt worden und erfreuten sich im 16. Jahrhundert als Modell für zeitkritische Kommentare grosser Beliebtheit. Wen oder was aber Jean Bonaventure Des Périers (ca. 1510–1544) im *Cymbalum mundi* [6] kritisierte, darüber konnten sich seine kirchlichen und weltlichen Feinde nicht einigen. Dennoch verordneten sie 1538 die Vernichtung des Werks wegen potentieller Häresie. Wohl werfen die wenigen erhaltenen Exemplare auch in der heutigen Forschung ungelöste hermeneutische Fragen auf.[7] Aber motivgeschichtlich ist der darin enthaltene IV. Dialog, der zwischen den Hunden Hylactor und Pamphagus aus der Meute Actaeons (*Metamorphosen,* 3. Buch, V. 192–252) stattfindet, eine interessante Wegmarke auf der Spur der sprechenden Literaturhunde. Denn mit der Anleihe bei Ovid spielt der Autor zum einen mit einem zweiten antiken Text-Vorbild, zum anderen baut er den Lukianischen Hundedialog zu einer längeren Unterhaltung mit verschiedenen narrativen Pointen aus. Dass die beiden Hunde von der Zunge ihres Herrn, den Diana in einen Hirsch verwandelt hatte, gefressen haben, ist der göttlich bedingte Grund für ihre Sprechfähigkeit. Bis zu ihrem Zusammentreffen haben sie diese verheimlicht, auch wenn der eine Hund seiner Redelust ab und an Raum verschaffen musste, indem er unvermittelt in den Strassen «haltet den Mörder!» oder des Nachts «Feuer!» rief, was für dementsprechende Aufregung sorgte. Nun möchte er endlich sein Können offenbaren und als sprechender Hund in der Menschengesellschaft berühmt werden. Sein tierischer Freund hingegen mahnt ihn zu schweigen, da es mit dem wahren Interesse der Menschen auf die Dauer nicht weit her sei. In ihrem Räsonnement über den Sinn von Sprechen und Schweigen verhandeln die beiden Hunde die menschlichen Schwächen der Zerstreuungslust, Geschwätzigkeit und der unmässigen Neugier. Zu einem Ende kommen sie jedoch nicht, da Hylactor zu seinem Meister gerufen wird. «Et n'oublie pas de bien ouvrir la bouche, & tirer la langue, affin de faire les mines d'avoir bien couru»,[8] empfiehlt ihm noch Pamphagus – womit für die Klugheit der Hunde und deren raffinierten Umgang mit den Menschen ein literarischer Beweis geliefert ist. Gleichzeitig ist mit dem wiederkehrenden Motivelement des ab- bzw. unterbrochenen Dialogs die Grundlage zur Herausbildung einer eigentlichen «Tradition» gegeben. Denn irgendein literarischer Phantast wird stets die Hunde irgendwo und irgendwie ihre Unterhaltung fortführen lassen.

Berganza: Laufspur eines Wiedergängers

In Anbetracht der sich daraus entwickelnden Laufspur nehmen sich diese frühen Wegmarken des «Canis familiaris loquax» lediglich als Präliminarien aus. Denn zu Beginn des 17. Jahrhunderts hat Miguel de Cervantes Saavedra einen Hund auf die bisherige Fährte angesetzt, der aufgrund seines bemerkenswerten Schicksals und Charakters bis heute immer wieder als literarischer Leithund auftaucht: Berganza.

Eingebettet in die *Novelas exemplares,* kunstvoll in eine zweifache Rahmenerzählung verstrickt, erschien 1613 Cervantes *Coloquio de los perros,*[9] ein zur längeren Erzählung ausgebauter Dialog zwischen den zwei Hunden Berganza und Cipion. Während Cervantes' Vertrautheit mit den lukianischen *Totengesprächen* aufgrund der anhaltenden Lukian-Popularität im 17. Jahrhundert vorausgesetzt werden kann, wäre es genealogisch so elegant wie inhaltlich naheliegend, dessen Kenntnis des *Cymbalum mundi* ebenfalls zu behaupten. Aber die schwierige Quellenlage von Des Périers' Text verunmöglicht es, die Richtigkeit einer solchen Vermutung zu überprüfen. Der Plot des *Coloquio* ist so einfach wie verwegen: Im Hospitale de la Ressurrección, von einem Syphilis-rekonvaleszenten Fähndrich belauscht, entdecken eines Nachts die beiden Hunde Berganza und Cipion, dass ihnen die Fähigkeit zu sprechen gegeben ist. Die Gunst der Stunde wollen sie nutzen, um sich gegenseitig ihre Lebensgeschichte zu erzählen. Berganza macht den Anfang. Cipion muss gelegentlich erzähltechnisch eingreifen und narrative Ausschweifungen Berganzas korrigieren. So führen die Hunde immer wieder kleine Diskurse übers Reden und die Kunst des Erzählens, anlässlich derer sie der menschlichen Schwäche des Lästerns abschwören. Bis der anbrechende Morgen – entsprechend dem Motivelement des abgebrochenen Dialogs – die Hunde zum Verstummen bringt, schildert Berganza seine Lebensgeschichte als Lauf durch die verschiedensten

Schichten der spanischen Gesellschaft. Die Stationen bei seinen wechselnden Herren, vom Metzger zum Kaufmann bis zum Poeten, sind Etappen fortschreitender Desillusionierung über das Menschengeschlecht bzw. der Erkenntnis der (zwischen-) menschlichen Abgründe. Als Ganzes bietet das *Coloquio de los perros* ein äusserst gekonntes, reizvolles und unterhaltsames Wechselspiel zwischen pikaresker Vita und metapoetischen Kommentaren aus klugen Hundeschnauzen. Auch eine abenteuerliche Erklärung für die plötzliche Sprachbegabung fehlt nicht: Am dramatischen Höhepunkt seiner Erzählung trifft Berganza auf die Hexe Cañizares, die in den beiden Hunden die verzauberten Zwillingssöhne ihrer Hexenfreundin Montiela zu erkennen meint. Ob sie damit recht hat oder nicht, bleibt offen – dementsprechend verlangt der Dialog erst recht nach einer Fortschreibung.

Tatsächlich hat Cervantes mit seinem *Coloquio de los perros* nicht nur die einzelnen Motivelemente der Hundegespräche zu einer so kunstvollen wie umfangreichen Wechselrede erweitert, sondern damit auch eine Art «Berganza-Stoff» kreiert. Ein vierbeiniger literarischer Wiedergänger war in die Welt gesetzt. Dieser hat sich als rührigster Vertreter des «Canis familiaris loquax» bald einmal über die spanische Sprachgrenze Richtung Nordosten davongemacht – so zeigt es zumindest Berganzas Spur durch die Literaturgeschichte.[10] Seinen Weg in die deutschsprachige Literatur hat Berganza aber ohne Cipion eingeschlagen. So brauchte denn der Hund zur Fortsetzung seines Dialogs ein neues Gegenüber, das an Klugheit, Sensibilität und Charakterstärke dem zurückgelassenen Cipion ebenbürtig war. Zeitgemäss fand er es zu Beginn des 19. Jahrhunderts in einem deutschen Dichter.

Mit der Übersetzung von Cervantes' Werk hatte am Ende des 18., zu Beginn des 19. Jahrhunderts im deutschen Sprachraum eine begeisterte, breit gefächerte Rezeption eingesetzt. Wie es früher beim Werk Lukians der Fall gewesen war, konnte man jetzt bei einem Grossteil der Leserschaft Vertrautheit mit Cervantes' Texten und Figuren voraussetzen. Dies verdeutlicht auch die 1804 erschienene freie Adaption des *Coloquio de los perros* durch Janus Eremita (Joh. Chr. Gretschel), der im *Gespräch zwischen zwey Hunden. Nach Cervantes und Florian* die Elemente des *Coloquio* mit Episoden aus anderen Cervantes-Texten aufmischte.

Von durchschlagendem Erfolg war jedoch die Dialogerzählung, die E.T.A. Hoffmann 1814 innerhalb der *Fantasiestücke nach Callots Manier* veröffentlichte. Der schlichte Titel: *Nachrichten von den neusten Schicksalen des Hundes Berganza.* Damit die Herkunft des Hundes auch mit Sicherheit geklärt sei, gab Hoffmann der Überschrift ironisierend eine Fussnote bei, die auf die zeitgenössische Übersetzung von Cervantes' *Coloquio* verwies.[11] Hier trifft nun ein erfolgloser Dichter eines Nachts nach Verlassen des Wirtshauses auf einen Hund, der sich als der alte, bekannte Berganza zu erkennen gibt. Die Zauberkünste der Hexe Montiela haben ihn zum «Ewigen Jud» gemacht – seit Jahrhunderten schon schlägt er sich durch die Welt, Lebenserfahrung und Staub auf seinem Pelz sammelnd. Wen wundert es da, dass sich Berganza manchmal etwas unwirsch zeigt, zumal sich ihm das Leben, so erfahren es die Leser durch seinen dichtenden Gesprächspartner, auch in den «neuesten Schicksalen» wieder von der rauheren Seite gezeigt hat? Dennoch: Philosophisch ist er geblieben, weiser ist er geworden, und der Aufenthalt beim Kapellmeister Kreisler hat ihn vollends zum «poetischen Hund» gemacht, der es an sprachreflexiven Einschüben und scharfen Urteilen über Kunst und Kultur nicht mangeln lässt. Kater Murr, den Hoffmann seine Lebensgeschichte fünf Jahre später zu Papier bringen lassen sollte, hätte ihm nur zustimmen können. Der Berganza des 19. Jahrhunderts vermag nun nicht nur die Geschichte des sprachstiftenden Hexenzaubers – entsprechend dem romantischen Zeitgeschmack zu einer bunten Schauermär ausgebaut – ergreifend zu erzählen. Sondern ebenso zentral ist der Bericht seines Verweilens im Hause der musikalischen Bürgertochter Cäcilia. Dort erhält der Hund Einblick in die Untiefen des bürgerlichen Kunstverstandes, die in der Verheiratung Cäciliens mit einem ungeschlachten, aber vermögenden Tölpel ihren Tiefpunkt erreichen. Nur allzu gut erkennbar sind dahinter die lebensgeschichtlichen Bewandtnisse Hoffmanns selber: Sein Tagebuch von 1812 berichtet von der unglücklichen Liebe zur Klavier- und Gesangsschülerin Julie Mark in Bamberg. Hoffmanns Ausfälligkeiten gegenüber Julies Bräutigam – Berganza wird dem literarischen Pendant die Wade zerfleischen – entzweien ihn endgültig mit der Bamberger Gesellschaft. Mit ihr rechnet er denn aus Berganzas weiser Sicht ab, sich selber nicht nur im Hundepelz, sondern auch gleich noch im Erzähler, in einem unglücklich verliebten Musiklehrer und natürlich im Kapellmeister Kreisler abbildend.[12] «Ach, mein Freund, es kostet einem ehrlichen Hund viel Mühe, sich so durch die Welt zu hantieren»,[13] lässt er Berganza seufzen, bevor dieser auch noch das zeitgenössische Theater zerfleddert. Berganza ist in der Tat ein erfahrener und weiser Hund, weshalb er auch auf das Bleiben bei seinem Gesprächspartner, dem Dichter, verzichtet. Schon Pamphagus in Des Périers' *Cymbalum mundi* wusste, dass es nicht ratsam sei, einem Menschen alle Talente zu enthüllen. Als der Morgen anbricht, endet Berganzas Rede über grosse Gefühle und wahre Poesie unvermittelt in einem Bellen – das Nachtgesicht, das wundersam helle, geht in die Tagesrealität über; der durch Hexenzauber ermöglichte Dialog ist abgebrochen. Wieder aufnehmen wird ihn Berganza zukünftig stets mit Menschen. Cipion, der Arme, bleibt verschollen. Einzig im Briefwechsel Sigmud Freuds mit seinem Jugendfreund Eduard Silberstein wird er noch einmal in paraliterarischer Rolle auftauchen.

Berganzas Fährte ist hingegen nach der Wegmarke durch E.T.A. Hoffmann frequentierter denn je. Denn gerade Berganzas Talent zum Literatur-, Theater- und zum Kunstkritiker im allgemeinen hatte es den Zeitgenossen der ersten Hälfte des 19. Jahrhunderts angetan. 1820 liess Christoph Kuffner einen «gelehrten Urenkel Berganzas» seine *Historisch-ästhetische Rede [...] über die grossen Eigenschaften und Kunsttalente des Hundegeschlechts*[14] halten. Der weisse Pudel schien vor lauter Hundestolz über die familiäre Gelahrt- und Begabtheit vergessen zu haben, dass sein unsterblicher Urgrossvater Bescheidenheit zu seiner Zier gewählt hatte. Berganza selber, in ewiger Frische streunend, tauchte 1832 bei Franz Freiherr von Gaudy mit *Nachrichten von den allerneusten Schicksalen des Hundes Berganza* wieder auf. Hier bietet ein Dichter dem Hund eines Nachts Zuflucht vor Hundefängern, um ihn anschliessend für seine schriftstellerische Produktion einzuspannen zu versuchen – Berganza, mittlerweile Zeuge des

Stumpfsinns in den deutschen Burschenschaften geworden, soll ihm die Fortsetzung seiner Lebensgeschichte in die Feder diktieren.[15] Neun Jahre blieb Berganza daraufhin verschwunden. Dann berichtete 1841 der Schriftsteller Daniel Elster in seinen romanhaft-autobiographischen *Neuen Fahrten des alten Musikers*: Der poetische Hund sei wieder in Hoffmanns Bamberg aufgetaucht, wo er als Schreckgestalt mit feurigen Augen dem neuen Kapellmeister, wie sein Vorgänger Hoffmann Opfer einer «Musikantenintrigue», erschienen sei.[16]

Berganza, der sprechende Hund mit Kunstsinn und Klugheit, blieb also auf Wanderschaft. Dass ihn seit Cervantes immer wieder Schriftsteller zum kritischen Gespräch anhielten, verdeutlicht deren Vertrauen darauf, dass Berganza der Leserschaft bekannt war. Dies ermöglichte den jeweiligen Autoren, ohne Umschweife auf die satirische Tradition des Hundegesprächs zurückzugreifen. In Berganza hatte der kritische Hundeblick eine überlieferte Berechtigung, die Missstände zu benennen: Zum einen verfügte er über Jahrhunderte an Lebens- und Kunsterfahrung, zum anderen hatte er sein feines Gespür für das moralisch und ästhetisch Richtige bereits ebenso lange unter Beweis gestellt.

Die bis anhin letzten, von Berganza persönlich verbürgten Nachrichten vermelden dessen Auftauchen in den 1980er Jahren in der Nähe von Offenburg. Die Schriftstellerin Zsuzsanna Gahse weiss in ihrer Erzählung mit dem schlichten Titel *Berganza* davon zu berichten. Berganzas Sprechfähigkeit ist Ende des 20. Jahrhunderts an keinen Zauber, kein Wunder und keine nächtliche Stunde mehr gebunden. Aber müde ist er geworden, der Plauderei überdrüssig. Lange Gespräche bereiten ihm Kopfschmerzen. Ein bisschen verschroben ist er, hat einen «Altersgeruch, eine Schlucht von eingebrannten Jahren».[17] Nach fast vierhundertjähriger Wanderschaft und einigen frauenfeindlichen Ausfällen, über die sich bereits Hoffmanns Dichter wundern musste, wählt er nun zum ersten Mal eine Frau zum Gegenüber. Doch oft hängt er nur schweigend seinen Gedanken nach und findet gelegentlich alles aussichtslos. «Die Einmaligkeit

Lassie und Roddy, aus «Lassie, Come Home» (dt. «Heimat»), USA 1943

ist ein Idealzustand», klagt der melancholisch gewordene Hund, «zu erreichen bestenfalls in einem sehr kurzen Leben; von mir kaum, weil bei mir die Wiederholung die Regel ist.»[17a] Ohne Zweifel hat Berganza auf seinem Lauf durch die Literaturgeschichte die Romantik weit zurückgelassen. Im ausgehenden 20. Jahrhundert braucht der poetisch gewordene Hund nicht mehr satirisch für andere zu sprechen. Als vierbeiniger Zeuge des Zeitenlaufs ist er nun selber Verkörperung seiner – zeitgemäss – widersprüchlichen Sehnsüchte: Durch Steigerung des Sprechens käme man zum Wunder des Schweigens, so träumt der vom Reden müde Berganza. Und trotz der Melancholie, alles schon gesehen, alles schon erlebt zu haben, hofft er auf die Ewigkeit: «Wenn es niemanden mehr gibt, der sich an mich erinnert, dann gibt es mich nicht mehr. [...] Ich möchte nur, dass man mir auf der Spur bleibt.»[18]

Inner- und ausserhalb Berganzas Familienbande

Berganza auf der Spur zu bleiben, ist zuweilen literaturgeschichtlich nicht ganz einfach. Seit ihm mit Hoffmann im Grunde alle Menschen zu potentiellen Gesprächspartnern geworden sind, führt seine Fährte im Zickzack durch die europäische Literatur. Doch nicht jeder literarische Pfotenabdruck lässt auf eine Berganza-Spur schliessen. Auf Streifzügen durch die Literaturgeschichte trifft man nämlich auch auf Hunde, die nicht auf die satirische Tradition der literarisch verbürgten Klugheit zurückblicken können. Dies sind vor allem die vielen Hunde – ganze Rudel zuweilen – aus den Abenteuergeschichten für Kinder und Erwachsene, die nur wenig oder gar nicht mit satirischem und kritisch-reflexivem Zusatzsinn ausgestattet sind. Für ihre «kynozentrischen Erlebniswelten» bedürfen sie dementsprechend auch nicht der Menschensprache.

Ebenso gibt es aber auch Vertreter des «Canis familiaris loquax», die trotz ihrer Sprachfähigkeit nicht in den Stammbaum Berganzas eingereiht werden können. So steht es beispielsweise um den Hund Argos, den A.F.E. Langbein 1814, also im Erscheinungsjahr von Hoffmanns Berganza-Nachrichten, im Roman Der *sprechende Hund* dem Publikum präsentiert: Dem gewöhnlichen Haushund Argos werden mit unzimperlichen Kieferverenkungen durch Menschenhand ein paar Sprachbrocken abgerungen. Als Vorlage diente diesem absonderlichen literarischen Einfall die Realität, denn der 1812 erschienene zweite Band der *Curiositäten [...] zur angenehmen Unterhaltung für gebildete Leser*[19] hatte von einem solchen real-existierenden Exemplar eines sprechenden Hundes zu berichten gewusst. Tatsächlich hatte bereits hundert Jahre zuvor ein «chien parlant» aus Sachsen selbst den Philosophen Leibniz beschäftigt. Ein arrangiertes tierisches «Vorsprechen», so hielt es der Philosoph in Briefen fest, mündete aber in Enttäuschung – der Hund sprach nämlich nicht wie erwartet ganze Sätze, sondern lediglich einzelne Wörter wie «Tee» oder «Chocolat». Und dies auch nur widerwillig. Ohnehin hatten ja das mechanistische Weltbild Descartes und die Aufklärung den philosophischen Hund der Antike unter den Schreibtisch der Denker gejagt. Aber offensichtlich philosophierte es sich auch mit dem Hund zu Füssen gut über dessen Erkenntnisfähigkeit.

Doch zurück zu Argos, dem geschundenen Tier mit homerischem Namen. Der Hund, dem mit physischer Einwirkung Sprache abgerungen wird, taucht um 1910 in Italo Svevos Erzählung *Argo und sein Herr*[20] wieder auf. Weil der Titelheld trotz rabiater Anstrengungen seines Meisters die Menschensprache nicht lernen will, eignet sich jener die Hundesprache an, um anschliessend die Selbstgespräche des Hundes niederzuschreiben. Als der Hund bald darauf stirbt, veröffentlicht der Herr – quasi post canem – dessen Reden in Tagebuchform. Darin wird deutlich, dass sich Argos Wege mittlerweile mit denjenigen Berganzas gekreuzt haben: Nachzulesen sind hier hündische Reflexionen zu Herr und Welt in bester Hundegesprächstradition. Der Dialog findet nun, durch kommentierende Einschübe des Herrn und Erzählers verdeutlicht, gewissermassen als sequentieller Monolog zwischen Meister und Hund bzw. dessen Tagebuch statt.

Mit einem selber schreibenden Gattungsvertreter hatte sich Berganza – so will es seine verschlungene Laufspur – schon früher gekreuzt. Denn bereits 1835 hatte der Hoffmann-Verehrer Gogol im *Tagebuch eines Wahnsinnigen*[21] einem sprechenden und schreibenden Hund die handlungsbestimmende Rolle zugewiesen: Am Rande des Wahnsinns bemerkt ein Mann, dass er die Gespräche des Schosshündchens seiner unerreichbaren Geliebten verstehen kann. In der Folge bemächtigt er sich auch der Briefe, die das Hündchen mit einem Artgenossen austauscht. Sie entdecken für einmal aber mitnichten einen poetischen oder philosophischen Hund, sondern einen dem Tratsch und Klatsch in ganz menschlicher Weise anheim gefallenen Vierbeiner – ins «Gegenteil» verkehrt sind also die Rollen von Tier und Mensch. Umso grösser ist die Enttäuschung des «Irren».

Besser wäre es ihm ergangen, hätte er sich fast 60 Jahre später, nämlich 1892, über das eben erschienene Hunde-Tagebuch von Oskar Panizza gebeugt. Der polemische, provokative und selber als Psychopath behandelte Autor liess darin einen Hund – in unverkennbarer Verwandtschaft mit dem alten Berganza – die Arbeit des Denkens und

«Kannst du denn nicht reden?», Ansichtskarte vom Berliner Tierschutz-Verein, 1900

Schreibens aufnehmen: «Ich kann sagen, seit gestern fühle ich, dass ich ein Hund bin. Ich denke. Früher that ich dies Alles unbewusst. [...] Ich bin nicht mehr so glücklich wie früher, aber stolzer.»[22] Fortan ist es dem Tier in seinen Aufzeichnungen ein Anliegen, eine analytische Ordnung in die «Menschenbagage» zu bringen. In wissenschaftlicher Manier, empirisch fundiert, übt er sich in der Klassifizierung der menschlichen Gesellschaft.

Ebenfalls von radikalem Erkenntniswillen ist der empiristisch zu Werke gehende Hund und Ich-Erzähler in Franz Kafkas *Forschungen eines Hundes*[23] (entstanden 1922) getrieben. Er jedoch blendet zum einen das menschliche Umfeld konsequent aus seiner Wahrnehmung aus und konzentriert sich ausschliesslich auf seine hündische Subjektivität, zum anderen quält er sich mit einem eigenartigen, naiv-philosophischen Wissenschaftsskeptizismus. Dass sich verschiedene skurrile Tierfiguren aus E.T.A. Hoffmanns Werk nach entsprechender Verwandlung in Franz Kafkas Texten wiederfinden, ist bekannt und augenfällig. Und im Falle des Forscherhundes sind Berganzas Pfotenspuren nicht zu übersehen.

In zwei Punkten haben sich jedoch die genannten Texte alle deutlich verändert und vom eingangs skizzierten «klassischen» Hundegespräch weg entwickelt. Als erstes haben sie sich von der literarischen Form des Dialogs mehr und mehr gelöst. Das Zwiegespräch nach antikem Vorbild hatte von Lukian über Des Périers, Cervantes und Hoffmann satirisch auf die Weisheit der Hunde gebaut, die aus der antiken Philosophie überliefert war. In der Dialogform lag, ebenfalls nach antikem Vorbild, das Versprechen, dass sich aus der Wechselrede ein Stück objektiver Erkenntnis herausbilden würde. Auf dem Weg in die Moderne wurde der Dialog mehr und mehr zum Monolog – und auch die Literaturhunde wurden allein der unentrinnbaren Subjektivität überantwortet. Die Satire bedurfte nun nicht mehr der objektivierenden, distanzierenden Hilfskonstruktion. Monologisch wurde sie zur Groteske, die sich direkt an die Lesenden wendet. Die «ungewöhnliche» Situation eines sprechenden Hundes ist nicht mehr erklärungsbedürftig.

Mit dieser Entwicklung verbunden ist, als zweites, eine Diversifizierung und Vervielfältigung der Erzählperspektiven. Umso unruhiger, verwirrlicher, aber auch vielfältiger zeigen sich die Laufspuren der mittlerweile sprechenden, schreibenden oder einfach in Menschensprache denkenden Literaturhunde. Beispielhaft für die Dynamisierung der Erzähltechnik zeigt sich 1925 Michail Bulgakows Novelle *Hundeherz*.[24] Das Hin- und Herwechseln der Erzählperspektive zwischen Hunde- und Menschenblick wird hier noch dadurch gesteigert, dass die hündische Hauptfigur durch einen medizinischen Eingriff zum Menschen mutiert, um nach unflätigem, pöbelhaftem Benehmen zwangshalber wieder in einen Hund zurückverwandelt zu werden. Die Novelle ist nicht nur hinreissend komisch und in ihrer allegorischen Vielschichtigkeit interessant, sondern Bulgakow führt mit seiner medizinisch initiierten Hundemetamorphose auch eine groteske Variante von Berganzas Entwicklungsmöglichkeiten vor: Ist Bello eingangs noch ein Hund, der über moralisches Empfinden und den Blick für soziale Missstände verfügt, so mutiert er mit menschlich werdender Gestalt zum wüsten und gewissenlosen

Proleten. Die Abgründigkeit der Novelle, die erst 1987 in der Sowjetunion erscheinen durfte, zeigt sich vor dem Hintergrund der Hundegesprächs-Tradition mit ihrem guten Leithund Berganza noch deutlicher. Der Utopie, dass im menschlichen (Unter-)Hund der besserer Mensch stecke, ist eine gründliche Absage erteilt.

Um sich im neueren Spurengewirr der Literaturhunde, auf das hier nur ein oberflächlicher Blick geworfen werden kann, zurechtzufinden, ist aber die Frage nach der Erzählperspektive – gerade wegen derer Diversifizierung – ein geeignetes Hilfsmittel. Daran lassen sich nämlich die verschiedenen Gangarten der Fiktionalisierung ablesen. Auf den Literaturhund zugeschnitten stellen sich dann die Fragen: Wie bekommen Leserinnen und Leser den Hundeblick? Schlüpfen sie über einen hündischen Ich-Erzähler direkt in dessen Pelz oder beobachten sie durch das menschliche Auge eines Erzählers? Ist die erzählende Figur selber mitten im Erleben oder handelt es sich dabei um ein allwissendes, auktoriales Indefinitum? Und: Ist der Blick, sei's indirekt oder direkt, hündisch oder menschlich fingiert? Wohl müssten diese Fragen, selbst ohne Anspruch auf Kanonisierung bzw. «Caninisierung» der Literaturhunde, um ein Vielfaches verfeinert werden. Aber letztlich zielen sie alle darauf ab, den Grad der Mittelbarkeit des Erzählten zu eruieren. Die «traditionellen» Hundegespräche, wie sie hier dargestellt wurden, zeichnen sich alle durch ihre fingierte Unmittelbarkeit aus: Das Publikum hört oder liest, wie ein Hund sich zum Dasein äussert. Die Teilhabe am Unglaublichen ist direkt. Darin liegt der Witz, die Groteske des literarischen Szenarios – und damit ist wiederum die Schlagkraft der Maskerade verbunden. Wer kann schon im Ernst einem Hund widersprechen?

Schulz: Peanuts

Erbschaftsfragen unter Literaturhunden

Trotz allem Hang zum Monologisieren sind in Berganzas Verwandtschaft die Schriftsteller als Gesprächspartner noch immer hoch im Kurs – auch wenn sich diese zuweilen von der unberechenbaren Hundeweisheit überfordert fühlen. So berichtete zu Beginn der 1980er Jahre Wolfgang Hildesheimer vom gestörten Vertrauensverhältnis zwischen einem schreibenden Ich und dessen Pudel, nachdem sich das Tier eines Tages unvermittelt als kritischer Literaturexperte zu erkennen gegeben hatte.[25] Bei der deutschen Autorin Karen Duve ist es 1999 ein alter Collie, der mit Lassies Pathos und Berganzas philosophischem Geist eine junge Schriftstellerin vom Partybesuch abhält, um mit ihr die – nicht genauer definierte – «Hundefrage» zu diskutieren.[26]

Der sprechende Hund gehe noch immer um, aber umfassend Zeitkritisches im Geiste des alten Berganza habe er nicht mehr zu vermelden, könnte man angesichts des Pudels und des Collies, denen das pointierte Spiel mit der Tradition genügt, konstatieren. Wären da nicht noch die eingangs erwähnten Promenadenmischungen King und Mr. Bones, die seit 1999 wieder auf eine (sozial-)kritische Rolle im alten Schlage Berganzas aspirieren. Beide sind sie Begleiter von Randständigen, wie sie die städtische Gesellschaft kennt: von Obdachlosen. Beide richten sie ihren Blick auf die Welt: also vom Rande her und – hundsmässig physiologisch sowie selbstredend metaphorisch –

von unten; das Leben, das sich ihnen präsentiert, ist mehr als nur auf den Hund gekommen. Wie die Gesellschaft ihren Randständigen gewaltsam zu Leibe rückt, lässt King in John Bergers gleichnamigem Roman seine Leserschaft präsentisch miterleben. Seine Sprechfähigkeit bedarf keiner Erklärung; den Armen und Ärmsten ist er ein geduldiger Gesprächspartner mit seelsorgerischem Talent. King ist der klassische, kluge Hund, ein humanistisch gesinnter Prototyp des «Canis familiaris loquax», sprachkritisch und ein bisschen melancholisch. Fast noch philosophischer als seine Vorgänger bringt er auf den Punkt, was seine Gattung seit Generationen auszeichnet: «Das ist mein Talent: eine Art kindliche Naivität. Von dem, was ich alles gesehen habe, verraten meine Augen keine Spur.»[27] Dass Kings Hundeperspektive beim Betrachten des menschlichen Elends manchmal wirklich zum Hundeblick wird, kann man ihm deshalb nur zum Teil übelnehmen. Im Elend der Industriegesellschaft ist ihm aber leider auch das Wesentliche seiner Gattung abhanden gekommen: der tierische Witz eines Berganza. Und so scheint es zuweilen, dass sich die Sorgenfalten über der Schnauze des Ich-Erzählers King nur noch menschlich ausnehmen.

Wie steht es um den zweiten Literaturhund der Saison 1999, denjenigen aus Paul Austers *Timbuktu?*[28] Mr. Bones kann nicht sprechen. Aus wissender Aussensicht wird rapportiert, was in seinem Hundehirn vor sich geht – und das ist vergleichsweise nicht eben viel, was über Hundetreue seinem schriftstellernden und philosophierenden obdachlosen Herrchen gegenüber hinausgeht. Eine verkehrte Welt also. Dem entsprechend nehmen auch die Erlebnisse und Monologe des Herrchens über ein Drittel des Buches in Anspruch, während von Mr. Bones lediglich ein paar Episoden tumben Hundelebens wiedergegeben sind. Da fallen kaum Weisheiten an. Von Mr. Bones, dem Hund mit dem Menschennamen, gibt's vor allem den Blick von unten, den Lauf durchs Hundeleben widerspiegelnd, immer schön der Nase bzw. Schnauze nach. So ist die Distanz, geschaffen mit der personalen Erzählsituation, mit hündischen Abenteuergeschichten gefüllt. Als Lesende kommt man nicht umhin, sich zu fragen, wie denn die Erzählinstanz ausgerechnet in den Hundepelz geraten ist.

Im Fall von Mr. Bones plädiert Wolfgang Hildesheimers literarturkritischer Pudel vor versammelter Meute: Keine Aufnahme in die Tradition der gesprächsfreudigen Literaturhunde. Berganza selber hat sich bereits abgewendet. Und trottet weiter.

1 Hoffmann, E.T.A., *Nachrichten von den neuesten Schicksalen des Hundes Berganza*, in: Ders., *Fantasiestücke in Callots Manier*, Berlin und Weimar: Aufbau-Verlag 1994, S. 114f.
2 Zur Motiv- und Stoffgeschichte vgl.: Ziolkowski, Theodore, *Varities of literary thematics*, Princeton N.J.: Princeton University Press 1983.
3 Vgl. dazu Neuhausen, Karl, *Platons philosophischer Hund bei Sextus Empiricus*, in: Rheinisches Museum 118 (1975), S. 240–264; Perphal, Jost, *Wiedersehen mit Argos und andere Nachrichten über Hunde in der Antike*, Mainz a. Rhein: Philipp von Zabern 1983.
4 Platon, *Der Staat*, Zürich und München: Artemis-Verlag 1974, S. 145.
5 Lukian, *Totengespräche*. Aus dem Griechischen von Christoph Martin Wieland, Zürich: Manesse 1989, S. 67.
6 Des Périers, Bonaventure, *Le Cymbalum Mundi*, introduit et annoté par Yves Delègues, Paris: Honoré Champion Editeur 1995.
7 Vgl. dazu Neidhart, Dorothea, *Das «Cymbalum mundi» des Bonaventure Des Périers, Forschungslage und Deutung*, Genf: Droz 1959; Boerner, Wolfgang, *Das «Cymbalum mundi» des Bonaventure Des Périers, Eine Satire auf die Redepraxis im Zeitalter der Glaubensspaltung*, München: Wilhelm Fink 1980.
8 Des Périers, Bonaventure, *Le Cymbalum Mundi*, introduit et annoté par Yves Delègues, Paris: Honoré Champion Editeur 1995, S. 85.
9 Cervantes Saavedra, Miguel de, *Das Kolloqium der beiden Hunde*, in: Ders., *Exemplarische Novellen*, Frankfurt a.M.: Fischer Bücherei 1961.
10 Bedeutend weniger bekannte bis unbekannte Fortschreibungen des Gesprächs zwischen Berganza und Cipion finden sich auch in der spanischen Literatur z.B. bei Belmonte Bermúdez (*La vida de Cipíon*), Jacinto Benaventes (*Nuevo coloquio de los perros*), Fernàn Caballeros (*Los pobres perros abandonados*).
11 Hoffmann, E.T.A., *Nachrichten von den neuesten Schicksalen des Hundes Berganza*, in: Ders., *Fantasiestücke in Callots Manier*, Berlin und Weimar: Aufbau-Verlag 1994.
12 Vgl. dazu die Erläuterungen im Anhang der genannten Ausgabe, S. 483ff. Die real existierende Inspirationsquelle für Hoffmanns Aufnahme des Berganza-Stoffes war der Gasthof-Hund «Pollux», der Hoffmann in Bamberg auf seinen Spaziergängen begleitete. Vgl. ebd., S. 495.
13 Ebd. S. 152.
14 Kuffner, Christoph, *Historisch-ästhetische Rede eines gelehrten Urenkels des Hundes Berganza über die grossen Eigenschaften und Kunsttalente des Hundegeschlechts*, in: Fussnoten zur Literatur 26 (1993).
15 Gaudy, Franz Freiherr [von], *Nachrichten von den allerneusten Schicksalen des Hundes Berganza*, in: Fussnoten zur Literatur 26 (1993).
16 Elster, Daniel, *Ahnungen und Amen. Berganza oder: Musikalische Leiden eines Nachfolgers E.T.A. Hoffmanns im Amt des Bamberger Musikdirektors.* Auszüge aus: Ders., *Neue Fahrten des alten Musikanten*, hrsg. von Dr. Elsner. Erster Band, 15. und 16. Kapitel, Chemnitz 1841, abgedruckt in: Fussnoten zur Literatur 26 (1993).
17 Gahse, Zsuzsanna, *Berganza*, München: List 1984, S. 13.
17a Ebd. S. 34.
18 Ebd. S. 88.
19 Vgl. dazu: Müller, Bruno, *Der sprechende Hund bei A.F.E. Langbein und bei E.T.A. Hoffmann*, in: Mitteilungen der E.T.A. Hoffmann-Gesellschaft, 30 (1984), S. 9–14.
20 Svevo, Italo, *Argo und sein Herr*, in: Ders., *Die Erzählungen*, Bd.1, Zürich: Ex Libris 1985.
21 Gogol, Nikolai, *Tagebuch eines Wahnsinnigen*, in: Ders., *Meistererzählungen*, Zürich: Diogenes 1979.
22 Panizza, Oskar, *Aus dem Tagebuch eines Hundes*, Mit einem Vorspann für Leser von Martin Langbein und mit Zeichnungen von R. Hoberg, München: Matthes & Seitz Verlag 1977, S. 145.
23 Kafka, Franz, *Forschungen eines Hundes*, in: Ders., *Die Erzählungen*, Frankfurt a.M.: Fischer Taschenbuch 1996.
24 Bulgakow, Michail, *Hundeherz*, München: dtv 1997.
25 Hildesheimer, Wolfgang, *Aus der Laufbahn meines Pudels Cassius*, in: Ders., *Lieblose Legenden*, Frankfurt a.M.: Insel Verlag 1983. Inwiefern diese Erzählung ein ganz neues Licht auf die goethesche Gleichsetzung von «Recensent» und «Hund» wirft, wäre in einer eigenständigen Abhandlung zu untersuchen.
26 Duve, Karen, *Besuch eines Hundes*, in: Dies., *Keine Ahnung*, Erzählungen, Frankfurt a.M.: Suhrkamp Verlag 1999.
27 Berger, John, *King*. Aus dem Englischen von Hans Jürgen Balmes, München und Wien: Carl Hanser Verlag 1999, S. 38.
28 Auster, Paul, *Timbuktu*. Aus dem Englischen von Peter Torberg, Reinbeck bei Hamburg: Rowohlt 1999.

Illustrationen von Gunter Böhmer zu Thomas Manns «Herr und Hund»

Noch einige
Der vielen »verworfenen«
Studien und Entwürfe

Gérard Macé

Die Akademie der Katzen

An einer dieser Stellen in Rom, wo Ägypten seinen Schatten geworfen und seinen Traum hat fortdauern lassen, indem es die Toten reisen lässt, gibt es einen Friedhof, auf dem man scheinbar in Frieden ruht. Leichter als in den Katakomben, wo, so stellt man sich vor, der Totentanz erneut beginnt, sobald man ihnen den Rücken zugekehrt hat; tiefer als in den heutigen Nekropolen, deren gedrückte Stille jener der neuen Städte ähnelt.

Man nennt diesen intimen und schattigen Ort (am Fuss der Pyramide von Caius Cestius) bisweilen den englischen Friedhof, wohl wegen Keats und Shelley, die dort ruhen, da ihre Leben, die sich folgen und sich ähneln, dort ihr endgültiges Ende gefunden haben. Keats, dessen Name auf Wasser geschrieben war, nach der Formulierung, die er selbst gewollt hat («Here lies One Whose Name was Writ in Water»), und Shelley, der Keats wiederlas, bevor er sich im Meer ertränkte – denn in dem Anzug, durch den man ihn identifizieren konnte, als man ihn entstellt am Strand von Viareggio fand, steckte ein Band des jungen Verstorbenen, der Freund John damals war: Man weiss, dass die beiden Dichter im Abstand von einem Jahr gestorben sind, unter dem Himmel Italiens, wo sie sich noch heute befinden.

In Wahrheit ist der Friedhof gar kein englischer, nicht einmal ein protestantischer: Er nimmt alle Nicht-Katholiken und sogar die Atheisten auf, von Goethes Sohn über die Orthodoxen, deren Namen in kyrillischen Buchstaben, mit einer dünnen Goldschicht überzogen, Kronen für die im Exil gestorbenen Könige sind, bis hin zu Gramsci. Und Statuen, wie jene eines präraffaelitischen Engels, der zwischen zwei Welten in der Schwebe bleibt, weil ihm ein Flügel fehlt. Oder die Melancholie in Person, kniend und in Tränen aufgelöst, die mit ihren Flügeln ein Grabmal bedeckt, das der Ehemann einer gewissen Emelyn Story, gestorben 1895 in Rom, im Gedenken an sie errichten liess. Dank des perspektivischen Collageeffekts verleihen die lebhaften Kanten der Pyramide diesem reliefartigen Bild, das von Dürers Radierung inspiriert scheint, letztlich eine dritte Dimension.

Der Zauber des Ortes wird noch verstärkt durch die Anwesenheit der Katzen zwischen der Pyramide und den Gräbern, in einer Art Graben, wie man ihn in den Zoos findet, damit man aus der Ferne die Raubtiere bewundern kann. Nicht Felsen ahmen jedoch die Natur nach, hier schaffen die Ruinen die Täuschung: Antike, zerbrochene Steine, auf denen Graffitis sich mit Latein mischen, dienen als Sockel und sogar als Bett vor einer Mauer, deren Nischen von einer herabfallenden Vegetation überwuchert sind,

DIED
ROMA
JAN 7
1895

Der englische Friedhof in Rom,
Fotoserie von Gérard Macé

so dass die Katzen wie Zirkustiere wirken, die sich ausruhen. Eines Zirkus, dessen Zelt von irgendeinem Sturm fortgerissen worden ist, zugleich mit dem Dompteur, der die Peitsche schwang, und den Göttern, die bei der Dressur beistanden.

Ich weiss nicht, ob Corinna Bille dieses Schauspiel gesehen hat, aber man könnte es glauben, wenn man eines ihrer *Carnets de rêve* liest, die ich nach einem Gespräch, in dem ich just vom englischen Friedhof, von Keats und von den Katzen sprach, mit der Post erhalten habe.[1] In diesem Bericht, den ich meinerseits wieder aufnehmen werde,

weiss man nicht immer, wer träumt und wer spricht, Keats, Corinna Bille oder ich, so sehr sind Leben und Tod, Tag und Nacht, Schlaf und Phantasie auch, miteinander vermischt. Keats reitet durch den Wald (den Wald der Träume, genau gesagt), um einen befreundeten Pastor zu besuchen. Man ahnt, dass er sich schon bald in diesem Wald verirren wird, denn sonst wäre die Geschichte schnell zu Ende. Er bindet also sein Pferd an einem Baum fest, um seinen Weg zu Fuss zu suchen, und da sieht er ein Licht, das von einer Ruine kommt, die auf keiner Karte verzeichnet ist: ein antiker Zirkus, ein Kolosseum, ein wirres Durcheinander «von Bögen, stufenförmigen Sitzreihen, herabgefallenen Steinen, Mauerstücken, Breschen, Gestrüpp».

Von dem zitternden Licht geleitet, das den toten Zirkus belebt, nähert sich Keats einer Säule und schaut, hinter ihr verborgen, durch eine Spalte, so wie man seinen eigenen Traum betrachten würde. «Was er sah, liess ihn vor Verblüffung und Furcht wie angewurzelt dastehen», schreibt Corinna Bille, als wäre sie ihrerseits so sehr in Keats Traum eingedrungen, dass sie empfindet, was er empfindet.

«Hunderte von Katzen strömten in den Halbkreis, nahmen nebeneinander Platz wie die Menge in den Arenen Spaniens. Es wimmelte von miauenden Katzen. Plötzlich ertönten kleine Trompeten. Die Katzen erstarrten, drehten ihre phosphoreszierenden Pupillen nach rechts, von wo die Lichter- und Schattenspiele kamen. Die Lichter wurden von Fackeln hervorgebracht, die fünfzig gestiefelte Katzen trugen. Die Katzen gingen einer Prozession weiterer Katzen in prächtigen Gewändern, Pagen und Herolden, die Trompete spielten, Katzen, die Insignien, und Katzen, die Fahnen trugen, voraus.

Die Prozession durchquerte die Manege und umrundete sie. Dann erschienen vier weisse und vier schwarze Katzen mit Degen und Filzhüten, die wie alle anderen Mitglieder der Prozession auf ihren Hinterbeinen gingen und auf ihren Schultern einen kleinen Sarg mit einer kleinen goldenen Krone darauf trugen. Es folgten Katzen in Zweierpaaren, die Kissen trugen, auf denen Orden steckten, deren Diamanten im Licht der brennenden Fackeln und im Mondlicht funkelten. Den Abschluss der Prozession bildeten Trommler.»

Keats denkt in diesem Augenblick, dass er träumt, und Corinna tut so, als glaubte sie es. Nur einen Moment, bevor sie etwas Subtileres und Wahreres hinzufügt, das all jene empfunden haben, die dem Tod nahe gewesen sind, mag es sich um einen Traum oder um einen Albtraum handeln, und in der jüngsten Geschichte alle Deportierten, als sie sich vorstellten, sie würden überleben und das Grauen erzählen. Keats ist nicht auf seinem Pferd eingeschlafen, er ist tatsächlich wach, aber er weiss, dass *man ihm nicht glauben wird.* «Niemals könnte er diese Geschichte erzählen. Sie würde für die Lüge eines Dichters gehalten. Aber Keats wusste, dass die Dichter nicht lügen. Sie legen Zeugnis ab. Und Keats wusste, dass man sich vorstellt, sie lügen. Und Keats wurde verrückt, als er daran dachte, dass ein solches Geheimnis sein Eigentum bleiben, dass es ihm unmöglich sein würde, sich davon zu befreien, es mit seinen Mitmenschen zu teilen. Es war ein Katafalk der Einsamkeit», der dem des Königs der Katzen ähnelte, aber keine Prozession begleitete ihn. Keats macht sich also allein wieder auf den Weg, und es gelingt ihm, aus dem Wald herauszukommen und das Haus seines Freundes, des Pastors, wiederzufinden. Während der folgenden Mahlzeit isst er schweigend und kann das Unbehagen, das immer stärker wird, so stark, dass es ihm die Kehle zuschnürt, nicht verbergen. Als der Pastor die Ursache für dieses Unbehagen erfährt, schwört er, dass er seinem Freund aufs Wort glauben würde, und John Keats fängt mit geschlossenen Augen zu erzählen an. «Er kam zur Prozession, zu den Fackeln, den Trompeten, den Bannern, den Trommeln. Er beschrieb in allen Einzelheiten die Gewänder, die Filzhüte und die Stiefel. Vier weisse Katzen, sagte er, und vier schwarze Katzen trugen den Sarg auf ihren Schultern. Auf dem Sarg befand sich eine goldene Krone. Kaum hatte er diesen Satz ausgesprochen, machte die Katze des Hauses, die vor dem Feuer schlief, einen Buckel, sträubte ihr Fell und rief mit menschlicher Stimme: ‹Aber ich bin doch der König der Katzen›, und sprang aus dem Fenster.»

Nach dem Sprung aus dem Fenster lief ich durch den Wald, in dem Keats sich beinahe verirrt hätte, um mich zu dem Zirkus zu begeben, wo er (ohne gesehen zu werden) einem Ritual beigewohnt hatte, das den Menschen normalerweise verboten ist. Corinna Bille scheint von den Episoden, die folgten, nichts gewusst zu haben; es ist also an mir, obwohl ich wenig Gefallen am Schreiben finde, die Chronik meiner Herrschaft zu schreiben, wenn man die Zeit so nennen kann, die ich zu Füssen der Pyramide verbracht habe, inmitten einer Akademie, die etwas von einem Armenhaus hat; einer literarischen Akademie jedoch, denn an diesem antiken Ort treffen sich die Katzen, die schreiben gelernt haben, indem sie ihre Herren nachahmten, diese armen Menschen, die nur ein Leben haben, die ihr Leben damit verbringen, sich einen Stil zu erobern (was sie «Handschrift» oder «Manier» nennen) und auf den Ruhm zu hoffen, von dem sie freilich wissen, dass er eitler Wahn ist, wie Könige, die die Schellen des Narren an ihrer Krone befestigen möchten, um etwas mehr Lärm im Gedächtnis der Überlebenden zu machen.

Unsere Königin heisst Beauty, sie ist Engländerin, und sie war durchaus bereit, Balzac ihren Liebeskummer anzuvertrauen. Gewiss, sie hat nicht mehr das wunderbare weisse Fell, das sie unmittelbar nach ihrer Geburt vor dem Ertränken bewahrt hat, und sie erinnert sich kaum an den Kater, der sie verrückt machte, aber sie hat nichts von ihrer Respektlosigkeit verloren, die sie sogar soweit gehen liess, mir an dem Tag, an dem ich ihr meine Bewunderung für ihr Buch zum Ausdruck brachte, zu antworten: «Junger Mann, Ihnen fehlt es an kritischem Verstand.» Ich bin ihr für zwei Dinge dankbar: Erstens, dass sie ganz klar gesagt hat, was man von der Anmassung der Gelehrten zu halten hat und von ihren wilden Interpretationen in Bezug auf unsere Art; zweitens, dass sie eingewilligt hat zu schreiben (und das ist kein geringes Verdienst für eine englische Katze), dass das Haus des Gestiefelten Katers das vornehmste Haus unserer Rasse ist. Was den Gestiefelten Kater selbst betrifft, so macht sie aus ihm «den ewigen Typ der Annonce», anders ausgedrückt der Reklame, da er verstanden hat, dass die Gutgläubigkeit der Menschen grenzenlos ist, noch gewaltiger als die Ländereien des Grafen von Carabas.

Der gleichen berühmten Familie, deren Ruf auf Verbeugungen und leerem Gerede gründet, gehört auch Kater Murr an, der produktivste und begabteste von uns, der einzige, bei dem man von einem Werk sprechen kann und dessen Anwesenheit zu Füssen der Pyramide in dieser Versammlung, die über die Seelen der bedeutenden Menschen zu wachen schien, voll und ganz gerechtfertigt war; in dem Buch, das unter dem Namen Hoffmann veröffentlicht worden ist, heisst es in der Tat, dass seine Stirn mit Hieroglyphen geschmückt war: eine breite Stirn, die ihm den Anschein eines Weisen verlieh, aber diese Art anthropomorphen Vergleichs ist ein von den Menschen übernommener Tick, eine Manie, die ihr Verständnis der Phänomene furchtbar einschränkt.

Dank Kater Murr habe ich die Komplizität zwischen den Dichtern und den Katzen verstanden, und alles, was ihre elektrischen Naturen einander annähert: ihre bisweilen lächerliche, bisweilen rührende Eitelkeit, ihre Posen und ihr Dandyismus, ihr Bedürfnis, mit dem Strich gestreichelt zu werden, ihre Art, sich über die Menschen zu beklagen und doch nicht ohne sie auskommen zu können; vor allem aber diese Fähigkeit, nur mit einem Auge zu schlafen, stundenlang an der Grenze zwischen Wachen und Schlaf zu verharren, sich dann blitzschnell auf die Beute zu stürzen, die nah genug an ihnen vorbeiläuft, um mit ihr zwischen Leben und Tod zu spielen.

Murr hatte lesen gelernt, indem er seinem Herrn (der laut las) über die Schulter blickte und die Buchstaben des Buches mit ihrer Aussprache verglich: ein wenig wie Champollion, dessen Entschlüsselungsgenie (und Erkennen einer Katze im Namen einer Königin) ihm einen Platz unter uns eingebracht hätte.

Was ich dagegen nicht sagen kann, ist, wie der Merkwürdigste unserer Gefährten lesen (und schreiben) gelernt hat: ein Japaner, der wohl mit dem Schiff bis Ostia gekommen war und dessen Herr, Anglist und Romancier, unter ständigen Magenschmerzen litt. Das Tier beklagte sich auch, weil die Übersetzungen des Buches, auf das er so stolz war, *Ich bin eine Katze,* seine subtilsten Intentionen nicht wiedergaben: Er behauptete, dass er durch die Wahl des Pronomens eine so feine Komik in die erste Person Singular gelegt habe, dass keine europäische Sprache sie wiederzugeben vermöchte. Wonach er sich in endlosen linguistischen Erklärungen erging, die mich vor Langeweile gähnen liessen; aber ich muss ihm beipflichten, dass sich die Pfote der Katze (mit ihrem Haar, das dem Pinsel ähnelt) mehr für die Kalligraphie als für die westliche Schrift eignet.

Eines Tages hatte er es unternommen, mir das System der *Kana* zu erklären, und als ich einnickte, erkannte ich plötzlich den Schritt meines Herrn Charles-Albert, eines lieben dicken Schweizers einerseits türkischer, andererseits polnischer Abstammung, und vor allem römisch-katholisch. Während der heissen Jahreszeit band er sich einen Schal um den Hals, was ihm das Aussehen eines als Radfahrer verkleideten Wesirs verlieh; im Winter hatte er stets eine Baskenmütze auf, die er wie eine etwas breite Priestermütze trug. Ihn habe ich im *Carnet du chat sauvage* zu imitieren versucht, aber ich muss gestehen, dass das harmonische Labyrinth seiner langen Sätze, die vorangestellten Adjektive, die sich in dem drängeln, was er selbst die «stammelnde Absicht zu sagen» nennt, seine geradezu barocken Vergleiche und seine Logik, die immer ausser Kraft gesetzt zu werden

droht, einen unvergleichlichen Schriftsteller aus ihm machen, und dass ich mich nicht allzu sehr angestrengt habe. Wir hatten uns seit einiger Zeit aus den Augen verloren (er wohnte damals in der Nummer 31 an der Piazza di Spagna), aber dank seiner Freude am Unterwegssein und seines Orientierungssinns hatte er mich wiedergefunden, als seine Schritte ihn wieder einmal in Richtung San Giovanni in Laterano führten. Da ich der literarischen Pause, in der ich mich damals befand, überdrüssig war und es an der Zeit war, diesen monarchistischen Grössenwahn zu beenden, dem so viele andere erliegen, empfahl ich mich auf französisch, indem ich um Charles-Alberts Waden strich, während er lateinische Formeln murmelte, die sich auf Monolithen abhoben.

Als wir durch das Gittertor des Friedhofs gingen, glaubte ich, als ich mich umwandte, das Lächeln einer Katze (präzise gesagt einer englischen Katze) in der Luft schweben zu sehen, aber das war vielleicht eine Lektüreerinnerung.

Die Träume haben mehrere Leben wie die Katzen, und manche sind sogar Meisterwerke ihrer Gattung, die von Mund zu Mund oder von Autor zu Autor weitergegeben werden. So etwa der Traum von Tschuang-tse, der sich beim Aufwachen erinnert, ein Schmetterling gewesen zu sein, sich aber fragt, ob nicht eher ein Schmetterling sich für Tschuang-tse hält. So auch der Traum von Coleridge, der ihn im Nu in den Palast von Kublai Khan trägt, in Xanadu, das ein anderer Name für das Paradies ist, und ihm beim Aufwachen die Gewissheit lässt, im Traum ein Gedicht von dreihundert Versen verfasst zu haben, von dem er tatsächlich ein Fragment zu retten vermag (an das sich Orson Welles erinnert, als er *Citizen Kane* dreht). Die Geschichte ist so schon aussergewöhnlich, aber sie endet hier nicht, denn was Coleridge nicht wissen konnte, ist, dass Kublai Khan zuerst im Traum das Schloss gesehen hat, das er getreu nach seinem Traum erbauen liess. Natürlich war keiner berufener als Borges, dieses Verfolgen ein und desselben Bildes durch die Nächte, die Kontinente, die Architektur und die Dichtung in wenigen Zeilen zusammenzufassen:

«Ein mongolischer Kaiser träumt im 14. Jahrhundert einen Palast und erbaut ihn nach dem Vorbild seiner Schau; im 18. Jahrhundert träumt ein englischer Dichter, der nicht wissen konnte, dass dieses Bauwerk sich aus einem Traum herleitete, ein Gedicht über den Palast. Verglichen mit dieser Symmetrie, die mit den Seelen schlafender Menschen arbeitet und Kontinente und Jahrhunderte umfasst, fallen, will mir scheinen, nicht oder kaum ins Gewicht die Levitationen, Auferstehungen und Erscheinungen der Erbauungsbücher.» (*Der Traum Coleridges*)[2]

An dem Punkt, an dem wir angelangt sind, wird es Zeit zu sagen, dass Keats' Traum, so wie Corinna Bille ihn in ihren *Carnets* erzählt, Wort für Wort in Jean Cocteaus *Journal d'un inconnu* steht, dass er aber dennoch der Autorin von *Théoda* und *Sabot de Vénus* gehört, da ein Traum dem gehört, der ihn erzählt, zumindest für die Zeit des Berichts; der Beweis ist, dass sie es unterlassen hat, die wenigen Zeilen zu zitieren, die als Vorrede dienen: «Die von Keats erzählte Katzengeschichte ist, soviel ich weiss, niemals aufgeschrieben worden. Sie reist von Mund zu Mund und verändert sich unterwegs. Es gibt mehrere Versionen, aber die Atmosphäre bleibt die gleiche. Eine so subtile Atmosphäre, dass ich mich frage, ob nicht das der Grund ist, warum diese Geschichte sich eher mit der Rede und ihren Pausen verträgt als mit der Feder, die es eilig hat.»

Da Jean Cocteau, der ein Zauberer sein wollte, vor keiner Fälschung zurückschreckte, ist das Rätsel eher neu gestellt als gelöst.

Aus dem Französischen übersetzt von Michael von Killisch-Horn

Anmerkungen

1 Die Kopien der *Carnets* bekam ich aus Bern zugeschickt, wo sich die Originale befinden, von Stéphanie Cudré-Mauroux und Marie-Thérèse Lathion, denen ich herzlich danke.

2 Jorge Luis Borges, *Buch der Träume,* München: Hanser 1981, S. 120–124, hier S. 123; übersetzt von Karl August Horst und Gisbert Haefs. (Anm. d. Ü.)

Jean Starobinski

«Die Katzen» von Baudelaire

Baudelaires Gedicht *Les Chats* (*Die Katzen*) ist die aussergewöhnliche Ehre zuteil geworden, Gegenstand einer Diskussion über die Methoden der Literaturkritik, die auf es angewendet werden können, zu sein. Die Interpretationen, die versucht haben, sich gegenseitig auszustechen, füllen mittlerweile einen ganzen Band.[1] Dieses Grabmal der Katzen ist ein kollektives Werk, errichtet um den Preis ihrer Meinungverschiedenheiten von jenen, die das Gedicht «savants austères», «strenge Gelehrte», nennt. Der Vergleich dieser kritischen Kommentare, die jeweils den Anspruch auf eine eindeutige Wahrheit oder eine erschöpfende Bestandesaufnahme erheben, ist gewiss instruktiv. Ich denke an das *Geräusch* eines Orchesters, das die Instrumente stimmt, bevor es den Gleichkang gefunden hat. Ich denke auch an die Vanitas-Gemälde aus dem 17. Jahrhundert, auf denen sich Bücher häufen, die durch ihr Nebeneinander die unauflösbare Pluralität der Meinungen vor Augen führen. Eine harte Lektion für mich, der ich mich als Liebhaber der Poesie oft bemüht habe, meinem Nachlauschen andere Lauschende hinzuzugesellen durch etwas mehr als nur einen einfachen Ausruf der Bewunderung. Ist der Leser, der selbst die Wirkung untersucht, die das Gedicht ausübt, und der versucht, seine Beobachtungen mitzuteilen – es ist üblich, ihn «Kritiker» zu nennen –, dazu verurteilt, wohl oder übel mit einer Stimme, die leiser ist als die des Gedichts, anderen konkurrierenden Stimmen beizupflichten? Würde das nicht zu einem Summen von Gelehrten führen? Man muss stets auf die Ausnahme setzen: Eine andere als gelehrte Leidenschaftlichkeit könnte die Stimme des Kommentars steigern und ihr den Raum eines Sich-Emporschwingens öffnen... Aber lesen wir lieber:

Les chats

Les moureux fervents et les savants austères
Aiment également, dans leur mûre saison,
Les chats puissants et doux, orgueil de la maison,
Qui comme eux sont frileux et comme eux sédentaires.

Amis de la science et de la volupté,
Ils cherchent le silence et l'horreur des ténèbres;
L'Érèbe les eût pris pour ses coursiers funèbres,
S'ils pouvaient au servage incliner leur fierté.

Ils prennent en songeant les nobles attitudes
Des grands sphinx allongés au fond des solitudes,
Qui semblent s'endormir dans un rêve sans fin;

Leurs reins féconds sont pleins d'étincelles magiques,
Et des parcelles d'or, ainsi qu'un sable fin,
Étoilent vaguement leurs prunelles mystiques.

Die Katzen

Die glühenden Verliebten und die strengen Gelehrten
Lieben gleichermassen in der Zeit ihrer Reife
Die mächtigen und sanften Katzen, Stolz des Hauses,
Die wie sie frösteln und wie sie sesshaft sind.

Freunde des Wissens und der Lust,
Suchen sie das Schweigen und den Schrecken der Finsternis;
Der Erebos hätte sie als seine Todesrosse genommen,
Wenn sie ihren Stolz der Knechtschaft beugen könnten.

Sie nehmen sinnend die edlen Haltungen
Der grossen Sphinxe ein, die, ausgestreckt in der Tiefe der Einsamkeiten,
Einzuschlafen scheinen in einem Traum ohne Ende;

Ihre fruchtbaren Lenden sind voll magischer Funken,
Und Goldpartikeln, wie feiner Sand,
Besternen flimmernd ihre mystischen Pupillen.[2]

Dieses beschreibende Gedicht, dessen Akteure, mit Ausnahme von Erebos, der ein personifizierter Ort ist, sämtlich im Plural stehen, macht seine Leser zu Zuschauern. Ist der Dichter zugunsten seines Bildes in den Hintergrund getreten? Zwei andere Gedichte der *Fleurs du Mal* (XXXIV und LI) tragen den Titel *Le Chat* (*Die Katze*). Sie jedoch evozieren ein privilegiertes Tier; sie sind Gedichte vertrauter Seltsamkeit, in denen sich eine persönliche Liebe erklärt und in denen sich der innere Raum vertieft. Das Gedicht, das wir soeben gelesen haben, entfaltet sich demonstrativ, wie eine Feier des ganzen Katzengeschlechts. In dieses Lob mischt sich, wie es scheint, keine Klage, kein Bedauern, keine Sehnsucht des Autors des Gedichts. Aus der Lobrede, die im Präsens gehalten wird, löst sich auch kein *Moment* heraus, es sei denn der unbestimmte, zeitenthobene der Reglosigkeit am Ende. Wir verstehen, dass Baudelaire *Les Chats* in seiner Sammlung in die Nachbarschaft anderer scheinbar rein deskriptiver Gedichte gestellt hat: *Les*

DIMANCHE 14 NOV 1847.

Abonnements :

PARIS :		DÉPARTEMENTS :	
UN MOIS. . . .	6 fr.	UN MOIS. . . .	7 fr.
TROIS MOIS . .	15	TROIS MOIS. .	18
SIX MOIS. . . .	30	SIX MOIS. . .	36
UN AN.	60	UN AN.	72

Un numéro : 25 centimes.

Les abonnements datent des 1ers et 15.

ON S'ABONNE, A PARIS,

26, Rue Grange-Batelière,
Entrée par le passage Jouffroy.

DANS LES DÉPARTEMENTS,

Sans augmentation de prix, à LYON, chez Mme Philippe née Beaudier, et chez les principaux Libraires et Direct. des Messageries.

A L'ÉTRANGER,

A LONDRES, chez W. Thomas, 21, Cholherine street.
A BRUXELLES, chez le Direct. des Postes.
A MADRID, chez Monnier, libraire.

On reçoit en paiement des Abonnements les mandats à vue sur le Trésor et sur la Poste.

Les lettres non affranchies seront rigoureusement refusées.

Tout ce qui concerne l'Administration doit être adressé, *franco*, au Directeur-Gérant.

25e ANNÉE.

Sommaire :

Tout ce qui concerne la Rédaction doit être adressé *(franco)* au Rédacteur en chef.

LE CORSAIRE.

De Profundis.

Quand un homme n'a pas de boussole idéale sur laquelle l'aiguille de son âme puisse trouver un pôle, il ne lui reste que l'ambition d'un faux éclat ou la concupiscence de la matière. Or, l'homme de sa nature est porté plutôt vers l'esprit que vers la matière; il se fatique bien vite du plaisir, des honneurs, du pouvoir même, tandis que l'esprit le soutient jusqu'à son dernier instant et que l'idéal ne le quitte même pas au moment suprême de la mort.

Nos hommes de Juillet, vivant en dehors de tout idéal, n'ayant de principes que celui d'arriver, d'esprit que celui d'être plus fin que leurs dupes, de bonheur que dans la possession, sont de bonne heure fatigués de la vie; ils n'en jouissent plus à 40 ans; ils ne savent pas non plus lui faire le moindre sacrifice, car ils ne comprennent la lutte que dans un intérêt de fortune personnelle. Ils ressemblent donc à des millionnaires naufragés qui, en vue d'un pays pauvre et désert, aiment mieux se noyer que de commencer une nouvelle vie.

C'est là le secret du découragement de nos hommes du pouvoir et de l'impuissance des hommes de l'opposition. Les uns sont blasés, les autres usés; tous sont de jeunes vieillards, tous ont manqué leur vie. A vrai dire, ils n'ont jamais vécu, ils n'ont fait que vieillir.

La *Démocratie*, dans son article incriminé, a appelé cela une société qui tombe. Hélas! a-t-elle jamais été debout!

Le peuple français est un peuple de braves, cela est connu. Il passe pour avoir de l'esprit comme un bijou. — La comparaison est aussi juste que caucasse. — Il n'est pas seulement *très*-spirituel, il est *le plus* spirituel. Nous pouvons en trouver la preuve dans le raisonnement des économistes, gens de cœur et d'intelligence comme chacun le sait. Or, que disent-ils? Que plus une marchandise est rare, plus son prix s'élève; plus elle est commune, moins elle est estimée. D'où je conclus qu'en France l'esprit est très-commun, — sans calembour. En effet, je connais des compagnons de divers états qui gagnent cinq francs par jour, et des journalistes qui empochent à peine le double par mois. Mon portier est logé, chauffé, presque nourri, et gagne sept à huit cents francs en cirant les bottes et les parquets; en revanche, il y a des instituteurs primaires en province qui prélèvent jusqu'à deux cents francs par année. Un marchand de bric-à-brac peut faire fortune; souvent un avocat meurt de faim. Il est vrai qu'on préfère quelquefois un vieux bahut à un mauvais discours. Mon épicier est électeur, M. Richon-des-Brus est député, M. Fulchiron pair de France — et Béranger n'est rien. Tâchez donc, cher lecteur, de rester ou de devenir obtus. Combien j'envierais votre sort si vous étiez encore plus bête que moi!

Il y a grand remue-ménage dans le sein de la gauche dynastique. Grâce à MM. Duvergier de Hauranne et Chambolle, on s'y occupe de la prochaine session. Ces messieurs s'imaginent assez naïvement que les banquets réformistes ont fait une grande propagande, même dans le sein de la législature actuelle. Aussi prennent-ils déjà leurs mesures pour disposer de la présidence.

Cette dignité, — que M. Sauzet ne conserverait pas, — serait déférée, — devinez à qui? — Je vous le donne en mille. — Eh bien, non; je vais le dire tout de suite. — On décernerait le fauteuil à M. Odilon Barrot tout simplement. La présidence serait ainsi une sorte de cataplasme appliqué sur la plaie faite au député de Chauny par les banqueteurs de Lille.

Risum teneatis, si vous pouvez.

Les chambres ont cru voter deux millions cinq cent mille francs pour loger la nouvelle École normale. Erreur profonde! Elles n'ont logé que M. Paul Dubois. Les bâtiments de l'École normale établie rue d'Ulm se composent de quatre ailes qui enferment une cour munie d'arcades. Or, M. Paul Dubois, qui porte le titre de directeur, occupe une aile toute entière, avec le *directeur des études* et un sous-directeur (que dirige M. Paul Dubois). Le directeur, qu'il faut probablement appeler *directeur-général*, a un appartement de 24 pièces pour se promener, l'École étant située dans un quartier assez éloigné de la civilisation. 24 autres pièces sont généreusement abandonnées aux deux autres directeurs. L'École a pour sa part une autre aile. Le reste de l'édifice est affecté aux collections, à la bibliothèque et aux salles de conférences. Il résulte de cette arrangement ingénieusement éclectique que les salles d'études sont situées sous les combles, position fort élevée en tous temps, mais surtout peu réfrigérante en été. De chapelle, point. Les chambres auront la bonté de voter 60,000 fr. de crédits supplémentaires pour cet objet. Les mauvaises langues ne manqueront pas de dire que l'École n'a été qu'un prétexte pour loger l'honorable M. Paul Dubois.

Le Toast à Pie IX.

Voilà un progrès que nous aimons à constater. La démocratie française revient enfin sur le vieux préjugé anti-ca-

---

FEUILLETON DU CORSAIRE.

Le Chat Trott.

FRAGMENTS.

Je n'en veux pas aux personnes qui médisent des chats; je me contente de plaindre ces personnes. Il leur manque un sens. M. de Buffon n'a pas compris les chats, il a été plus loin, il les a diffamés; mais Hoffmann les a bien vengés, les douces créatures, des inepties de l'écrivain à manchettes du 18e siècle.

Moncrif disserta longuement sur les chats; on peut lire son travail dans le dernier volume des œuvres complètes du comte de Caylus; malheureusement *ces messieurs* (ainsi s'intitulait la bande des écrivains de troisième ordre du 18e siècle) manquaient de naïveté et de croyances. Leur esprit sceptique et badin les a tués.

J'aime mieux la conduite des romantiques et des littérateurs étrangers, à l'égard des chats. M. Victor Hugo n'a rien écrit en faveur de ces animaux, mais beaucoup ont pu voir sortir tout à coup de sous une crédence de son salon un animal gros et majestueux, rempli de fierté, et qui rugit comme un tigre aux approches de l'homme. Cette férocité bizarre n'est pas naturelle; Mme Hugo l'attribue aux soins de M. Paul Meurice, qui reçut en dépôt pendant quelques mois un chat plus doux que les agneaux, et qui rendit un serpent à la place.

M. Théophile Gautier, malgré son faible pour les grands levriers blancs à la Véronèse, est loin de nier les sentiments philosophiques des chats; il faut encore citer la belle conduite de M. Gérard de Nerval, qui soupait magnifiquement à la Maison-d'Or. Au milieu du repas, Gérard se trouble et se lève, laissant ses amis. — Où allez-vous, Gérard? — Ah! s'écrie-t-il avec une voix pleine d'angoisses, je pense que mon chat n'a pas à diner aujourd'hui. — Et il fallut, bon gré mal gré, qu'un boucher ouvrit ses portes vers deux heures du matin, pour couper du mou à l'homme de lettres.

Chez les étrangers, je trouve l'allemand Hoffmann, l'anglais Bulwer et cet illustre américain, Edgard Poë, qui traitent le chat comme une puissance. Je voudrais pouvoir citer l'opinion d'un critique fouriériste, M. Toussenel, sur le chat; mais le travail est tellement remarquable, qu'il faut ou le donner en entier ou n'en rien distraire. Un grand peuple, les Egyptiens, adorait les chats; ils adoraient bien d'autres animaux, même des légumes; mais le chat était DIEU entre leurs DIEUX. Ainsi, pendant la campagne d'Egypte, la commission, sous la direction de Denon, se livrait à des fouilles par tout le pays; un des fureteurs découvre une crypte fermée; on trouve d'abord quelques chats momifiés. Denon envoie des ouvriers, qui rapportent au bout de la journée *trois cents* momies de chats. On double les ouvriers, espérant que derrière les chats doivent se trouver d'autres momies curieuses. Toujours des chats pendant huit jours. Enfin, les chats s'épuisent et laissent arriver à un second mur qu'on abat. Encore des chats! Et cela, dans quinze caveaux qui se suivaient.... La commission donna l'ordre de laisser les chats tranquilles dans leurs bandelettes; il eût fallu une flotte pour les rapporter en France. Cet exemple donne une idée de l'amour et de la vénération des Egyptiens pour les chats; mais aussi quelle grande sculpture — la seule possible — ces animaux ont inspirée!

Je passais un soir par la rue de l'Odéon; devant la porte d'un épicier était une mère-chatte avec deux de ses petits, l'un jaune comme un âne rouge, l'autre noir avec une tache blanche qui figurait une espèce de royale au menton. La mère-chatte jouait avec son enfant jaune, elle ne paraissait pas s'inquiéter immodérément du noir qui, accroupi sur ses quatre pattes, jetait de mélancoliques regards sur les passants. De temps en temps, il s'interrompait dans ses observations pour dresser le nez en l'air et aspirer des odeurs vagues qui provenaient d'une case renfermant des pruneaux. Puis il se remettait à considérer les allant et venant, mais le fumet des pruneaux le tracassait; la jeunesse est si gourmande qu'il faut pardonner la mauvaise action commise par le chat noir.

Il profita du treillage de fer, barrière formée contre les entreprises audacieuses des gamins de Paris, pour monter à l'escalade des pruneaux. Et il se promenait sur ces fruits avec une béatitude extrême, leur donnant de petits coups de patte, les léchant plutôt qu'il ne les mangeait, lorsque la mère-chatte se mit à crier. Était-ce pour appeler le propriétaire des pruneaux, était-ce pour inviter son fils à cesser son commerce répréhensible? L'épicier vint aussitôt, curieux de s'expliquer les cris de la mère-chatte. Sa colère fut plus grande que son étonnement en voyant au milieu de ses denrées le jeune chat. Il le prit par la peau du cou et le battit comme plâtre. Cet homme déploya une cruauté sans pareille; cependant il était dans son droit, surtout dans son droit de commerçant. Il pensait avec raison que les pratiques du quartier qui auraient vu commettre l'innocent larcin du petit chat, regarderaient à l'avenir avec le plus profond mépris, les pruneaux souillés.

La brutalité commise par le boutiquier, m'intéressa en [illegible]veur du petit chat qui s'était sauvé sur le trottoir, fuyant de nouveaux accès de colère de son maître. Je pris le petit animal et je l'emportai.

Ici commence une nouvelle existence pour le chat; il m'est impossible de dire toutes les qualités et tout l'esprit de Trott: un volume ne suffirait pas. Aussi vais-je copier quelques notes inté-

Le Corsaire, 1847

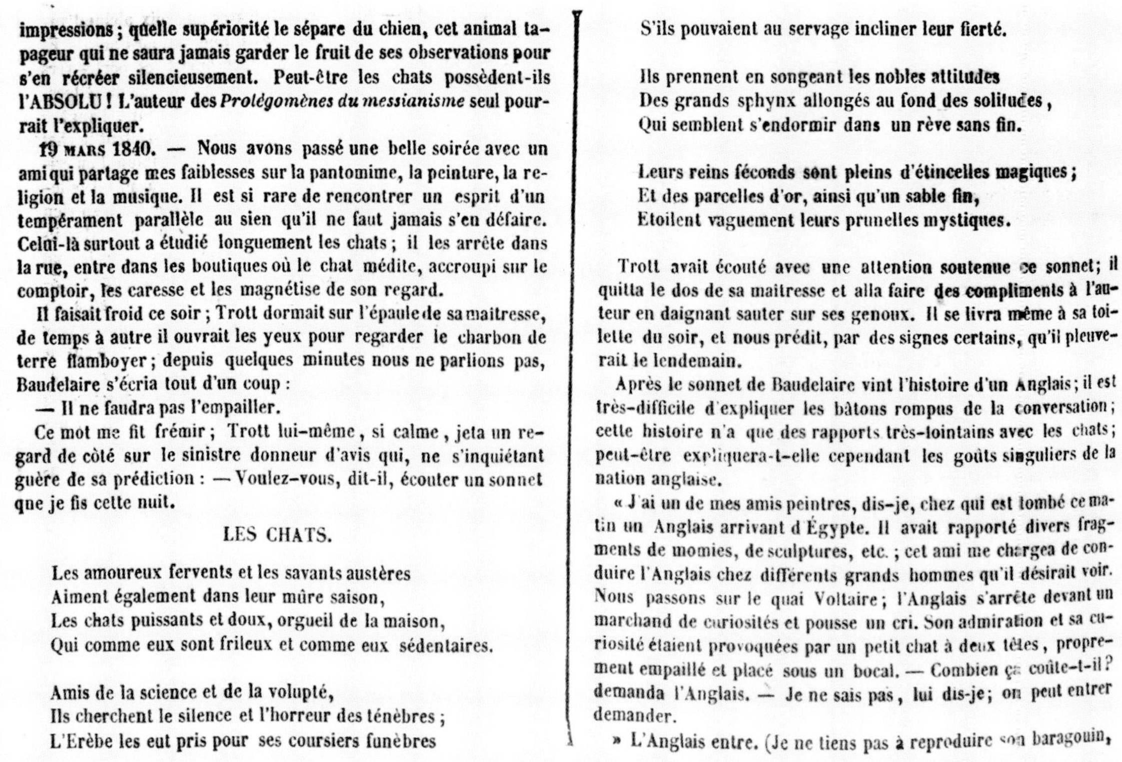
impressions; quelle supériorité le sépare du chien, cet animal tapageur qui ne saura jamais garder le fruit de ses observations pour s'en récréer silencieusement. Peut-être les chats possèdent-ils l'ABSOLU! L'auteur des *Prolégomènes du messianisme* seul pourrait l'expliquer.

19 MARS 1840. — Nous avons passé une belle soirée avec un ami qui partage mes faiblesses sur la pantomime, la peinture, la religion et la musique. Il est si rare de rencontrer un esprit d'un tempérament parallèle au sien qu'il ne faut jamais s'en défaire. Celui-là surtout a étudié longuement les chats; il les arrête dans la rue, entre dans les boutiques où le chat médite, accroupi sur le comptoir, les caresse et les magnétise de son regard.

Il faisait froid ce soir; Trott dormait sur l'épaule de sa maîtresse, de temps à autre il ouvrait les yeux pour regarder le charbon de terre flamboyer; depuis quelques minutes nous ne parlions pas, Baudelaire s'écria tout d'un coup:

— Il ne faudra pas l'empailler.

Ce mot me fit frémir; Trott lui-même, si calme, jeta un regard de côté sur le sinistre donneur d'avis qui, ne s'inquiétant guère de sa prédiction: — Voulez-vous, dit-il, écouter un sonnet que je fis cette nuit.

LES CHATS.

Les amoureux fervents et les savants austères
Aiment également dans leur mûre saison,
Les chats puissants et doux, orgueil de la maison,
Qui comme eux sont frileux et comme eux sédentaires.

Amis de la science et de la volupté,
Ils cherchent le silence et l'horreur des ténèbres;
L'Erèbe les eut pris pour ses coursiers funèbres
S'ils pouvaient au servage incliner leur fierté.

Ils prennent en songeant les nobles attitudes
Des grands sphynx allongés au fond des solitudes,
Qui semblent s'endormir dans un rêve sans fin.

Leurs reins féconds sont pleins d'étincelles magiques;
Et des parcelles d'or, ainsi qu'un sable fin,
Etoilent vaguement leurs prunelles mystiques.

Trott avait écouté avec une attention soutenue ce sonnet; il quitta le dos de sa maîtresse et alla faire des compliments à l'auteur en daignant sauter sur ses genoux. Il se livra même à sa toilette du soir, et nous prédit, par des signes certains, qu'il pleuvrait le lendemain.

Après le sonnet de Baudelaire vint l'histoire d'un Anglais; il est très-difficile d'expliquer les bâtons rompus de la conversation; cette histoire n'a que des rapports très-lointains avec les chats; peut-être expliquera-t-elle cependant les goûts singuliers de la nation anglaise.

« J'ai un de mes amis peintres, dis-je, chez qui est tombé ce matin un Anglais arrivant d'Égypte. Il avait rapporté divers fragments de momies, de sculptures, etc.; cet ami me chargea de conduire l'Anglais chez différents grands hommes qu'il désirait voir. Nous passons sur le quai Voltaire; l'Anglais s'arrête devant un marchand de curiosités et pousse un cri. Son admiration et sa curiosité étaient provoquées par un petit chat à deux têtes, proprement empaillé et placé sous un bocal. — Combien ça coûte-t-il? demanda l'Anglais. — Je ne sais pas, lui dis-je; on peut entrer demander.

» L'Anglais entre. (Je ne tiens pas à reproduire son baragouin,

Erstabdruck des Gedichts «Les Chats» von Baudelaire im Feuilleton «Le Chat Trott» von Champfleury in: Le Corsaire, 14.11.1847

Hiboux (*Die Eulen*) und *La Pipe* (*Die Pfeife*). Die verklärte Reglosigkeit der Katzen am Ende des Gedichts bildet wie die der Eulen den lebhaftesten Kontrast zu den Gedichten der Flanerie und der Reise, die uns an einer soviel bewegenderen Qual teilhaben lassen.

Gleichwohl ist der Dichter anwesend, er transponiert seine Sehnsucht nur. Nicht nur weil jeder, der Wörter zusammenfügt, um sich anschliessend von ihnen zu entfernen, Spuren seines Handelns hinterlässt, auch wenn sich unter den zusammengefügten Wörtern kein Ich findet. Sondern auch weil das Verb «aimer» («lieben») zu Beginn des zweiten Verses ein Hinweis ist, dem wir nachgehen müssen.

Woher ist dieser Akt des Liebens gekommen? Ich habe das Gefühl (fast ist es ein Glaubensakt), dass der Dichter die Liebe, die ursprünglich seine ist, delegiert. Wer sind die glühenden Verliebten und die strengen Gelehrten? Er selbst, durch seine Vertreter hindurch; er selbst, sich vervielfachend.

Les amoureux fervents et les savants austères. Die Konjunktion «et» verbindet verschiedene Kategorien von Menschen – verschieden aber nur auf den ersten Blick. Warum sollte man die Konjunktion «und» nicht als einen Operator verstehen, der sie auf einer tieferen Ebene identisch macht, so dass Liebende und Gelehrte die gleichen sind? Wenn die Liebe bei beiden *gleich* ist, dann stellt sich eine Ähnlichkeit ein. Gelehrte und Verliebte treffen sich in ein und demselben Gegenstand der Liebe, ohne Rivalen zu sein.

In dem Entwurf eines Epilogs zu den *Fleurs du Mal* hat Baudelaire in erschütternden Versen der Allianz zwischen Liebe und Wissenschaft Ausdruck verliehen, indem er von sich selbst und vom vollendeten dichterischen Werk spricht:

Anges revêtus d'or, de pourpre et d'hyacinthe,
O vous, soyez témoins que j'ai fait mon devoir
Comme un parfait chimiste et comme une âme sainte.

Engel, in Gold gekleidet, in Purpur und Hyazinth, o ihr, seid Zeugen, dass ich meine Pflicht getan habe wie ein vollkommener Alchimist und wie eine heilige Seele.

Wir finden hier in der Singularität des Ichs, das über den Sinn seines Lebens nachdenkt, das Paar des ersten Verses der *Katzen* wieder! Der strenge Gelehrte wird zum «Alchimisten» und der glühende Verliebte zur «heiligen Seele» (Baudelaire erkannte eine Art von Wollust in der Heiligkeit). Im dichterischen Werk mündet die Dualität in die Einheit. Die Erfüllung einer *einzigen* Pflicht erlaubt es Baudelaire, sich mit seinen beiden Modellen zu vergleichen. Diese Pflicht ist die der Verwandlung und der Läuterung:

Car j'ai de chaque chose extrait la quintessence,
Tu m'as donné ta boue et j'en ai fait de l'or.

Denn aus jedem Ding habe ich seine Quintessenz geläutert, du hast mir deinen Schmutz gegeben, und ich habe ihn in Gold verwandelt.[3]

Baudelaire ist der festen Überzeugung, dass die Poesie sich auf eine zweifache Fähigkeit stützen muss: liebende Leidenschaft und berechnenden Willen. Auch die Malerei erreicht Grösse nur unter dieser Bedingung. Die Kunst Michelangelos ist «präzise wie eine Wissenschaft, grossartig wie der Traum». Baudelaire findet diese doppelte Komponente bei Delacroix wieder: «Delacroix war leidenschaftlich in die Leidenschaft verliebt, und kalt entschlossen, die Mittel zu finden, die es ihm erlaubten, der Leidenschaft den höchsten Grad des sichtbaren Ausdrucks zu verleihen.»[4] In *Les Chats* ist das Zweierpaar des ersten Verses Ausgangspunkt einer ganzen Serie neuer Paare – korrespondierender und auseinanderstrebender – Substantive und Adjektive.

Die Katzen sind in dem Sonett zunächst Gegenstände der Liebe zweier Menschenkollektive. Die einzige deutlich ausgesprochene Grundlage dieser doppelten Liebe ist eine Ähnlichkeit. Denn die Katzen haben mit den Verliebten-Gelehrten zwei Merkmale gemeinsam, die durch die Wiederholung des *comme* und den Reim unterstrichen werden: «Qui *comme* eux sont frileux et *comme* eux sédentaires» / «Die *wie* sie frösteln und *wie* sie sesshaft sind». Diese Übereinstimmung, die einer Laune zu entspringen scheint, wird noch verstärkt, denn die Katzen werden zu *Freunden* der *Wissenschaft,* die den Gelehrten so teuer ist, und der *Lust,* die den Verliebten lieb und teuer ist. Auf diese Weise wird ein System von Projektionen und Korrespondenzen aufgebaut. Während der Dichter sich zu Beginn in die Verliebten und die Gelehrten projiziert hat (in denen wir, ohne dass er es gesagt hätte, seine Vertreter erkannt haben), haben diese sich in die Katzen projiziert. Und die affektive Bewegung setzt sich fort. Die Verliebten und die Gelehrten finden in den Katzen nicht nur gleichermassen fröstelnde und sesshafte

Wesen, sondern Geschöpfe, deren Verlangen die Synthese zwischen Wissenschaft und Lust herbeiführt – eine Synthese, die gerade das Ziel der Kunst ist. Vollzieht sich die herbeigesehnte Vermählung von Wissenschaft und Traum nicht im Körper der Katzen? In ihnen hat sich der vollständige Transfer der Liebe und der Wissenschaft vollzogen.

In der für sie typischen schillernden Übernahme imaginärer Rollen vervielfacht die Dichtung Baudelaires die allegorischen Bürgen. Am Ende des Gedichts hat eine Verschmelzung stattgefunden: Die Liebesglut wird von den «fruchtbaren Lenden» der reglosen Katzen repräsentiert, und die «strenge» Wissenschaft hat sich zur kontemplativen Ekstase ihrer «mystischen Pupillen» erhoben. Baudelaire – seine Leser wissen es – lässt seine Gedichte gern mit einem Stillstand auf dem Blick enden.

Das Sonett enthält überdies eine Reihe räumlicher Ausdrücke. Nicht, dass die Katzen selbst den Ort gewechselt hätten, das Denken des Dichters hat sich vielmehr in geistige Horizonte projiziert oder in eine durch die Analogie heraufbeschworene mythische Geographie. Der höllische Erebos, die «Tiefe der Einsamkeiten» sind häusliche Luftspiegelungen. Die Baudelaireschen *Katzen* erschaffen in ihrer Reglosigkeit Raum. Weiten öffnen sich, finster oder hell, während um sie herum und vor allem in ihnen die Helligkeit in ihrer zersplittertsten Form beschworen wird: Funken, Partikel, Sand, Sterne in einer Pupille. Die Katzen erschaffen auch Zeit. «Il est l'Éternité», «es ist die Ewigkeit», wenn Baudelaire sich «vers la belle Féline», «zur schönen Raubkatze», beugt, um die Zeit «au fond des ses yeux adorables», «in der Tiefe ihrer reizenden Augen» zu lesen.

Aus dem Französischen übersetzt von Michael von Killisch-Horn

Anmerkungen

1 Friedhelm Kemp verzeichnet in seiner Anmerkung zu diesem Gedicht in Charles Baudelaire, *Sämtliche Werke/Briefe* in acht Bänden, herausgegeben von Friedhelm Kemp und Claude Pichois in Zusammenarbeit mit Wolfgang Drost, Band 3: *Les Fleurs du Mal/Die Blumen des Bösen,* München: Hanser 1975, S. 390/91, insgesamt 19 Aufsätze zu Baudelaires *Les Chats.* Eine ausführliche Erörterung dieser Untersuchungen findet sich in Band I von Charles Baudelaire, *Œuvres complètes* par Claude Pichois, 2 Bde., Paris: Gallimard 1975/76. (Anm. d. Ü.)

2 Die Übersetzung ist diejenige, die der deutschen Übersetzung des Aufsatzes von Roman Jakobson und Claude Lévi-Strauss, *Les Chats, de Charles Baudelaire* (1962), in: *Strukturalismus in der Literaturwissenschaft,* herausgegeben von Heinz Blumensath, Köln: Kiepenheuer & Witsch 1972, S. 184–201, vorausgeht (zuerst in *Alternative,* Zeitschrift für Literatur und Diskussion 62/63 [1968], S. 157–170). Diese Übersetzung in Versform, die auf Reime verzichtet, gibt die semantische und syntaktische Struktur des Gedichtes am genauesten wieder und wurde daher nicht nur den gereimten Übertragungen, sondern auch Friedhelm Kemps Prosaübersetzung vorgezogen. (Anm. d. Ü.)

3 Die fünf Schlussverse der *Projets d'un épilogue pour la deuxième édition / Entwürfe eines Epilogs für die zweite Ausgabe II* in der Übersetzung Friedhelm Kemps; zitiert nach: Charles Baudelaire, *Sämtliche Werke/Briefe,* Bd. 4: *Nouvelles Fleurs du Mal/Neue Blumen des Bösen/ Materialien,* München: Hanser 1975, S. 113. (Anm. d. Ü.)

4 Baudelaire, *Eugène Delacroix – Werk und Leben,* in: Charles Baudelaire, *Sämtliche Werke/Briefe,* Bd. 7: *Richard Wagner/Meine Zeitgenossen/Armes Belgien!,* München: Hanser 1992, S. 268–300, hier S. 273 (Übersetzung Friedhelm Kemp). (Anm. d. Ü.)

Felix Philipp Ingold

Nah dem Hund

Künstlertum zwischen Kultur und Natur

«Ich bin ich weil mein Hund mich kennt» (G.S.)

I

In Mythen und Märchen, in der religiösen Symbolik, der Folklore, der künstlerischen Ikonographie wie auch in den Literaturen aller Zeiten und Völker kommt dem Hund bekanntermassen eine prominente Rolle zu. Einschlägige Handbücher, Anthologien oder motivgeschichtliche Darstellungen liefern eine staunenswerte Vielzahl diesbezüglicher Belege. Solche Belege hier noch einmal – und sei's auch bloss in enger exemplarischer Auswahl – vorzuführen, ist angesichts der kaum noch überschaubaren Fülle entsprechender Text- und Bildmaterialien weder möglich noch sinnvoll. Der nachfolgende Versuch beschränkt sich deshalb auf eine einzige, allerdings weit aufgefächerte Problemperspektive, die das Verhältnis zwischen *hündischer* und *künstlerischer* Existenz erhellen beziehungsweise den Hund – analog etwa zum malenden Affen oder Esel – als Image des Autors vergegenwärtigen soll. Es geht also nicht um den Hund als literarisches Motiv oder literarische Gestalt, sondern um dessen Bedeutung als Kreativitätsmetapher, mithin um den Entwurf einer *kynischen* oder *kynologischen* Poetik.

II

Die Totsagung Gottes und die Ausrufung eines neuen Menschen, der gleichermassen Übermensch und Unterhund, Dichter und Narr sein sollte, hat im ausgehenden 19. Jahrhundert manche Autoren dazu veranlasst, ihren Blick nicht mehr vektoriell nach oben zu richten und – nach dem Prinzip *«dogma: I am god»* (André Thomkins) – im allmächtigen, allwissenden Gott den Prototyp des demiurgischen Künstlers sehen zu wollen, sondern ihn heruntergleiten zu lassen in die dunklen, damals noch weitgehend tabuisierten Regionen des Geschlechts und überhaupt der eigenen Leiblichkeit. «Es gibt nur eine geistige Welt», konnte noch Franz Kafka notieren: «Was wir [die] sinnliche nennen ist das Böse in der geistigen.»

Das Sinnliche wie das Böse bleibt für Kafka angesiedelt im Leib, ist identisch mit ihm und wird in striktem Gegenzug zum Geist gedacht. Soma mit Logos im Clinch; denn im «Dogma» sind Hund und Gott, *dog* und *god* buchstäblich und unauflöslich vereint. Dass aber der Leib jenes Wesentliche ist, das Mensch und Tier *gemeinsam* haben (oder *sind* sie's gemeinsam?), hat auch Kafka begriffen, zumindest geahnt, denn im Leib, im Geschlecht, wo er das Böse verortet wusste, regte sich sein permanenter Schmerz – das Leben. «Was werde ich durch mein Tier werden, mein Erbstück?», heisst es in einem nachgelassenen Notat (zu *Eine Kreuzung*). Hier muss selbst der Ich-Erzähler lachen über den Bastard, der Lamm und Katze zugleich ist und «fast auch noch ein Hund» sein will, doch eigentlich möchte der überforderte Besitzer das Tier weghaben, er wünscht ihm «das Messer des Fleischers», vermag es dann aber – so sehr ist's Teil von ihm – der «Erlösung» doch nicht zu überantworten.

Der Hund als domestiziertes Tier bewegt sich auf der Demarkationslinie zwischen Natur und Kultur, sein existentieller Ort gehört der Biosphäre an, sein alltäglicher Lebensraum ist Teil der Semiosphäre, als ein «Dazwischer» bleibt er in jedem Fall auf seinen marginalen Aussenposten verwiesen; in der häuslichen Sphäre der Kultur gilt er als wölfischer Immigrant, in der wölfischen Sphäre der Natur als häuslich gewordener Emigrant – randständig ist er allemal. Die Existenzform des Hunds fluktuiert aber nicht nur zwischen Kultur und Natur, sondern auch innerhalb der Tierwelt als solcher (Haustier/Raubtier) sowie in seiner Gemeinschaft mit dem Menschen, der den Hund entweder als zusätzliches externes Sinnesorgan wie eine lebende Prothese einsetzt (Wach-, Blinden-, Drogen-, Lawinenhund) oder als eigens programmierte, dann ferngesteuerte Maschine (Jagd-, Kampf-, Schlitten-, Hirtenhund).

Diese Ambivalenzen haben bewirkt und bewirken weiterhin, dass der Hund im Gegensatz zu den meisten andern Tieren auffallend kontrovers eingeschätzt wird. In seiner generellen «Primitivität» kann er, unter kultureller Perspektive, sowohl als ursprünglich, unverdorben, arglos, treu, verlässlich gelten wie auch als unrein, obszön, hinterhältig, unterwürfig oder aggressiv, wobei die negativen Charakteristika klar als Projektionen verdrängter menschlicher Eigenschaften zu erkennen sind. – «Wir haben über alle Tiere gesiegt», notierte *während des Kriegs* der russische Schriftsteller Andrej Platonow: «Aber alle Tiere sind in uns eingegangen und hausen nun als Scheusale in unsern Seelen.» Diese Aufzeichnung scheint der späte Elias Canetti fortzuschreiben, wenn er festhält: «Die Tiere in unserem Denken müssen wieder mächtig werden, wie in der Zeit vor ihrer Unterwerfung.»

Das einst von Valéry evozierte Mysterium einer gedankenlosen Existenz, wie sie den Tieren eignet, bleibt dem Menschen verschlossen, und vollends versagt ist ihm ein «Leben ohne Phrasen», ohne Vergangenheit, ohne Geschichte, ohne Projekte, ohne Zukunft, aber auch ohne Freiheit, ohne Fehlübersetzungen und Fehlinterpretationen, kurz – das Leben als Überraschung. Reinheit, Einfachheit und Fatalität sind nach Valéry die «Eigenschaften des absoluten Lebewesens» *(qualités du type vivant absolu):* «*Lauterkeit* der vitalen *Funktionen.* Jener [Funktionen], die Verbindung mit der Aussenwelt erfordern. Anpassungen durch ‹willensfreie› Aktion. *Schicksalhaftigkeit* statt Freiheit –». Das Tier rührt an die Freiheit nur dort, wo es zögert oder leidet, und eben diese existentiellen Koordinaten scheint es mit dem Menschen zu teilen, der seinerseits in der Unwillkürlichkeit des Leidens und Zögerns dem Animalischen sich annähert. «Sinnliches Erkennen – Agieren und Sehen nicht getrennt – Keine unnütze Wahrnehmung; sondern nichts oder der unmittelbare Akt.»

Franz Kafka. «Ob der Leib jenes Wesentliche ist, das Mensch und Tier gemeinsam haben? Oder sind sie's gemeinsam?» – Franz Kafka in Begleitung.

III

Die einzige Sprache, über die das Tier verfügt, ist die Sprache seines Körpers. Tiere sprechen auch dann, wenn sie schweigen; wenn sie nicht schweigen, sprechen sie in unartikulierten, mithin *reinen* Lauten. Die Lautsprache der Tiere ist unmittelbar sich ausdrückende Körpersprache, eine Sprache mit verhältnismässig schmalem Register – beim Hund bleibt's beschränkt auf die vertrauten Lautqualitäten des Bellens, Knurrens, Kläffens, Jaulens, Winselns... Der Körper des Tiers ist Frage und Antwort, Drohung und Appell zugleich. Nicht einmal der Schrei steht ihm zur Verfügung, jener Laut, kraft dessen der Mensch dem Tier am nächsten kommt, im Schmerz, in der Lust, im Sterben noch.

Die wortlos verlautende, keiner vorgefassten Bedeutung verpflichtete, folglich auch keiner Hermeneutik sich öffnende Sprache der Kreatur hat Franz Kafka an manchen Stellen seines Werks mit der Sprache der Kunst zusammengedacht, jenem Nichts an Stimme, mit dem etwa die Mäusin Josefine ihr Volk beglückt. Bemerkenswert bei Kafka ist die verschiedentlich dargelegte Auffassung, wonach «die eigentliche Kunst» im Grund «gar keine Kunst, sondern eine charakteristische *Lebensäusserung*» sei. So käme denn tatsächlich das wortstutzige, aber lautstarke Schweigen, das die Tiere – Hunde nicht zuletzt – als spontane, authentische Körpersprache unvermittelt absondern, der wahren Kunst am nächsten. Recht nah kommen der wahren Kunst, fasst man diese mit Kafka als *keine Kunst* auf, auch jene «wilden» oder «primitiven» Menschen, welche von der Zivilisation noch nicht gänzlich eingeholt und ihrer Authentizität beraubt worden sind. Kafka nennt sie «die Nomaden» und stellt mit seinem Ich-Erzähler (in der Prosaskizze *Ein altes Blatt)* besorgt fest, dass sie bereits «bis in die Hauptstadt gedrungen» seien, wo sie im übrigen «jeden Morgen mehr werden».

Der «sprechende» Hund ist naturgemäss der bellende, der kläffende Hund, seine «Sprache», die nichts mit Worten oder gar Namen bezeichnet, zeichnet sich dadurch aus, dass sie – für den Menschen – weitgehend *unverständlich* ist. Nun ist aber gerade die unverständliche Sprache die, welche – ebenfalls naturgemäss – nichts vorab Bestimmtes zu bedeuten hat, die aber vieles unmittelbar zum Ausdruck bringt. Unverständliches Sprechen ist authentisches, nicht hinterfragbares, nicht widerlegbares, nicht übersetzbares, nicht kommunizierbares, nur einfach als Klangereignis sich vollziehendes Sprechen.

Das Unverständliche als reiner Ausdruck verschliesst sich in seiner selbstbezüglichen Zeichenhaftigkeit dem Verstehen-*Wollen* wie dem Verstanden-*Haben,* gibt sich einzig der sinnlichen, somit der ästhetischen Wahrnehmung zu erkennen. Wo es nichts mehr (oder noch nichts) zu verstehen gibt, kann deutlicher wahrgenommen werden, was *ist.* «Verstehen heisst aufhören zu verstehen», liest man bei Aldo G. Gargani, «und das stärkste Gefühl, das wir empfinden, ist das der Intelligenz, die sich vom Verständnis zum Unverständnis hin bewegt; das stärkste Gefühl, das wir empfinden, ist das der Intelligenz, die zu einem bestimmten Augenblick ihr eigenes Verständnis als eine Form von Blindheit gegenüber dem eigenen Unverständnis ablegt und ihre eigenen Schritte in die undurchsichtige Zone der Existenz setzt.»

Unverständlichkeit durchzusetzen – das heisst nur einfach nichts mehr wissen, nichts sagen wollen angesichts dessen, was da ist; heisst abzuweisen die Gewalthaftigkeit allen Bedeutens und Erklärens, im Wissen freilich, dass damit auch die Sprache, die rationales Verstehen überhaupt erst ermöglicht, abzuweisen wäre. In fast beliebiger Anzahl bietet die Literatur der europäischen Moderne – seit Rimbaud und Mallarmé – Beispiele für solch fundamentale Sprachkritik, wie sie doch eigentlich von professionellen Wortkünstlern gerade *nicht* zu erwarten ist. Die Behauptung, zumindest die Befürchtung, wonach jedweder ausgesprochene Gedanke eine Lüge sei, ist um die Jahrhundertwende, zwischen Paris und Moskau, zwischen Berlin und Wien und Rom, ebenso zum zeittypischen Slogan geworden wie die Forderung so manch eines Dichters nach einer Wortkunst «ohne Worte», nach Liedern «ohne Text» oder generell nach einer Poesie, die entweder mit der Musik zusammenfallen oder dem Schweigen sich annähern sollte.

IV

Gefragt ist nicht mehr die Beherrschung der Sprache und deren Instrumentalisierung im Dienst einer Autorschaft, die immer nur sagt, schreibt, was sie vorab zu sagen *hat* und was sie demnach lediglich *nachschreiben* kann; gefragt wird vielmehr nach den Möglichkeiten gewaltfreien, bedeutungsleeren, im eigentlichen Wortsinn *idiotischen* Sprechens, das dann freilich eher ein Sprechen-Lassen der Sprache, also ein Loslassen der Sprachherrschaft, letztlich die Deregulierung des Logozentrismus überhaupt zur Folge hätte. Was Hugo von Hofmannsthal durch die kunstvoll ziselierte Maske des Lord Chandos zu erkennen gibt, ist nichts weniger als die totale Resignation des Menschen als einer sprachbegabten, gleichzeitig zur Sprache verdammten Kreatur, die im bedeutungshaften autoritativen Wort nur Gewalt, nur Lüge zu erkennen vermag; demgegenüber wünscht er sich eine Sprache, in der die Dinge selbst sich aussprechen könnten als das, was sie *sind,* statt bloss sich besprechen zu lassen, eine Sprache nämlich, «von deren Worten mir auch nicht eines bekannt ist, eine Sprache, in welcher die stummen Dinge zu mir sprechen, und in welcher ich vielleicht einst im Grabe vor einem unbekannten Richter mich verantworten werde».

Vielleicht wäre solcherart tatsächlich «ein Ding» zu gewinnen, ein präsentisches Neutrum, göttlich und tierisch zugleich, frei von begrifflichen Vorgaben und vom Zwang des Namens, «herrlich wie Musik und Algebra», «die vollste erhabenste Gegenwart». Nur dort, wo der Mensch die Dinge selbst zum Sprechen bringt, indem er sie ihrem Schweigen überlässt und sich mit ihrer Realpräsenz begnügt, gewinnt auch er unmittelbare Gegenwart. «Die nicht schreiben, die *sich* nicht schreiben», schreibt Cioran, «*leben* unangetastet, sind unendlich gegenwärtig.»

Und eben der Hund ist's, der in diesem Zusammenhang immer wieder als das paradigmatische Tier und damit, gewissermassen, als der «bessere Mensch» firmiert. Mit gemeinen Strassenhunden haben sich führende Autoren der klassischen Moderne wie Wladimir Majakowskij oder Marina Zwetajewa identifiziert. Selbst Rainer Maria Rilke, als Ästhet ein «Aristokrat», vermochte den Hund mit staunenswerter Sympathie «einzusehen»: «Ich liebe das Einsehn. Kannst Du's mit mir denken, was es herrlich ist, z. B. einen Hund, im Vorübergehn, einzusehn, *einsehn* (ich meine nicht durchschauen, was doch nur so eine Art menschlicher Gymnastik ist und wo man auch gleich wieder auf der anderen Seite herauskommt aus dem Hund, ihn gleichsam nur als Fenster betrachtend in das hinter ihm liegende Menschliche, nicht dies –) – sondern sich einlassen in den Hund genau in seine Mitte, dorthin, von wo aus er Hund ist, an die Stelle in ihm, wo Gott sich gewissermassen einen Moment hingesetzt hätte, da der Hund fertig war, um ihm bei seinen ersten Verlegenheiten und Einfällen zuzusehen und zu nicken, dass er gut sei, dass nichts fehle, dass man ihn nicht besser machen könne. Eine Weile hält man's aus, mitten im Hund zu sein, man muss nur aufpassen und noch rechtzeitig herausspringen, eh seine Umwelt sich ganz um einen schliesst, denn sonst bliebe man eben der Hund im Hund und für alles übrige verloren.»

Aus dieser Mitte des «Einsehns» ist der Schritt zur unartikulierten geräuschartigen Sprache der Tiere nicht mehr weit, und tatsächlich hat man sich im damaligen sprachskeptischen Klima oft und gern eben darauf bezogen. Dem Interesse an einer begriffslosen, rein lautlichen Ur- oder Allsprache, an der Sprache der Götter oder der Sterne konnte durchaus auch die Tiersprache entsprechen, die von der babelschen Verwirrung nicht betroffen war und deshalb tatsächlich, im Unterschied zur menschlichen Rede, *eine* Sprache, eine *Weltsprache* geblieben ist, eine «arationale» oder «transmentale» Sprache, die allein vom Körper getragen wird, die keine über das Hier, das Jetzt hinausweisende Bedeutung hat und auch keine Deutung braucht, weil sie in ihrer schieren Lauthaftigkeit – als unmittelbarer Ausdruck von Brunst, Angst, Schmerz – sich selbst genügt.

V

Dem tiersprachlichen Ausdruck, etwa einem Jaulen, einem Grunzen, einem Winseln, kommt der Mensch am nächsten, wenn er, noch vor dem Wort, unwillkürlich

aufheult, kreischt oder ins Plärren, ins Röcheln verfällt. «Man ziehe sich in die innerste Alchimie des Wortes zurück», lautete eine Forderung Hugo Balls: «Man gebe auch noch das Wort preis, und bewahre so der Dichtung ihren letzten und heiligsten Bezirk.» Das Allerheiligste grenzt hier ans durchaus Unheilige, ja Triviale, genau so, wie das angemahnte Neue unabweisbar ans Archaische grenzt.

Poetisches Sprechen als pure Körperfunktion? Nicht ohne einen Hauch von Ironie hat Guillaume Apollinaire – in Gedichtform, wohlverstanden! – den «Sieg» (*La victoire*) der primitivistischen Neutönerei um 1919 kommentiert: «...O Münder der Mensch ist auf der Suche nach einer neuen Sprache | Zu der kein Grammatiker in irgendeiner Sprache irgendetwas zu sagen hätte || Und diese alten Sprachen sind dem Tod so nah | Dass man sie wirklich allein aus Gewohnheit und Mutlosigkeit | Der Poesie noch dienstbar macht || Jedoch sie sind wie willenlose Patienten | Ach die Leute würden sich noch so rasch an die Stummheit gewöhnen | Im Kino braucht's ja auch nur die Mimik || Aber wir halten stur am Reden fest | Regen die Zunge | Dass die Spucke fliegt || Neue Laute will man neue Laute neue Laute | Man will Konsonanten ohne Vokale | Konsonanten die dumpf furzen | Ahmt das Brummen des Kreisels nach | Lasst einen gedehnten Nasallaut prickeln | Schnalzt mit der Zunge | Bedient euch des dumpfen Schmatzens dessen der unfein isst | Auch Räuspern und Spucken ergäbe einen schönen Konsonanten || Schmetternde Reden ergäben gleichfalls die diversen Lippenfürze | Gewöhnt euch an ungehemmtes Rülpsen...»

Tizian: Allegorie der Klugheit, ca. 1560/70.
Tizians allegorische Darstellung der Klugheit zeigt als triadisches Doppelbildnis drei Männerköpfe, die nebeneinander – von rechts nach links – die drei grossen Lebensphasen vergegenwärtigen und die unmittelbar aus drei finstern Tierköpfen zu erwachsen scheinen, wobei die Jugend (Profil von rechts) mit dem Hund, das reife Alter (frontal) mit dem Löwen, das Greisenalter (Profil von links) mit dem Wolf assoziiert wird – insgesamt eine ebenso monströse wie luzide Komposition, die Menschliches (Männliches!) gleichsam organisch mit dem Tierischen (Raubtier! Haustier!) zusammenzwingt und es, durch die offenkundige ikonographische Anspielung auf den dreiköpfigen Höllenhund Kerberos, direkt an die arationale Unterwelt anschliesst, wo das verdrängte Unbewusste seinen Sitz hat.

Dichterisch intendierte Kunst- und Tiersprachen, frühkindlicher Singsang und ekstatische Zungenrede, aber auch von menschlichen Körpergeräuschen abgeleitete Klangsequenzen, wie man sie beispielsweise aus Kurt Schwitters' *Ursonate,* aus Chlebnikows *Sangesi,* aus Joyce's *Finnegans Wake* kennt, weisen weitgehend übereinstimmende lautliche und rhythmische Strukturmerkmale auf. Linguisten und Sprachphilosophen neigen vielfach dazu, solch radikalen Spracheinsatz als sprachfremd oder gar als sprachzerstörerisch einzustufen, falls sie nicht überhaupt dessen «Menschlichkeit» in Frage stellen. So hat etwa Grigorij Winokur die «hintersinnige» Götter- und Sternensprache Chlebnikows nicht nur als dichterisches, sondern schlechterdings als sprachliches Faktum verworfen, da es sich dabei um «rein experimentelle zerebrale Abstraktionen» handle, denen jeder Inhalt, jede Bedeutung, jede Grammatizität und damit das Wesentliche abgeht, das Sprache insgesamt ausmacht. Interessant, dass hier von «zerebralen Abstraktionen» die Rede ist, wo es doch Chlebnikows erklärte Absicht war, die neue transmentale Dichtersprache unmittelbar aus der Natur- und Körperbeobachtung, nicht zuletzt eben auch aus der Sprache der Tiere herzuleiten.

Tiersprachliche Versatzstücke finden sich, onomatopoetisch instrumentiert, in manchen seiner «zukünftlerischen» Texte, die ihm weithin, was hier ebenfalls angemerkt sei, den ambivalenten Ruf eines genialischen «Idioten» eingebracht haben. Im szenischen Poem *Die Götter* lässt er die Sprache gurren («bruwu rúru ru-ru-rú...»), zwitschern («sízi, lízi zi-zi-zí...»), krähen („kukaríki kikikú...») und auch miauen («mio, máo, mum!»), da aber der ausserliterarische Bezug fehlt, gewinnt jedes Wort – falls man von Wörtern hier noch sprechen mag – einen doppelten Status: Es steht selbstreferentiell («an und für sich») da und ist zugleich der Name dessen, was dasteht – individueller Name des Worts «als solchen». Das Wort selbst wird damit zum realen Signifikat, auf das es gleichzeitig als Signifikant verweist.

Unter diesem Gesichtspunkt, *sub specie naturae* gewissermassen, hat der russische Philosoph Pawel Florenskij die Sprachexperimente der Futuristen eingehend beschrieben und kritisch gewürdigt. «So eine Sprache kann man nicht erfinden», heisst es in seiner grossangelegten Abhandlung zur *Antinomie der Sprache:* «Da kann es keine Regeln geben, ausser einer: sich von allen Regeln loszusagen und allein der Brandung seiner Seele zu lauschen. Nicht immer ein und dieselben Worte und Wendungen wiederholen, sondern wirklich *sprechen,* nein, nicht sprechen, singen und nicht etwas Bestimmtes singen, sondern es singen lassen, singen, was aus der übervollen Brust hervorquillt, jedesmal neu oder wenigstens in neuen Lauten, jedesmal etwas ganz Neues gebärend. Dann wird man die ‹hintersinnige› *Universalsprache* haben, ein Reden-und-Singen von Herz zu Herz, die ‹hintersinnige› Laut-Rede ohne Konvention und Gesetz, den Naturlauten gleich, sich aus der offenen Seele in die sich öffnende Seele ergiessend – eine Sprache, aufrichtig wie der Seufzer der Verzweiflung, wie der Schmerzensschrei, hell wie der Ausruf der Freude, kindlich-naiv und noumenal-weise zugleich.»

Auch der Hund, der bellt, der knurrt, will nicht sprachlich und also mitteilsam sich äussern, und überhaupt *will* das Tier ja nicht über sich selbst hinaus, es will *nichts,* das seinen jeweiligen Gegenwartshorizont übersteigt; es lässt sich – *sich selbst* in seiner Leibhaftigkeit – nur einfach verlauten. Und indem es, sich verlauten lassend, Unverständlichkeit durchsetzt, ist's. «Es wird besser werden», notierte einst, in einem seltenen Anflug von Zuversicht, der skeptische Elias Canetti. «Wann? Wenn die Hunde regieren?»

Literaturverzeichnis

Apollinaire, Guillaume, *Œuvres poétiques,* Bibliothèque de la Pléïade, Paris: Gallimard 1965.

Ball, Hugo, *Die Flucht aus der Zeit,* München (etc.): Duncker & Humblot 1927.

Canetti, Elias, *Die Provinz des Menschen,* München: Hanser 1973.

Canetti, Elias, *Die Fliegenpein,* München: Hanser 1992.

Chlebnikow, Welimir, *Sobranie proizvedenij,* IV, Leningrad: Izd-stvo Pisatelej o.J.

Cioran, E. M., *Leidenschaftlicher Leitfaden,* deutsch von Ferdinand Leopold, Frankfurt a.M.: Suhrkamp 1998.

Florenski[j], Pawel, *Denken und Sprache,* Werke III, deutsch von Fritz und Sieglinde Mierau, Berlin: edition KONTEXT 1993.

Gargani, Aldo G., *Der Text der Zeit,* Edition Pandora, deutsch von Reiner Grundmann, Frankfurt a.M. (etc.): Campus 1994.

Hausmann, Raoul, *Die Sprache der Fische und Vögel und die Phonie,* Parabü 5, Frankfurt a.M.: Patio 1977.

Hofmannsthal, Hugo von, *Gesammelte Werke,* I–X, Frankfurt a.M.: Fischer Taschenbuchverlag 1979.

Kafka, Franz, *Gesammelte Werke,* I–XII, Frankfurt a.M.: Fischer Taschenbuchverlag 1994.

Nietzsche, Friedrich, *Werke,* I–III, München: Hanser (2. Aufl.) 1960.

Noble, C.A.M., *Sprachskepsis,* München: text+kritik 1978.

Platonov, Andrej, *Zapisnye knižki,* Moskva: Nasledie 2000.

Rilke, Rainer Maria, *Sämtliche Werke,* I–VI, Frankfurt a.M.: Insel 1955–1966.

Scholz, Christian, *Untersuchungen zur Geschichte und Typologie der Lautpoesie,* I, Obermichelbach: Scholz 1989.

Stein, Gertrude, *Die geographische Geschichte von Amerika oder Die Beziehung zwischen der menschlichen Natur und dem Geist des Menschen,* deutsch von Marie-Anne Stiebel, Frankfurt a.M.: Suhrkamp 1988.

Valéry, Paul, *Cahiers,* I–II, Bibliothèque de la Pléïade, Paris: Gallimard 1973–1974.

Winokur, Grigorij, *Kul'tura jazyka,* Moskva (2. Aufl.): 1929.

Bestiarium

Blaise Cendrars

Carl Zuckmayer

Paul Nizon, 1972

Men Rauch mit Hund Amor

Annemarie Schwarzenbach mit Hund Doktor Dollfuss

Georges Borgeaud mit Carlos

Charles-Albert Cingria, 1949

Ludwig Hohl

Pader Alexander Lozza
mit Hündin Lora

Corinna Bille

Dacia Maraini

Camilo José Cela

Natalia Ginzburg

Luigi Malerba

Ella Maillart mit Ti-Puss und deren Sohn Ming

Nadine Gordimer

Jorge Luis Borges

Jean Cocteau, 1952

Sidonie-Gabrielle Colette mit ihren Karthäuserkatzen, um 1925

Jacques Prévert, Paris, 1955

Paul und Lily Klee mit Kater Bimbo, 1935

Ernst Jünger, 1947

Eugène Ionesco zu Besuch bei Friedrich Dürrenmatt, mit dessen Hund Sheriff

Thomas Hürlimann

Adolf Muschg

Marguerite Yourcenar

Paul Léautaud, 1953

Markus Werner

Ernst Jandl

Walter Höllerer und Max Frisch in Berzona, 1968

Marlen Haushofer mit Kater Ivan

Francis Cheneval

Hunde und Katzen in der abendländischen Philosophie

1. Was für ein Hund ist der Mensch?

Der Kathederphilosoph und würdige Vertreter der Zunft der Weltweisen mag zum hier gestellten Thema einwenden, dass Hund und Katze nicht zu den Hauptstücken der abendländischen Philosophie gehören. Spätestens seit den Publikationen des italienischen Kunsthistorikers Giovanni Morelli (Pseudonym: Iwan Lermolieff, 1816–1891) ist aber bekannt, dass eine Analyse von Ohrläppchen und Fingernägeln unter Umständen mehr über den Maler und sein Bild aussagen kann als die Betrachtung der vermeintlich wichtigen Teile. Spätestens seit Sigmund Freuds (1856–1939) aufmerksamer Lektüre Morellis und der Anwendung von dessen methodischer Einsicht auf die Psychoanalyse wissen wir, dass eine Untersuchung der sogenannten Fehlleistungen die bewussten und unbewussten Motive und seelischen Zustände der Menschen besser ans Licht bringen als eine Analyse ihrer bewusst kontrollierten Rede.[1] Einem Zugang zur Philosophie durch die Thematisierung von Hund und Katze, diesen «Fehlleistungen» und Nebensächlichkeiten der Philosophiegeschichte, kann deshalb mit einiger Spannung begegnet werden.

Für Hunde und Katzen interessiert sich die Philosophie in der Tat nicht erst im Rahmen der seit geraumer Zeit auf der akademischen Tagesordnung stehenden Tierethik. Im Gegenteil, das Tier als das Andere und dem Menschen doch so Ähnliche hat die Philosophen schon immer fasziniert. Dabei spielte vor allem der Hund, zuweilen aber auch die Katze eine geradezu herausragende Rolle. Auch Laien der Philosophie wissen, dass die Kyniker (Zyniker) eine wichtige Strömung der antiken Philosophie darstellen und – gemäss einer der etymologischen Erklärungen – ihren Namen dem griechischen Wort für Hund verdanken. Zynismus bezeichnete in der ursprünglichen Bedeutung eine Ehrfurcht und Scham hinter sich lassende Absage an bürgerliche Konvention sowie eine durch Bedürfnislosigkeit gewonnene Autarkie und Freiheit. Damit einher ging eine bissige Kritik an Ideologie, vorherrschender Moral, Gesellschaft und Staat. Diese nach dem Hund benannte philosophische Strömung blieb keineswegs auf die Antike beschränkt, sondern erlebte mit Nietzsche (1844–1900) erst recht ihren Höhepunkt. Das Glück der anspruchslosen, schamlosen und unkonventionellen Hunde beweist für den deutschen Philosophen das Recht des Zynismus.[2] Dieser verwischt die Grenzen zwischen Gott, Mensch und Tier. Wie moderne Leser vielleicht von Nietzsche wissen, ging der weise «Hund» oder eben Kyniker Diogenes von Sinope (ca. 405–320) mit einer Laterne durch eine dichte Menschenmenge und schrie laut «Ich suche Gott!»[3] Der deutsche Philosoph Schopenhauer begegnete seinem geliebten Hund und «einzigen Freund»,[4] wenn er über ihn böse wurde, mit dem Ausruf «du Mensch!» Während Diogenes Gott unter den Menschen vermutete, würdigte Schopenhauer zuweilen seinen Hund zu einem Menschen herab. Dies völlig zurecht, denn hundeelend fühlen sich immer Menschen und hundsgemein ist nicht der Hund sondern der Mensch. Eine subtile Variante dieser Unbestimmtheitsrelation zwischen Hund und Mensch findet sich wiederum beim Zyniker Nietzsche, der sich dazu entschloss, seinem Schmerz einen Namen zu geben und ihn «Hund» zu nennen, denn dieser sei «ebenso treu, ebenso zudringlich und schamlos, ebenso unterhaltend, ebenso klug wie jeder andre Hund». Ausserdem könne er ihn «anherrschen» und an ihm seine «bösen Launen auslassen: wie andere mit ihren Hunden, Dienern und Frauen».[5]

In der antiken Philosophie kam es zu zahlreichen Vergleichen, ja Identifizierungen von Mensch und Hund. Obschon Aristoteles (384–322) die Frage «Ist der Hund Dein Vater?» mit der Unterscheidung zwischen dem einem Gegenstand wesentlich und nebensächlich Zukommenden zu analysieren wusste,[6] wird dem ödipal verwirrten Leser der *Sophistischen Widerlegungen* nicht klar, ob das Hündische dem Vater oder dem Hund das Väterliche bloss nebensächlich zukommt. Die kundige Leserin von Aristoteles' *Metaphysik* wird zu seiner Verwirrung beitragen und ihn darüber informieren, dass für Aristoteles das Pferd, der Mensch und der Hund als Lebewesen Eines sind und eine Einheit besitzen, wie Dinge, die aus derselben Materie bestehen.[7] Freilich war für Aristoteles klar, dass sich der Mensch durch Vernunft und Sprache von den Tieren und somit auch vom Hund unterscheidet. Diese traditionelle Unterscheidung führte später den scharfsinnigen Julien Offray de La Mettrie (1709–1751) zur Feststellung, dass stark

Diogenes und Alexander, Stahlstich nach antikem Relief, um 1835

geistig behinderte oder völlig unerzogene Menschen sowie Neugeborene gemäss dem Kriterium von Vernunft und Sprache eigentlich unter den Tieren stehen. Dies untermauerte er mit dem Beispiel des Hundes, der jederzeit den Weg zurück zu seinem Herrn findet, wogegen das verlassene kleine Kind völlig verloren ist und zugrunde geht.[8] Ausserdem war La Mettrie ernsthaft der Meinung, dass Hunde im Gegensatz zu vielen Menschen ein Gewissen haben.[9] Etwas weniger radikal stellte auch Rousseau (1712–1778) fest, das kleine Kind könne noch keine besondere Beziehung zu anderen Menschen haben. Deshalb liebt es seine Schwester wie seine Uhr und seinen Freund wie seinen Hund.[10] Johann Gottfried Herder (1744–1803) wollte angesichts der perfekten Symbiose der Kamtschadalen mit ihren Hunden nicht entscheiden, ob der Kamtschadale oder der Hund das vernünftige Geschöpf sei.[11] Dem Urteil, der Mensch könne auf Grund seiner Vernunft im Gegensatz zum Tier in allen Weltgegenden überleben, begegnete Herder mit der Bemerkung, dass der Hund eine Ausnahme bildet und gemeinsam mit dem Menschen an allen Orten der Welt heimisch ist.[12] All diese Beispiele belegen, dass Immanuel Kants (1724–1804) berühmte Frage «Was ist der Mensch?» von der Frage «Was ist der Hund?» offensichtlich nicht so einfach getrennt werden kann und zur Frage «Was für ein Hund ist der Mensch?» umformuliert werden muss. Wen überrascht es da, dass die Hundephilosophie durch Peter Sloterdijks aufsehenerregende *Kritik der zynischen Vernunft* auch in der zeitgenössischen Philosophie zu neuen Ehren gelangen konnte. Als «Dämmerung des falschen Bewusstseins» erscheint der Zynismus Sloterdijk geradezu als Rettung der Philosophie. Freilich nicht der nach der postmodernen Ernüchterung und Entzauberung der Aufklärung sich breit machende Massenzynismus, sondern der vom deutschen Philosophen noch einmal kritisch hinterfragte, individualisierte Zynismus weist der Philosophie heute neue Wege (und Abwege, wie zynisch hinzugefügt werden muss).

2. Götter- und Menschenhunde in Mythos, Metapher und Philosophie

Auch die Kathederphilosophie ist also gut beraten, dem hier gestellten Thema mit der gebührenden Seriosität zu begegnen. Wie so oft ist es die antike Philosophie, die unseren gedanklichen Horizont erweitert. Zur Überwindung des «Mythos», Hunde seien für die Philosophie kein Thema, kann zunächst zum wirklichen Mythos zurückgegangen werden. Der Höllenhund Zerberus bewacht die Unterwelt. Er muss zusammen mit den Göttern angerufen werden, damit Ödipus unversehrt den Weg aus dem Hades ans Tageslicht findet.[13] Zerberus verkörpert das Erhabene, die Monstrosität und den unstillbaren Hunger des Todes. Riesige Anstrengungen sind für Ödipus (und alle seine ödipalen Nachfahren) nötig, um an diesem Wesen vorbei den Weg ans Licht, ins Bewusstsein und ins erfüllte Leben zu finden. Die Domestizierung des Hundes hat deshalb eine tiefe Bedeutung als Kontrolle der Liebes- und Todestriebe. Sie geht einher mit der Zivilisierung des Menschen. Dass der Mensch gelernt hat, die Todesmacht des Hundes zu bändigen und sie sich in der Jagd und in der Bewachung nutzbar zu machen, betrachtet deshalb der Mythos als Geschenk der Götter Apollon und Artemis.[14] Der

Hund kam in den Dienst des Überlebens des Menschen, wobei die Fähigkeit der Kontrolle der «hündischen» Triebe darüber entscheidet, ob diese zum Leben oder zum Tod führen. Einer, dem diese Gratwanderung zwischen Leben und Tod auf tragische Weise nicht gelang, war Aktaeon, der mythische Jäger: Eine von Kallimachos (ca. 300–240),[15] Apollodor (2. Jh. v. Chr.), Ovid (43 v. Chr.–17 n. Chr.)[16] und Pausanias (2. Hälfte des 2. Jh. n. Chr.)[17] bis zu Giordano Bruno (1548?–1600) reichende Tradition berichtet, dass Aktaeon von jenen Hunden verstümmelt wurde, die ihm vorher das Aufspüren und Erlegen der Beute ermöglicht hatten. Auch hier sind Eros und Thanatos miteinander verstrickt, denn Aktaeon wurde gemäss einer Variante des Mythos[18] von seinen fünfzig wild gewordenen Hunden zerfleischt, nachdem er die Göttin Artemis nackt beim Bade gesehen hatte und, wie Apollodor berichtet,[19] von dieser in einen Hirsch verwandelt wurde. Der zum Jagen, Erkennen und Überleben des Individuums sowie der Gattung nützliche Trieb, den der Hund auch bei Chrysipp (3. Jh. v. Chr.),[20] Cicero (106–43),[21] Sextus Empiricus (2. Jh. n. Chr.)[22] bis hin zu David Hume (1711–1776)[23] verkörpert, wandte sich in einer nicht mehr kontrollierbaren Weise gegen Aktaeon. Dieser wurde in Gestalt des Hirschs zum Opfer seines eigenen Jagd-, sprich Erkenntnis- und Liebestriebs. Eine besonders eindrückliche Ausgestaltung dieser frühen Variante eines Bewusstseins der Dialektik der Aufklärung findet sich in den *Heroischen Leidenschaften* (*Eroici furori*) Giordano Brunos. Er verglich die Hunde Aktaeons mit den Gedanken, die der nach Erkenntnis Jagende aussendet, die aber letztlich zu ihm zurückkehren und ihm mit grausam wilden Bissen den Tod geben.[24] Dass in der Figur der Jagd und des Jagdhundes nicht nur der primäre, sondern auch der intellektuell sublimierte

Tod des Aktaion, griechisches Relief, melisch, um 460 v. Chr.

Domenichino: Die Jagd der Diana, 1617

erotische Trieb dargestellt wurde, illustriert auch die Lektüre Rabelais' (1493?–1553), der im ersten Band von *Gargantua und Pantagruel* den Leser mit dem Hund, «la beste du monde plus philosophe», vergleicht.[25] Nicolaus von Kues (1401–1464) hatte dem Thema der Jagd nach Wissen und Weisheit mit *De venatione sapientiae* (Über die Jagd nach der Weisheit) eine ganze Schrift gewidmet.[26] Der italienische Renaissancephilosoph Jacopo Mazzoni liess sich dazu ereifern, Plato und Aristoteles als «Hunde» zu bezeichnen, die ihm beim Aufspüren der Wahrheit wertvolle Dienste erweisen.[27]

Die Kehrseite der Allegorie des Aktaeon, nämlich die Gefahr, dem Trieb nach immer mehr Lust und absolutem Wissen mit Depression oder Repression zu begegnen, kommt bei Plato (427 v. Chr. – 347) zum Ausdruck, der in seinem *Staat* den Wächtern oder Herrschern den Wach- und Jagdhund zum Vorbild gibt.[28] Dies ist nicht nur eine Figur autoritärer Staatsführung und repressiver Triebkontrolle, sondern auch des Rassismus und der Xenophobie, denn der Wächter sollte wie ein reinrassiger Hund von aristokratischer Geburt, sanft zu Freunden und rüde gegen Unbekannte sein.[29] Plato ging sogar soweit, den gesamten Staat mit dem strengen, austeren Wachhund zu identifizieren.[30] Der Vorteil dieses Vergleichs ist, dass der Wachhund dem «Vieh» im Prinzip keinen Schaden zufügen darf.[31] Der zivilisierte Staat soll deshalb ein domestizierter, abgerichteter Wachhund und kein tyrannischer Wolf sein.[32] In der Moderne fand diese Metapher eine Verschärfung. Thomas Hobbes (1588–1679) setzte den Menschen, die sich ohne staatliche Herrschaft als «Wölfe» begegnen, den im Monster Leviathan verkörperten Staat entgegen und sprach ihm uneingeschränkte Gewalt über Leben und Tod zu.[33] Die Figur des Staatsmonsters verschmolz mit der Figur des über den Tod wachenden Höllenhunds Zerberus. Dieser Zusammenhang zwischen der vom modernen Staat versprochenen Selbsterhaltung und seiner absoluten Gewaltherrschaft über Leben und Tod konnte dem Scharfblick des Zynikers Nietzsche nicht entgehen. Treffend bezeichnete er den Staat als «Heuchelhund».[34]

3. Der Hund als Philosoph

Der als Jäger der Weisheit allegorisch zum Philosophen erhobene Hund kam in einer anderen Tradition zu wirklichen philosophischen Ehren. Wie Sextus Empiricus berichtet, hielt der Stoiker Chrysipp den Hund für einen Logiker, der fähig ist, einen komplizierten logischen Schluss in der Praxis anzuwenden.[35] An einer Wegscheide mit drei Möglichkeiten (trivium) sei er in der Lage, durch den Ausschluss von zwei falschen die richtige dritte zu wählen. Da die Stoiker den Tieren im allgemeinen aber keine rationalen Fähigkeiten zusprachen, stellte sich auch Chrysipp auf den Standpunkt, der Hund vollziehe diese komplexe Disjunktion instinktiv und nicht durch die bewusste Anwendung von logischen Regeln. Chrysipps Beispiel des Hundes als Logiker hat in der Philosophiegeschichte auf eindrückliche Weise Schule gemacht, wurde aber aus unterschiedlichen Perspektiven auch heftig kritisiert.[36] Plutarch bemerkte, dass es eine gewisse Zweideutigkeit in sich berge, den Hund in dieser Weise als Logiker zu verehren, denn was dem Hund an der dreifachen Wegscheide das Auffinden der Spur seiner Beute erlaubt, sei nicht seine Fähigkeit des logischen Schliessens, sondern seine hochentwickelten Sinne und seine Erinnerungsfähigkeit. Die These eines instinktiv vollzogenen, logischen Schlusses des Hundes am dreifachen Scheideweg komme einer Geringachtung der besonderen Qualität der Sinnlichkeit und hohen sinnlichen Begabung des Hundes gleich.[37] In dieser Meinung folgte ihm Rousseau, für den das Lob des Hundes vor allem ein Lob der instinktiven und sinnlichen Fähigkeiten und eine Kritik an logischen und moralistischen Klügeleien bedeutete.[38] Sextus Empiricus und Porphyr (3. Jh. n. Chr.) kritisierten Chrysipp aus skeptischer Perspektive. Sie bedienten sich dabei zunächst der stoischen Unterscheidung zwischen innerer und äusserer Rationalität. Erstere umfasst die im Bewusstsein vollzogenen Überlegungen, letztere die in Rede und Schrift ausgedrückten Argumentationen. Sextus und Porphyr waren der Meinung, dass die Stoiker keine überzeugenden Argumente hätten, um dem Hund die Fähigkeit der inneren Rationalität abzusprechen. Ausserdem deute das äusserlich beobachtbare Verhalten des Hundes auf den Besitz der Fähigkeit vernünftigen Schliessens hin.[39] Das Konzept einer inneren, nicht-linguistischen Rationalität verunmögliche ohnehin die klare Ausgrenzung der Tiere von jeglicher Vernunftbegabung. Hinzu kam für Sextus die Inkonsequenz, dass die Stoiker bereit waren, den Tieren in gewissem Sinn eine äussere Rationalität zuzuerkennen, weil sie deren Lauten einen semantischen Gehalt zusprachen. Porphyr verwies ausserdem auf den Widerspruch, den Tieren allgemein

Rationalität abzusprechen, die Entscheidung des Hundes am Scheideweg aber dennoch auf eine komplexe Disjunktion zurückzuführen. Sowohl Sextus Empiricus als auch Porphyr vertraten deshalb mit dem Beispiel des Hundes die Meinung, dass zwischen den Tieren und den Menschen bezüglich rationaler Fähigkeiten nur ein gradueller Unterschied bestehe. Im Mittelalter hatten solche Theorien einen schweren Stand, waren aber keineswegs inexistent und auch nicht auf Aristoteles' Behandlung der Rationalität des Hundes beschränkt.[40] In diesem Zusammenhang sei hier auf eine hauptsächlich mittelalterliche, aber von Boethius (480–524) bis zu Umberto Eco reichende, semiotische Diskussion über die Sprachfähigkeit des Hundes verwiesen. Sie dreht sich um die Frage, ob und in welchem Sinn das Bellen des Hundes als bedeutungsträchtiger, sprachlicher Laut gelten kann.[41] Aber auch Chrysipps Hundelogik stand im Mittelalter zur Diskussion. Der anonyme, im 12. Jahrhundert wirkende Autor von *De bestis* (*Über die Tiere*) referierte im Kapitel *Über den Hund und seine Natur* (c. XI: *de cane et eius natura*) Chrysipps Geschichte des logisch schliessenden Hundes, mass dem Ganzen aber bloss einen anekdotischen Wert zu.[42] Thomas von Aquino (1224–1274) führte Chrysipps Beispiel des Hundes an, distanzierte sich aber von der Position, dass es sich um eine rationale Wahl handle.[43] Die Differenz zu einer Darstellung des Themas, wie sie in der Renaissance von Montaigne (1533–1592) vorgetragen wurde, liegt auf der Hand. Der französische Weise interessierte sich in seiner *Apologie de Raymond Sebond* nicht nur für die seiner Meinung nach zweifellos vorhandenen logischen Fähigkeiten des Hundes, sondern er benutzte Chrysipps Beispiel, um eine verächtliche Einschätzung der Tiere zu kritisieren und um die Menschen gegenüber den Tieren zu Bescheidenheit und Respekt zu mahnen.[44] Eine klare Stellungnahme zugunsten der logischen Fähigkeiten des Hundes gab 1615 John Preston in einer Disputation zur Frage «whether dogs could make syllogisms?» (ob Hunde logische Schlüsse ziehen können?). Auf die Entgegnung durch Matthew Wreb antwortete König James I. höchstpersönlich zugunsten der Rationalität der Hunde.[45] Im späteren 17. Jahrhundert geriet diese Position aber wieder zunehmend in Bedrängnis, vor allem bei René Descartes (1596–1650). Henry More (1614–1687) erklärte ihm aber in einem Brief, dass er mit seiner mechanistischen Konzeption des Tieres zum Beispiel keine Erklärung für die Schlauheit (astutia) und den Scharfsinn (sagacitas) der Hunde habe.[46] More betrachtete das rationale Verhalten der Tiere, insbesondere auch der Hunde bei der Jagd sogar als sicheren Beweis für die Existenz eines göttlichen Schöpfers der Welt. Die Philosophiegeschichte kennt also nicht nur einen ontologischen und physikotheologischen, sondern auch einen kynologischen Gottesbeweis.[47] Pierre Gassendi (1592–1655) sprach sich gegen Descartes für einen graduellen Unterschied zwischen tierischer und menschlicher Rationalität aus und griff dafür auf Chrysipps Beispiel des Hundes zurück. Allerdings zeigte für ihn gerade dieses, dass die Empirie beim Erlangen von Erkenntnis der Logik überlegen ist.[48] Man würde also erwarten, dass ein Empiriker wie John Locke (1632–1704) den Hund zu schätzen wusste. Locke stellte sich aber auf den Standpunkt, dass Hunde nur einzelne Vorstellungen haben, und diese nicht zu verbinden wissen. Sie stehen deshalb «tief unter den Menschen».[49] Dieser Meinung war auch Lockes rationalistischer Widersacher

Leibniz (1646–1716), der den Mangel an Fähigkeit der Zusammensetzung oder Disjunktion von Vorstellungen und Gedanken mit dem Beispiel zu belegen wusste, dass Hunde ihr eigenes Spiegelbild anbellen.[50] Hunde verknüpfen nur Phantasiebilder auf Grund früherer Erfahrung. Wir verstehen deshalb Gottfried Wilhelm Leibniz' reges Interesse an einem sprechenden Hund.[51] Auch Johann Gottfried Herder wäre wohl überrascht gewesen, wenn er dem sprechenden Hund begegnet wäre, denn er war der Meinung, dass Hunde keine Begriffe haben, sondern nur mit Handlungen verbundene Gebärden verstehen.[52]

Vom philosophischen Hund war in Moderne, Aufklärung und Gegenaufklärung wenig übrig geblieben. Hegel verfasste 1798 zwar über seinen Pudel sogar ein Gedicht. Diese Phänomenologie des Hundes gehört zu den weniger bekannten Texten des grossen Philosophen und ist als Beispiel der Züchtigung des ungehorsamen, den niederen Trieben folgenden Hundes durch den Herrn Hegel als Ergänzung zum berühmten Abschnitt über Herrschaft und Knechtschaft in der *Phänomenologie des Geistes* zu lesen,[53] weil nämlich von der Dialektik wenig übrig bleibt. Hund und Herr sind nicht «zwei entgegengesetzte Gestalten des Bewusstseins»,[54] sondern Hund bleibt Hund, und Herr (Hegel) bleibt Herr (Hegel).[55] Zu wahrer philosophischer Grösse gelangte der Hund aber wieder bei Arthur Schopenhauer (1788–1860), und zwar im Anschluss an Kants Transzendentalphilosophie. Nicht nur die Fähigkeit des Schliessens auf Grund von Beobachtung wurde dem Hund von Schopenhauer zugestanden, sondern sogar eine Erkenntnis a priori (vor aller Erfahrung). Schopenhauer begründete dies mit dem kantischen Verständnis der Kausalität als nicht selbst der Erfahrung entstammender Bedingung der Möglichkeit von Erfahrung. Alle Tiere, insbesondere aber der Hund, haben eine Erkenntnis des Kausalitätsgesetzes, die nicht auf Erfahrung beruht. Ein ganz junger Hund springe nicht vom Tisch, weil er die Wirkung dieser Handlung antizipiere. Ferner berichtet Schopenhauer von seinen neuen Fenstergardinen, die von der Mitte her auseinander fahren, wenn man an einer Schnur zieht. Als dies Schopenhauer zum erstenmal ausführte, hat sein kluger Pudel intensiv nach der Ursache dieses Phänomens gesucht. Er forschte nach einer Ursache, wo er nur eine Wirkung sah. Er wusste a priori, dass jede Veränderung verursacht ist.[56] Definitiv überwunden wurde der Mythos vom unverständigen Hund auch bei Ernst Mach (1838–1916), der die Assoziations- und Erinnerungsfähigkeit des Hundes an zahlreichen Beispielen erörterte und aus eigener Erfahrung bestätigte, dass die mythische Erzählung von Argos, dem Hund des Odysseus, der den völlig entstellten Meister bei seiner Rückkehr als einziger erkannte, durchaus der Wahrheit entsprechen könnte.[57] So nahe beieinander liegen Kritizismus und Mythos.

4. Katzensophismen und felinische Paradoxe

Katzen sehen in der Nacht. Dies macht sie den Eulen verwandt,[58] die seit Hegel in unzähligen philosophischen Texten nach dem Einbruch der Dunkelheit zu ihrem Flug ansetzen und ihre Zeit auf den Begriff bringen. Deshalb liegt es auf der Hand, mit Adam

Morton nicht mehr von «philosophy», sondern von «felosophy»[59] zu sprechen. Die Katze hat jedoch die Philosophen weniger zu Begriffsklärung als zu unzähligen Sophismen und Paradoxen inspiriert. Ein von der mittelalterlichen bis zur zeitgenössischen Scholastik diskutiertes Beispiel dafür ist Peter Geaches «Tibbles die Katze»[60]. Tibbles sitzt als einzige Katze auf einer Matte und hat mindestens 1000 Haare. Man nehme an, c sei die grösste auf der Matte sich befindende Masse von Katzengewebe. Es gilt für jedes Katzenhaar h_n, dass es einen Teil c_n von c gibt, der alle Teile von c umfasst, ausser das Haar h_n. Jeder Teil c_n unterscheidet sich von jedem anderen Teil (z. B. c_m) und von c als Ganzem. Es gilt, dass c eine Katze ist. Aber auch jeder Teil c_n ist eine Katze. C_n würde aber auch dann eine Katze bleiben, wenn das Haar h_n ausgerissen wurde, denn es wäre absurd zu behaupten, das Ausreissen eines Haares erzeuge die Katze. C_n war also schon eine Katze vor dem Ausreissen des Haares. Dies bedeutet nun aber, dass nicht eine Katze auf der Matte sitzt, sondern mindestens 1001. Peter Geach entging dieser absurden Konklusion durch die Feststellung, dass alle c_n nicht verschiedene, sondern ein und dieselbe Katze sind. Obschon alle c_n voneinander verschieden sind, ist jedes c_n dieselbe Katze. E. J. Lowe bewies gesunden Katzenverstand und meinte dagegen, dass es schon falsch sei zu behaupten, c sei eine Katze. Auch keiner der Teile c_n sei eine Katze, denn für die Katze und jedes c_n gälten verschiedene Identitätskriterien.[61] Die Aussagen «Tibbles ist eine Katze» und «c ist eine Katze» sind deshalb in verschiedenem Sinn wahr. Im einen Fall bedeutet «ist» Identität, im anderen Konstitution.[62] Identität und Konstitution sind aber nicht so einfach auseinander zu halten, weil sie unter zeitlicher Indexierung ineinander überführt werden können: Tibbles ist eine 10 Pfund schwere Katze. Man stelle sich denselben Tibbles ohne Schwanz vor. Man nenne dieses 9 Pfund schwere Wesen «Tib» und zähle es zur Sorte der «Puss». Wenn nun Tibbles seinen Schwanz verliert, haben wir es mit einer schwanzlosen Katze zu tun. Tibbles und Tib sind dann zwei numerisch verschiedene Wesen, sind aber materiell identisch und nehmen dieselbe Stelle ein. Dies jedoch ist unmöglich. Entweder hat also Tibbles oder Tib aufgehört zu existieren. Das Beispiel von Tibbles der Katze ist ein Standardargument der revisionistischen Metaphysiker und mereologischen Essentialisten. Von der Katzen- in die Menschensprache übersetzt heisst dies: all jener, die der Meinung sind, dass jeder Teil eines Gegenstandes, und sei er noch so nebensächlich, für dessen Wesen konstitutiv ist. Die mereologischen Essentialisten meinen ausserdem, dass Identität relativ und raumzeitlich indexiert ist. Um die traditionelle Metaphysik zu retten, die zwischen wesentlichen und akzidentellen Eigenschaften unterscheidet, stellte sich Michael Burke aber auf den Standpunkt, dass Tib zu existieren aufhört, wenn Tibbles seinen Schwanz verliert.[63] Die Begründung lautet, dass das neue Wesen Tibbles ohne Schwanz eine Katze und ein Puss ist, wogegen Tib nie eine Katze, sondern immer nur ein Puss ist. Tibbles wird nicht zu Tib, sondern bleibt Tibbles, auch ohne Schwanz.

Wer sich über dieses Katzensophisma den Kopf zerbricht, wird an Montaigne denken, der beim Spielen mit seiner Katze auf den Gedanken kam, dass vielleicht nicht er mit der Katze, sondern die Katze mit ihm sich die Zeit vertreibe.[64] Auch in Folge von J. L. Austins 1955 gehaltenen *Harvard Lectures* hält die Katze ganze Heerscharen von

Albrecht Dürer: Melencolia I, Kupferstich, 1514

Berufsgrüblern in Trab. Austin stellte fest, dass ich nicht sagen kann «die Katze ist unter der Matte und die Katze ist auf der Matte» oder «die Katze ist auf der Matte und die Katze ist nicht auf der Matte».[65] Aus dem ersten Teil der Aussage folgt das Gegenteil der zweiten. Aus «die Katze ist auf der Matte» folgt «die Matte ist unter der Katze». Deshalb folgt aus «die Matte ist nicht unter der Katze» «die Katze ist nicht auf der Matte». Wenn ich sage «die Katze ist auf der Matte» impliziert dies, dass ich glaube, dass dies der Fall ist. Es wäre sinnlos zu sagen «die Katze ist auf der Matte aber ich glaube es nicht». Das Gegenteil ist aber nicht der Fall. Wenn ich sage «ich glaube nicht, dass die Katze auf der Matte ist», folgt nicht zwingend «die Katze ist nicht auf der Matte». Wenn ich sage «die Katze ist auf der Matte», ohne dies zu glauben, bin ich unaufrichtig. J. L. Austin konnte mit diesen und zahlreichen anderen Überlegungen zeigen, dass es nicht genügt, in traditioneller Weise die Propositionen und ihren Wahrheitswert zu untersuchen, sondern dass es notwendig ist, die gesamte Sprechsituation, den gesamten Sprechakt zu berücksichtigen. John R. Searle verwendete das Beispiel der Katze auf der Matte, um zu beweisen, dass die wörtliche Bedeutung einer Aussage kontextabhängig ist.[66] Sie ergibt sich nur im Zusammenhang mit bestimmten Annahmen, die in der semantischen Struktur

Albrecht Dürer: Hieronymus in der Zelle, Kupferstich, 1514

der Aussage nicht alle enthalten sein können. Man stelle sich vor, dass die Katze auf der Matte ist, diese sich aber draussen im Weltall, ausserhalb der Milchstrasse befindet. Jetzt gibt es weder oben noch unten. Was bedeutet nun «die Katze ist auf der Matte»? Diese Aussage ist also nur sinnvoll, wenn weitere Annahmen, zum Beispiel über Gravitationsfelder etc. gemacht werden.

In der Philosophie der Quantenphysik nimmt die Katze eine äusserst wichtige, wenn auch sehr unangenehme Position ein. Um Niels Bohrs Vollständigkeitspostulat des mathematischen Schemas der Quantenmechanik[67] zu widerlegen, ersann Erwin Schrödinger 1935 folgendes Experiment:[68] «Eine Katze wird in eine Stahlkammer gesperrt [...]. In einem Geigerschen Zählrohr befindet sich eine winzige Menge radioaktiver Substanz, so wenig, dass im Laufe einer Stunde *vielleicht* eines von den Atomen zerfällt, ebenso wahrscheinlich aber auch keines; geschieht es, so spricht das Zählrohr an und betätigt über ein Relais ein Hämmerchen, das ein Kölbchen mit Blausäure zertrümmert. Hat man das ganze System eine Stunde lang sich selbst überlassen, so wird man sich sagen, dass die Katze noch lebt, *wenn* inzwischen kein Atom zerfallen ist.» Das Vollständigkeitspostulat würde nun bedeuten, dass es keine wissenschaftliche

Möglichkeit gibt zu bestimmen, wann die Katze stirbt, oder ob die Katze tot oder lebendig ist. Mit seiner Übertragung der subatomaren und atomaren auf die makroskopische Ebene wollte Schrödinger die Unhaltbarkeit des Vollständigkeitspostulats beweisen. Die Katze ist nicht zugleich tot und lebendig, sondern sie ist eindeutig tot oder lebendig. Man braucht nur hinzusehen, um dies festzustellen. Auch ist es nicht das Hinsehen, das sie tötet, sondern der zu einem bestimmten Zeitpunkt eintreffende Zerfall eines Atoms. Schrödingers Katzenparadoxon soll beweisen, dass die Beobachtung ein unverzichtbarer Teil der Erforschung der Natur bleibt und durch den mathematischen Formalismus der Quantenphysik nicht ersetzt werden kann. Im Anschluss an Schrödinger kam es aber zu einer Vielzahl sehr unterschiedlicher philosophischer Deutungen des Gedankenexperiments, in denen seine Katze die «Unsterblichkeit» erlangte, unabhängig vom Zerfall der Atome in der Höllenmaschine.[69]

5. Moral für die Katz und zum Schaden des Hundes

Das Beispiel Schrödingers illustriert den schweren Stand, den die Katze in der zeitgenössischen Philosophie hat. Noch schlimmer als Schrödingers Katze, deren Überlebenschancen doch recht hoch sind, ergeht es dem Hund im Rettungsboot. Tom Regan und mit ihm die meisten überzeugten Verteidiger von Tierrechten wollen den Hund im Fall äusserster Not über Bord werfen, um Menschenleben zu retten.[70] Die zeitgenössische Philosophie hat es also auf Hunde und Katzen abgesehen. Wie erklären sich diese Tötungsphantasien und diese moderne Entzauberung der Beziehung zwischen dem Mensch und seinen vierbeinigen Freunden? Für den Hund scheint es dafür im Moment keine Erklärung zu geben. Undank ist des Hundes Lohn. Im Fall der Katze drängt sich im Anschluss an Nietzsche eine psychologisch-feministische Erklärung auf. Nietzsche betrachtet den Geschlechterkampf im Zeichen der Katze: «Die Geschlechter täuschen sich übereinander: das macht, sie ehren und lieben im Grunde nur sich selbst (oder ihr eignes Ideal, um es gefälliger auszudrücken –). So will der Mann das Weib friedlich aber gerade das Weib ist wesentlich unfriedlich, gleich der Katze, so gut es sich auch auf den Anschein des Friedens eingeübt hat.»[71] Es ist auf Grund dieser tiefschürfenden, männlichen, allzumännlichen Gedanken Nietzsches einsichtig, dass der Männerbund der Physiker und Philosophen mit der Katze sadistische Experimente macht. Schliesslich sitzt jeder Hexe eine Katze auf dem Buckel, und Eugen Dühring (1833–1921) hat festgestellt, dass das Böse im Typus der Katze in der Welt vorhanden ist. Friedrich Engels (1820–1895) hat daraus den einzig richtigen Schluss gezogen: «Das Böse ist – die Katze. Der Teufel hat also keine Hörner und Pferdefuss, sondern Krallen und grüne Augen. Und Goethe beging einen unverzeihlichen Fehler, wenn er den Mephistopheles als schwarzen Hund, statt als dito Katze einführt. Das Böse ist die Katze! Das ist Moral, nicht nur für alle Welten, sondern auch – für die Katze!»[72]

1 Vgl. Ginzburg, Carlo, *Indizien. Morelli, Freud und Sherlock Holmes,* in: Eco, Umberto; Sebeok, Th. A. (Hrsg.), *Der Zirkel oder Im Zeichen der Drei. Dupin, Holmes, Peirce,* München: Fink 1985, S. 125–179.

2 Nietzsche, Friedrich, *Unzeitgemässe Betrachtungen,* in: *Werke,* Bd. 1, München: Hanser 1954, S. 212.

3 Nietzsche, Friedrich, *Die Fröhliche Wissenschaft,* in: *Werke,* Bd. 2, München: Hanser 1954, S. 126–128.

4 Schopenhauer, Arthur, *Die Welt als Wille und Vorstellung,* in: *Werke,* Bd. 3, Zürich: Diogenes 1977, S. 118.

5 Nietzsche, Friedrich, *Die Fröhliche Wissenschaft,* in: *Werke,* Bd. 2, München: Hanser 1954, S. 183.

6 Aristoteles, *Sophistische Widerlegungen,* 179a–180a, Kap. 24, Hamburg: Meiner 1968, S. 52–55.

7 Aristotetes, *Metaphysik,* V, 6; 1016a 25–28, Hamburg: Meiner 1982, S. 197.

8 La Mettrie, Julien Offray de, *Der Mensch eine Maschine,* Nürnberg: LSR Verlag 1985, S. 51.

9 La Mettrie, Julien Offray de, *Der Mensch eine Maschine,* Nürnberg: LSR Verlag 1985, S. 52.

10 Rousseau, *Émile ou de l'éducation,* IV, in: *Œuvres,* IV, Paris: Gallimard 1969, S. 500.

11 Herder, Johann Gottfried, *Ideen zur Philosophie der Geschichte der Menschheit,* II, 8, iii, Frankfurt a. M.: Dt. Klassiker Verlag 1989, S. 310.

12 Herder, Johann Gottfried, *Ideen zur Philosophie der Geschichte der Menschheit,* I, 4, v, Frankfurt a. M.: Dt. Klassiker Verlag 1989, S. 150.

13 Sophokles, *Oedipus auf Kolonos,* 1568–1578, Zürich: Atlantis [3]1962, S. 474.

14 Xenophon, *Kynegestikus oder Büchlein von der Jagd,* Berlin: Langenscheidt [ohne Jahrzahl], S. 25.

15 Kallimachos, *Hymnen,* V, 107–116, Berlin: Weidmannsche Buchhandlung 1882, S. 40–41.

16 Ovid, *Metamorphosen,* III, 131–252, Zürch: Artemis 1990.

17 Pausanias, *Beschreibung Griechenlands,* IX, 38, 3–6, Zürich: Manesse 1998, S. 535–536.

18 Vgl. Frontisi-Ducroux, Françoise, *Actéon, ses chiens et leur maître,* in: Cassin, Barbara; Labarrière, Jean-Louis (Hrsg.), *L'animal dans l'antiquité,* Paris: Vrin, 1997, S. 435–454.

19 Apollodor, *Bibliothek,* III, 4, London/Cambridge: Heinemann 1961–1966, Bd. 1, S. 322–324.

20 Vgl. Hülser, Karlheinz, *Die Fragmente zur Dialektik der Stoiker,* Bd. 4, Stuttgart: Frommann–Holzboog, 1988, S. 1596–1605.

21 Cicero *(De natura deorum,* II, 158, München: Heimeran 1978, S. 332) schreibt, der Hund sei mit einer «incredibilis ad investigandum sagacitas» ausgestattet.

22 Sextus Empiricus, *Grundriss der pyrrhonischen Skepsis,* I, 62–78, Frankfurt: Suhrkamp 1985, S. 108–111. Vgl. Decleva Caizzi, Fernanda, *L'elogio del cane. Sesto Empirico, Schizzi Pirroniani I, 62-78,* in: Elenchos 14 (1993), S. 305–330.

23 Hume, David, *A Treatise of Human Nature,* II, III, X, London: Dent 1972, S. 159: «there cannot be two passions more nearly resembling each other, than those of hunting and philosophy».

24 Bruno, Giordano, *Von den heroischen Leidenschaften,* Hamburg: Meiner 1989, S. 64. Vgl. dazu Imbach, Ruedi, *Einige vorläufige Bemerkungen zur Jagd als Bild der Philosophie,* in: Daphinoff, Dimiter (Hrsg.), *Der Wald: Beiträge zu einem interdisziplinären Gespräch,* Freiburg: Universitätsverlag 1993, S. 96–100.

25 Vgl. Rabelais, *Gargantua,* Prologue, Genève: Droz 1970, S. 13–14. Vgl. dazu Bichon, J.: *Sagesse humaine ou sagesse canine?,* in: Études Rabelaisiennes 8 (1969), S. 87–90.

26 Kues, Nikolaus von, *De venatione sapientiae,* Opera Omnia XII, Hamburg: Meiner 1982, S. 1–113. Vgl. dazu Imbach, Ruedi, *Einige vorläufige Bemerkungen zur Jagd als Bild der Philosophie,* in: Daphinoff, Dimiter (Hrsg.), *Der Wald: Beiträge zu einem interdisziplinären Gespräch,* Freiburg: Universitätsverlag 1993, S. 93–95.

27 Mazzoni, Jacopo, *In Universam Platonis et Aristotelis Philosophiam Preludia,* Venedig 1597, Dedicatio [ohne Seitenzahl].

28 Plato, *Staat,* II, 374e–376c, Darmstadt: Wissenschaftliche Buchgesellschaft 1971, S. 145–153.

29 Plato, *Staat,* II, 375a–376a, Darmstadt: Wissenschaftliche Buchgesellschaft 1971, S. 147–151.

30 Plato, *Staat,* IV, 422d; IV, 440d, Darmstadt: Wissenschaftliche Buchgesellschaft 1971, S. 287; S. 347.

31 Plato, *Staat,* III, 416a, Darmstadt: Wissenschaftliche Buchgesellschaft 1971, S. 273.

32 Plato, *Staat,* III, 416b–c; VIII, 566a, Darmstadt: Wissenschaftliche Buchgesellschaft 1971, S. 273–274; S. 709.

33 Hobbes, Thomas, *De cive.* The English Version, Epistle Dedicatory, Oxford: Clarendon Press 1983, S. 24.

34 Nietzsche, Friedrich, *Also sprach Zarathustra,* in: Werke, Bd. 2, München: Hanser 1954, S. 387.

35 Vgl. Hülser, Karlheinz, *Die Fragmente zur Dialektik der Stoiker,* Bd. 4, Stuttgart: Frommann-Holzboog, 1988, S. 1596–1597.

36 Vgl. Zaganiaris, Nicholas, *Le chien dans la mythologie et la littérature gréco-latine,* in: Platon 32–33 (1981), S. 52–85; Perfahl, Jost, *Wiedersehen mit Argos und andere Nachrichten über Hunde in der Antike,* Mainz a. Rhein: Verlag Philipp von Zabern 1983; Rowland, Beryl, *Animals with Human Faces,* Knoxville: The University of Tennessee Press, 1974, S. 58–66; Neuhausen, Karl, *Platons philosophischer Hund bei Sextus Empiricus,* in: Rheinisches Museum 118 (1975), S. 240–264; Floridi, Luciano, *Scepticism and Animal Rationality: the Fortune of Chrysipp's Dog in the History of Western Thought,* in: Archiv für Geschichte der Philosophie 79 (1997), S. 27–57; Boas, George, *The Happy Beast in French Thought of the Seventeenth Century,* Baltimore, The Johns Hopkins Press 1933; Hastings, Hester, *Man and Beast in French Thought of the Eighteenth Century,* Baltimore, The Johns Hopkins Press, 1936.

37 Plutarch, *Moralia, De Sollertia Animalium,* Cambridge, Mass.: Harvard Univ. Press 1957, S. 311–486.

38 Rousseau, *Émile ou de l'éducation,* IV, Œuvres, IV, Paris: Gallimard 1969, S. 595, note *.

39 Sextus Empiricus, *Grundriss der pyrrhonischen Skepsis,* I, 66–71, Frankfurt a. M.: Suhrkamp 1985, S. 109–110; Porphyr, *De abstinentia,* III, 2–6, Paris: Belles Lettres 1979, Bd. 2, S. 153–160.

40 Vgl. Aristoteles, *Historia animalium,* VIII, 1; 558a20 ff; 608a17; 610b22; 612a1ff.

41 Vgl. Eco, Umberto; Lambertini, Roberto; Marmo, Constantino; Tabarroni, Andrea, *On animal language in the medieval classification of signs,* in: Eco, Umberto; Marmo, Constantino (Hrsg.), *On the Medieval Theory of Signs,* Amsterdam: Benjamins 1989, S. 3–41.

42 Publiziert unter dem Namen von Hugo von St. Viktor in: *Patrologia Latina,* Bd. 177, Paris 1879, S. 86f.

43 Thomas von Aquino, *Summa Theologiae,* I^{a}-II^{ae}, q. 13, a. 2, Rom: Marietti 1952, Bd. 1, S. 67 [zweite Zählung im Band].

44 Montaigne, Michel de, *Essais,* XII, Zürich: Diogenes 1992, Bd. 2, S. 55–63.

45 Vgl. Mayor, John W. B., *King James I. On the Reasoning Faculty of Dogs,* in: The Classical Review 12 (1898) S. 93-96.

46 Descartes, René, *Œuvres,* Bd. 5, Pars: Vrin 1974, S. 244.

47 More, Henry, *An Antidote against Atheisme,* London: J. Flesher ^{2}1655, Appendix, S. 370.

48 Gassendi, Pierre, *Syntagmatis Philosophici Pars Secunda Seu Physica,* III, VIII, c. iv-v, in: *Opera Omnia* I, 2, Lyon: L. Anisson 1658, S. 414 b [zweite Zählung im Band].

49 Locke, John, *An Essay Concerning Human Understanding,* II, 11, § 7, London: Penguin 1997, S. 155.

50 Leibniz, Gottfried Wilhelm, *Essais de Théodicée,* § 65, Paris: Garnier Flammarion 1969, S. 80.

51 Vgl. den Brief von Leibniz an den Abbé de Saint-Pierre vom 4. April 1715, in: *Correspondance Leibniz – Castel de Saint-Pierre,* éditée intégralement selon les manuscrits inédits des bibliothèques d'Hanovre et de Göttingen par A. Robinet, Paris: Centre de philosophie du droit 1995, S. 54–59, bes. S. 58.

52 Herder, Johann Gottfried, *Abhandlung über den Ursprung der Sprache,* 1. Teil, 1. Abschnitt, Stuttgart: Reclam 1997, S. 42.

53 Hegel, G. W. F., *Phänomenologie des Geistes,* Frankfurt a. M.: Suhrkamp 1973, S. 145–155.

54 Ebd. S. 150.

55 Für den Text vgl. Rosenkranz, Karl, *Georg Wilhelm Friedrich Hegels Leben,* Darmstadt, Wissenschaftliche Buchgesellschaft 1963, S. 83. Vgl. dazu: Miller, Elaine P., *The Figure of (Self)-Sacrifice in Hegel's Naturphilosophie,* in: Philosophy Today, 41 Supplement (1997), S. 41-48.

56 Vgl. Schopenhauer, Arthur, *Über die vierfache Wurzel des Satzes vom zureichenden Grunde,* in: *Werke,* Bd. 5, Zürich: Diogenes, 1977, S. 92–93; Ders.: *Die Welt als Wille und Vorstellung,* in: *Werke,* Bd. 1, S. 52.

57 Mach, Ernst, *Erkenntnis und Irrtum,* Leipzig: J. A. Barth ^{3}1917, S. 33. Vgl. Homer, *Od.* XVII, 290–327. Zu Argos vgl. Mainoldi, Carla, *L'image du loup et du chien dans la Grèce Ancienne,* Paris: Ophrys 1984, S. 113-120.

58 Vgl. Bacon, Francis, *Grosse Erneuerung der Wissenschaft,* II, Hamburg: Meiner 1990, S. 489.

59 Morton, Adam, *Felosophy,* in: Thinking 14/1 (1998), S. 46–47.

60 Vgl. Geach, Peter, *Reference and Generality,* Ithaca: Cornell University Press ^{3}1980, S. 215; Wiggins, David, *On Being in the Same Place at the Same Time,* in: The Philosophical Review 77 (1968), S. 94–95. Für die mittelalterliche Vorgeschichte vgl. Kretzmann, Norman, *Syncategoremata, sophismata, exponibilia,* in: *The Cambridge History of Later Medieval Philosophy,* Cambridge: Cambridge University Press 1982, S. 231, n. 79, S. 237, n. 100, S. 238–240.

61 Lowe, E. J., *The Paradox of 1001 Cats,* in: Analysis 42 (1982), S. 27–30.

62 Lowe, E. J., *On Being a Cat,* in: Analysis 42 (1982), S. 175.

63 Burke, Michael B., *Tibbles the Cat: A Modern Sophisma,* in: Philosophical Studies 84/1 (1996), S. 63–74.

64 Montaigne, *Essais,* XII, Zürich: Diogenes 1992, Bd. 2, S. 33.

65 Austin, J. L.: *How to do Things with Words. The William James Lectures delivered at Harvard in 1955,* Oxford: Clarendon Press 1962, S. 48.

66 Searle, John, *Literal Meaning,* in: Erkenntnis 13 (1978), S. 207–224.

67 Will sagen: Es gibt über die Heisenbergschen Unbestimmtheitsrelationen hinaus keine Möglichkeit, genauere Kenntnis über ein Objekt zu erlangen.

68 Schrödinger, Erwin, *Die Gegenwärtige Situation in der Quantenmechanik,* in: Die Naturwissenschaften 23 (1935), S. 807–812, 823–828, 844–849.

69 Vgl. Audretsch, Jürgen, Mainzer, Klaus (Hrsg.), *Wieviele Leben hat Schrödingers Katze? Zur Physik und Philosophie der Quantenmechanik,* Mannheim: Wissenschaftsverlag 1990; Meissner, Walter, *Wie tot ist Schrödingers Katze? Physikalische Theorie und Philosophie,* Mannheim: Wissenschaftsverlag 1992, bes. S. 202–205; Lewis, Peter, *What is it like to be Schrodinger's Cat?,* in: Analysis 60 / 1 (2000) S. 22–29; Bub, Jeffrey, *Some Reflections on Quantum Logic and Schrodinger's Cat,* in: British Journal for the Philosophy of Science 30 (1979), S. 27–39; Gardner, M. R., *Two Deviant Logics for Quantum Theory: Bohr and Reichenbach,* in: British Journal for the Philosophy of Science 23 (1972), S. 89–109.

70 Regan, Tom, *The Case for Animal Rights,* Berkeley: University of California Press 1983, S. 285–286, 324–325; Edwards, R. B., *Tom Regan's Seafaring Dog and (Un)Equal Inherent Worth,* in: Between the Species 9 (1993), S. 231–235; Finsen, Susan, *Sinking the Research Lifeboat,* in: Journal for Medicine and Philosophy 13 (1988), S. 197–212; Francione, Gary, *Comparable Harm and Equal Inherent Value: The Problem of the Dog in the Lifeboat,* in: Between the Species 11 (1995), S. 81–89.

71 Nietzsche, Friedrich, *Jenseits von Gut und Böse,* in: *Werke,* Bd. 2, München: Hanser 1954, S. 634.

72 Engels, Friedrich, *Herrn Eugen Dührings Umwälzung der Wissenschaft,* in: *Marx-Engels-Werke,* Bd. 20, Berlin: Dietz 1962, S. 88.

Jacques Berchtold

Seinen Hund lieben im Zeitalter der Aufklärung

Jean-Jacques Rousseau im Spiegel seiner Vorbilder

St. Rochus und sein Hund, Eglise St. Roch, Paris

«Ich bin mit einer natürlichen Liebe zur Einsamkeit geboren worden, die sich noch verstärkt hat, je besser ich die Menschen kennengelernt habe. Ich fühle mich wohler mit den schimärenhaften Wesen, die ich um mich herum versammle, als mit denen, die ich in der Welt sehe...» (Brief an M. de Malesherbes, 4. Januar 1762)

Als Jean-Jacques Rousseau seinen Lebensabend in Paris verbringt (1770-1778), ist er felsenfest überzeugt, dass das Pariser Publikum ihn als ein *sonderbares Tier* betrachtet, mit dem man besser keinen Umgang pflegt. («Er ergibt sich ganz und gar seiner schrecklichen Misanthropie. Er flieht die Menschen, weil er sie hasst; er lebt *wie ein Werwolf,* weil seinem Herzen alles Menschliche fremd ist.»[1]) Ist er damals empfänglich für die Tatsache, dass seine Strasse (rue Plâtrière) kaum einen Kilometer von der Église Saint-Roch entfernt ist? Hat er manchmal im Chor dieser Kirche vor der Statue des «pestkranken Heiligen mit seinem Pilgerstab und seinen Pilgerschälchen, der seinen Hund, seinen treuen Gefährten, umarmt»[2], meditiert? Die legendenhafte Biographie des Heiligen weist jedenfalls Züge auf, für die Rousseau eindeutig hätte empfänglich sein müssen: Mit der Pest angesteckt, weil er ständig seinen Mitmenschen half, *zog er sich zurück* in einen Wald, wo ein Hund ihm zu essen brachte.[3] Mit welcher Hypothese man auch liebäugelt, man stellt mit Verblüffung fest, dass in dem geschönten Porträt eines Jean-Jacques, umgeben von liebenden Tieren, das der autobiographische Text aus dieser Zeit *(Rousseau juge de Jean Jacques)* zeichnet, der Hund in der kurzen Aufzählung nicht fehlt: «In den Strassen entzieht er sich den unverschämten Blicken [...]. Er befriedigt diesen Wunschtraum [geliebt zu werden] mit den Tieren. Er verwandte stets viel Zeit und Mühe darauf, sie anzulocken und sie zu streicheln; *er war der Freund, fast der Sklave seines Hundes, seiner Katze, seiner Zeisige;* er hatte Tauben, die ihm überall hin nachfolgten, die ihm auf den Arm flogen, auf den Kopf, was schon an Aufdringlichkeit grenzte; er zähmte die Vögel, die Fische mit unglaublicher Geduld, und es ist ihm gelungen [...], Schwalben in seinem Schlafzimmer zum Nisten zu bewegen...»[4] Gleichsam mit einem Heiligenschein umgeben in dieser teilweise neu zusammengesetzten und geschönten Evokation der Vergangenheit, wird Rousseau als ein wahrhaftiger Franz von Assisi dargestellt, der die friedfertigen Tiere anlockt (und bei ihnen Zuflucht findet).[5] Hinsichtlich der besonderen Zuneigung zu den *Hunden* nimmt dieser späte Text in Wahrheit nur das wieder auf, was der Genfer Einsiedler seit 1759 immer wieder formuliert hatte.

Buffon: Histoire naturelle, «Le chien Turc», handkolorierter Stich, 1792

Das Zeugnis der «Bekenntnisse»

In den *Confessions* (Buch IX) wird vom Erwerb eines ersten Hundes berichtet. Er geschah im Herbst 1756 in der Eremitage, um den Garten von Monsieur d'Epinay vor Herumtreibern zu schützen.[6] *Duc* wird bis 1761 Jean-Jacques Rousseaus Gefährte sein. Im nächsten Buch erwähnt Rousseau *Duc* beiläufig, als er Montmorency das erste «Paradies»[7] nennt; bemerkenswert ist, dass man *mit seiner Katze und seinem Hund* «im Paradies» ist. Im elften Buch erwähnt Rousseau seinen geliebten *Duc* ein letztes Mal, als er eine Anekdote aus der Zeit nach der Namensänderung (von *Duc* in *Turc;* mit dieser Vorsichtsmassnahme wollte er vermeiden, dass dieser oder jener «Duc» sich eventuell in seinem Stolz verletzt fühlen könnte) berichtet: Als Gast der Luxembourgs muss er den Spott des jungen Marquis de Villeroy hinsichtlich ebendieser Namensänderung über sich ergehen lassen. Er nimmt diesen Bericht zum Anlass, noch einmal ausdrücklich die Echtheit seiner Zuneigung zu seinem Hund zu betonen, die nicht mit *falscher* Zuneigung welcher Art auch immer verwechselt werden dürfe: Die Beziehung zu einem menschlichen Freund drohe dagegen stets durch Heuchelei befleckt zu werden und in Verrat umzuschlagen. «Ich hatte einen Hund, den ich ganz jung, kurz nach meiner Ankunft in der Eremitage, erhalten und damals ‹Duc› genannt hatte. Dieser nicht schöne, aber in seiner Art seltene Hund, *aus dem ich meinen Gefährten, meinen Freund gemacht hatte und der gewiss besser diesen Titel verdiente als die meisten, die ihn angenommen haben,* war im Schloss Montmorency *wegen seines liebenswürdigen, empfindsamen Wesens und wegen unserer gegenseitigen Anhänglichkeit* berühmt geworden. Aber aus einer sehr dummen Kleinmütigkeit heraus hatte ich seinen Namen in ‹Turc› verwandelt, als gäbe es nicht viele Hunde, die ‹Marquis› hiessen, ohne dass ein Marquis daran Anstoss nähme.» (*Confessions* XI, S. 556/*Bekenntnisse* XI, S. 548)

Während ganz ähnliche Schlussfolgerungen bezüglich der Freundschaft bereits – wie wir sehen werden – in den Beileidsbekundungen anlässlich des Todes von *Duc/Turc* formuliert worden waren, erwähnen die *Confessions* dieses traurige Ereignis des Juli 1761 nicht. Ohne weitere Erklärung wird beiläufig ein anderer Hund erwähnt, der Rousseaus Exil in Môtiers im Val de Travers nach der Verurteilung des *Émile* (und der Verpflichtung, Frankreich zu verlassen) mit ihm teilt. Ihre Geschicke sind eng miteinander verknüpft, und der neue Hund wird Jean-Jacques zum *Gefährten in der Verfolgung,* wenn dieser körperlich bedrängt und angegriffen wird, so bei einer nächtlichen «Steinigung» durch die feindselige Bevölkerung am 8. September 1765.[8] Diese Hassausbrüche *erschrecken* den Hund, der hier unter dramatischeren Umständen «Wächter» (vgl. *Confessions* IX, S. 433/428) ist, ebenso sehr wie ihn. Rousseau, der Romancier der Pädagogik, hatte seinen *Émile* in den Jahren 1758 bis 1760 verfasst, als er das lebendige Beispiel der Anhänglichkeit *Ducs* vor Augen hatte; während diese Abhandlung der Nützlichkeit der Freundschaft zwischen Kind und Hund breiten Raum gibt[9], erweist sich hier ein anderer Hund im wirklichen Leben des jetzt zensierten, in Verruf gebrachten und schikanierten Autors als *Gefährte in der Verfolgung!* Die enge Verbindung mit dem «Hund, dem Begleiter der Spaziergänge», festigt sich und wird unter derartigen Umständen noch enger. Als er seinen Aufenthalt auf der St. Petersinsel beschreibt, erwähnt Jean-Jacques in der Tat erneut wie beiläufig, aber liebevoll einen Hund. Dieser hat ihn regelmässig bei seinen Träumereien im Boot begleitet (allein mit der personifizierten Natur, die er als Mutter anredet) und dazu gebracht, diese abzukürzen, da dieser Vierfüsser die Spaziergänge auf dem festen Land und die körperliche Anstrengung vorzog![10] «Ich streifte dann allein auf diesem See umher, näherte mich manchmal dem Ufer, legte aber nie an. Oft liess ich mein Boot von Wind und Wasser treiben und überliess mich ziellosen Träumereien, die, wenn auch töricht, darum nicht weniger süss waren. Manchmal rief ich gerührt aus: ‹O Natur, o meine Mutter! Hier bin ich ganz unter deinem Schutz. Hier drängt sich kein listiger und schurkischer Mensch zwischen dich und mich.› So war ich vom Lande wohl eine halbe Stunde fern. Ich hatte gewünscht, dieser See wäre ein Ozean gewesen. *Indes verfolgte ich meinem armen Hund zuliebe, der so lange Wasserfahrten weniger liebte als ich, gewöhnlich ein bestimmtes Ziel*; das war die kleine Insel, wo ich an Land stieg, eine oder zwei Stunden spazierenging oder mich oben auf dem Hügel auf den Rasen streckte, um das Vergnügen auszukosten, diesen See und seine Umgebung zu bewundern, um alle in meinem Gesichtskreis stehenden Kräuter zu untersuchen und zu zergliedern und um, wie ein zweiter Robinson, mir ein Phantasiehaus auf dieser kleinen Insel zu bauen.» (*Confessions* XII, S. 644/ *Bekenntnisse* XII, S. 633)

Die Gegenwart des Hundes begünstigt die Identifikation mit dem Romanhelden. Die «robinsonhafte» Sehnsucht kehrt sich allerdings um: Wo Defoes Protagonist, obwohl auch er seinen Hundegefährten liebte, über sein Inseldasein *klagte* und sich danach sehnte, seine unberührte Insel zu verlassen und seine Artgenossen in der zivilisierten Welt wiederzutreffen, beklagt Jean-Jacques, dass er seiner Meinung nach *nicht genügend* in der Einsamkeit abgekapselt lebt[11], und sehnt sich nach einer noch viel radikaleren Absonderung.

In Rousseaus ständigem Streben, ein Bildnis von sich selbst zu zeichnen, ist die Neigung, sich mit einer Romanperson (einem «Robinson mit Hund») zu identifizieren, signifikativ. Da es sich um das Porträt handelt, das Jean-Jacques von sich und zugleich von der Grundbefindlichkeit des Menschen, der *allein* einem Hund zärtlich zugeneigt ist, entwirft, verbinden sich mehrere Paradigmen: Diogenes, der Zyniker, der allem entsagt und sich einredet, dass seine sogenannten «Artgenossen» in Wirklichkeit *Maschinen* sind, und ihnen die «Menschlichkeit» der Hunde vorzieht[12]; der Heilige Rochus, der pestkranke Einsiedler und ewig Umherirrende, mit einem Hund an seiner Seite; Odysseus, der seine Irrfahrt in der Gestalt eines nichtswürdigen Mannes beendet, den die anderen nicht erkennen und verachten ... In der vorliegenden Studie werden wir versuchen, diese vielfältigen, einem vertrauten und *lebendigen* literarischen Erbe entnommenen Modelle zu rekonstruieren und Rousseau wieder in diesen Kontext von *Darstellungen* zu bringen, der den Raum seiner innersten Gefühle bildete.

Die Treue von Argos

Für Rousseau wie für alle Autoren des 18. Jahrhunderts bleiben Homers epische Gesänge ein unerreichtes dichterisches Modell.[13] Die Quintessenz der Geschichte, die universellen und tiefen Wahrheiten über die Natur des Menschen finden sich in dieser unerschöpflichen «Quelle» der Weisheit. Und dieser Heldendichter hat dem Hund des Odysseus am Ende seiner *Odyssee* ein ergreifendes Loblied gesungen. Während der ganzen Zeit der Irrfahrten auf dem Mittelmeer hat dieser Hund, einst der treue Gefährte des Königs, in Ithaka ein sesshaftes Leben geführt und sich nicht fortbewegt. Er ist gealtert, seine Schönheit und Agilität – und damit sein Wert in den Augen der undankbaren Menschen – sind mit den Jahren geschwunden. Elend liegt er da, vergessen und anonym. Ein unwürdiger Schatten dessen, was er einmal war, ist er wie eine nutzlose Kreatur verstossen und ausgeschlossen worden. Opfer bemerkenswerter Erniedrigung und Undankbarkeit, war dieser alte, vernachlässigte Hund von keinerlei Zuneignung

LOST laſt Saturday Night between Mincing Lane and North Audley-ſtreet, a Bank Note, Number K. 207. October 5, 1765, payable to Daniel Race for 30 l.

Whoever will bring the ſame to Sir George Colebrooke, Bart. and Co. behind the Royal Exchange, ſhall have Five Guineas Reward.

Payment is ſtopped at the Bank.

LOST laſt Saturday Evening, between Kenſington and Chiſwick, a little brown Dog, with ſhort Ears and a ſhort curled Tail.

Whoever brings him to Mr. Pulleyn's, Grocer, by the Rivers Side, ſhall have Five Shillings Reward.

No greater Reward will be offered.

LOST on Thurſday the 27th of February, between Limehouſe-Bridge and Brook-ſtreet, Ratcliff, three Paper Parcels, containing one Apron, one Pair of treble Ruffles, one double Handkerchief, one dreſs ditto, and one Tucker, all Dreſden Work, one Dozen of black Barcelona Handkerchiefs, and eleven ditto of ſundry Colours.

Whoever has found the ſame, and will bring them to Mrs. Barnfield, in Brook-ſtreet, Ratcliff, ſhall receive two Guineas Reward, and in Proportion for any of them. If offered to be pawned or ſold, pray ſtop them, and you ſhall have the ſame Reward.

J.-J. Rousseaus Vermisstmeldung seines Hundes Sultan im Public Advertiser, London, 4. März 1766 («Lost last Saturday evening»)

Argus der Hund des Ulysses, Titelkupfer aus A.F.J. Freville: Geschichte berühmter Hunde, Leipzig, 1797

mehr umgeben. Es ist daher um so bemerkenswerter, dass er seinem alten Herrn, der seit so langer Zeit verschwunden war, eine *Treue* bis zum Äussersten beweist – und dies ohne sich darum zu scheren, ob dieser ruhmbedeckt oder in Schande zurückkehrt.

Als Odysseus *inkognito* nach Ithaka zurückkehrt, ist Argos in der Tat der einzige, der ihn in seiner Verkleidung als Bettler wiedererkennt. Odysseus ist nach einer sehr langen unfreiwilligen Irrfahrt bitter enttäuscht von seinen einstigen Untertanen, die zu vergesslichen und undankbaren Usurpatoren geworden sind. Der Hund bildet also die einzige Ausnahme. Nach einer ebenso langen Trauer, in die sein endloses Warten ihn gestürzt hatte, empfindet der Hund eine späte und heftige Freude – aber die Prüfung ist zugleich grausam, denn die Situation verlangt, dass Odysseus ihm die kalte Schulter zeigt und weder mit ihm sprechen noch ihn streicheln kann.[14] In seinem geliebten, in Ungnade gefallenen Argos konnte Odysseus sein Spiegelbild erkennen.

Jean-Jacques Rousseau ist nicht müde geworden, mit Homer zu schreiben und in enger Vertrautheit mit Odysseus und Telemachos zu leben. Schrieb er nicht bereits stolz im *Carnet de Route* einer Schiffahrt um den Lac Léman (1754): «Hat meine Reise nicht etwas Homerisches?»[15] Durch die Analogien, die ihm die Zufälle und Irrfahrten seines eigenen Lebens boten, hatte er allen Grund, bei der erschütternden Episode des emotionsgeladenen, echten und heimlichen Wiedersehens von Odysseus und Argos zu erbeben.

Der Hund des Odysseus ist ein *berühmter Fall,* der repräsentativ für den «hohen Ton» ist. Zahlreich sind die späteren Werke wie etwa Plutarchs *Leben berühmter Männer,* über die Rousseau lebenslang meditiert hat und die analoge Beispiele von Hunden berichten, die im Lauf der Geschichte Potentaten begleitet haben. Sogar der Artikel «Chien» in der *Encyclopédie* verweist noch auf die Autorität der *antiken* Textsammlungen (ergänzt um eine Bemerkung, die sich auf die *Geschichte der französischen Könige* bezieht): «Der Hund [von] Xanthippos, des Vaters von Perikles, war der Held der Rasse: Als sich sein Herr ohne ihn nach Salamis eingeschifft hatte, stürzte sich das Tier ins Wasser und schwamm dem Schiff hinterher. Der Hund ist das Symbol der Treue. Die Anhänglichkeit, die manche diesem Tier erweisen, grenzt an Wahnsinn. *Henri III. liebte die Hunde mehr als sein Volk.*» («Chien», S. 331)

Der Rassehund ist ein *königliches* Tier. Bei der Darstellung einer extremen Zuneigung eines Monarchen zu diesem blind ergebenen Anhänger verblüfft stets der Kontrast zwischen der herausragenden Qualität des Herrn und dem *Tier,* das ihm lieb und vertraut ist. Im 17. Jahrhundert liebte König Charles II. von England seine Hunde so abgöttisch, dass er mit ihnen schlief.[16] Im Zusammenhang mit einem Prunkschiff, das schmutzig wurde, weil der König einen Hund mitgenommen hatte, notiert Samuel Pepys: «[...] darüber lachten wir, und ich dachte bei mir, dass ein König und alle, die zu ihm gehören, auch nicht anders als normale Menschen sind»[17] (Mai 1660). Anlässlich des Todes eines Hundes hatte dieser Monarch nicht gezögert, eine kleine Anzeige im *Mercurius politicus* erscheinen zu lassen, wie Jean-Jacques Rousseau es ein Jahrhundert später in anderen Londoner Zeitungen tun wird.[18] In der letzten Nacht seines Lebens lag er in einem Bett, in dem ihn seine Haushunde umgaben.

LE DEVIN
DU VILLAGE
INTERMÉDE
RÉPRÉSENTÉ A FONTAINEBLEAU
Devant leurs Majestés
les 18. et 24. Octobre 1752.
ET A PARIS PAR
l'Academie Royale de Musique
le 1.er Mars 1753.
PAR
J. J. ROUSSEAU.
Gravé par M.elle Vandôme, depuis la 1.re Planche jusqu'à la 60
Prix 9.ll l.
A PARIS
Chez M.dme Boivin, rue S.t Honoré a la Regle d'Or.
M.r le Clerc, ruë du Roule à la Croix d'Or.
M.elle Castagnerie, ruë des Prouvaires.
Et à la Porte de l'Opera.
AVEC PRIVILEGE DU ROY.

Rousseau: Le devin du village, 1752, Titelblatt

Jean-Baptiste Oudry: Misse und Turlu (die Jagdhunde von Louis XV), 1725

Die Königin Frankreichs, Marie Leczinska, Jean-Jacques' Zeitgenossin und Förderin seiner musikalischen Unternehmungen, bezeugte die Zuneigung, die er für seine Hündin empfand und die sich darin äusserte, dass er «hundertmal in der Nacht aufstand, um sie zu suchen».[19] Ihr Mann Ludwig XV. – der die Oper *Le Devin du village* so sehr schätze, dass er sich vor Rousseau verbeugen wollte (18./19. Oktober 1752) – stand ihm in nichts nach: Dufort de Cheverny zufolge soll er die Angewohnheit gehabt haben, die Zuneigung seines Hundes zu erwähnen, um die gekünstelten Liebenswürdigkeiten der Schmeichler zu relativieren: «Der König hat einen Hund der Rasse *King Charles;* dieses Tier ahnte, wem es gehörte: Der König war der einzige, den es liebkoste, und er fühlte sich um so geschmeichelter, *als er wusste, dass dieses Tier – vielleicht als einziges Wesen – ‹ihn um seiner selbst willen liebte›.*»[20] Gerade ein König wird also durch die Tatsache, dass er aufgrund der Würde seines Amtes und weil er Anlass hat, allen zu misstrauen, ausserordentlich *isoliert* ist, ganz natürlich dazu gebracht, sich mit der erlaubten Vertraulichkeit mit seinen Hunden über seine Einsamkeit hinwegzutrösten. Und Rousseau teilt sowohl diese tiefe Überzeugung, allein zu sein, als auch dieses allgemeine Misstrauen.

Der Vorgänger Montaigne

Unter den Autoren, über die Rousseau nachdenkt und die er bewundert, die ihrer Sympathie für die Beziehung zwischen Mensch und Hund Ausdruck gegeben haben, nimmt Montaigne einen privilegierten Platz ein: Er interessierte sich insbesondere für den sprachlichen Austausch der Hunde untereinander und die Kommunikation mit ihren menschlichen Herren. Mal äussert er allgemeine Wahrheiten über das Verhalten der Hunde, mal geht er von eigenen Beobachtungen und der eigenen Erfahrung aus. Er belebte ausserdem eine Beispielsammlung antiker Anekdoten wieder, die von den historischen Veränderungen unberührt geblieben sind, da sie bereits aus derselben autorisierten Quelle (Plutarch) schöpfen, die später Rousseaus Lieblingslektüre sein wird.[21] In seinem Essai *Über die Lügner* erinnert sich Montaigne an die besondere Gefährtenschaft, die Augustinus hervorhebt: Ein Mensch und sein Hund sympathisieren miteinander, *obwohl sie keine gemeinsame Sprache haben:* «Ein alter Kirchenvater sagt, in der Gesellschaft eines Hundes, den wir kennen, führen wir besser als in der eines Menschen.» (*Essais* I, 9, S. 23)[22] Die Anspielungen auf das dem Hund oder der Katze zugestandene Spiel verraten einen sensiblen Montaigne, der sich den Haustieren sehr nahe fühlt. Die Beziehung, die ihn mit seinem Hund verband, war von dem literarischen Erbe geprägt und wurde vor allem in der Erinnerung an die berühmte Beziehung zwischen Xanthippos und seinem Hund[23] (*Essais* II, 11, S. 216) gelebt. Doch Montaigne kennt die *relativen* Gesichtspunkte, die in einer Beziehung vorherrschen, auch aus Erfahrung. Es gibt einen Gegenseitigkeitsvertrag, der rätselhaft bleibt. Hinter der Fassade eines stillschweigenden Teilens auf der Ebene des Verhaltens bleibt die Frage bestehen: Was investiert der geheimnisvolle Andere, das Tier, der Partner des Spiels wirklich in seine spielerische und zärtliche Beziehung zum Menschen? Der Autor bescheinigt den Hunden, dass sie ihre Stimmungen oder sogar ihre Meinungen *mitteilen:* «[...] sind wir zu einer gewissen Achtung und allgemein menschlichen Haltung [den Tieren gegenüber] verpflichtet – und nicht nur ihnen gegenüber, die Leben und Empfindung haben, sondern ebenso gegenüber den Bäumen und Pflanzen. Den Menschen schulden wir Gerechtigkeit, aller anderen Kreatur jedoch, die dafür empfänglich ist, Freundlichkeit und Wohlwollen. Es bestehen mancherlei Beziehungen zwischen ihnen und uns, und mancherlei wechselseitige Verbindlichkeiten.

Ich selbst bin aufgrund meiner kindlichen Natur so weichherzig (ich scheue mich nicht, es zuzugeben), dass ich meinem Hund das Herumtollen kaum verweigern kann, das er mir meist im unpassendsten Augenblick anbietet oder abzubetteln sucht.» (*Essais* II, 11, S. 216) – «Diese Unfähigkeit zur Kommunikation zwischen ihnen und uns – warum sollte sie nicht ebenso unsre sein wie ihre? Es bleibt eine offene Frage, wessen Fehler es ist, dass wir uns nicht verstehen, denn wir verstehn sie keineswegs besser als sie uns. So können sie uns mit gleichem Recht für vernunftlose Tiere halten wie wir sie. [...] Und da es, wie die Geographen behaupten, Völker gibt, die einen Hund als ihren König anerkennen, müssen sie ja seine Stimme und seine Regungen genau deuten können. [...]

Das Pferd erkennt bei einem Hund an einer bestimmten Art des Bellens, ob er angriffswütig ist; hat seine Stimme jedoch einen anderen Ton, erschrickt es nicht im geringsten.» (*Essais* II, 12, S. 224) Montaigne empört sich, dass man bezweifeln kann, dass seine Hunde miteinander «reden». Jeder, der eine persönliche Beziehung mit einem Hund, der seinen Herrn liebt, zu schätzen weiss, kann jedenfalls den reichen wechselseitigen sprachlichen Austausch beobachten, den er mit demjenigen herstellt, der der *vertrauten* Stimme *seines* Herrn gehorcht: «Warum also meinen wir, [die Tiere] sprächen nicht miteinander? [...] Sie sprechen ja auch mit uns, und wir mit ihnen. Auf wie vielerlei Art reden wir beispielsweise mit unsren Hunden – und sie antworten uns!» (*Essais* II, 12, S. 226)[24] Ein einschneidender Moment in der Freundschaftsbeziehung zwischen einem Herrn und seinem Hund ist die durch den Tod erzwungene Trennung. Auch hier ist der bezeugte Fall der extremen Anhänglichkeit des Herrn Xanthippos seinem gestorbenen Hund gegenüber das *Referenz*beispiel.[25] Er erweist der rührenden *Treue,* die der Hund ihm als erster bewiesen hat (er wollte diesem Feldherrn im Augenblick einer Trennung folgen), die Ehre. Und wie viele Hunde (deren Andenken die Antike uns überliefert), die ihren Herrn überlebt haben, haben eine unverbrüchliche *Treue* über den Tod hinaus bewiesen?[26] Bezeugt durch zahlreiche antike *exempla,* beweisen die Echtheit der Trauer dieser Hunde und ihre *Treue* ihrem Herrn gegenüber, dass sie noch lange nach dessen Tod von einem *Bild* ihres Herrn durchdrungen sind.[27]

Montaigne räumt eine gewisse Ungeschicklichkeit im Alltagsleben, ja gar Inkompetenz ein (er kann weder «die Hunde richtig ansprechen» [*Essais* II, 17, S. 319] noch sie «verarzten» [*Essais* II, 17, S. 324]). Doch er kennt nicht nur die gelehrten Anekdoten, die über die Treue der Hunde zusammengetragen worden sind, er beweist auch eine ganz reale Anhänglichkeit *seinem* Hund gegenüber. Dies wird in der ernsten Stunde, in der die Konsequenzen des Todes zu bedenken sind, beiläufig aus einer Aufzählung einiger ihm teurer Dinge deutlich, deren Verlust ihn sehr schmerzen würde.[28] Als Leser von Montaigne[29] teilt Rousseau dessen Interesse für die Beziehungen zu den Tieren und schliesst sich seinem Plädoyer für die Anerkennung einer echten Anhänglichkeit an. Bei ihm wird der Anteil gelehrter Anekdoten jedoch in dem Masse kleiner, in dem der Anteil seiner persönlichen Erfahrung grösser wird.

Streunende Hunde

Dem «Gefährten des einzelgängerischen Philosophen» verwandt, taucht der Hund immer wieder im pikaresken Roman auf. Im 17. Jahrhundert hatte die Neuheit dieses Genres darin bestanden, dass der Held – ein Taugenichts – ein banales und völlig unheldenhaftes Leben führte. Rousseau neigt dazu, sich mit dem bemitleidenswerten *picaro,* Waisenkind, Vagabund und Glückssucher, der ständig verspottet und verfolgt wird, zu identifizieren. Und auf der Ebene der diskursiven Möglichkeiten ist die Gattung des *Bekenntnisses,* die er für seine Autobiographie wählt, eine Wiederaufnahme der Form, die durch den *Lazarillo de Tormes* oder den *Guzman de Alfarache* ausgeprägt wurde.[30]

Jeder – selbst der auf der niedrigsten sozialen Stufe Stehende – kann versuchen, eine Beziehung zu einem Hund aufzubauen[31]; die menschlichen Verfolger bleiben dagegen durch die Immunität geschützt, die ihre mächtigen Privilegien ihnen garantieren. Der *Guzman de Alfarache,* der prägende Prototyp des Genres, dem in Frankreich im 18. Jahrhundert ein langanhaltender Erfolg beschieden war, bietet die Anekdote des Narren, der sich an einem Hund rächt (und die erlittene Schmach wieder gutmacht), indem er ihn im Schlaf mit einem schweren Stein zerquetscht. Die Episode mündet in die

Formulierung einer allgemeinen Maxime durch den Henker – *semper cave inimicum,* eine Lektion, die um den Preis einer schmerzlichen Erfahrung gelehrt wird. Immer wieder ist der Hund, der schlecht behandelt wird, wie in einem Spiegel der privilegierte Doppelgänger des *picaro.* Wie der «Hund, der auf seine Kosten ausgebildet wird», ist dieser gezwungen, ständig auf dem Quivive zu sein: Umgeben von Feinden, wird er ununterbrochen von den Lebensumständen gebeutelt.[32]

Im Prolog zu seinem *Don Quijote* greift Cervantes zweimal zu dem «pikaresken Zwang» der Fabel des «Narren und des verfolgten Hundes» (Parodie des Modells von Alemán).[33] Die «Lektion» betrifft diesmal den Steinwerfer: Heftig verprügelt vom Herrn eines dieser gequälten Tiere, behält er das manische Verhalten des Steinigers bei, fügt den Hunden nun jedoch kein wirkliches Leid mehr zu.[34]

Meist ist die Beziehung zwischen *picaro* und Hund eine Beziehung der Komplizenschaft. Selbst der grösste Einfaltspinsel, der Niedrigste in der Hierarchie, der Unterdrückteste, der ärmste Bettler hat seinen Hund.[35] Die Gesellschaften der «Armenhäuser», die streng organisiert sind, regeln die genauen Beziehungen zwischen den Bettlern und ihren verschiedenen Hunden.[36] Ein später *Picaro*-Philosoph, wird der Diener Jacques in Diderots Roman den weisen Ausspruch tun: *Jeder hat seinen Hund*[37]. In den *Confessions* reiht sich Rousseau zunächst in die pikareske Tradition ein, wenn er, als er die Ereignisse der frühen Perioden seines Lebens schildert, zweimal zu *Vergleichen* mit wenig glanzvollen Hunden greift. Es handelt sich um Übernahmen aus Fabeln, die in Form von Sprichwörtern in den Volksmund übergegangen sind (beispielsweise die Identifikation mit der wenig ruhmreichen Gestalt eines Diebes, der schuldig ist, sich an der allgemeinen Plünderung zu beteiligen): «[...], *und wie der Hund, der aus der Fleischerei kommt,* schleppte ich von dem Stück, das ich nicht hatte retten können, meinen Brocken weg» (*Confessions* V, S. 215/*Bekenntnisse* V, S. 214).[38] In der Tat wimmelt es im pikaresken Roman von Sprichwörtern[39], in denen Hunde vorkommen, und von zahlreichen herabsetzenden und burlesken Vergleichen, in denen die Hunde ebenfalls in einer schlechten Position sind, das heisst, die Rolle des Opfers spielen: «Es ging mir wie dem mageren Hund, den alle anderen anbellen und dem alle die Zähne zeigen, den alle umringen und der auf sie losgeht, ohne auch nur einen zu beissen.»[40]

Hunde von Gefangenen

An der Wende vom 17. zum 18. Jahrhundert ist die Erwähnung von Hunden[41] in der Bastille in den Zeugnissen von dort eingesperrten Memoirenschreibern ein besonders spannendes Motiv. Pseudomemoiren (geschrieben von einem echten Gefangenen) erwähnen einen Hund, der abgerichtet worden war, *Botschaften vor der Nase der Kerkermeister zu überbringen.*[42] Diese erstaunliche Funktion als *Briefträger*-Hund finden wir in mehreren Berichten. Renneville, der nach seiner Freilassung endlose und frei erfundene Memoiren über das Leben in der Festung verfasst hat, schildert den Fall der Hündin eines Kerkermeisters, die als Kurier für die heimliche Weiterleitung der Post eingesetzt wurde.[43] Er bietet übrigens eine komische Variante des Merkur in

Hundegestalt: Dem Bellen eines Hundes, auf das ein Gefangener, den die Einsamkeit verrückt macht, unablässig lauert, wird die (natürlich eingebildete) Fähigkeit verliehen, mit der Stimme zu «telegrafieren».[44]

Im 18. Jahrhundert sicherte der Status als Staatsgefangener eine gewisse Bekanntheit: Interessant für die Intelligentsia der besseren Gesellschaft, war er einer Karriere als Autor förderlich (Voltaire, Diderot, Baculard d'Arnaud usw.). Jean-Jacques Rousseau allerdings hat *keinen* Aufenthalt im Gefängnis vorzuweisen. Der Status des *Eingesperrten* erscheint ihm auf tiefere Weise erstrebenswert: Sich nach der *Zurückgezogenheit* fern der «bösen» Artgenossen sehnend, vergleicht er die Vorteile, die dieser Zustand bietet (Entsagung und Einsamkeit), mit jenen eines Schiffbruchs auf einer *unbewohnten* Insel: «Hundertmal habe ich gedacht, dass ich in der Bastille gar nicht so unglücklich gelebt hätte, da ich dort nichts anderes zu tun brauchte, als dort zu bleiben» (Brief an Malesherbes, 4. Januar 1762, in: *OC I*, S. 1132); «[...] und ich habe oft gedacht, dass ich in der Bastille oder selbst in einem finsteren Verlies, in dem mir kein Gegenstand in die Augen fiele, noch immer angenehm hätte träumen können» (*Les Rêveries,* in: *OC I*, S. 1048/*Die Träumereien,* S. 702/03). Die positive Rolle, die die Hunde für die Gefangenen spielen, ist daher nur natürlich: Sie ist vergleichbar mit der, die Robinsons Hunde während seines Exils auf der unbewohnten Insel in Defoes Roman spielen.

Robinson Crusoe: der Hund des Insulaners und des Schiffbrüchigen

In Defoes berühmtem Roman betont Robinson zweimal[45] die Heldentaten von Hunden, die wie er gestrandet sind und sich ins Meer gestürzt haben, um ihm auf die Insel zu folgen. Für den Schiffbrüchigen wie für den Gefangenen lindert die Anwesenheit eines Hundes entscheidend das Gefühl der Einsamkeit. Gewiss, auch mit einem Hund bleibt dieser Zustand bestehen (was das Abgeschnittensein von *Artgenossen* betrifft), aber er wird spürbar *verbessert.* In seinen Erinnerungen gedenkt Robinson voller Dankbarkeit seines Hundes und seiner Rolle als treuer und mutiger «Gefährte», die er für ihn gespielt hat. Dennoch bleibt die Beziehung unbefriedigend aufgrund eines schmerzlichen Mangels: der Unmöglichkeit, sich mit seinem Hund *zu unterhalten.*[46]

Robinsons *Einsamkeit* in einer natürlichen Umwelt ist das, was Jean-Jacques im vierten Buch des *Émile* am meisten bewundert. Im Rahmen seines provozierenden Anliegens verschweigt er die tröstende Gegenwart des Hundes[47], unterstreicht aber an anderer Stelle den Wert eines solchen Tieres, das für das Kind ein vertrautes Element wird[48]. Emil wird später als ein «einsamer Robinson mit Gewehr und *Hund*» dargestellt; im Rahmen eines Plädoyers für die *einsamen* Eskapaden des Schüler-Jägers, der die Welt entdecken will, werden derartige Ausflüge als unendlich gewinnbringender bezeichnet als die zivilisierten Jagden, die nach erbärmlichen Konventionen gemeinsam unternommen werden.[49]

Rousseau hat sich selbst mit einem «Robinson mit Hund» identifiziert. Wir haben es gesehen, das Bild taucht in der (positiven) Beschwörung der St. Petersinsel und seiner

Spaziergänge halb an Land, halb auf dem Bielersee auf (*Confessions* XII, S. 644/*Bekenntnisse* XII, S. 633). Die Einsamkeit in einer natürlichen Umgebung wird als das hervorstechende Merkmal hervorgehoben. Gleichwohl ist Rousseau nur ein «müssiger» Robinson, der in aller Ruhe die Natur geniessen und botanisieren kann, anstatt zu kämpfen, um seine Insel zu zivilisieren! Seine Situation erinnert nichtsdestoweniger an die «gelinderte» Einsamkeit Robinsons und lädt zum Vergnügen der Identifikation mit der Romanfigur ein: Die Erwähnung der *Gesellschaft des Hundes* ist diesbezüglich ein zusätzlicher gemeinsamer Nenner.

Das Bild des von seinen Artgenossen abgeschnittenen und mitten in der Natur verlorenen Robinson taucht erneut in der Zeit seines letzten Aufenthalts in Paris auf und stiftet eine gewisse Kontinuität in Bezug auf die Erlebnisse auf der St. Petersinsel. Für Jean-Jacques existiert eine im wahrsten Sinne des Wortes «ontologische» Situation des Schiffbrüchigen, der sich auf eine einsame Insel gerettet hat (die von Menschen wimmelnde, turbulente abgelehnte Hauptstadt wird in der Vorstellung durch eine *realere* innere «robinsonsche» Landschaft ersetzt[50]). Der *augustinische* Ton solcher Passagen verblüfft: «Vor allem ist es hier die Verschiedenheit der Sprachen, die Mensch und Mensch entfremdet. Denn begegnen sich zwei, die durch Umstände genötigt sind, nicht nur vorübergehend beisammen zu bleiben, und keiner versteht die Sprache des andern, dann

F.A.L. Dumoulin: Illustration zu «Robinson Crusoe» Vevey, um 1810

gesellen sich zwei stumme Tiere leichter als die zwei, die beide Menschen sind. Sobald sie sich nicht, was sie denken, mitteilen können, nützt ihnen auch die grosse Ähnlichkeit ihres gemeinsamen Wesens so wenig, dass der Mensch lieber die Gesellschaft mit seinem Hunde als mit einem fremden Menschen teilt.»[51] Geprägt durch eine gewisse Nähe zu den misanthropischen Philosophen, erinnerte *Der Gottesstaat* daran, dass beim Fluch von Babel *Mauern der Kommunikationsunmöglichkeit* zwischen den Menschen aufragten. Die Beziehung quasi «adamischer» Intimität zwischen einem Menschen und seinem Hund[52] kann von daher als ein aufwertender Referenzvergleich angesehen werden. Dieselbe Passage aus dem *Gottesstaat,* die Montaigne gefesselt hatte (als er seine Wertschätzung für die Beziehung zu einem Hund formulierte), scheint auch Rousseaus Behauptungen zu prägen, *obwohl er sich manchmal über seine Beziehung zu seinem Hund ausschweigt!* Rousseau gibt *seine* Wahrheit: Die Tugenden der *radikalen Einsamkeit* entsprechen der Weisheit und dem Glück (für die letzte Pariser Zeit wird kein Hund Robinsons mehr erwähnt). Aber wenn ein solches Glaubensbekenntnis auch die Merkwürdigkeit und Boshaftigkeit der Artgenossen anprangert[53], ist diese Beschwörung doch nicht frei von Ambiguität, denn setzt Rousseaus Vorliebe für die robinsonsche Bildwelt nicht das «zivilisierte» Vergnügen an der Lektüre des *Romans* von Defoe voraus (das einem echten Robinson auf seiner Insel versagt bliebe)?

Rousseau mit Hund und Katze, Stich nach einer Zeichnung von Jean Houel von 1759, Stich 1764

Madame de Sévigné sprach in ihren Briefen von ihrer Zuneigung zu ihrer Hündin *Marphise.* Während ihres melancholischen Aufenthalts 1675 in Rochers vertraute ihr die Prinzessin von Tarent den Spaniel *Fidèle* («den schönsten kleinen Hund von der Welt») an. Die Briefschreiberin erzählt, wie sie sich aus Skrupeln der in Paris zurückgebliebenen Hündin gegenüber gegen die Liebe auf den ersten Blick gewehrt habe. Sehr kategorisch in ihren Gefühlsregungen, kämpfte sie gegen die Versuchungen dieser neuen Zuneigung, bevor sie erkannte, dass sie ihnen erliegen würde.[54] Als handelte es sich um Bedenken hinsichtlich eines amourösen Abenteuers (ist nicht Madame de La Fayette ihre beste Freundin?), bildeten die Entwicklung eines Widerstands gegen die Verführung durch einen kleinen Hund vor dem Hintergrund drohender Untreue (sie erklärte, «nach dem Meisterstück zu streben, nur einen Hund zu haben»[55]) und das fortschreitende Weichwerden, bis sie schliesslich *nicht mehr widerstehen kann,* den Stoff des Briefwechsels.

In den *Confessions* erweist Rousseau der Briefkunst der Madame de Sévigné die Ehre, indem er sie als Vorbild auf ihrem Gebiet zitiert, als er entsprechende Qualitäten bei einer Comtesse lobend hervorhebt.[56] Es gibt bei ihm einen kurzen «Briefroman» um die Ereignisse, die mit dem Leben des geliebten *Turc* verbunden sind, den er von 1756 bis 1761 gehabt hat. Die Trauerzeit (Juli 1761) ist in dieser Hinsicht besonders bemerkenswert. Da er verletzt worden war, musste *Turc* getötet werden. Das Leitmotiv, das damals dem trauernden Rousseau im Kopf herumspukt und das zugleich durch die Antworten seiner Briefpartnerinnen geistert, ist die verstärkte Bedeutung, die der Verlust dadurch bekommt, dass beteuert wird, der Hund habe die Bezeichnung *Freund* verdient: «Was muss ich da hören! Ich teile Ihren Schmerz, ich bin selber ganz verzweifelt darüber, der arme *Turc,* wie schade, *es gibt so viele Freundinnen* [sic], *die ihm nicht das Wasser reichen konnten,* mein Beileid auch von ganzem Herzen an Mlle Le Vasseur.»[57] In seiner Antwort auf die Beileidsbekundungen begrüsst Rousseau den «anthropomorphisierenden» Gefühlston und bestätigt den überaus grossen Kummer, in den dieser Tod ihn stürzt: «Mein armer *Turc* war nur ein Hund, aber er liebte mich, er war sensibel, selbstlos, umgänglich. Ach ja! *Wie Sie sagen, wie viele sogenannte Freunde konnten ihm nicht das Wasser reichen...* Ich kann mich mit nichts beschäftigen, selbst die Romane langweilen mich.»[58]

Sechs Monate nach diesem Todesfall ist die von Trauer überschattete Erinnerung immer noch so lebendig, dass sie einem von Rousseaus schönsten Briefen einen bewegenden Unterton verleiht. Fünfzig erst, blickt der Autor voller Wehmut auf die besten Tage seines Lebens zurück. Wie bei Montaigne drängen sich die Momente der Einsamkeit *in Begleitung seines Hundes* als die schönsten Erinnerungen auf. Die vertraute Beziehung zum eigenen Hund ist von der Erinnerung an ein episches Paradigma (der beste Freund von Vergils Aeneas) inspiriert: «Was glauben Sie, Monsieur, an welche Zeiten ich mich am häufigsten und liebsten in meinen Träumen erinnere? [...] Es sind [die Vergnügen] meiner Abgeschiedenheit, es sind meine einsamen Spaziergänge, es sind diese flüchtigen, aber köstlichen Tage, die ich ganz mit mir allein verbracht habe [...] *mit meinem geliebten Hund, meiner alten Katze,* mit den Vögeln auf dem Land und den Hirschkühen des Waldes, mit der ganzen Natur und ihrem unvorstellbaren Schöpfer [...]. Ich brach auf, wenn die Sonne hell schien, *mit dem treuen Achate,* eilig, aus Furcht, jemand könnte kommen und mich zurückhalten, bevor ich mich hätte aus dem Staub machen können [...]. Mit ruhigem Schritt suchte ich einen unberührten Ort im Wald, einen einsamen Ort, wo nichts die Hand des Menschen verriet und von Knechtschaft und Unterdrückung kündete, einen Zufluchtsort, an dem ich glauben konnte, ich hätte ihn als erster betreten [...]. Ich kehrte langsam zurück, etwas müde im Kopf, aber mit glücklichem Herzen [...]. *Mein Hund war mein Freund, nicht mein Sklave; wir hatten stets den gleichen Willen, aber niemals hat er mir gehorcht.*» (Brief an M. de Malesherbes, 26. Januar 1762, in: *OC* I, S. 1139–1141)

Die Trauer über einen Haushund ist ein einschneidendes Gefühlserlebnis. Dadurch dass der Brief das Band als echte *Freundschaft* bezeichnet, passt das *persönliche* Bekenntnis des Briefes die positiv besetzten kindlichen Affekte, die im pädagogischen Roman präsentiert wurden (*Émile* IV, in: *OC* IV, S. 500 u. 689/90). dem Alter der Reife an.

Das Ende von Casanovas Leben war von einem ähnlichen Kummer überschattet, der ebenfalls vom Tod eines Hundes verursacht wurde. Zurückgezogen im Schloss in Dux lebend, wo er, fern von den glänzenden Erfolgen in den Salons und bei den Frauen, seine berühmten Memoiren schrieb, fand dieser einsame und vom Leben gebeutelte alte Mann Trost in seinem Elend bei einem reinrassigen weiblichen Welpen, einer «deutschen Dogge von kleinem Wuchs». Als er Ende 1791 vor den Verfolgungen der Bediensteten floh, nahm Casanova *Mélampyge* ins Schloss im benachbarten Oberleutensdorf mit. Über ihren Tod im Februar 1794 empfand er tiefen Schmerz[59], und er bereitete das Wiedersehen mit ihr im Jenseits vor, indem er ihr ein langes Gedicht widmete[60].

Der Besuch beim Literaten mit Hund

Es gibt Fälle, in denen die Gegenwart von Hunden im Leben eines Literaten nicht mit Stillschweigen übergangen werden kann. Der Besuch, den der junge Louis Sébastien Mercier (neunzehnjährig) dem fast neunzigjährigen Crébillon père 1759 abstattete, der abgeschieden inmitten seiner zahllosen Hunde lebte, gab Anlass zu einem bemerkenswerten *Bericht.*[61] Die zurückgezogene Existenz unter den Tieren scheint eines der Signale gewesen zu sein, die es dem Erbe Corneilles und Racines erlaubten, seiner Misanthropie *Ausdruck zu verleihen*: «Wenn man ihn nach dem Motiv fragte, das ihn zu dieser tiefen Einsamkeit veranlasst hatte, antwortete er: *Weil ich die Menschen kenne.* Aber er sagte das ohne Bitterkeit und mit der Kaltblütigkeit eines Philosophen, der bedauert, dass seine Mitmenschen böse sind.»[62] Bei seinem Tod lässt er «zehn Katzen und zweiundzwanzig Hunde»[63] verwaist zurück. Der *Bericht,* den Louis Sébastien Mercier von dem *Besuch* hinterlassen hat, den er dem grossen Tragödiendichter abgestattet hat, muss uns wohl davon überzeugen, dass die «Beschreibung eines Besuchs bei einem berühmten Literaten» eine echte *literarische Gattung* ist und dass es Sache der Autoren solcher Berichte ist, die Beziehung zum Haustier mit Hilfe repräsentativer Anekdoten richtig und so *vielsagend* wie möglich zu situieren.

Im selben Jahr, in dem Mercier in Paris Crébillon besucht, berichtet François Favre in einem Brief an einen Dritten von einem Besuch, den er Rousseau in Montmorency abgestattet hatte. Gewisse Gemeinsamkeiten in der Art, wie die beiden Literaten und Hundefreunde sich vor ihrem Besucher rechtfertigen, verblüffen. In Rousseaus Fall bemüht die Betonung der Freundschaft zum Hund einen Bestand von misanthropischen Gemeinplätzen, die sich ganz offensichtlich aus der Erinnerung an den antiken Diogenes speisen, der in sein «Fass» und zu seinen Brüdern, den Hunden, zurückkehrt, nachdem er unverrichteter Dinge von seinem Besuch in Athen und seiner Suche nach einem Artgenossen (einem ‹Menschen›) zurückgekehrt ist: «Wir sprachen über die Freundschaft. *Das ist mein bester Freund, sagte er, ich habe unter den Menschen welche gesucht, ich habe kaum welche gefunden.* [...] Wir kehrten in seine Küche zurück und setzen uns zu Tisch mit seiner Dienerin und seinem Hund wie zur Zeit der Patriarchen [...]. Während wir unseren Spaziergang fortsetzten, kamen wir auf die Freiheit zu sprechen. Rousseau hat erstaunliche Ansichten darüber, er will nicht nur frei sein, er will auch, dass alle anderen es mit ihm sind, bis hin zu seinem Hund, daher ruft er ihn niemals, damit er nur aus Freundschaft und aus freien Stücken zu ihm kommt.»[64]

Der Entzifferer des Labyrinths (Buffon)

Ein rekurrentes Motiv in den *Dialogues,* das die Quälereien ausdrückt, deren Opfer Rousseau zu sein glaubt, ist das *Labyrinth,* das diese Herren des Komplotts errichtet haben, um ihn zugrunde zu richten: «Man hat das Kunststück fertiggebracht, Paris für ihn zur Einsamkeit zu machen [...], in der er inmitten der Menschen weder Kommunikation noch Trost, weder Rat noch Licht und nichts von all dem findet, was ihm helfen könnte, sich zu verhalten, *ein ungeheures Labyrinth, in dem man ihn in der Finsternis nur Irrwege erkennen lässt, die ihn immer mehr in die Irre führen.*»[65] Jemand, der ein Schiffbrüchiger in der Stadt ist, ist gewiss allein; wie wir gesehen haben, entwickelt er seine schützende Bildwelt dank der positiven Gestalten des Inselbewohners oder des enttäuschten Diogenes[66]». Gleichzeitig ist er aber ein «in die Tiefe eines Labyrinths geworfenes Opfer» (Dramatisierung des Martyriums). Nun bietet auch das Porträt, das Buffon in seiner *Histoire naturelle* vom Jagdhund zeichnet, ein Merkmal (die Kunst, sich in einem Labyrinth zurechtzufinden, niemals die Fährte in ihm zu verlieren und ihm siegreich zu trotzen), das den Metaphern erstaunlich nahe steht, von denen der «verfolgte» Rousseau besessen ist: «Der Hund [der einer Beute auf der Spur ist] verliert durch diese Überlegenheit, die ihm Übung & Ausbildung verleihen, durch diese Feinheit der Sinne, die nur ihm zu eigen ist, nicht den Gegenstand seiner Verfolgung; er *erkennt* die gemeinsamen Punkte & *löst die Knoten des verschlungenen Fadens,* der allein zu ihr führen kann; er sieht mit dem Geruchssinn *alle Umwege des Labyrinths, alle falschen Wege, auf denen man ihn in die Irre führen wollte...»*[67] Aufgrund seiner eigenen Qualitäten wird dem Hund das Privileg zuerkannt, sich aus der Affäre zu ziehen und die richtige Spur niemals zu verlieren. Ausserdem erkennt Buffon dem Hund überlegene moralische Qualitäten zu.[68]

Rousseau wird von der Falle bedroht: Alle Menschen ausser ihm sind durch eine Komponente labyrinthischer Tücke, die sie auf bösartige Weise solidarisch macht, entmenschlicht und verdorben.[69] Rousseaus Schriften *Rousseau juge de Jean Jacques* und *Les Rêveries* verstehen sich als exemplarische Antworten auf einen böswilligen labyrinthischen Diskurs und entwickeln sich um ein anstiftendes Labyrinth (das Komplott) herum, in dem man ihn in die Irre zu führen versucht.[70] Zahllos sind die Fallensteller, die sich ausserhalb (am Rand der Falle) befinden und ihre Grausamkeit am einzigen Menschen auslassen, der nicht in ihre Bruderschaft passt *(Jean-Jacques,* der irritiert, weil er frei ist).[71]

Doch im Gegensatz zur *Figur* Jean-Jacques, die sich in ihrer herrlichen Autarkie entwickelt, zeigt das vom *Autor* Rousseau ausgearbeitete Szenario, dass ein Subjekt seine *Freiheit* nur nach der Elle seiner imaginativen Fähigkeit, ein solches Umfeld von Anstiftern von Labyrinthen *hervorzubringen*, bemisst. Nach der Hauptlehre dieser späten Selbstporträts wird eine Schöpfung vom Zwang des (wirklichen oder eingebildeten) Gefangenseins determiniert, die auf dem Schöpfer lastet. Alle anderen schliessen ihr Labyrinth hinter «ich-J.J.» und bemühen sich zugleich hartnäckig, «mich» zu verfolgen.[72] Aber lehren sie mich dadurch nicht, dass «ich» durch meine Konfrontation mit einem solchen Labyrinth existiere, und zwar in einem solchen Masse, dass ich verdächtig bin, diese (in Bezug auf mich ungleichartigen und in Bezug auf die anderen gleichartigen) feindseligen Artgenossen *konstruiert zu haben,* die sich verbissen bemühen, mich in ein solches Labyrinth einzuschliessen? Präsentiert der Text nicht nur deswegen einen solchen umschliessenden Schraubstock von «Erfindern von Labyrinthen», weil nur eine solche Anordnung es erlaubt, den Prozess des Erwerbs der Weisheit und der Gewinnung der inneren Freiheit *zur Schau zu stellen*?

Aufgrund seiner Treue war der Hund seit langem die Figur eines unbestechlichen Gedächtnisses (als Zeuge eines Verbrechens war er das *fast sichere Versprechen einer rächenden Gerechtigkeit*).[73] Die zugeordneten Qualitäten eines «Entzifferers des Labyrinths», die Buffon in Bezug auf den «weisen Hund» anführt, bestätigen ein solches positives Bild: entweder eines *scharfsichtigen* Richters, der sich durch geschickte Verleumdungen nicht hat täuschen lassen, oder des Opfers selbst, das die Intrigen zu durchschauen und siegreich aus dem Labyrinth herauszufinden vermocht hat. Durch eine solche Scharfsicht im Entwirren der in böswilliger Absicht ineinander verschlungenen Spuren wird Jean-Jacques, der sich den verleumderischen Komplotten und Lügen seiner Verfolger entzogen hat, vom Leser des *Lebens des Diogenes* und der *Histoire naturelle* unweigerlich mit dem «weisen Hund» in Verbindung gebracht, dieser emblematischen Figur einer aussermenschlichen Klarsicht, die dem geschundenen und durch die mächtige entstellende Diffamierung vorübergehend zum Schweigen gebrachten Opfer baldige Gerechtigkeit ankündigt.

«Die Hunde lieben» in «Jacques le fataliste»: Jean-Jacques verspottet?

Wie wir gesehen haben, nahm Montaigne die lobenden Anekdoten Plutarchs wieder auf, und der Athener Feldherr Xanthippos erscheint noch im 18. Jahrhundert als Muster eines Mannes, der den hervorragenden Wert der Anhänglichkeit der Hunde anerkannt hat (Artikel «Chien» in der *Encyclopédie*). Diderots Roman *Jacques le fataliste* enthält eine versteckte Anspielung auf diese Person: Anlässlich einer Anekdote, die den *Herrn* des Fabeldichters Äsop auftreten lässt, irrt sich der Erzähler, indem er diesen Philosophen *Xanthippos* (statt *Xanthos*) nennt.[74] Angesichts der orthographischen Wahl kann man davon ausgehen, dass Diderot in seinem Text die Person des Vaters von Perikles meint. Dass Äsop in der Verwechslung zum Diener eines Feldherrn und *Herrn eines Hundes* wird, ist nicht weiter erstaunlich. Die Quiproquos, die um einen mehrdeutigen Namen (der zum Angelpunkt der Interpretation wird) herum programmiert sind, sind in diesem Roman sehr elaboriert; und die Gefahr der Verwechslung zwischen verschiedenen Personen überschreitet sogar die Grenzen zwischen den Arten. Etwas weiter unten wird eine «Nicole» zuerst aus guten Gründen für die *Magd* der Wirtin der Auberge du Grand-Cerf gehalten. In Wahrheit ist sie aber das Geschöpf, das diese am meisten ins Herz geschlossen hat: eine *Hündin.*[75] Und an anderer Stelle wird die Frage gestellt: «Kann ein einfacher Personenname geschmackvoll oder geschmacklos sein? *Die Strassen wimmeln von Kötern, die Pompejus heissen.*» (S. 296; enthält dieses Plädoyer für den freien Gebrauch der Namen nicht eine Anspielung auf die Stimmungen Jean-Jacques', die sein erster Hund bei ihm auslöst?)

Diderot denkt gewiss an seinen ehemaligen Freund Jean-Jacques, als er das Quiproquo um die Hündin Nicole inszeniert und eine Diskussion über die Zuneigung, die die Hunde verdienen, entwickelt. Das Schicksal der jungen Hündin, die die Wirtin aufgenommen hat, nachdem sie gedacht hatte, sie wäre «ertrunken, als sie den Fluss durchschwamm», erinnert zunächst ganz banal an die Schwimmkünste des Hundes von Xanthippos (die von Plutarch und Montaigne gepriesen werden). Die barmherzige Wirtin nimmt dann in popularisierter Form die Gemeinplätze über die Überlegenheit der Freundschaft der Hunde über die (falsche und von Hintergedanken erfüllte) der Menschen wieder auf. Diderot wusste Bescheid über die Zuneigung Rousseaus zu seinem Hund. Er wusste, dass er nach ihrem bitteren Bruch (1758) die konventionellen misanthropischen Formeln der *Kynophilen* übernommen hatte, und kannte das ergreifende Melodram, das sich anlässlich des Unfalls von *Turc* abgespielt hatte, den er hatte töten lassen müssen (1761). Zur Zeit der Niederschrift von *Jacques le fataliste* war der Bruch vollzogen, und Jean-Jacques' wunderliche und überspannte Verhaltensweisen werden von seinen alten «Philosophen»-Freunden in Form von Anspielungen wiederaufgenommen und verspottet. Die burleske Szene der rührenden Sorge der Wirtin um *Nicoles* Verletzung[76] führt nicht nur eine interne thematische Verdoppelung ein (Erinnerung an vergleichbare Bemühungen um die Verletzung des Dieners *Jacques* durch mitfühlende Frauen)[77], sondern könnte auch eine parodistische Travestie der Stimmungen sein, in die der allzu sensible «Misanthrop» sich im Juli 1761 selbst versetzt hatte: «Ach diese Hunde, sie sind so gut, sie sind mehr wert [als jeder Mensch]...» (S. 197) «Wenn es je etwas Vollkommeneres [als einen Hund] gibt, so ist es gewiss nicht der Mensch.» (S. 197) Auf verblüffende Weise an Jean-Jacques erinnernd *(allzu häufig ist derjenige, der es als einziger verdient, unser «bester Freund» genannt zu werden, unser Hund)*, bringt die Wirtin wiederholt durch ihre beiden elliptischen Formulierungen eine Liebe zu den Tieren zum Ausdruck, die in letzter Konsequenz zu misanthropischen Überzeugungen führt: Während sie *ein enthusiastisches Plädoyer für die Güte der Hunde hält,* lassen ihre leidenschaftlichen Beteuerungen andererseits durchblicken, dass *die Menschen sie* auf der gleichen Ebene, das heisst in der Investierung privater Gefühle, *enttäuscht haben.* Die übertriebene Liebe zu einem Haustier erweist sich daher als Symptom der *Kompensation* und als Gegenstück einer Verbitterung.

Ebenfalls ein Freund der Tiere, hatte sich Montaigne dennoch nicht ins Lager der Misanthropen eingereiht. In dem kurzen Essai *Wie die Seele ihre Leidenschaften an falschen Gegenständen auslässt, wenn die richtigen ihr fehlen* hatte er gezeigt, dass er nicht auf die armseligen sentimentalen Tricks hereingefallen war, die angewandt worden waren, sondern hatte von Plutarch eine Theorie übernommen, die die verdammenswerte *Verlagerung* des Objekts demaskiert, die stattfindet, wenn ein Haustier Menschen vorgezogen wird (Verdeutlichung der *Übertragung* der – zugleich *pervertierten* – Gefühlsinvestition auf ein Ersatzziel[78]). Die Zuneigung zum Tier darf weder naiv machen noch die Klarsicht rauben: Reich an Möglichkeiten, verlangt der Gefühlsüberschwang stets ein Objekt, sei es nun ein «von Natur aus geeignetes» (menschliches) oder ein *Ersatz*objekt. Jacques und sein Herr dagegen räsonieren als «paternalistische» Frauenfeinde und formulieren von aussen kategorische Wahrheiten über die Triebfedern der Hundeliebe der *Frauen.* Die Frau (Jean-Jacques würde sich eindeutig dieser psychoaffektiven Kategorie anschliessen) wird als extrem sensibel und zu jeder Überspanntheit fähig wahrgenommen. Da diese Geschöpfe dazu neigen zu investieren und erwarten, in der Liebesbeziehung diejenigen zu sein, die empfangen, nehmen sie sich Enttäuschungen in der Liebe um so mehr zu Herzen. Die Frauen «lieben» daher «die Tiere... und ganz besonders die Hunde»: «Unsere vier Reisenden schlossen sich einander an und unterhielten sich über [...] die Wirtin, den Wirt und den Streit mit dem Marquis des Arcis, dessen Anlass Nicole gewesen war. Diese ausgehungerte und unsaubere Hündin war ununterbrochen gekommen, sich an seinen Strümpfen zu reiben; nachdem er sie mehrere Male vergeblich mit seiner Serviette davongejagt hatte, verlor er schliesslich die Geduld und gab ihr einen kräftigen Fusstritt. Und damit kam das Gespräch sogleich auf *die eigentümliche Liebe der Frauen zu den Tieren.* [...] – Der Herr: Doch bemerke ich, Jacques, die Neigung für die Tiere nicht nur bei den kleinen Leuten: ich kenne grosse Damen, die sich mit einer Meute von Tieren umgeben, ganz zu schweigen von ihren Katzen, Papageien und Vögeln. – Jacques: [...] *Sie lieben niemanden, niemand liebt sie; und sie schenken den Hunden ein Gefühl, mit dem sie sonst nichts anzufangen wissen.* – Der Marquis des Arcis: *Die Tiere lieben oder sein Herz den Hunden schenken, das ist eine absonderliche Auffassung der Dinge.*» (S. 264f) Der Zyniker Jacques legt seinerseits den Mechanismus bloss, der, ohne dass es jemand merkt, den Wunsch nach einem Hund leitet: Es geht darum, die Übermacht der *libido dominandi* zu erkennen.[79] Näher am Feuer des Bruchs (und noch zu Lebzeiten von *Turc*), hatte Diderot sich bereits zynisch über die Hunde geäussert, als er in einem Brief an einen Freund den nicht lange zurückliegenden Fall einer echten *love story* zwischen zwei Hunden aus der Nachbarschaft zitierte, *um den Idealismus der menschlichen Liebe ‹à la Rousseau› zu untergraben und ihre Ambitionen, über sich hinauszuwachsen, lächerlich zu machen.* Ein Meister der dramatischen Umschläge und der komischen Wirkungen, hatte der Briefschreiber auch ein Quiproquo um die Identität der in Frage stehenden Liebenden programmiert: Die Enthüllung der Identität des Neo-Céladon *(und, natürlich, ebenso «Neo-Saint-Preux»*[80]) war für den Empfänger eine Überraschung und zwang ihn zu einer Korrektur des Tons: «Ich würde mir etwas einbilden auf die Art, wie ich zu lieben weiss, wenn ich nicht acht Jahre am Stück auf dem Land etwas vor Augen gehabt hätte, das mich Demut gelehrt hat. Ich habe einen *Liebhaber* gesehen, der bei Regen, bei Wind, beim schrecklichsten Wetter seine Ruhe, sein Haus, alle Bedürfnisse des Lebens vergass, sich unter die Fenster des Gegenstandes seiner Liebe legte und die Nächte dort verbrachte. Sie werden vielleicht glauben, dass dieser Kavalier mindestens ein Spanier ist? Ganz und gar nicht. *Es ist ein Hund.* Aber wenn ich Ihnen sagen muss, was ich davon halte, ich glaube nicht im geringsten, dass dies aus einem sehr zarten und sehr reinen Gefühl heraus geschah. Ich glaube, dass es in *Taupins* – so lautet der Name des Kavaliers – Verhalten ein wenig Wollust gibt. Aber wenn man uns Abkömmlinge von *Céladon* genau unter die Lupe nähme, entdeckte man vielleicht auch ein wenig unreinen Eigennutz und *Taupinerei* in unseren uneigennützigsten Vorhaben und in unserem zärtlichsten Verhalten. *Etwas Hoden steckt in der Tiefe unserer erhabensten Gefühle und unserer reinsten Zärtlichkeit.»*[81] Von den gleichen Prämissen wie die Wirtin, die die Hundeliebe zum *summum bonum* (nach Art des Hundes von Xanthippos) erhebt, ausgehend, gelangte Diderot anders als sie zu sarkastischen Schlussfolgerungen und machte die Liebe herunter, indem er daran erinnerte, dass sie ursprünglich drüsengesteuert ist. Er verkehrte die Dinge also vollständig in ihr Gegenteil: Wo seine komische Figur (die unnachgiebige und hundeliebende Wirtin des Romans) schon bald Argumente finden sollte, um ihre Darstellung einer exemplarischen Liebesbeziehung zu stützen[82], hatte er zunächst die gegenteilige Meinung vertreten, wobei er sich die gleiche Anekdote zunutze machte und die *Naivität* eines Idealismus aufzeigte, der vom somatischen Substrat der Gefühle nichts wissen will, und die illusorische Position der Rousseauschen Sentimentalität ins Lächerliche zog.

Aus dem Französischen übersetzt von Michael von Killisch-Horn

1 *Rousseau juge de Jean Jacques,* Deuxième Dialogue («le Français»), in: *Œuvres complètes* I: *Les Confessions/Autres textes autobiographiques,* édition publiée sous la direction de Bernard Gagnebin et Marcel Raymond, avec, pour ce volume, la collaboration de Robert Osmont, Paris: Gallimard 1959 *(Bibliothèque de la Pléiade)* (im Folgenden zitiert als *OC*), S. 787.

2 Statuen des Heiligen von M. Anguier (1686) und vor allem von G. II Coustou (1757), die noch heute zu sehen sind. Der sehr populäre Ausruf «Par le barbet de saint Roch!» wurde vor allem von Lesages Sancho Panza geschätzt.

3 Diderot fand wenig Gefallen an einer «Guérison miraculeuse de Saint Roch» («Wundersame Genesung des Heiligen Rochus») von Amédée Van Loo *(Salon de 1761).*

4 *Rousseau juge de Jean Jacques,* «Deuxième Dialogue» («Rousseau»), in: *OC* I, S. 873/74.

5 Zu Rousseaus Neigung, sich die Geschichte der Heiligen durch die Identifikation mit den Ansehen verleihenden Rollen anzueignen, siehe Jean Starobinski, *Le moi accapare l'histoire sainte,* in: ders., *L'Œil vivant,* Paris: Gallimard 1961, S. 138–142.

6 «Schliesslich kaufte ich einen kleinen Hund, der als Wächter dienen sollte.» (*Confessions* IX, 433; wir zitieren die deutsche Übersetzung von Alfred Semeran [durchgesehen von Dietrich Leube] in Jean-Jacques Rousseau, *Die Bekenntnisse/Die Träumereien des einsamen Spaziergängers,* München: Winkler 1978, hier S. 428). Siehe auch Hippolyte Buffenoir, *Jean-Jacques Rousseau ami des chiens et des chats,* in: Revue du Plateau central (Sept. 1926), Paris: Picard 1927.

7 «Wie eilte ich doch alle Morgen beim Sonnenaufgang die balsamische Luft in der Säulenhalle zu atmen! Welch guten Milchkaffee trank ich dort allein mit meiner Thérèse! *Meine Katze und mein Hund leisteten uns Gesellschaft.* Dies Gefolge hätte mir für mein ganzes Leben genügt, ohne dass ich je einen Augenblick Langeweile empfunden hätte. Ich war dort im irdischen Paradies. Ich lebte dort in ebenso grosser Unschuld und genoss dort das gleiche Glück.» *(Confessions* X, S. 521/*Bekenntnisse* X, S. 514).

8 «Um Mitternacht hörte ich einen grossen Lärm [...]. Ein Hagel von Steinen, geschleudert gegen das auf diese Galerie gehende Fenster und die Tür, fiel dort *mit solchem Lärm dagegen, dass mein in der Galerie schlafender Hund, der zu bellen angefangen hatte, aus Furcht schwieg und sich in einen Winkel rettete, wo er an den Brettern nagte und kratzte, um einen Fluchtversuch zu machen.* Ich hatte mich bei dem Lärm erhoben [...].» (*Confessions* XII, S. 634f/*Bekenntnisse* XII, S. 624).

9 «Alles ist gut, wie es aus den Händen des Schöpfers kommt; alles entartet unter den Händen des Menschen. [...] *Er verstümmelt seinen Hund* [...].» (*Émile* I, S. 245; Beginn des Textes; wir zitieren die deutsche Übersetzung von Ludwig Schmidts in Jean-Jacques Rousseau, *Emil oder über die Erziehung,* Paderborn: Schöningh 1971, hier S. 9). – «Emil liebt weder Lärm noch Streit, weder bei Menschen noch bei Tieren. *Er hetzt keine Hunde aufeinander. Nie hat er eine Katze von einem Hund jagen lassen.* Dieser friedliche Sinn ist eine Frucht seiner Erziehung [...], und sie hat ihn davon abgehalten, sein Vergnügen im Herrschen und im Unglück anderer zu suchen.» *(Émile* IV, S. 545/ *Emil* IV, S. 258). Siehe vor allem unten Anmerkungen 47–49.

10 Im fünften *Spaziergang,* der dieselbe Wirklichkeit beschreibt, wird dieser Hund nicht mehr erwähnt.

11 Zum Motiv der Insel bei Rousseau siehe Jean-Michel Racault, *Bonheur et retrait social: trois expériences de la solitude insulaire à l'époque des Lumières,* in: *Solitudes, écriture et représentation,* hrsg. v. A. Siganos, Grenoble: ELLUG 1995, S. 31-41; Raymond Trousson, *Jean-Jacques Rousseau et le mythe insulaire,* in: *L'Insularité – Thématique et représentations,* hrsg. v. J.-C. Marimoutou u. J.-M. Racault, Paris: L'Harmattan 1995, S. 105–113.

12 «[...] als ich vergebens zehn Jahre lang nach einem Menschen gesucht hatte und schliesslich meine Laterne löschen und ausrufen musste: Es gibt keine mehr! – da begann ich mich allein auf der Welt zu sehen, und ich begriff, dass meine Zeitgenossen in bezug auf mich nur *mechanische Wesen* waren [...].» *(Les Rêveries du promeneur solitaire,* «Huitième Promenade», in: *OC* I, S. 1078; die deutsche Übersetzung von Dietrich Leube [nach einer anonymen Übertragung von 1783] wird zitiert nach J.-J. Rousseau, *Die Bekenntnisse/Die Träumereien des einsamen Spaziergängers,* München: Winkler 1978, hier S. 733f).

13 Siehe Y. Touchefeu, *Rousseau et Homère,* in *Dix-huitième siècle* 27 (1995); J.-F. Perrin, *Comment Rousseau écrivait-il avec Homère?,* in *Homère en France après la Querelle (1715–1900),* hrsg. v. F. Létoublon u. C. Volpilhac-Auger, Paris: Champion 1999, S. 289–304.

14 «Da richtete ein Hund, der dort lag, den Kopf auf und die Ohren: Argos, der Hund des duldemütigen Odysseus. Den hatte er einst selbst gezogen, hatte aber nichts von ihm gehabt, sondern war vorher in die heilige Ilios davongefahren. Ihn hatten die jungen Männer früher oftmals zur Jagd geführt auf wilde Ziegen und auf Hirsche und auf Hasen: da aber lag er verwahrlost, während der Herr entfernt war, in vielem Mist, der dort in Menge vor den Türen von Maultieren und Rindern aufgehäuft war, bis ihn die Knechte des Odysseus wegführten, um das grosse Königsgut damit zu düngen. Dort lag der Hund Argos, über und über bedeckt mit Hundeläusen. Da wedelte er, als er den Odysseus nahe bei sich stehen sah, mit dem Schwanz und legte die beiden Ohren an. Doch vermochte er nicht mehr, zu seinem Herrn heranzukommen. Der aber blickte zur Seite und wischte sich eine Träne ab und verbarg es leicht vor Eumaios und fragte ihn gleich mit dem Worte: ‚Eumaios, wahrhaftig, zum Erstaunen, dass dieser Hund da auf dem Mist liegt!» (Homer, *Die Odyssee,* ins Deutsche übertragen und mit einem Nachwort versehen von Wolfgang Schadewaldt, Zürich/München: Artemis 1966, 17. Gesang, S. 303f).

15 *Carnet de route* – 1754, in: *OC* I, S. 1178.

16 Siehe Antonia Fraser, *King Charles II,* London: Weidenfeld & Nicolson 1979, S. 291f u. S. 443.

17 Samuel Pepys, *Tagebuch aus dem London des 17. Jahrhunderts,* ausgewählt, übersetzt und herausgegeben von Helmut Winter, Stuttgart: Reclam 1980, S. 26.

18 Vgl. Roger Grenier, *Les Larmes d'Ulysse,* Paris: Gallimard 1998, S. 134. Zu Beginn seines Londoner Exils wurde Rousseau zu einer Galasoiree im Königlichen Theater eingeladen (23. Januar 1766). Er hätte beinahe abgesagt, weil er fürchtete, sein Hund könnte weglaufen (vgl. *Correspondance Complète* = *CC* 5059). Engländer machten ihn auf das Wohlbefinden von *Sultan* auf-

merksam («Mein Hund erwartet den Ihren», Brief von Malthus, 24. Februar). Etwas später lief *Sultan* in Chiswick fort (1. März)! Ein mitfühlender Lord, Strafford, half Rousseau, *Suchanzeigen* in der Londoner Presse vom 4. März aufzugeben; doch *Sultan* tauchte wieder auf (vgl. «Es geht nicht mehr um meinen Hund, Milord, sondern um mich» [Rousseau an den Count of Strafford am 7. April, *CC* 5150]). Ein Mädchen aus Calwich wird ihm ein Halsband besticken (Brief an Rousseau vom 29. November).

19 Siehe Edmond u. Jules de Goncourt zur Mode der Gesellschaftshündchen (*La Femme au XVIIIe siècle,* Paris: Charpentier 1890, S. 123f). Zu den Meuten Ludwigs XV. siehe Argenson: «[2. Sept. 1739] Der König macht sich wirklich eine wahnsinnige Arbeit um seine Hunde; gleich zu Jahresbeginn organisiert er alles, was sie bis zum Jahresende machen werden [...]. Es wird behauptet, Seine Majestät mache sich mit den Finanzen und der Kriegsführung sehr viel weniger Arbeit [...].» *(Journal et mémoires du marquis d'Argenson,* Paris 1859, Bd. II, S. 261f).

20 *Mémoires de Dufort de Cheverny – La Cour de Louis XV,* Paris: Perrin 1990, S. 144.

21 «Mit sechs fiel mir Plutarch in die Hand, mit acht konnte ich ihn auswendig.» (Brief an M. de Malesherbes, 12. Januar 1762, in: *OC* I, S. 1134).

22 Montaignes Essais werden zitiert nach Michel de Montaigne, *Essais,* erste moderne Gesamtübersetzung von Hans Stilett, Frankfurt/M.: Eichborn 1998 *(Die andere Bibliothek).*

23 Plutarch, *Leben des Themistokles* XX; *Leben Catos des Zensors* XI.

24 Allgemeine Wahrheiten: «Die Pferde und die *Hunde,* die Ochsen und die Schafe, das Geflügel und die meisten anderen Lebewesen, die um uns sind, erkennen unsere Stimme und lassen sich durch sie leiten.» *(Essais* II, 12, S. 231) – Montaigne zitiert auch Plutarch, der berichtet, dass der Hund eines Gauklers, der ein Stück mit mehreren Szenen und Personen aufführte, darin die Rolle eines Hundes spielt, der sich totstellen und wieder aufwachen muss *(Essais* II, 12, S. 229).

25 «Xantippos der Ältere liess seinen Hund an der Meeresküste auf einem Vorgebirge begraben, das seitdem danach benannt wird.» *(Essais* II, 12, S. 216)

26 «Als König Lysimachos gestorben war, blieb sein Hund *Hirkanos* beharrlich auf dem Bett des Toten liegen und wollte weder essen noch trinken; an dem Tag aber, da man die Leiche einäscherte, rannte er plötzlich los, stürzte sich mit ins Feuer und verbrannte. Dasselbe tat der Hund eines Mannes namens Pyrrhos: Er rührte sich, nachdem sein Herr gestorben war, auf dessen Bett nicht mehr von der Stelle; doch als man die Leiche forttrug, liess er sich mitnehmen und warf sich schliesslich in den seinen Herrn einäschernden Scheiterhaufen.» *(Essais* II, 12, S. 232)

27 «Die Hunde, die aus Schmerz über den Verlust ihres Herrn sterben, beweisen es.» *(Essais* I, 21, 56)

28 «Wenn ich mich in solcher Bedrängnis [durch Nierensteine] befand, sann ich darüber nach, welch belanglose Dinge meine Einstellungskraft zum Anlass nahm, mich den Verlust des Lebens bedauern zu lassen [...] und welch lächerlichen Gedanken wir inmitten einer so ernsten Bedrohung Raum geben: [e]in Hund und ein Pferd, ein Buch und ein Glas [...].» *(Essais* III, 4, S. 417)

29 Siehe Jean Starobinski, *Rousseau: notes en marge de Montaigne,* in: Annales J.-J. Rousseau 41 (1997), S. 11–56.

30 «Die Flucht aus Genf [in den *Bekenntnissen*] wird uns im ironischen Ton des *Quijote* und des pikaresken Romans erzählt.» (Jean Starobinski, *L'écart romanesque,* in: *La Transparence et l'obstacle. Suivi de sept essais sur Rousseau,* Paris: Gallimard 1971, S. 401). Siehe auch ders., *Le style de l'autobiographie,* in: *La Relation critique,* Paris: Gallimard 1970, S. 97ff., und Jean-Pierre Le Bouler, *Lazarillo-Jean-Jacques: sur une page des ‹Dialogues›,* in: Annales J.-J. Rousseau 39 (1972–1977), S. 281–292.

31 «Der Hund bellte so sehr [...], dass ich, um etwas dagegen zu unternehmen, mit den Füssen nach einem Stein suchte, um ihn nach ihm zu werfen.» (Mateo Alemán, *Guzman de Alfarache* III)

32 «Ein Hund hatte ihm das Bein zerfetzt [...]; der Narr nahm mit beiden Armen den grössten und dicksten Stein auf, den er umfassen konnte, [...] und er liess seine Last direkt auf seinen Kopf fallen [und] sagte zu ihm: Mein Freund, mein Freund, *wer Feinde hat, der darf nicht einschlafen.»* (*Guzman* III, 8).

33 «Es war einmal in Sevilla ein Narr, der [...] höhlte sich [...] ein Rohr aus, das er am einen Ende zuspitzte, und wenn er auf der Strasse oder sonstwo eines Hundes habhaft werden konnte, unterschlug er ihm ein Hinterbein mit seinem Fuss, hob ihm das andre mit der Hand in die Höhe, steckte, so gut es ging, sein ausgehöhltes Rohr in einen gewissen Ort und blies hinein, dass er ihm den Bauch rund anschwellte wie einen Lederball; und nachdem er ihn so zugerichtet, [...] sagte [er] zu den Umstehenden [...]: ‹Meint ihr Herren jetzt noch, es koste wenig Mühe, einem Hund den Bauch aufzublasen?› *Meint ihr, werter Herr, etwa jetzt noch, es koste wenig Mühe, ein Buch zu verfassen?»* (Miguel de Cervantes Saavedra, *Don Quijote von der Mancha,* übersetzt von Ludwig Braunfels, durchgesehen von Adolf Spemann, München: Winkler 1956, II, Prolog, S. 544f).

34 «Es war einmal in Córdoba auch ein Narr, der hatte die Gewohnheit, ein Stück von einer Marmorplatte oder einen andern nicht gar leichten Stein auf dem Kopfe zu tragen, und wenn er einen Hund antraf, der nicht auf der Hut war, so trat er dicht an ihn heran und liess die Ladung unversehens auf ihn herabfallen. Der Hund wurde wie toll, lief unter Bellen und Heulen davon [...]. Es geschah nun einmal, dass unter den Hunden, auf die er seine Traglast fallen liess, einer der Hund eines Mützenmachers war [...]. Der Stein fiel herab und traf ihn auf den Kopf, der schwer getroffene Hund erhob sein Geheul, sein Herr sah es und nahm es übel; [...] bei jedem Schlag, den er [dem Narren] versetzte, schrie er: ‹[...] Du bewirfst meinen *Jagdhund?* Hast du bösartiger Kerl nicht gesehen, dass es ein *Jagdhund* ist?› Und unter hundertmaliger Wiederholung des Wortes *Jagdhund* liess er den schier zu Pulver zerklopften Narren laufen. Der Narr führte sich die Lehre zu Gemüt [...]. Nach [einem Monat] kam er wieder mit seinem Kunststück und einer noch grösseren Ladung, näherte sich dem Hunde, sah ihn scharf und unverwandten Auges an, und ohne dass er Lust hatte oder sich erkühnte, den Stein fallen zu lassen, rief er: ‹Das ist ein *Jagdhund*! Da muss ich mich in acht nehmen.› Und in der Tat, jeden Hund, der ihm begegnete, ob es nun eine Dogge oder ein Schosshund war, den nannte er einen *Jagdhund,* und so liess er seinen Stein nicht mehr fallen.» *(Don Quijote* II, Prolog, S. 545)

35 Die Beziehungen zwischen *picaro* und Hund schliessen die unfreiwillige *Unbeholfenheit* nicht aus, wie im Fall der völlig falschen tierärztlichen

Behandlung nach einem Identifikationsexzess (*L'Orphelin infortuné*, Kap. 15, S. 96).

36 Siehe die Regeln der Bettlerei über den Besitz von Hunden im *Guzmán* (III, 3).

37 Siehe Georges May, *Le maître, la chaîne et le chien dans ‹Jacques le fataliste›*, in: CAIEF 12 (1961), S. 269–282.

38 Ein ähnlicher Vergleich, diesmal allerdings auf einen Dritten bezogen (hundert Seiten weiter oben): «Während ich im Seminar war, sah sich Herr von Aubonne genötigt, Annecy zu verlassen. Der Herr Intendant nahm es übel, dass er seiner Frau den Hof machte. *Das hiess freilich handeln wie der Hund des Gärtners.*» (*Confessions* III, S. 119/ *Bekenntnisse* III, S. 121)

39 «Dem Hunde zog man an seinen Beinen Hosen an von blankem Leinen.» (*Don Quijote* II, 50, S. 934) usw.

40 *Guzmán* II, S. 1. Die Identifikation mit einem gedemütigten und verfolgten Hund ist häufig: «[...] und hier legten sie Sancho mitten auf die Bettdecke und begannen ihn in die Höhe zu schnellen und hatten ihren Spass mit ihm *wie mit einem Hunde auf Fastnacht*» (*Don Quijote* I, 17, S. 143); – «jammernd *wie ein Hund, gefangen zwischen zwei Türen*» (*Don Pablo de Segovia*, Kap. 5); – «meine Eltern [haben mich] *schlechter behandelt als einen Kettenhund, der einen Hof bewacht*, denn [sie] werden von ihrem Herrn gefüttert und manchmal gestreichelt; und ich bin tüchtig geprügelt worden» (*L'Orphelin infortuné*, Kap. 14); «Ich wurde empfangen *wie ein Hund in einem Kegelspiel* (ebd., Kap. 17; und Marivaux, *La voiture embourbée*, Pléiade, S. 341).

41 «Wir schlugen die Zeit tot. M. d'Achon studierte Mathematik und amüsierte sich damit, *Hunde in der Manege zu dressieren*, was er wunderbar konnte. M. de Chavaille schrieb ein Buch, und ich lernte perspektivisch zeichnen.» (*Mémoires de La Porte, Premier Valet de Chambre de Louis XIV*, Genf 1756, S. 138)

42 «Ich hatte angefangen, eine kleine Hündin zu füttern [...] als ich sah, dass sie sich daran gewöhnte, dem Kerkermeister, der sich mit ihr angefreundet hatte, auf seinen Runden zu folgen, *gab ich ihr, befestigt an einem Halsband, Briefe mit.* Dieses Halsband war von ihrem Fell überdeckt, so dass man es nicht sehen konnte; [...] dieser Verkehr hat zwei Jahre gedauert, ohne dass er bemerkt worden wäre.» (Courtilz de Sandras, *Mémoires de Jean-Baptiste de La Fontaine*, Köln 1699, S. 379f)

43 «[Ein Gefangener] kam auf den Gedanken, einer Hündin [des verhassten Direktors] beizubringen, ihm ein zusammengeknülltes Papier zu apportieren, das er ihr aus seinem Fenster in den Garten hinunterwarf [...] [später dann] warf er ihr mit dem gleichen Erfolg beschriebenes Papier zu; und so diente ihnen die Hündin sehr lange Zeit als Botin.» (Constantin de Renneville, *L'Inquisition françoise, ou l'Histoire de la Bastille*, Amsterdam /Leiden 1724, Bd. I, S. 132/33)

44 «Aubert nieste [...] mit solchem Getöse, das man ihn in allen Türmen hörte [...]; das war das Signal, mit dem er den Hund eines der Gehilfen zum Bellen brachte [...] [Immer] wenn der Hund Aubert niesen hörte, bellte er [...] und hier, was aus dieser schönen Musik resultierte. Aubert glaubte, dass es *sein* Haushund war, der ihn über alles, was in seinem Haus und in der Stadt geschah, unterrichtete. Durch diesen kleinen Hund, sagte er uns mit geradezu lächerlichem Vertrauen, weiss ich alles, was in Frankreich und im Ausland geschieht.» (ebd., Bd. III, S. 29/30)

45 Daniel Defoe, *Robinson Crusoe, erster und zweiter Teil/Kapitän Singleton* – Romane, Erster Band, herausgegeben von Norbert Miller, München: Hanser 1968, S. 84, 149.

46 «[Er] war mir viele Jahre lang ein treuer Diener. Mir fehlte nichts, was er mir nicht sogleich herbeigeholt hätte, auch keine Gesellschaft, die er mir nicht hätte ersetzen können; *ich hätte mir gewünscht, dass er mit mir redete, aber soweit reichten auch seine Fähigkeiten nicht.*» (S. 84; Übersetzung von Hannelore Novak)

47 «Robinson Crusoe allein auf einer Insel, ohne Beistand und ohne Werkzeug. Wie er für seinen Unterhalt und für seine Erhaltung sorgt, wie er sich sogar einen gewissen Wohlstand verschafft, das interessiert jedes Alter. Man kann es besonders Kindern auf tausenderlei Weise schmackhaft machen. So lassen wir die einsame Insel, die uns vorher als Vergleich gedient hatte, in Wirklichkeit erstehen.» (*Émile* III, S. 455/*Emil* III, S. 180). Siehe auch Inga Pohlmann, *Rousseaus Rezeption des ‚Robinson Crusoe', in ‚Émile' (1762)*, in: *Robinsons Erben – Zum Paradigmenwechsel in der französischen Robinsonade*, Konstanz: Hartung-Gorre 1991, S. 22–27.

48 «Ein Kind, das seinem Alter gemäss erzogen ist, ist allein. Es kennt keine anderen Bindungen als die der Gewohnheit. Es liebt seine Schwester wie seine Uhr, *seinen Freund wie seinen Hund.* Es fühlt sich keinem Geschlecht und keiner Gattung zugehörig.» (*Émile* IV, S. 500/*Emil* IV, S. 219)

49 «Ja, ich behaupte, dass er, *allein mit seinem Hund*, beladen mit seinem Gewehr, seiner Jagdtasche, seiner Ausrüstung, seiner kleinen Beute, am Abend zurückkehrte, zum Umfallen müde und zerkratzt von den Dornen, zufriedener mit seinem Tag als all eure Sonntagsjäger, die auf einem guten Pferd, zwanzig geladene Gewehre hinter sich, nichts anderes tun, als sie zu wechseln, um sich zu schiessen und zu töten ohne Kunst, ohne Ruhm und fast ohne Übung.» (*Émile* IV, S. 689f)

50 «[Rousseau]: Seine Liebe zum Robinson-Roman lässt mich glauben, dass er sich isoliert auf seiner einsamen Insel nicht so unglücklich wie er gefühlt hätte. Für einen sensiblen Menschen ohne Ehrgeiz und ohne Eitelkeit ist es weniger grausam und weniger schwierig, allein in einer Wüste als allein unter seinen Mitmenschen zu leben.» (*Dialogues*, in: *OC* I, S. 812)

51 Aurelius Augustinus, *Der Gottesstaat*, in deutscher Sprache und mit einer Einführung von Carl Johann Perl, Salzburg: Otto Müller 1953, Bd. 3, S. 277.

52 Siehe im achten Spaziergang das Bild der Zuflucht eines einzelgängerischen Adam: «Der Augenblick, in dem ich der Begleitung boshafter Menschen entrinne, ist köstlich, und sobald ich mich unter Bäumen inmitten des Grüns befinde, so glaube ich im irdischen Paradies zu sein [...].» (*Les Rêveries*, in: *OC* I, S. 1083/*Die Träumereien*, S. 739)

53 «[Rousseau:] Ich habe ihn in einer einzigartigen und fast unglaublichen Lage gesehen, einsamer mitten in Paris als Robinson auf seiner Insel und abgeschnitten vom Umgang mit den Menschen durch die Menge selbst, die sich eilends um ihn drängt, um ihn daran zu hindern, sich mit jemandem anzufreunden. Ich habe ihn gesehen, wie er aus freien Stücken mit seinen Verfolgern zusammenarbeitet, um sich unablässig mehr zu isolieren, und sich, während sie unermüdlich alles tun, um ihn von den anderen Menschen fern zu halten, von den anderen und von ihnen immer mehr entfernt.» (*Dialogues*, in: *OC* I, S. 826)

54 «Ich sehe [...] einen kleinen Hund hereinkommen [ein Geschenk der Prinzessin von Tarent], von aussergewöhnlicher Schönheit, Ohren, Seiden, ein lieblicher Atem, klein wie Sylphide, der blondeste Blondkopf; ich war niemals überraschter und verlegener. Ich wollte ihn zurückschicken, man wollte ihn nie zurückbringen [...]. Ich hänge mich nicht an ihn, aber er beginnt mich zu lieben; ich fürchte, ich werde ihm erliegen. Das ist die Geschichte, und ich bitte Sie, sie keinesfalls *Marphise* in Paris zu Ohren kommen zu lassen, denn ich fürchte ihre Vorwürfe. Im übrigen von aussergewöhnlicher Sauberkeit; er heisst *Fidèle.*» (An Madame de Grignan; in Rochers, 23. Oktober und 13. November 1675, Pléiade, S. 141 u. S. 159f)

55 Robert Grenier, *Chienne de littérature,* in: *Le Débat* (Okt. 1983), S. 99–110, hier S. 108.

56 «Ihre Briefe hatten den Stil, ja fast den Reiz derjenigen der Frau von Sévigné.» *(Confessions* II, in: *OC* I, S. 81/*Bekenntnisse* II, S. 83)

57 Kondolenzbrief der Duchesse de Luxembourg (vierundfünfzig Jahre alt) an Rousseau (fünf Jahre jünger), Paris, 18. Juli 1761, in: *CC* 1452; vgl. ähnlich klingende Trostworte in: *CC* 1453, 1455, 1460.

58 Brief an Madame la Duchesse de Luxembourg, Montmorency, 20. Juli 1761, in: *CC* 1454.

59 «In den letzten Minuten ihres Lebens öffnete sie ihre Augen, begegnete den meinen, fixierte sie, und die Beine von sich gestreckt, mit zitterndem Schwanz, starb sie. Zwei Stunden habe ich geweint, habe sie betrachtet, voller Mitleid, bis sie eine reglose, fühllose Materie geworden war, sie, die ich stets so sehr geliebt hatte.» (Notiz auf lateinisch von Casanova, ins Französische übersetzt von B. Marr; dem Autor freundlicherweise zur Verfügung gestellt von Helmut Watzlawick)

60 Die Veröffentlichung von Trauerepitaphen für Hunde im *Mercure* war Mode (de Goncourt, *La Femme au XVIIIe siècle).* Im selben Jahr schickte die Prinzessin von Lobkowitz Casanova eine andere kleine Hündin, um zu versuchen, ihn zu trösten.

61 «Ich klopfte: Sofort ertönte das Gebell von fünfzehn bis zwanzig Hunden; sie umringten mich mit weit offenem Maul und begleiteten mich zum Zimmer des Dichters. Die Treppe war bedeckt vom Kot dieser Tiere. Angekündigt und eskortiert von ihnen, trat ich ein [...] Die Hunde hatten sich aller Sessel bemächtigt und knurrten alle. [Der Alte] brachte die Hunde zum Schweigen, nicht ohne Mühe, und veranlasste sie, mit der Peitsche in der Hand, mir einen der Sessel abzutreten.» *(Les deux Crébillons,* in: *Tableau de Paris,* Kap. 775, Paris: Mercure de France 1994, Bd. II, S. 800f)

62 D'Alembert, *Éloge de Crébillon,* in: d'Alembert, *Œuvres complètes* Bd. III, 1, Paris 1821, S. 572. Siehe auch Voltaire, *Correspondance,* 6. Januar 1750, Pléiade, Bd. III, S. 151.

63 Charles Simon Favart, *Mémoires et correspondance littéraires,* 7. Juli 1762, Paris 1808, Bd. II, S. 9. Ein halbes Jahrhundert früher stellte man das gleiche Zeichen rebellischen Stolzes beim Duc de Vendôme fest, der auf der unerträglichen Schmutzigkeit seines Körpers und seines von Hunden wimmelnden Hauses bestand (Saint-Simon, *Additions au Journal de Dangeau,* in: *Mémoires (1701–1707),* Paris: Gallimard 1983 *[Bibliothèque de la Pléiade],* S. 1124).

64 Brief von François Favre an Paul-Claude Moultou, Paris, 11. Dezember 1759 (*CC* 906); zu dem rekurrenten Bild Jean-Jacques' als Diogenes siehe auch Anmerkungen 12 (das spätere Zeugnis der *Rêveries*), 66 und 71.

65 *Rousseau juge de Jean Jacques I* («Der Franzose»), in: *OC* I, S. 713. – «Ich widmete mich der begonnenen Arbeit [eine «grosse Umschau», um «ein für alle Mal meine Ansichten und meine Grundsätze festzusetzen und für den Rest meines Lebens so zu sein, wie es mir reifliche Überlegung zur Pflicht gemacht haben wird»] mit einem Eifer, welcher der Wichtigkeit der Sache und dem Bedürfnis, das ich danach hatte, angemessen war. Ich hatte damals mit modernen Philosophen Umgang, die den alten kaum glichen. [...] Ich geriet zunächst in ein *solches Labyrinth von Hindernissen, Schwierigkeiten, Einwänden, Windungen und Dunkelheiten,* dass ich wohl zwanzigmal versucht war, das ganze aufzugeben, und am Ende bereit, mich bei meinen Erwägungen an die Regeln der landläufigen Auffassung zu halten, ohne noch weiter nach Grundsätzen zu suchen, die zu entwirren mir so grosse Mühe bereitete.» *(Les Rêveries du promeneur solitaire,* «Troisième Promenade», in: *OC* I, S. 1015–1017/*Die Träumereien des einsamen Spaziergängers,* «Dritter Spaziergang», S. 670f)

66 «Er sagte, er sei einer von den vielgepriesenen Hunden [...].» – «Bei einer Mahlzeit warf man ihm Knochen hin wie einem Hunde, doch er bepisste sie beim Weggehen wie ein Hund.» – «Als Alexander einst bei einem Zusammentreffen zu ihm sagte: ‹Ich bin Alexander, der grosse König›, sagte er: ‹Und ich bin Diogenes der Hund›.» (Diogenes Laertius, *Leben und Meinungen berühmter Philosophen,* übersetzt und erläutert von Otto Apelt, 2 Bde., Leipzig: Meiner 1921, I. Band, 6. Buch, Kap. II: «Diogenes v. Sinope», S. 273, 279, 285)

67 Buffon, «Le Chien», in: *Histoire naturelle,* Bern/Lausanne 1789, Bd. II, S. 36/37. Siehe Jean Starobinski, *Rousseau et Buffon,* in: *La Transparence et l'obstacle,* S. 380–392.

68 «Ohne wie der Mensch über das Licht des Denkens zu verfügen, verfügt [der Hund] über die ganze Herzlichkeit des Gefühls; *mehr als er kennt er die Treue, die Beständigkeit in seinen seelischen Regungen*; keinerlei Ehrgeiz, kein Eigennutz, keine Rachsucht, keine Furcht ausser der zu missfallen; er ist ganz Eifer, ganz Leidenschaft & ganz Gehorsam; sich eher an empfangene Wohltaten als an erlittene Kränkungen erinnernd, lässt er sich durch schlechte Behandlung nicht entmutigen, er erträgt sie, vergisst sie oder erinnert sich nur daran, um noch anhänglicher zu werden; [der Hand seines Peinigers] setzt er nur die Klage entgegen & entwaffnet sie schliesslich durch Geduld & Unterwerfung.» (*Histoire naturelle,* S. 32f)

69 «[Ich habe], wie Sie mir raten, darauf verzichtet, über die Menschen zu urteilen; *der festen Überzeugung, dass das finstere Labyrinth ihrer Herzen für mich unergründlich ist*, für mich, dessen Herz, durchsichtig wie Kristall, keine seiner Regungen verbergen kann [...].» (Brief an J.-J. Dusaulx, 16. Februar 1771, in: *CC* 6837)

70 «Man gräbt unter seinen Schritten all diese *verschlungenen* unterirdischen Gänge» *(Rousseau juge de Jean Jacques* I [Rousseau], in: *OC* I, S. 752).

71 Vgl. Diogenes: «Als er auf dem Markte sein Frühstück verzehrte, riefen ihm die Umstehenden fortwährend zu ‹Hund›, er aber erwiderte: ‹Ihr seid Hunde, *da ihr euch um mich, den Essenden, herumdrängt*›.» (Diogenes Laertius, S. 286)

72 Der eingesperrte Théophile identifizierte sich mit einem *eingemauerten Hund* und beisst in die Mauern, die ihn einschliessen («Brief an seinen Bruder», 1624).

73 «Zur Treue: [...] Unsere Geschichtsbücher berichten von Hunden, die sich verbissen darangemacht haben, die Mörder ihres Herrn zu verfolgen.» (Montaigne, *Essais* II, 12, S. 237) Montaigne gibt

hier Anekdoten über Hunde wieder, die das Bild der Mörder ihres Herrn im Gedächtnis gespeichert und die Bestrafung des Verbrechers zu ihrer Sache gemacht haben.

74 Diderot, *Jacques le fataliste et son maître,* Genf: Droz 1977, S. 62; wir zitieren im Folgenden die deutsche Übersetzung von Jens Ihwe in: Denis Diderot, *Sämtliche Romane und Erzählungen,* Bd. II: *Rameaus Neffe, Jacques der Fatalist und sein Herr und vier Moralische Erzählungen,* München: Winkler 1979. – Der abgekartete Fehler stiftet auch Verwirrung zwischen zwei berühmten griechischen Paaren (Herr-Sklave Xanthos-Äsop und Gemahlin-Gemahl Xanthippe-Sokrates).

75 «Der Herr: Ist sie schon lange bei Euch? – Die Wirtin: Höchstens vierzehn Tage. Sie war bei der benachbarten Poststation zurückgelassen worden. – Der Herr: Wie das, zurückgelassen? – Die Wirtin: Ja doch, mein Gott. Es gibt Menschen, die härter sind als Steine. Fast wäre sie ertrunken, als sie den Fluss durchschwamm, der hier in der Nähe vorbeifliesst; wie durch ein Wunder ist sie hinübergekommen, und ich habe sie aus Barmherzigkeit aufgenommen. – Der Herr: Wie alt ist sie denn? – Die Wirtin: Ich denke etwas mehr als anderthalb Jahre. – Bei diesen Worten brach Jacques in ein schallendes Gelächter aus und rief: *Es ist eine Hündin!* – Die Wirtin: *Das hübscheste Tier der Welt; ich gäbe meine Nicole nicht für zehn Louis her.* Meine arme Nicole! – Der Herr: Madame hat ein zärtliches Herz! – Die Wirtin: So ist es, ich hänge an meinen Tieren und an meinen Leuten. – [...] – Jacques und sein Herr begaben sich zu Bett, über das Quiproquo lachend, das sie eine Hündin für die Tochter oder Magd des Hauses halten liess, und über die Leidenschaft der Wirtin für eine verlassene Hündin, die seit vierzehn Tagen in ihrem Besitz war, Jacques sagte zu seinem Herren [...]: *Ich möchte wetten, dass diese Frau von allem, was im Gasthaus Leben hat, nur ihre Nicole liebt.*» (S. 183f)

76 «Die Wirtin [...] vergisst, dass sie Nicole hält, lässt sie los, und da liegt Nicole am Boden, geschunden und in ihrem Wickel zappelnd, und jault aus Leibeskräften. Die Wirtin mischt ihre Schreie in das Geheul Nicoles, Jacques sein Gelächter in das Geheul Nicoles und das Geschrei der Wirtin, und der Herr öffnet seine Tabaksdose, schnupft eine Prise Tabak und kann ein Lachen nicht unterdrücken. Die ganze Hotellerie gerät in Aufruhr. ‹Nanon, Nanon, schnell, schnell, die Flasche Branntwein ... Meine arme Nicole ist tot ... Nimm sie aus dem Wickel ... Wie ungeschickt du bist ...› – Und während die Wirtin jammert und sich gegen die unverschämten Diener ereifert, reibt Nanon der Hündin die Nase mit Branntwein ein, gibt ihr davon zu trinken und sagt zur Wirtin: ‹Da, Madame, sie öffnet die Augen; sie schaut Euch an.› – ‹Das arme Tier, wie sowas zu sprechen weiss! Wer geriete da nicht in Rührung?› – [...] – ‹Schweig still, wickle sie wieder ein, leg sie unter mein Kopfkissen und denk daran, dass ich dich für den leisesten Schrei, den sie ausstösst, zur Rechenschaft ziehe. Komm, du armes Tier, lass dich noch einmal küssen [...].›» (S. 196f)

77 Nicole ist nicht Jacques, Nicole ist nicht Nicole, Jacques ist nicht [Jean-]Jacques. Erinnern wir uns, dass die Person selbst protestiert: *Trotz des gleichen Namens bin ich nicht Rousseau (der Freund der Hunde)* – «Jean-Jacques [ein Philosoph [m]eines Namens] ist nicht Jacques». Umgekehrt kann *Nicole* (die reizende und bemitleidenswerte Hündin) nicht mit *Nicole* (dem jansenistischen Philosophen mit seinen cartesianischen Ideen über die Tiere – «belebte Maschinen»), der im Roman erwähnt wird (S. 217), gleichgesetzt werden.

78 «Plutarch sagt in Hinblick auf jene, die in Äffchen und kleine Hunde vernarrt sind, dass der uns angeborene Liebestrieb, falls er kein rechtes Betätigungsfeld finde, kindische Ersatzbefriedigungen aushecke, um nicht müssig zu bleiben. Und tatsächlich sehen wir ja, wie die Seele sich in ihren Leidenschaften selbst betrügt und sogar wider besseres Wissen ein abwegiges Phantasiegebilde ersinnt, als ohne Gegenspieler zu sein.» (Montaigne, *Essais* I, 4, S. 15)

79 «Jacques fragte seinen Herrn, ob er nicht bemerkt habe, dass, wie gross das Elend der kleinen Leute auch sein möge, sie doch alle Hunde hielten, obwohl sie kaum Brot für sich selber hätten [...], woraus er schloss, *jeder Mensch wolle eben über einen anderen befehlen*; und da die Tiere in der Gesellschaft unmittelbar nach den geringsten Bürgern kommen, denen alle anderen Klassen befehlen können, würden diese sich Tiere halten, um auch über jemanden befehlen zu können. ‹Nun›, sagte Jacques, ‹*jeder hat seinen Hund.* Der Minister ist der Hund des Königs, der erste Sekretär ist der Hund des Ministers, die Frau ist der Hund des Mannes oder der Mann der Hund der Frau; *Favori* ist der Hund dieser Frau und *Thibaud* der Hund des Mannes von der nächsten Ecke. Wenn mich mein Herr zum Sprechen auffordert [...], was bin ich anders als sein Hund? Die schwachen Menschen sind die Hunde der entschlossenen Menschen.›» (S. 264) Jacques zieht der Zuneigung zu den Hunden also eine Reflexion über das soziale Band vor, eine Art sarkastischer Replik auf den *Discours sur l'origine de l'inégalité*: In einer Gemeinschaft entwickelt sich in jeder Beziehung zwischen Personen eine ganz natürliche Hierarchie, die einen starken und einen schwachen Charakter offenbart.

80 Man denkt hier natürlich an Brief 26 von Saint-Preux im Ersten Teil von Rousseaus *La Nouvelle Héloïse (OC* II, S. 89–93), eine moderne *Astrée,* deren larmoyanter Ton und sensibler Idealismus Diderot auf die Nerven gingen. Saint-Preux erzählt Julie, wie er, geduldig auf seinem Posten in der Eiseskälte auf einem Felsen von Meillerie, jeden Tag bei jedem Wetter seine vergeblichen Liebeshoffnungen wiederholt (jenseits des Lac Léman sieht er das verbotene Haus Julies in Vevey).

81 Diderot, Brief an Damilaville, 3. November 1760, in *Correspondance,* Paris: Minuit, S. 216.

82 «*Wenn es je etwas Vollkommeneres gibt, so ist es gewiss nicht der Mensch.* Ich wünschte, Ihr würdet den Hund des Müllers kennen, er ist der Liebhaber meiner Nicole; es gibt nicht einen unter euch, so viele ihr auch seid, den er nicht vor Scham erröten machte. Kaum ist es Tag, da kommt er schon über eine Meile weit her; er pflanzt sich vor diesem Fenster auf; und das sind dann Seufzer, Seufzer zum Steinerweichen! Das Wetter mag sein, wie es will, er bleibt; der Regen durchnässt ihn; er versinkt im Sand; kaum sieht man noch seine Ohren und die Spitze seiner Schnauze. Würdet Ihr so viel für die Frau tun, die Ihr am innigsten liebt?» (S. 197)

Gottfried Mind, der «Katzen-Raffael» (1768–1814)

«Er liebte es, sie in allen Haltungen zu aquarellieren, alleine oder in Gruppen, mit einer Wahrhaftigkeit und Natürlichkeit, die vielleicht unübertroffen sind. Seine Bilder waren in gewissem Sinn Katzen-Porträts, er nuancierte ihre zarte und listige Physiognomie, variierte unendlich die graziösen Posen kleiner Katzen, die mit ihrer Mutter spielen; er stellte aufs Echteste das seidene Fell dieser Tiere dar, mit einem Wort, die von Mind gemalten Katzen schienen auf dem Papier zu leben.» – So charakterisiert der französische Romancier und Feuilletonist Champfleury im Jahr 1868 die Bilder von Gottfried Mind.

Der 1768 in Worblaufen bei Bern geborene Mind war das Kind einer Stallmagd und eines aus Ungarn stammenden Handwerkers, der in der lokalen Papiermanufaktur arbeitete. Er wuchs einige Zeit in der Armenschule Johann Heinrich Pestalozzis auf dem Neuhof in Birr (Aargau) auf. Der Pädagoge notierte über seinen neunjährigen Zögling: «sehr schwach, unfähig zu jeder anstrengenden Arbeit, voll Talent zum Zeichnen, die besonders sich auszeichnende Creatur, voll Künstlerlaunen, mit einiger Schalkheit begleitet. Zeichnen ist seine ganze Arbeit.» Mind zeigte autistische Züge und stand mit Tieren, insbesondere mit Katzen, auf vertrauterem Fuss als mit den Mitmenschen. Einer der schlimmsten Eindrücke seines Lebens muss die Tötung von rund 800 Katzen in Bern im Jahr 1809 gewesen sein, die wegen des Ausbruchs der Katzenpest stattfand. Der Legende zufolge bewahrte Mind seine eigene Katze vor diesem Schicksal, indem er sie versteckte.

Die künstlerische Begabung und Bildung des oft als schwachsinnig und stumpf beschriebenen Mind, der angeblich kaum seinen Namen schreiben konnte, nutzte der Genremaler Sigmund Freudenberger in Bern, der Mind als Koloristen für seine Drucke anstellte und ihn in seinem Haus aufnahm. Erst nach Freudenbergers Tod im Jahr 1802 regte dessen Witwe Mind nicht ohne Eigeninteresse dazu an, seine eigenen zeichnerischen Fähigkeiten gewerblich einzusetzen: Er zeichnete und malte von nun an Katzen und andere Tiere, und sie vertrieb seine Bilder. In kurzer Zeit wurden die Bilder des «Katzen-Raffaels» weit herum bekannt und bis in die Fürstenhäuser beliebt.

Bei den hier wiedergegebenen Bildern von Gottfried Mind handelt es sich zum einen um Originalzeichnungen und -aquarelle (S. 201, 202o., 203, 206u., 207u.), zum andern um kurz nach Minds Tod entstandene Reproduktionen in damals neuen Druckverfahren; die handkolorierten Lithographien gehören zu den ersten überhaupt in Bern in dieser Technik hergestellten Drucken.

206

Gott hat die Katze geschaffen, um dem Menschen das Vergnügen zu bieten, einen Tiger zu streicheln.

JOSEPH MÉRY

Die Katzen haben keine Erinnerungen an den Menschen. Sie rennen ihren eigenen Träumen nach.

ALEXANDRE VIALATTE

Paul Klee: Monolog des Kätzchens, 1938

Sitzende Katze, Bronzestatuette, Aegypten, 700–600 v.Chr.

Etienne Barilier
Enfin

C'est une chatte vraiment sauvage. Pour la voir il faut attendre la nuit, éteindre les lumières. Elle vient alors se coller contre la vitre de la porte-fenêtre, et regarde à l'intérieur. Mais elle ne gratte jamais contre le verre. On peut s'accroupir en face d'elle, enfoncer les yeux dans ses yeux, elle ne bougera pas. Mais si vous tentez d'ouvrir, elle s'en va, d'un pas précis et calme.

Quand vous la regardez à travers la vitre, ses yeux ne sont pas des agates, mais bien notre Terre vue de très loin, vue de la Lune. La chatte elle aussi détaille vos pupilles. Voit-elle un monde jaune, irrespirable, sans nature et sans vie ?

Elle vous fait peur, à venir ainsi tous les soirs, refusant d'entrer. Vous déposez pour elle une coupe de lait devant la porte-fenêtre. Mais elle n'y touche pas. Les jours passent, et les semaines, et les années. Au fil du temps, la chatte fidèle au rendez-vous devient toujours plus mince et souple, maigre comme aux pays du Sud. Un profil qui soudain vous fait face, avec ses yeux.

Vous voilà vieux. Vous peinez à vous agenouiller pour la contempler derrière la vitre. Une nuit, après un moment d'observation, la chatte recule un peu, sans vous quitter du regard : vous pousse-t-elle à sortir, à la rejoindre enfin ? Vous vous relevez pour ouvrir, dans le craquement de vos os, mais elle s'enfuit comme toujours. Ainsi le lendemain : elle recule, elle attend. Vous mettez encore quelques jours à comprendre. Un soir de printemps, vous brisez la vitre de vos mains nues, de votre front nu. Enfin, la chatte peut entrer pour boire.

Deutsche Übersetzung Seite 325

E.Y. Meyer mit Kater Petit

E.Y. Meyer
Petit oder Die Katze, die aus der Kälte kam

Als sie uns zu ihren Lebenspartnern machte, war sie bereits seit etwa einem Jahr auf dieser Welt. Meine zweite Frau und ich waren acht Monate zuvor in das alte Gutshaus gezogen und damals immer noch, wie zuvor täglich von morgens bis abends, am Renovieren der Wohnung im oberen Stock.

Obwohl es in den Tagen nach dem Jahreswechsel draussen bitterkalt war – es lag hoher Schnee, und es herrschte eine Temperatur von minus zwanzig Grad – hielt meine Frau wegen des Geruchs der verdünnten Ölfarbe, mit der sie eine Kopie des um 1596 entstandenen anonymen französischen Gemäldes *La belle Gabrielle et la Maréchale de Balagny* auf die Türen eines Wandschranks malte, das Fenster in diesem Zimmer geöffnet, und plötzlich, gegen fünf Uhr abends, hörte sie davor Schreie wie die eines Kindes.

Was die Schmerzensäusserungen eines der Kinder aus dem Tagesheim hätten sein können, das im hinteren Drittel des Gutshauses untergebracht war, erwies sich als etwas ganz anderes.

Eine langhaarige graue Katze mit einem buschigen Schwanz fror so an die Pfoten, dass sie diese nicht lange auf der Erde stehen lassen konnte, sondern jede von ihnen abwechslungsweise vorne und hinten schnell hochhob und dazu herzergreifende Laute von sich gab. Meine Frau hatte sofort Mitleid mit dem Tier. Ich hingegen sagte zu ihr, sie dürfe es auf keinen Fall ins Haus nehmen, da sonst die Gefahr bestünde, dass es bei uns bleiben könnte.

Am nächsten Tag kaufte ich in der Migros-Filiale Bern-Bethlehem ein Kistli, Spreu, Fressnäpfe, Katzenfutter und eine Gummimaus.

Die Katze, die ein Kater war, hatte am Abend zuvor als erstes ein grosses Stück einer Omelette zu fressen gekriegt, die für meine Frau und mich bestimmt gewesen war. Danach hatte sie sich mit den Vorderpfoten und dem Kopf auf ein herumstehendes Paar Schuhe von mir gelegt, und weil sie im Vergleich dazu klein aussah, schlug ich meiner aus Rumänien stammenden Frau, mit der ich Französisch sprach, vor, sie *Petit* zu nennen: Monsieur Klein.

Von nun an sprach ich von dem Tier, das wie eine norwegische Waldkatze oder wie ein Exemplar der Maine Coon-Rasse aussah, nur noch in der «er»-Form. Petit, der heute sechzehn Jahre alt ist, wuchs naturgemäss weiter und wog zu seiner besten Zeit trotz seines Namens stolze zehn Kilo. Er erreichte die Grösse eines kleinen Hundes, und viele Leute, die ihn aus der Ferne mit mir beim Spazierengehen sahen, hielten ihn tatsächlich auch für einen Hund.

Helen Meier

Helen Meier
Auf dem Gesicht

der Erzählerin ist merkwürdiger Friede: Pera steigt über das Dach, ich höre samtenen Sprung, sie hüpft in mein Bett – schauderhaft, unterbreche ich – stupft an meine Wange, knabbert an meinem Ohrläppchen, schnuppert, schreitet gewichtslos über die Bettdecke, legt sich in meine Beuge, zusammen erwachen wir, sie gibt mir das Pfötchen, wir schlafen wieder ein, morgens ist sie auf und davon. Sie wartet und bettelt, jedoch königlich, nie schmierig. Ich mag ihre Füsschen auf meinen Oberschenkeln – scharfe Krallen, werfe ich ein – zärtliches Betupfen und sie – starrt dich an mit dauerndem Anspruch, ekelhaft, sage ich. Die Erzählerin bleibt ungerührt: Du kennst doch Tinto. Er blickt hochmütig, dreht verachtend den Kopf, will mich barfuss. Unversehens packt er meine Knöchel, betrommelt mich mit Filzbällchen – leckt es dich oder beisst es, das Biest? – frisst nicht, bevor er Spielzeit bekommt im Lavabo mit langsamst tropfendem Wasserhahn, streckt die Zunge – die Erzählstimme bricht ab. Das Spiel mit der Maus, rufe ich. Mit der Schnur, murmelt die Erzählerin. Weiter, rufe ich. – Ich spiele Blindsein, bis gelbe Augen – was? – am Vasenrand irrsinnig belustigt – belustigt? weit übertrieben. – Bevor ich gehe, merkt er, dass er verlassen wird. – Neurotiker, ihm fehlt Wiese und Weite. – Er hat, was er braucht. – Okay, sage ich, besser haben wir es auch nicht.

Donata Berra mit Katze Charlie

Donata Berra
Paesaggi con gatto assente
uno

Tirata tra i tuoi mille lacci, mai
che m'incammini fiera
seguendo i miei voleri, ed agli snodi
mi perda in strade a caso, non lì dove
potrei trovare ancora
traccia di te.

Mentre stamani
sul cofano della macchina
un'impronta di zampa a quadrifoglio:
e lui, sovranamente altrove.

Paesaggi con gatto assente
due

Poi viene il sonno
su tutto quello che ci siamo detti,
e l'ombra: forse
dimenticanza è rintanarsi in salvo.

Sapessi almeno fare come lui,
che s'infila sotto la coperta, e fuori
lascia solo la punta della coda
come capriccio di memoria.

Deutsche Übersetzung Seite 326

«Kätzin, sich ins Bild träumend».
Federzeichnung von Ingrid Fichtner

Ingrid Fichtner
Brief, an eine Freundin

... aber eigentlich, liebe F... vermittelte es mir eher das Bild eines Löwen wie es da lag das Geldstück in ihrer Hand die Münze und wie sie schimmerte ... *Spiegel! der Liebesgöttin* flüsterte Hans. Der weisse Handschuh hatte mich überrascht und wie klein ihre Hand war aber vielleicht könnte man sich den Handschuh auch dunkel denken wie den eines Falkners: meinst du nicht sie hält die Münze wie in Erwartung eines Vogels?

Hans jedenfalls redete von blauer Milch und *Katzenspeis'*... ich fühlte mich wirklich genarrt er gab nicht nach wies auf den Teller den Rücken den Buckel den Schwanz (gewölbt bis ins Schwarz!) die Pfote: *chat-pard* ... ich war starr: im Ohr der Monolog im Aug' das Glimmen und leiser kein Tritt wiewohl die Striche hell genug leuchten in ihrem Fell auch wenn sie sich (durch nichts zu bestechen) der Beobachtung der Welt oder philosophischen Betrachtungen hingibt ... Doch: *Kätzin* erklärte mir Hans und *Gegau* ... als sehnsüchtigstes Verlangen – er flüsterte es rücksichtsvoll – von Haus aus bezeichnet es *jedes* Öffnen des Mundes Maules Rachens ... vom Gähnen ins Gaffen ... vom Mund mit übergegangen auf's Aug? – Ich hielt das Lauern kaum aus!

Daneben das Bild vom kleinen Gestreiften du weisst ja von dem mit der hängenden Zunge der Schuhe stiehlt: du kennst es doch?

Himmel, unter den Füssen meinte Hans dann vor der nächsten während mir war als legte sie ihre Pfoten einem Gott auf die Brust – bevor sie Raubtier lernt. Alles Krankheiten – lunatisch – *Gejaule Gerenne Gerau* (so er) ... das Farbgeräusch zieht sich bis in den Rahmen links unten der mit dem grünen Halsband als würde er aus der Welt schleichen wollen ...

Rätus Luck

Rainer Maria Rilke, Mitsou, der Kater, und der «King of Cats»

Mit einer faunenkundlichen Einleitung

1. Von Tieren allgemein[1]

In der Überzeugung, es sei, bevor man an jenen Kater, jenen Künstler herantritt, die Rilke – man kann sagen: in die Weltliteratur eingeführt hat, nötig, den tierischen Kosmos Rilkes insgesamt etwas genauer zu betrachten, soll hier zunächst von diesem die Rede sein: sowohl von der Fauna practica, d.h. Rilkes Begegnungen mit real existiert habenden Tieren, wie von der Fauna poetica, bestehend aus Tieren, die in Rilkes dichterischem Werk erscheinen, und der Fauna imaginaria, d.h. Tieren, die es so nicht gibt bzw. gab, denen es Rilke aber trotzdem erlaubte, bei ihm vorzukommen. Vollständigkeit ist in keinem dieser drei Fälle beabsichtigt; man kann, wenn interessiert, die Beispiele unschwer aus Werk, Briefen und Biographie ergänzen.

1.1 Fauna practica

Wo anders beginnen als in Ägypten, wie schöner als mit jener Eule, die bis 1925 (aber seit wann?) den Sphinx von Giza sozusagen bewohnt und die Rilke in der Vollmondnacht vom 10. auf den 11. Januar 1911 wahrgenommen hat. Er kommt auf sie zurück in der zehnten der *Duineser Elegien,* die Ende 1913 in einer ersten Fassung vorliegt, am 11. Februar 1922 aber von Vers 13 an neu gestaltet wird. Unvergleichlich und unvergesslich Rilkes Beschreibung und Deutung des Eulenflugs,

streifend im langsamen Abstrich die Wange entlang,
jene der reiferen Rundung,
zeichnet weich in das neue
Totengehör, über ein doppelt
aufgeschlagenes Blatt, den unbeschreiblichen Umriss.[2]

Zwischen das nächtliche Eulen-Erlebnis und den letzten Niederschlag 1922 in der Elegie schiebt sich Rilkes Fürsorge für einen jungen Hund, der Lou Andreas-Salomé gehört, Druschok heisst, russisches Wort für «Freundchen» und deshalb von Rilke in den ihn betreffenden Briefen mit kyrillischen Buchstaben geschrieben. Er soll sie von Berlin nach München, an die Finkstrasse 2 begleiten, wo Rilke eine Wohnung mit der anderen Lou (Lulu Albert-Lazard) teilt und wo die eine Lou dann vom 19. März bis

Rainer Maria Rilke als Kind, 1879, knapp 4-jährig

zum 27. Mai 1915 zu Besuch ist. Für «gewisse Nothfälle» sei eine grosse Terrasse da, «die schon fast für wirkliche, allumfassende Natur gelten darf. Sollte Drujok die Trennung also unerträglich sein oder seine Ausbildung ins Bürgerliche darunter leiden, so soll es ihm hier an Freiheiten und Licenzen nicht fehlen», schreibt Rilke am 9. März 1915 und ergänzt am 13. März, es gebe «keinen Zweifel mehr, dass Druschok mitkommen muss, wir haben nochmals Rath gehalten und die Terrasse den mythologischen Vorgängen zugesprochen, in denen seine Natur noch verstrickt ist. Diese Terrasse ist enorm, durch einige dort herumstehende Gegenstände ist zugleich eine gewisse Diskretion gegeben –, ausserdem ist Dein kleiner Freund ja in aufsteigender Linie seiner Erziehung, und schliesslich kommt er ja auch ab und zu mit einem von uns auf die Strasse hinunter. Und im Ganzen sind wir sicher, dass die Unschuld seiner gelegentlichen Schuldigkeit uns ganz im Allgemeinen über die Möglichkeit irdischer Verschuldung unterrichten wird und erzieherisch nicht an uns verloren geht.» Wir haben keine Nachricht darüber, ob das Wagnis schliesslich glückte, wissen aber, dass Druschok kaum vier Jahre darauf starb, was Rilke am 21. Januar 1919 zu einem Kondolenzbrief an Lou veranlasste: «Die Umlaufszeiten dieser kleinen Herz-Gestirne zu erfassen: ist ja doch auch Einweihung ins eigene Leben; und ob uns diese heiteren Monde auch die reinste Welt-Sonne wiederscheinen, es war doch vielleicht ihre immer abgekehrte Seite, durch die wir mit dem unendlichen Lebens-Raum dahinter in Beziehung standen.»

Ein Sprung durch endlichen Raum und endliche Zeit bringt uns ins Wallis, ins Muzot. Rilke bewohnt es seit dem Herbst 1921 und vergleicht es im Gedicht *Für Werner Reinhart/ ins Gäste-Buch auf seinem Muzot* mit einer Arche, um die er Gott gebeten habe: «Und er erhörte mich und trieb die Mäuse/aus einem Thurm, der ihnen Nahrung war... .» Zu dem kleinen von Frieda Baumgartner besorgten Muzot-Haushalt gesellt sich im Herbst 1922 eine Katze, Minot genannt, von der Rilke am 9. November 1922 an Frieda schreibt: «Muzot werden Sie unverändert finden, ausser dass es bereichert ist um einen neuen Hausgenossen: eine kleine fröhliche Katze, die sich schon sehr ans Haus (leider auch an mich!) gewöhnt hat; die wird Ihnen lustige Gesellschaft leisten.» Es scheint, dass Rilke gerade bei Katzen eine bestimmte Anhänglichkeit hervorgerufen hat; jedenfalls berichtet er Nanny Wunderly-Volkart im Vorjahr (20. Mai 1921) aus Etoy am Genfersee: «Wunderbare Räthsel der Anpassung übrigens; eine Woche –, und schon (heute morgen zum ersten Mal, während ich Ihren Brief unten auf der Bank in der Sonne las) schon geht die Katze vorbei und sagt mir im Vorübergehen, eine hausgenössische Kleinigkeit [...].» Allerdings waren nicht alle Katzen, die Rilkes Weg kreuzten, von harmloser Anhänglichkeit. Über einen Besuch Rilkes in Riencourt am Genfersee bei Carl J. Burckhardt berichtet dieser: «Während jenes Aufenthaltes [...] folgte eine kleine nicht zum Haus gehörende Katze, die ein blaues und ein grünes Auge hatte, Rilke bei jedem Schritt. Auf der Strasse sprach eine alte Bäuerin den Dichter an, sagte: ‹Monsieur, chassez cette bête, un chat à yeux différents signifie la mort dans l'année.› Der unglückliche Ausspruch bedrückte den Dichter, ja verdüsterte ihn vorübergehend.»[3]

Mit dem Namen des Historikers und Diplomaten Burckhardt verbindet sich jene andere Episode, die im Herbst 1924 spielt und die er in einem fabelhaften Bericht überliefert hat. Hauptakteure sind neben Burckhardt und Rilke der Lyriker und Graphologe François Franzoni sowie ein Kalb; Zeit: ein Sonntagmorgen, Ort der Handlung: Sierre und das Muzot. Burckhardt und Franzoni, auf dem Weg zu Rilke, begegnen einem Bauern, der ein erbärmlich klagendes Kalb zum Metzger führt. Von Mitleid gepackt, kaufen sie dem Besitzer das Tier ab und nehmen es mit. «Rilke stand in Mantel und Hut auf der Freitreppe des Turmes und betrachtete unser eintreffendes Dreigespann mit besorgtem Erstaunen. ‹Was soll das?›» fragt er und später: «Das arme Tier, sollte man ihm nicht irgendein Milchgericht zubereiten lassen?» Mit Mühe bringen Burckhardt und Franzoni das Tier in Sierre wieder los, und Burckhardt schliesst die Geschichte mit der Lehre Buddhas, «dass man den Dingen dieser Welt ihren Lauf lassen müsse».

Keineswegs in diesem Sinn verhielt Rilke sich den Schädlingen gegenüber, die seine geliebten Rosenpflanzungen im Garten von Muzot bedrohten. In Briefen an

Werner Reinhart wird sein Kampf gegen sie mehrfach dramatisch geschildert, so am 18. Juni 1924: «Nur die Rosenkäfer machen uns viel Plage, Frida's Hauptbeschäftigung ist es, sie abzulesen und sie bringt es täglich, mit zunehmender Geschicklichkeit, auf einige Hunderte. Es giebt kein Schutzmittel gegen diese über die Wiesen, von der Bernona-Seite her, zufliegenden Gäste, als dass man mit ihnen ringt, Mann gegen Mann, was man in den Geschichtsbüchern ein ‹Handgemenge› nennt!»

Wenn noch kurz von Rilke und dem Wolf berichtet werden darf, so ist damit nicht ein Canis lupus gemeint, sondern jener Hund, der Rilke in Genf über den Weg nicht eigentlich lief, da das bedauernswerte Tier dauernd angekettet war, und den er mit seiner Gönnerin und Freundin Nanny Wunderly-Volkart in der Unteren Mühle zu Meilen zusammen in eine komplizierte Aktion einbezog. Dem Architekten Guido von Salis, der in der Nähe von Genf wohnt, schreibt er am 18. Juni 1921: «[...] der Coiffeur im ‹Bergues› ist Eigenthümer eines Wolfshundes ‹Lord› genannt, den ich schon im Winter bemerkt hatte, – er will ihn verkaufen, zum Preise von Frcs 250.–, der mir nicht unangemessen scheint, – und da Frau Wunderly daran dachte, sich für ihre einsamen Spaziergänge in den (nicht mehr so wie einst sicheren) Wäldern um Meilen, einen solchen schützenden Begleiter anzuschaffen, so nahm ich das wie eine Fügung und meinte ihr, nach wiederholter Vorführung, den guten und wohlgesinnten, 14 Monate alten Loup empfehlen zu können. Immerhin so eine Anempfehlung von meiner Seite hat sich auf keine besseren Kenntnisse zu berufen, – ich meinte *Sie* als zuverlässigen Beurtheiler vorschlagen zu dürfen. Würden Sie also [...] gelegentlich Ihr Gutachten über ‹Lord› abgeben wollen, der Coiffeur versichert, er hätte alle Eigenschaften der Ächtheit nebst (vorhandenem) Stammbaum (de petite noblesse –), und vorzuwerfen wären ihm allerhöchstens zwei in der frühesten Kindheit nicht beschnittene Wolfsklauen, die aber mehr als Reiz aufzufassen, denn als Fehler zu tadeln seien. Auch fehle es ihm weder an natürlichen guten Eigenschaften, noch an einer gewissen Erziehung, die nun freilich noch auszubauen und zu vervollkommnen bliebe. [...] Wenn die Hausgenossen in Meilen sich nicht sträuben und Ihre Meinung über den Loup günstig ist, so zweifle ich nicht, dass er die neue Herrin erhält, die in seinem Leben Epoche machen würde. – In diesem Fall würde der Coiffeur den jungen Polizei-Wolf morgen, Sonntag, über acht Tage selbst nach Meilen bringen, damit der Hund in seinem Herzen eine Amateurphotographie seiner beiden Herren aufnehmen und so den Übergang von einem zum anderen begreiflicher fände. Bald wird er, denk ich, über meilener Eindrücken seine Erinnerungen an die weniger schöne Seite des Hôtel des Bergues [...] aufgegeben haben und sich zum Kanton Zürich bekennen, die 75 Fragen des Steuerbogens nach bestem Wissen ausfüllend.» Nach einem ersten Situationsbericht aus Meilen schreibt Rilke einleitend zu jenem grossen, am 4. Juli 1921 in Lausanne an Nanny Wunderly-Volkart geschriebenen Brief, der die Entdeckung des Muzot schildert: «[...] ich freu mich so sehr, dass mein rascher Instinkt, Ihnen diesen Freund aller Tage, dieses ungetheilte eifrige Herz zuzuwenden, im Recht war und sich schon in so vielen kleinen Zügen Ihrer Beziehung zu Lord erweist und bewährt.» Aber dem Experiment ist kein Erfolg beschieden; am 8. Juli heisst es: *«Mais je suis extrêmement inquiété de ne pas trouver un petit mot sur Lord dans votre dernier envoi. Serait-il encore méchant?* Je ne puis le croire. Téléphonez avec son maître le Coiffeur Max aux Bergues!! Et le vétérinaire qu'est-ce qu'il disait?? *Un petit mot là dessus au Bellevue, je vous prie, Chère* [...]», und am 9. Juli: «Et le procès fait à Lord, *qui* le gagnera?; il m'inquiète beaucoup.» Lord verschwindet dann aus den Briefen; man weiss indessen, dass er den Prozess sozusagen verloren hat und verkauft wurde.

1.2 Fauna poetica

Indem wir Rilkes Interesse am Pferd, das ihn u.a. 1923 nach Thun an den Concours hippique geführt hat,[4] mit angemessenem Schwung überspringen, wenden wir uns zunächst der noch zwischen Wirklichkeit und Dichtung angesiedelten Nachtigall bzw. Meise zu. Die im Dezember 1922 entstandenen Gedichte *Rossignol* und *Mésange* beziehen sich auf zwei Vögel, die der Walliser Hirte Maurice Joseph Michelot (Michellod) aus dem Val de Bagnes geschnitzt und die Antoine Contat, Vizekanzler der Eidgenossenschaft, der Michelot kannte und dazu von seiner Tochter Antoinette angeregt wurde, Rilke an Weihnachten 1922 schenkte. Die Gedichte sind Antoinette Contat zugedacht, in ein kleines Heft eingeschrieben und von einer Prosa-Widmung begleitet. In Prosa hatte Rilke sich schon Anfang November, als er die Druckfahnen der *Duineser Elegien* und der *Sonette an Orpheus* las, Contat gegenüber zu einer Holz-Kuh Michelots geäussert: «N'y eût-il pas la vache en bois sculpté qui assistait de tout près à mes ébats policiers, ç'aurait été un métier désespérant; mais son parfait équilibre (comme image et comme œuvre d'art) influait doucement sur mon impatience: quelle bonne et belle réalisation que ce morceau sculpté, où, avec une lente observation, rassemblée goutte par goutte, est entré tant de conscience, tant d'assurance simple, tant de cœur...» Im Brief vom 5. Januar 1923 an Antoine Contat kommt er noch einmal auf die Tierskulpturen zu sprechen: «Ils sont touchant, ces deux ‹beites›[5]... Quelle insistance d'observation, liée à ce tact de l'artiste parfait qui n'insiste pas trop et qui, tout en s'approchant le plus près possible, se retire au dernier moment pour que l'œuvre reste seule dans son athmosphère particulière qu'elle se crée elle-même; combien grand fut le danger que ces oiseaux, grandeur nature, ne deviennent que des ‹imitations›, et avec quelle délicatesse ce trop de ressemblance a-t-il été évité. La meilleure preuve de cette réussite, je la trouve dans le fait que l'artiste a su rendre *légers* ces deux morceaux de bois transformés, tout autant qu'il lui a été donné, d'alourdir, de rendre pesant l'autre morceau, cette vache couchée [...]. – Je suis vraiment curieux de voir un jour, chez vous, toute la collection, nombreuse, paraîtil, d'animaux divers; qu'est-ce qui l'empêche au fond, ce berger qui possède de vrais trésors d'observations, de s'attaquer à la figure de l'homme? Est-ce qu'il n'a jamais ‹donné› des humains, saisis par ces mêmes moyens exacts? – Mais, ayant beaucoup fréquenté des bergers en Espagne autrefois, je me rappelle combien l'apparition du berger est ‹seule› parmi ses bêtes; il est probable qu'il ne voit l'homme qu'intérieurement, que, humblement, il s'identifie avec tous ses égaux et, *qu'en face de lui,* il n'y ait que ‹les autres›, les bêtes, les arbres, les astres, la nature multiple et constante qui, tout en changeant, surpasse la caducité de l'homme passager et survit à lui.»[6]

Rainer Maria Rilkes Grab in Raron mit dem Hundewappen

Der Dissertation von Kih-Seong Kuh *Die Tiersymbolik bei Rainer Maria Rilke* ist zu entnehmen, dass Tiere in Rilkes dichterischem Werk mehr als 400 Mal auftreten, sei es als Kollektiv (Tiere, Herde, Vieh, Getier, Kreatur usw.), sei es als besondere Spezies wie «Hund» oder «Pferd» (auch Ross, Rappe, Schimmel, Mähre, Traber), Löwe und Schaf, Hirsch und Rind, Panther, Katze, Affe, Elefant, Kaninchen, Maus, Eichhorn, Hermelin, auch: Regenpfeifer, Kuckuck, Pinguin oder Grille, Wurm und Biene, Kröte, Qualle, Fledermaus...

Es muss hier genügen, einige der bekannteren Gedichte und Prosatexte Rilkes in Erinnerung zu rufen, die das oder ein Tier oder wie *Das Karussell* mehrere Tiere gleichzeitig zum Gegenstand haben; ebenfalls nur erwähnt werden kann der Hintergrund, vor dem solche Evokationen zu sehen sind: der in der achten *Duineser Elegie* gestaltete Kontrast zwischen der unbewussten Existenz des Tieres und dem sich seiner Endlichkeit bewussten Dasein des Menschen. Besonders anschaulich und eindrücklich sind die

Tier-Bildnisse in den *Neuen Gedichten*: *Der Panther,* vorgebildet im Prosagedicht *Der Löwenkäfig,* das formal an *Die Auslage des Fischhändlers* anschliesst, *Flamingos* und *Papageien-Park*; *Der Schwan* hat ein französisches Gegenstück in *Un cygne avance sur l'eau.* Eine ganze Reihe von Gedichten gelten Katzen und schildern sie als magische, geheimnisvolle Wesen, die sich dem menschlichen Verstehen entziehen: *Schwarze Katze, Chat* und *Idol,* das auf einem französischen Entwurf beruht: *Divinité du sommeil des chats.*[7] Zahlreich sind im Werk die Erwähnungen des Hundes, wobei für Rilkes Konstruktion adeliger Herkunft das Gedicht *Bildnis* besonders interessant ist: Es nennt den Windhund, den Rilke zu seinem Wappentier gewählt hat.[8] Im Januar 1907 ist auf Capri der Prosatext *Eine Begegnung* entstanden, ein halbes Jahr später in Paris *Der Hund,* der dann 15 Jahre darauf warten muss, in den *Sonetten an Orpheus* angeredet zu werden: «Du, mein Freund, bist einsam, weil...»

1.3 Fauna imaginaria

Die Tapisserien der *Dame à la Licorne,* die Rilke im Musée de Cluny gesehen und in den *Aufzeichnungen des Malte Laurids Brigge* beschrieben hat (Löwe, Falke – oder Papageienweibchen? – Hündchen, Affe, Kaninchen), führen hinüber in den Garten der Fauna imaginaria, zu den Fabeltieren, die in der Phantasie, im Märchen, in der Mythologie existieren; das Alpha-Tier in diesem Reich ist das Einhorn, von dem Dame und Teppiche den Namen haben. Als «niegeglaubt» erscheint es auch im Gedicht *Das Einhorn* (entstanden im Winter 1905/1906) und wird beschworen im *Zweiten Teil* der *Sonette an Orpheus:* «O dieses ist das Tier, das es nicht giebt». Ein anderer magischer Tier-Bezirk ist die «Tempelwelt von Karnak», die der Brief Rilkes an Clara Rilke vom 18. Januar 1911 beschreibt, und das «aus dem Nachlass des Grafen C.W.» überlieferte Gedicht *In Karnak wars* (Ende November 1921): die «granitnen Katzen-Bilder», der Göttin Sachmet geweiht, die «katzig, steinern, stumm» Gericht zu halten scheinen und zugleich «der Welt Geheimnis» nicht preisgeben, nur darauf hinweisen.[9]

In besonderer Weise gehören zur imaginierten Fauna Rilkes ein Huhn und ein Lamm. Was das Huhn betrifft, so fristet es sein Dasein in der Erzählung *Clara* von Brigitte Doppagne, die Rilkes Begegnung mit den Worpsweder Künstlern, mit Paula Becker und Clara Westhoff schildert. Ein Spaziergang wird beschrieben: «Vom anderen Ufer der Hamme ertönte plötzlich ein lautes Gackern; ein braunes Huhn lief aufgeregt hin und her. Es wird zum Bauernhof da vorne gehören, vermutete Modersohn. Warten Sie hier auf mich. Ich bin gleich wieder zurück! Rilke drückte Paula seinen Spazierstock in die Hand und ging mit festen Schritten den Weg zurück, den sie gekommen waren, steuerte auf eine Brücke zu, die über die Hamme führte, und sah sich immer wieder nach dem Huhn um, das, durch die Anwesenheit der drei Menschen am anderen Ufer in zusätzliche Unruhe versetzt, nun flügelschlagend umherlief. Rilke überquerte den Fluss und verlangsamte seinen Schritt. Clara hörte, wie er vor sich hin sprach. Als er einen Steinwurf von dem Huhn entfernt war, verfiel er in einen weichen, eintönigen Singsang. Er kauerte sich auf den Boden, sang die gleichförmige Melodie weiter, von der

La Dame à la licorne, Teppich, Ende 15. Jh.

sich in regelmässigen Abständen helle, kurze Töne abhoben, und bewegte sich in der Hocke langsam auf das Huhn zu. Es hörte auf, hin und her zu laufen, und begann, mit geducktem Kopf in die Richtung zu horchen, aus der der Gesang kam. Ab und zu zitterten Kamm und Lappen, es breitete kurz die Flügel aus, als wolle es losfliegen, aber dann setzte es sich doch ins Gras und gluckste leise vor sich hin. Mit einem Griff hatte Rilke es gepackt und klemmte es sich unter den Arm. [...] Eigentlich müsste es ulkig aussehen, dachte (Clara), der Dichter mit dem Huhn unter dem Arm, aber es wirkt ganz natürlich.»[10] Die Vermutung, dass sich diese Schilderung wie andere Episoden in der Erzählung auf Überlieferung stütze, erwies sich als falsch; die Autorin hat die Zähmung oder Magnetisierung des Huhns erfunden, die aber genau passt zu Rilkes letztlich beziehungslosem, unechten, stilisierten Auftritt innerhalb des «Gesamtkunstwerks Worpsweder Künstlergemeinschaft», wie die Erzählung ihn schildert.[11]

Mit dem Lamm dagegen verhält es sich folgendermassen: Nach seinem Aufenthalt in Bern zwischen dem 17. und 26. November 1919 schreibt Rilke an Yvonne de Wattenwyl: «Ich gehe schwer fort. Bern war so schön heute Nachmittag. Der Ausblick auf das ‹Lamm› von der Münsterterrasse... und auch sonst.» Was oder wen meinte Rilke mit dem «Lamm»: ein wahrhaftiges Tier, einen Geländeteil in der Form eines Schafs, ein Gebäude, gar ein Wirtshaus, das «Lamm» geheissen hätte? Das Rätsel löste Berchtold Weber, Verfasser des *Historisch-topographischen Lexikons der Stadt Bern.* Er wies hin auf das von der Münsterplattform aus damals noch besser sichtbare Kirchenfeld, das seit 1881 an Eigentum der «Berne Land Company» war und deshalb allgemein «Land» genannt wurde. Frau von Wattenwyl muss undeutlich artikuliert, Rilke, dem dieser

Zusammenhang nicht bekannt war, nicht richtig verstanden haben, so dass dieses Lamm seine Existenz einem Hörfehler verdankt.

2. Kater Mitsou und der König der Katzen

Beim Gehege des Tiers mit Namen «DIE RILKE», die, wie Franz Blei feststellt, «nur weiblich vorkommt, wenn auch gewisse äussere Geschlechtsmerkmale, wie Barthaare, männlichen Charakter haben», verlassen wir den literarischen Tiergarten und wechseln endlich hinüber ins Revier von Kater Mitsou und ins Reich des Königs der Katzen. Doch ist dieser Wechsel nur möglich auf einem Umweg über das Nutztier Kuh bzw. über das zürcherische Dorf Berg am Irchel. Hier bezieht Rilke am 12. November 1920 das sogenannte «Schloss Berg», einen komfortablen Landsitz und nach Soglio, Locarno, dem Schönenberg die vierte Station in der Schweiz, wo er sich längere Zeit aufhält. Als Rilke ankommt, herrscht in Berg die Maul- und Klauenseuche; er darf den Schlosspark nicht verlassen; die einzige Verbindung zur Aussenwelt läuft über den Pfarrer des Dorfes, Rudolf Zimmermann, und über jenes «Leni», das dem Dichter zeitlebens das Vorbild einer Haushälterin bleiben sollte. Von dieser Gefangenschaft heisst es in einem am 24. November 1920 geschriebenen Brief: «Mon vaillant Château, je vous assure, m'enferme bien. Pas moyen même de sortir du parc, la fièvre aphteuse qui décime les pauvres bêtes tout alentour barre les routes principales.»

Balthus: Mitsou (Auswahl)

Der Brief ist an den zwölfjährigen Balthus[12] Klossowski gerichtet. Ihn, seinen Bruder Pierre und ihre Mutter, die ihm von Paris her bekannte Malerin Elisabeth Klossowska (Baladine, Mouky), hatte Rilke in der zweiten Juni-Hälfte des Vorjahres in Genf wiedergetroffen. Damit fing einerseits eine intensive Liebesbeziehung an, die Rilke in den bekannten Konflikt von Lebensanspruch und Arbeitsverpflichtung stürzte,[13] die von seiner Schweizer Umgebung nicht überall mit Wohlwollen aufgenommen wurde und auch Rilkes Mutter zu äusserst unfreundlichen Bemerkungen veranlasste.[14] Andererseits löste sie eine jener Hilfsaktionen aus, zu denen Rilke sich vor allem jüngeren Menschen gegenüber immer wieder entschlossen hat (Marthe Hennebert, Regina Ullmann, Henri Gaspoz u.a.). Seine Bemühungen, den beiden Söhnen Baladine und Erich Klossowskis Ausbildung und Zukunft zu sichern, lassen sich in Rilkes Korrespondenz aus der Zeit nach 1920 auf Schritt und Tritt verfolgen.[15] Überzeugt von der inzwischen durch weltweiten Ruhm bestätigten künstlerischen Begabung des jungen Balthus wurde Rilke durch die in 40 Tuschbildern erzählten Schicksale des Katers Mitsou, «heimlich gezeichnet, ein Jahr nach dem Verlust ‹Mitsous› als eine Art Tagebuch»,[16] ein Bericht über Finden und Verlieren und letztlich über die Aussichtslosigkeit von Besitz. Rilke war im Herbst 1920 auf die Zeichnungen Balthus' gestossen, als er sich mit Baladine in Sion aufhielt und mit ihr den Zoologen und Bibliographen Jean Strohl und dessen Frau Fry in der Villa Baur besuchte, die ihrerseits mit Klossowskis befreundet waren und sich um die Knaben Pierre und Balthus sorgten. Offenbar entschloss Rilke sich sofort, gewissermassen publizistisch einzugreifen, auf eine Veröffentlichung der Bilderfolge hinzuwirken und dazu ein Vorwort zu schreiben. Im

Brief an Fry Strohl vom 30. November 1920 erinnert er sich: «Vous aussi sans doute, vous nous voyez encore au salon de la Villa Baur [...] feuilleter le petit livre de ‹Mizu›. C'est à vous, Madame, que reviennent tous les honneurs que jamais il ira acquérir dans le monde. [...] Un contract, très sérieux d'ailleurs, vient d'être établi avec le Rothapfel-Verlag à qui je m'avais adressé sur votre conseil.»[17]

Die Entstehungsgeschichte von Rilkes Vorwort, das er am 26. November 1920 in Berg verfasste, ist durch Entwürfe, Korrekturfahnen und Briefe genau dokumentiert.[18] Erhalten ist auch der Briefwechsel mit dem französischen Dichter Charles Vildrac, den er um Durchsicht seiner auch französisch «gedachten» – das betont er immer wieder – *Préface* bat.[19] Abgesehen davon, dass dieser Text einer weiteren Katze ein weltliterarisches Denkmal gesetzt hat, handelt es sich um eines jener kurzen Prosastücke Rilkes, die von einer beeindruckenden gedanklichen und stilistischen Präzision sind und die von der Forschung gegenüber der Lyrik und den *Aufzeichnungen des Malte Laurids Brigge* vernachlässigt werden. Der zwischen dem Verleger Eugen Rentsch und Rilke am 23. November 1920 geschlossene Verlagsvertrag sicherte Rilke 10 Prozent vom Ladenpreis des broschierten Exemplars (6 Franken 50 Rappen) und eine A-Konto-Zahlung von 300 Franken bei Erscheinen zu.

Der verlorene Kater und die Bilderfolge Balthus' blieben nicht ohne Fortsetzung. Rilkes Verbindung mit dem jungen Künstler bestand weiter bis zu seinem Tod. Balthus war beim Begräbnis des Dichters am 2. Januar 1927 in Raron anwesend; Rilke schrieb, als Balthus für ihn im Louvre Poussins Gemälde *Echo et Narcisse* kopierte, das Gedicht *Narcisse.* Und während Rilkes Abwesenheit in Schöneck im Sommer und Frühherbst 1923 war er im Muzot und malte hier eine *Paysage (Muzot).*[20]

Die Beziehungen im Dreieck Dichter und Maler und Katze(n) haben aber auch ihre seltsamen, tief irritierenden Aspekte. Da sind einerseits die Schlusssätze der *Préface* zu bedenken: «[...] je suis. Baltusz existe. Notre monde est bien solide. Il n'y a pas de chats.» Andererseits wird vorher in der gleichen *Préface* von den Katzen gesagt: «[...] a-t-on jamais su, si vraiment ils daignent loger un instant au fond de leur rétine notre futile image?» und: «L'homme fut-il jamais leur contemporain? – J'en doute. Et je vous assure que parfois, au crépuscule, le chat du voisin saute à travers mon corps, en m'ignorant, ou pour prouver aux choses ahuries que je n'existe point.» Ein Katz-und-Mensch-Spiel also?, bei dem sich zwei Welten gegenseitig ausser Kraft setzen, die eine die andere aus dem Da-Sein hinaushext, und man nicht weiss, wer der grössere Eskamoteur oder Illusionist ist. Verschwinden und Wiedererscheinen, der Wechsel von «now you see it, now you don't» ist tatsächlich, wie sich noch weiter zeigen wird, das Grundprinzip, nach dem das Dreieck funktioniert. [21]

Den Anfang nimmt das Spiel mit dem Brief Rilkes vom 24. November 1920, der Balthus die Unterzeichnung des Verlagsvertrags anzeigt: «Puisque, d'après les lois, [...] vous vivez encore à peu près au ciel, là où aucun engagement terrestre ne saurait vous atteindre, je dois porter, à moi tout seul, l'énorme poids de ce contrat authentique! Le voilà: vous voyez, il se déroule, comme une musique parfaite, de point en point, pour finir avec deux signatures, très sérieuses. Prenons-le donc au sérieux et érigeons de notre mieux ce monument public à Mitsou qui, en disparaissant, ne demandait pas tant. Rodin me racontait un jour qu'en lisant L'Imitation de Jésus-Christ,[22] il remplaçait partout le nom de Dieu pas le mot ‹sculpteur›; c'est ainsi que vous devez, en parcourant ce digne document, remplacer mon nom qui y figure, par le vôtre [...].»

Wie Balthus aus dem Vertrag verschwindet und von Rilke virtuell wieder eingesetzt wird, so verschwindet er kraft seines Geburtstags, der auf einen 29. Februar (1908) fällt, für jeweils vier Jahre sozusagen aus der Welt. Rilke bringt dieses Phänomen in einem Brief Ende Februar 1921 an Balthus in Zusammenhang mit der Hypothese des Schriftstellers Algernon Blackwood,[23] «que, toujours à minuit, il se fait une fente minuscule entre le jour qui finit et celui qui commence, et qu'une personne très adroite qui parviendrait à s'y glisser sortirait du temps et se trouverait dans un royaume indépendant de tous les changements que nous subissons; à cet endroit sont amassées toutes les choses que nous avons perdues (Mitsou, par exemple)..., les poupées cassées des enfants, etc., etc....» Rilke fährt fort: «C'est là [...] que vous devriez vous faufiler dans la nuit du 28 février, pour prendre possession de votre fête qui s'y cache, en ne rentrant à la lumière que tous les quatre ans! (J'imagine comme, dans une exposition d'anniversaires, ceux des autres seraient usés à côté de celui-ci qui se soigne, et qu'on retire, à de longs intervalles, tout resplendissant de son dépôt). Mr. Blackwood, si je ne me trompe pas, appelle le ‹Crac› cette fente secrète et nocturne: or, je vous conseille, pour l'agrément de votre chère mère et de Pierre, de ne pas y disparaître, mais d'y regarder seulement dans votre sommeil. Votre fête, je suis sûr, s'y trouve toute rapprochée, vous la verrez du premier coup, et peut-être aurez-vous la chance d'y entrevoir d'autres splendeurs encore. En vous réveillant le 1er mars, vous vous trouverez tout rempli de ces admirables et mystérieux souvenirs et, au lieu de votre fête à vous, vous en ferez une aux autres, généreusement, en leur racontant vos impressions émouvantes et en leur décrivant l'état magnifique de votre rare anniversaire, absent, mais intact et de première qualité! Cet anniversaire discret et qui, la plupart du temps, habite une espèce d'au-delà, vous donne certainement le droit sur beaucoup de choses inconnues ici (il me semble plus important et plus exotique que l'oncle brésilien). Je vous souhaite [...] que vous soyez capable d'en acclimater quelques-unes sur notre terre pour qu'elles y grandissent, malgré les difficultés de nos saisons incertaines..., à peu près comme M. de Jussieu avait fait avec ce cèdre du Liban qui est devenu l'ornement du Jardin des Plantes.»[24]

Unerklärlich auch und rätselhaft, wie plötzlich an anderer Stelle ein zweifellos aus diesem Brief stammender, aber bisher nicht überlieferter, dabei höchst bedeutsamer, weil um das Thema des Verschwindens und doch Da-Seins kreisender Satz auftaucht: «Je reste convaincu cependant que ‹Baltusz existe›, seulement ce sera toujours extrêmement difficile de convenir du lieu où il existe!»[25]

Seltsam die Geschichte des um seine Hälfte verringerten Gebäcks, von dem Rilke, auf Balthus' Geburtstag anspielend, diesem im Brief vom 23. Februar 1923 erzählt: «Frida vous a préparé un gâteau, mais celui-ci ne pourra pas partir, le pauvre. Elle vient de me le montrer et j'ai dû convenir qu'il ne soit ni transportable, ni présentable... C'est plutôt *eine Gespenstergeschichte.* Avec une voix blanche, Frida me racontait, l'œil tout rond encore de sa vision lugubre: ‹Um Mitternacht, genau um Mitternacht, ist er zur Hälfte eingesunken!› En effet c'est un gâteau lunaire, puisqu'on ne voit qu'un seul côté, celui-là splendide, il est vrai, mais cela ne suffit pas à la réalité d'un ‹Gugelhupf›, surtout quand il doit se mettre à voyager!» An sich schon gespenstisch, bekommt das Ereignis eine weitere unheimliche Dimension, weil dieser «moment où les gâteaux s'enfoncent à moitié» den genauen Zeitpunkt anzeigt, da, in kalter Winternacht, urplötzlich eine Katze vor Rilkes Bett – ist. Es mildert sein Erschrecken nur wenig, dass es sich um Minot, die Muzot-Katze, handelt.

Das Buch *Mitsou* ist als Gemeinschaftsprodukt eines älteren Dichters mit einem jungen Künstler ein verhältnismässig harmloses Phänomen, und man könnte es schliessen, ohne anderes zu empfinden als eine gewisse Nachdenklichkeit über die Tatsache, dass auch eine Katze nur eins, nicht sieben Leben hat. Beunruhigend sind zwei Dinge: Einmal die etwa vom Schriftsteller und Balthus-Biographen Claude Roy, selbst ein Katzenfreund, beobachtete Wesensverwandtschaft des Künstlers Balthus mit diesen Tieren,[26] auf die auch das Gespräch Balthus' mit Malraux im Jahr 1946 über «l'idée du chat» hinausläuft; Jean Starobinski hat es notiert, und seinen zeichnerischen Niederschlag fand es damals auf dem Papiertischtuch des Genfer Restaurant du Nord. Balthus selbst sagt von sich: «Ich gehöre eher zu den Katzenartigen.»[27] Noch beunruhigender ist zweitens die Feststellung, dass mit Mitsous Verschwinden das Interesse Balthus' für Katzen keineswegs ein Ende gefunden hat; immer wieder treten bei ihm Katzen ins Bild, was nicht bildlich, sondern tatsächlich bildlich, also wörtlich gemeint ist. Neben dem Berner Gottfried Mind, der zwischen 1768 und 1814 lebte, oder dem in Lausanne geborenen Théophil Alexandre Steinlen haben nur wenige Maler den Katzen so viel Raum gegönnt wie Balthus. Bei ihm lebt sie: diabolisch und bedrohlich, schattenhaft marginal, als menschlich-tierisches Mischwesen – kurz: mythologisch. Man betrachte[28] in diesem Sinn Bilder wie *Les Quais* (1929), *H. M. The King of Cats* (1935), *Her Heighness Sheila ‹Pickering›, Princess of Cats [...] Painted by His Maj[...] Balthus, The King of Cats, Himself* (1935), *Le Chat de la Méditerranée* (1949), *La Semaine des quatre jeudis* (1949) und *Nu au chat* (1949–1950), *La Chambre* (1952–1954), *La Patience* (1954) und *Les Trois Sœurs* (1966), *Le Lever* (1975–1978), *Grande Composition au Corbeau* (1983–1986), und die verschiedenen Fassungen des *Chat au miroir*: I (1977–1980), II (1986–1989), III (1989–1994). Nicht von ungefähr nannte man Mind den «Katzen-Raffel», nicht ohne Berechtigung trägt Balthus den Titel «Roi des Chats».

Sind diese im Bild erscheinenden Katzen Mitsou? Ist Mitsou diese Katzen? Wäre es möglich, dass Mitsou gar nicht verloren ging oder verlorenging, aber aus dem «crac» zwischen dem 28. Februar und dem 1. März regelmässig wiedererschien und -erscheint und dem Maler (was bedeuten da die Entstehungsdaten!) weiterhin Modell sass und sitzt, stand und steht, lag und liegt und sich heute in etwas verwandelter Erscheinung – wie sich ja auch der Meister von Baltusz zu Baltus zu Balthus zu Graf Balthazar Klossowski de Rola gewandelt hat – in Rossinière, im «Grand Chalet» aufhielte?[29] Jedoch, und von Old Possum gewarnt[30], muss man sorgsam abwägen, ob das eine einer Katze und erst recht dem König der Katzen gegenüber überhaupt statthafte Frage ist.

Und wenn sie allenfalls zugelassen würde, wird je mit einer Antwort zu rechnen sein? Oder bleibt es, auch was Mitsou betrifft, bei jenem knappen Wort seines Meisters, der einmal hat ausrichten lassen: «Balthus ist ein Maler, über den man nichts weiss»?[31]

3. Schluss

Die amerikanische Autorin Joyce Carol Oates hat im Vorwort zur Anthologie *The Sophisticated Cat* eine Brücke zwischen Katze und Künstler geschlagen: «My theory is that the writer senses a deep and profound kinship with the cat: Felis sylvestris in the well-groomed furry cloak and mask of Felis catus. The wildcat is the ‹real› cat,[32] the soul of the domestic cat; unknowable to human beings, he yet exists inside our household pets, who have long ago seduced us with their seemingly civilized ways. (Yes, and with their beauty, grace, independence, willfulness – the model of what a human being should be.) The writer, like any artist, is inhabited by an unknowable and unpredictable core of being which, by custom, we designate ‹the imagination› or ‹the unconscious› (as if naming were the equivalent to knowing, let alone controlling), and so in the accessibility of Felis catus we sense the secret, demonic, wholly inaccessible presence of Felis sylvestris [...].» Wie über Adolf Wölfli, dessen Werk er als möglichen Schlüssel zum rätselhaften Ursprung des künstlerischen Schaffens aufgefasst hat,[33] würde man nicht ungern ein Wort Rilkes auch zu dieser Deutung gehört haben.

4. Schluss II

Am 18. Februar 2001 ist der «King of Cats», ist Balthus in Rossinière, im Haus mit den 40 Zimmern und 70 Fenstern, gestorben, 93 Jahre alt – gestorben oder in jenen Raum zwischen zwei Zeiten geglitten, in den er sein Leben lang jedes vierte Jahr probeweise den Fuss gesetzt hat.

Rilke, Rainer Maria: *Sämtliche Werke,* 6 Bde. Hrsg. vom Rilke-Archiv in Verbindung mit Ruth Sieber-Rilke. Besorgt durch Ernst Zinn, Wiesbaden und Frankfurt am Main: Insel Verlag 1955–1966 (SW).

Werke. Kommentierte Ausgabe in vier Bänden. Hrsg. von Manfred Engel, Ulrich Fülleborn, Horst Nalewski, August Stahl, Frankfurt am Main und Leipzig: Insel Verlag 1996 (KA).

Mitsou. Quarante images par Baltusz; Préface de Rainer Maria Rilke, Erlenbach-Zürich und Leipzig: Rotapfel-Verlag 1921; *Balthus: Mitsou. Vierzig Bilder von Balthus.* Mit einem Vorw. von Rainer Maria Rilke; hrsg. und aus dem Franz. übers. von August Stahl, Frankfurt a.M. und Leipzig: Insel 1995; in: *Rilke-Balthus. Préface de Marc der Launy,* Paris: Somogy Éditions d'art/Michel Archimbaud 1998, S. 45–[93].

Das Testament. Mit Faksimile, Transkription, Erläuterungen und Nachwort hrsg. von Ernst Zinn, Frankfurt am Main: Insel Verlag 1974.

Briefe an Schweizer Freunde [u.a. an Frieda Baumgartner, Guido von Salis, Dory Von der Mühll, Antoine und Antoinette Contat]. Erweiterte und kommentierte Ausg. Hrsg. von Rätus Luck. Unter Mitwirkung von Hugo Sarbach, Frankfurt am Main und Leipzig: Insel Verlag 1994.

Lettres à un jeune peintre [Balthus Klossowski], in: *Fontaine. Revue mensuelle de la poésie et des lettres françaises.* Année 6, été 1945/tome 8, no. 44, S. 526–537; in: *Rilke-Balthus.* Préface de Marc de Launay, Paris: Somogy Éditions d'art/Michel Archimbaud 1998, S. 25–43.

Briefe an Nanny Wunderly-Volkart. Im Auftrag der Schweizerischen Landesbibliothek und unter Mitwirkung von Niklaus Bigler besorgt durch Rätus Luck, Frankfurt am Main: Insel Verlag 1977.

Briefwechsel mit Lou Andreas-Salomé, hrsg. von Ernst Pfeiffer, Frankfurt am Main: Insel Verlag 1989 (insel taschenbuch 1217).

Briefwechsel mit den Brüdern Reinhart 1919–1926. Hrsg. von Rätus Luck. Unter Mitwirkung von Hugo Sarbach, Frankfurt am Main: Insel Verlag 1988.

Rilke, Sophie, *Die Briefe Sophie Rilkes an Nanny Wunderly-Volkart 1926–1931.* Separater Anhang zu Schank, Stefan, *Kindheitserfahrungen im Werk Rainer Maria Rilkes. Eine biographisch-literaturwissenschaftliche Studie,* St. Ingbert: Röhrig Universitätsverlag 1995 (Saarbrücker Beiträge zur Literaturwissenschaft. 50).

Schnack, Ingeborg, *Rainer Maria Rilke. Chronik seines Lebens und seines Werkes.* 2., neu durchgesehene und ergänzte Auflage, Frankfurt am Main: Insel Verlag 1996 (Chronik).

Balthus. Exposition, Musée cantonal des beaux-arts, Lausanne, 29 mai–29 août 1993. Catalogue/textes de Jean Leymarie, Jean Rodolphe de Salis, Jean Starobinski, Jörg Zutter, Genève: Editions d'Albert Skira; Lausanne, Musée cantonal des beaux-arts, 1993.

Basting, Barbara, *Die Katze, die Kugel und die Königin. Kurzes Heraustreten des Künstlers aus der Zeitspalte. Besuche bei Balthus in Rossinière,* in: *du. Die Zeitschrift der Kultur,* 1992/9, S. 20–28.

Blei, Franz, *Das Grosse Bestiarium der modernen Literatur,* Berlin: Ernst Rowohlt 1922.

Burckhardt, Carl J., *Spaziergang mit François Franzoni,* in: *Begegnungen,* Zürich: Manesse Verlag 1958 (Manesse Bibliothek der Weltliteratur. 143; 8. Aufl. 1984), S. 121–140; der Text, von Burckhardt gesprochen, auch auf Schallplatte.

Doppagne, Brigitte, *Clara. Eine Erzählung,* München: Deutscher Taschenbuch Verlag 1999.

Grimm, Alfred, *Rilke und Ägypten. Mit Aufnahmen von Hermann Kaes,* München: Wilhelm Fink Verlag 1997.

Jonas, Klaus W., *‹dass ich die Existenz dieser Knaben fördern durfte›, Rilke und Balthusz,* in: *Philobiblon,* Jg. 29, Heft 4, Dezember 1985, S. 287–314.

Keller, Jon, *Rainer Maria Rilke und Thun,* in: *Historisches Museum Schloss Thun,* Jahresbericht 1977, S. 5–19.

Kuh, Kih-Seong, *Die Tiersymbolik bei Rainer Maria Rilke, mit besonderer Berücksichtigung seiner Vorstellung des »Offenen»,* [s.l.] : [s.n.], 1967. Diss. phil. Berlin, Freie Universität, 1967.

Luck, Rätus, *Wöfli, Rilke und ein paar andere,* in: Beretti, Michel; Heusser, Armin (Hrsg.), *Der letzte Kontinent. Bericht einer Reise zwischen Kunst und Wahn. Ein Bilder- und Lesebuch mit Materialien aus dem Waldau-Archiv,* Zürich: Limmat Verlag 1997, S. 86–89.

Oates, Joyce Carol, *Preface* zu *The Sophisticated Cat. A Gathering of Stories, Poems, and Miscellaneous Writings about Cats, chosen by Joyce Carol Oates and Daniel Halpern,* New York: Dutton 1992.

Ris, Roland, *Le gong, le chat, le sphinx: approches de la poésie tardive de Rilke,* in: Académie royale de Belgique, *Bulletin de la classe des lettres et des sciences morales et politiques,* 6e série, tome V, 1994, S. 337–371 = Union Académique Internationale, Soixante-huitième session annuelle du Comité, Bruxelles du 12 au 18 juin 1994, *Compte rendu,* S. 11–45.

Roy, Claude, *Notizen zu Balthus,* in: *du. Die Zeitschrift der Kultur,* 1992/9, S. 11–15.

Roy, Claude, *Balthus. Leben und Werk. Deutsch von Jörg Trobitius,* München, Paris, London: Schirmer/Mosel 1996.

Starobinski, Jean, *Malraux, Balthus et l'idée du chat,* in: *du. Die Zeitschrift der Kultur,* 1992/9, S. 18 f.

Weber, Berchtold, *Historisch-topographisches Lexikon der Stadt Bern in ihren Grenzen vor der Eingemeindung von Bümpliz am 1. Januar 1919,* Bern: Berner Burgerbibliothek 1976.

1 Als äusserst anregende Begleitlektüre sei das Buch von Rudolf Schenda: *Who's who der Tiere. Märchen, Mythen und Geschichten* (München: Deutscher Taschenbuch Verlag 1998) empfohlen.
2 Zitate aus Werken und Briefen Rilkes werden nur ausnahmsweise nachgewiesen; man kann sie anhand des Literaturverzeichnisses, der Werk-Titel bzw. Briefdaten leicht auffinden. Zum Eulen-Flug vgl. Rilkes Brief an Magda von Hattingsberg vom 1. Februar 1914 (Grimm, S. 295), zum Sphinx Grimm, Abb. 21 und 22, zum grammatikalischen Geschlecht der/des Sphinx Ris, S. 25, zur Zehnten Elegie KA 2, S. 686–702.
3 Brief an Ingeborg Schnack, 4.1.1974; *Chronik*, S. 704.
4 Vgl. den Artikel von Jon Keller sowie *Briefe an Nanny Wunderly-Volkart*, S. 898–900 und S. 1187–1189.
5 «Bêtes» im lokalen Dialekt.
6 Zu den spanischen Hirten s. *SW* 2, 45.
7 Vgl. Ris, S. 21 f.
8 Vgl. das Wappen auf der Grabplatte und den Einband der *Blätter der Rilke-Gesellschaft*.
9 Vgl. Ris, S. 22-25 und Abb. 2; *KA* 2, S. 571–574.
10 S. 76–79.
11 Brief von Brigitte Doppagne, 13.6.2000.
12 Die Schreibweise des Namens variiert; wir bleiben bei «Balthus».
13 Vgl. Rilkes Aufzeichnung vom April 1921: *Das Testament*.
14 Vgl.: *Die Briefe Sophie Rilkes an Nanny Wunderly-Volkart*, Nr. 129, 130.
15 Vgl. Klaus W. Jonas.
16 Rilke am 12.1.1922 an Nora Purtscher-Wydenbruck; *Chronik*, S. 704.
17 *Chronik*, S. 704.
18 SW 6, S. 1498–1501. Zu ergänzen ist, dass Rilke eine Reinschrift der *Préface* in der ursprünglichen Fassung im November 1920 auch an Fry Strohl sandte: «L'Auteur, modestement, dédie cette copie de son petit manuscrit à Madame Strohl-Moser/première Protectrice de l'ouvrage de Balthuz» (Kopie im Schweizerischen Literaturarchiv).
19 Nicht allen Änderungsvorschlägen Vildracs stimmte Rilke zu; s. Briefe an Nanny Wunderly-Volkart, S. 447 f.
20 Roy, *Balthus*, S. 48.
21 Das erinnert an die «Cheshire cat» in Lewis Carrolls *Alice in Wonderland* (1865), deren hervorstechende (oder eben nicht) Fähigkeit darin besteht zu verschwinden, die aber wenigstens für kurze Zeit ihr Lachen oder Grinsen zurücklässt.
22 Thomas a Kempis: *De imitatione Christi*, kurz vor 1427 entstanden.
23 Die zitierte Stelle im Roman *The Education of Uncle Paul* (1909).
24 Antoine-Laurent de Jussieu (botanisches Kürzel: Juss) soll den Schössling der bewussten Zeder in oder unter seinem Hut nach Paris gebracht haben.
25 Basting, S. 20.
26 Roy, *Balthus*, S. 28-30.
27 Basting, S. 22.
28 Vgl. Roy, *Balthus*, das Balthus gewidmete *du*-Heft 1992/9, den Katalog der Ausstellung *Balthus* von 1993 sowie die Liste in *Rilke-Balthus*, S. 23, Anm. 24
29 Vgl. Roy, *Balthus*, S. 245.
30 T. S. Eliot: *Old Possum's Book of Practical Cats* (1939). Man kann übrigens eine schöne Übereinstimmung zwischen Eliot und Rilke im Grundsätzlichen konstatieren: «Les chats sont des chats, tout court», stellt Rilke in seiner Einführung fest – «A cat is a cat» postuliert T.S. Eliot und fixiert damit auch gleich den Unterschied zum Hund, der eben nur, und damit befindet er sich wiederum im Einklang mit Rilkes Vorwort, ein Hund ist, so etwas wie ein halber Mensch.
31 Basting, S. 20; Roy, *Balthus*, S. 6.
32 Man wird sich darunter etwa die Katze in Rudyard Kiplings Erzählung *The Cat that Walked by Himself* (1902) vorstellen.
33 Vgl. Luck, S. 86-89.

Balthus:
Le Roi des chats, 1935

Balthus: Le chat au miroir II,
1986–1989

Raffaella Castagnola

Die Hunde bei D'Annunzio

Biographische Episoden und erzählerische Ansätze

Gabriele D'Annunzios[1] Leidenschaft für Tiere, insbesondere für Pferde und Hunde, zeigt sich in Zeitungsartikeln, Interviews, zeitgenössischen Karikaturen und humoristischen Ansichtskartenzeichnungen, vor allem aber auf vielen Fotos: Man denkt da an Bilder aus den Jugendjahren, die den Dichter hoch zu Ross am Strand von Francavilla a Mare zeigen, in der Gegend um Rom oder als Teilnehmer an einer Jagdpartie in der Maremma oder im Heideland um Gallarate. Besonders einprägsam aber ist die schöne Aufnahme von Nunes Vais, auf der er im Garten der Capponcina in Settignano bei Florenz zu sehen ist, umgeben von einem Dutzend Jagdhunden.

Die ersten Biographen, angefangen bei seinem Freund und persönlichen Sekretär Tom Antongini und seinem Mitarbeiter Benigno Palmerio, weisen darauf hin, dass es dieser Wohnsitz in Settignano war, der es dem Dichter erlaubte, seinen Traum der Zucht von Rassetieren zu verwirklichen: In seinen Florentiner-Jahren (Anfang Jahrhundert bis ca. 1909) nimmt D'Annunzio sehr häufig an Reitturnieren und Fuchsjagden teil, interessiert sich für Pferderennen, kauft Pferde, zahlreiche Jagdhunde und richtet einen eigenen Zwinger ein. Hunden und Pferden gilt aber auch die Aufmerksamkeit des Dichters und Erzählers, wie auch Antongini unterstreicht, der in seinem Buch *D'Annunzio inconnu* den «animaux de la création» ein ganzes Kapitel widmet.[2]

Die mondänen Chroniken berichten als erste von der Leidenschaft des Dichters für die als Sport betriebene Fuchsjagd, für Rennhunde und Rennpferde. Man muss nur die grossen zeitgenössischen Tageszeitungen oder auch satirische Zeitschriften durchblättern, um sich ein Bild von D'Annunzios verschiedensten Wohnorten in Italien, von seiner Teilnahme an sportlichen Anlässen und Wettkämpfen zu machen. Es gibt sogar Leute wie Diego Angeli, die das Bild des Dichter-Propheten so weit idealisieren, dass sie ihn wegen seines hingebungsvollen Spleens für die Jagd mit Prinzen der italienischen Renaissance vergleichen: «Ferner gehört das Reiten zum individualistischen, zähen Geist des Dichters aus den Abruzzen. Im Grunde ist er, trotz modernster Ausdrucksformen, trotz verschiedenster Entwicklungen von Politik und Kunst, immer ein wenig ein Mann der italienischen Renaissance geblieben, für den das Leben zur perfekten Harmonie der Schönheit werden muss. Er liebt die Pferde, wie sie Leonardo da Vinci oder Lorenzo dei Medici liebten, nimmt an Jagden in den Heiden der Lombardei oder den Ebenen Latiums teil, aufgrund desselben heftigen Handlungs- und Bewegungsdrangs, der auch Leo X. im Buschwald der Magliana die Spur von Wildschweinen und Hirschen

Gabriele D'Annunzio mit seinen Windhunden im Garten der Capponcina

aufnehmen liess, und er verehrt die schönen schlanken Jagdhunde, die er schon in den Gelagen Veroneses oder in den Oktaven Polizianos bewundert hat.»[3]

Unter den Rassetieren zeigt der Dichter eine besondere Vorliebe für Windhunde, die ihn vor allem durch ihre edlen Formen, ihre Treue und ihren Mut beeindrucken. So baut er, als sich ihm die Gelegenheit bietet, in der geräumigen, herrschaftlichen Villa Capponcina zu wohnen, sofort einen eigenen Hundezwinger und stützt sich dabei auch auf die Erfahrung und die Mitarbeit des Tierarztes Benigno Palmerio, der während der Florentiner Jahre zu seinem Verwalter und seiner Vertrauensperson wird. In seinem Erinnerungsband *Con D'Annunzio alla Capponcina* gibt Palmerio eine ausführliche Beschreibung des Hundezwingers und seiner Regeln: «Der Hundezwinger (ein elegantes rotes Backsteinhäuschen) war zuunterst am Vorplatz errichtet worden, rechts, mitten in einem Feld. Nach funktionalen Kriterien gebaut, war er leicht geneigt und einige Zentimeter vom Boden abgehoben, hatte zahlreiche Rinnen und Abflüsse, die eine äusserst gründliche Reinigung erlaubten. Im Innern waren kleine, elektrische Lampen installiert, die abends angezündet wurden und mit ihrem Licht, das durch die Seitentüren und die sehr kleinen Fenster mit ihren bemalten Gläsern herausdrang, dem Zwinger ein angenehm phantastisches Aussehen verliehen. Auf das Dach hatte der Dichter eine grüne Wetterfahne setzen lassen, die auf der einen Seite einen weissen Windhund zeigte, auf der andern, in roten Lettern, das Wort *Fidelitas.*

Die Hunde verliessen ihr Häuschen fast nie. Sie kamen nur heraus, wenn sie einen Unbekannten in der Nähe witterten oder wenn ihr Herr, wie er es häufig tat, sie einzeln mit Namen aufrief: Gog, Magog, Donovan, Altair, Hierro, Gnoccolo, Veronese, Nerissa, Crissa, Issa. Da war ferner Teli-teli, der wunderschöne Spaniel mit seinem weichen, glänzenden, grau-braun gefleckten Fell und seinen weit herabhängenden Ohren; sein Bellen zeigte manchmal unglaublich menschliche Modulationen und Töne.»[4]

D'Annunzio gibt sich mit seiner Tierzucht tatsächlich grosse Mühe und ist besonders den Hunden zugetan, mit denen er sich wunderbar versteht: «Die Liebe des Dichters zu seinen Hunden ist bekannt. Nicht weniger bekannt ist die wirklich rührende Zuneigung, die diese für Gabriele zeigten. Ihr Herr brauchte sie nur zu rufen, und sie sprangen alle aus dem Zwinger und stürzten sich ihm entgegen, verfolgten ihn, sprangen an ihm hinauf bis zum Gesicht, in einem eindrücklichen Crescendo von Gebell und Gewinsel. Und das machte D'Annunzio glücklich. Dann, plötzlich, genügte ein knapper Befehl, damit sich Gog, Magog, Nerissa, Crissa und alle andern wie durch Zauber beruhigten und sich ein schattiges Plätzchen suchten, um ruhig vor sich hin zu dösen.»[5]

Dieses gegenseitige Verständnis interpretiert Palmerio im franziskanischen Sinn, wie die nächste Erinnerung deutlich macht: «Eines Tages, während ich einen seiner Windhunde, dem es sehr schlecht ging, untersuchte, sagte der Dichter zu mir: ‹Siehst du nicht, Benigno, was für einen Blick voller Liebe und Dankbarkeit die Augen dieser Kreatur für dich haben? In ihrem Leiden bewahrt sie, veredelt, die ihrer Seele angeborene Güte.› Und mit Blick auf die andern Hunde, die uns aus kurzer Distanz starr anblickten, fügte er fast bewundernd hinzu: ‹Für mich sind es übernatürliche Wesen, begnadet in ihrer Anmut, ihrem Gefühl, ihrer Güte. Wenn wir uns mit ihnen vertraut machen, sie mit unseren Blicken, unseren Gesten, unserer Stimme liebkosen, entdecken wir in ihnen etwas Menschliches: Man versteht sich so gut, man kommt sich näher, man spricht fast miteinander. Ach, wenn die Menschen soviel Sinn für Treue hätten, soviel Bereitschaft zur Selbstaufopferung und Dankbarkeit, wieviel besser wäre die Welt!›»[6]

Seine Leidenschaft für die Rasse der Windhunde – die «Langschnauzen», wie sie liebevoll genannt werden – wird aber vor allem nach der Begegnung mit Nathalie de Goloubeff immer intensiver. Die schöne Russin sollte zur offiziellen Partnerin des Dichters während seines freiwilligen Exils in Frankreich werden. Nathalie – D'Annunzio gibt ihr den Übernamen Donatella – teilt mit ihrem Geliebten die Leidenschaft für Hunde, zuerst in Arcachon, dann auf dem Hof Dame-Rose in der Nähe von Paris, wo sie Rennwindhunde züchtet. In der Lande betreibt das Paar einen grossen Zwinger, nach strengen Regeln, wie sich der Biograph Tom Antongini erinnert, welcher Episoden aus dem alltäglichen Leben und wenig bekannten Anekdoten grosse Aufmerksamkeit widmet: «In Arcachon liess er im Garten des Châlet Saint-Dominique einen wunderbaren Hundezwinger erbauen, dessen Türe er mit vier Holzsäulen verzieren liess, die grob geschnitzte Hasen darstellen, und die sich heute im Garten des Vittoriale befinden und der bekannten ‹Hasenbrücke› ihren Namen geben. Die Regeln für den Hundezwinger waren sehr streng. Seine Liebe für die Tiere und seine gewohnte Sorgfalt liessen ihn sich mit allen Details beschäftigen, mit allen Pflegefragen. Eine Tafel, die er selber verfasst hatte, zeigte den Stundenplan und die Fressenszeiten der Windhunde an:

Sieben Uhr: Milchnapf.

Elf Uhr: Gog, Magog, Undulna an die Zitze. Anschliessend, Napf für alle sechs.

Drei Uhr: Milchnapf.

Sieben Uhr: Timbra, Altaflor, Pisanella an die Zitze. Anschliessend, Napf für alle sechs.

Zehn Uhr: Milchnapf. Die Mutter allen ihren Kleinen.»[7]

Gabriele D'Annunzio «der Windhundezüchter», Arcachon, 1913

In Arcachon verbringt D'Annunzio also viel Zeit mit seinen Hunden, er versorgt sie, spielt mit ihnen, kümmert sich um das Training, gleichzeitig beobachtet er sie aber auch, notiert sich ihre Gesten und Bewegungen, ihre Reaktionen, Rivalitäten und Leidenschaften. Die Notizhefte der Frankreich-Zeit sind voll von literarischen Bildern wie springende Windhunde im Gras, an ihrem Platz schlafende Hunde, dicht aneinandergekuschelte Welpen;[8] Donatella, die bei Tagesanbruch aufsteht, um den Welpen Milch zu geben;[9] verschiedene Farben des Fells, der Augen, der Schnauze,[10] die Geburt von White Orris;[11] das Bellen der Windhunde vor dem Auslauf.[12] In seinen privaten Notizen registriert D'Annunzio alles, vom Enthusiasmus für die Beteiligung am Waterloo Cup in London[13] bis zu den kriegsbedingten Sorgen und seinen Versuchen, den Zwinger vor dem Starrsinn Donatellas zu bewahren, die sich nicht von ihren Tieren trennen will. Letzteres in dramatischen Seiten, in verschiedenen Notizheften vom September 1914, denen zufolge die Sorge um ihre Hunde der Frau mehr Kummer zu machen scheint als die Folgen des Krieges: «2. September 1914. [...] Besuch bei Ortschef Thévenin. Seine Frau kommt aus Versailles zurück, wo sie Verwundete betreut. Sie erzählt von einem Verwundeten mit zerschossenen Beinen voller Blut und Fliegen. [...] Ich erzähle ihr von meiner Besorgnis um das Leben meiner Tiere. Ich beschreibe ihr den Starrsinn Donatellas, die in Dame-Rose bleiben will, trotz der Gefahr, um mit ihren Hunden zu sterben. Sie ist bereit, mit mir zu kommen und einen Versuch zu unternehmen, die Starrsinnige umzustimmen. Besuch im Zwinger. Unnützes Reden. Ich bringe sie zurück. Wir trennen uns voller Rührung. Thévenin verspricht mir, im Falle eines Alarms Donatella zu warnen.»[14]

Aus der Frankreich-Zeit unmittelbar vor Ausbruch des Ersten Weltkriegs stammt auch eine schöne Fotografie von D'Annunzio, über einen Weidenkorb gebeugt, in dem eine Hündin mit ihren Welpen liegt. Am oberen Rand hat der Dichter die folgende Selbstdefinition notiert: «Der Züchter von Windhunden in der Lande, 1913,» ein Zeugnis seiner Leidenschaft und steten Aufmerksamkeit. Auf diesen persönlichen Erfahrungen beruhen auch die sehr schönen Seiten über die gebärende Hündin in der *Contemplazione della morte,* eine Bearbeitung einiger Notizbucheinträge aus dem Jahre 1912.[15]

Vom passionierten Hundeliebhaber wird D'Annunzio also zum Hundezüchter und beginnt mit einigen Freunden – neben der Gräfin Goloubeff gehören Marcel und Suzanne Boulanger dazu, auch Windhunderennen zu besuchen. 1914 gewinnt er mit seiner White Havana den Prix de Berri, was ihm allerdings auch den Neid der andern Teilnehmer einträgt.[16] Dann fährt er, nachdem er mit dem Herzog von Leeds Freundschaft geschlossen hat, nach England zu den Rennen des Waterloo Cup, wo er aufregende Tage verbringt, ohne allerdings mit eigenen Hunden an den Rennen teilnehmen zu können.[17] Vom Enthusiasmus gepackt erklärt er in jenen Tagen sogar öffentlich, eine *Vita dei cani illustri* schreiben zu wollen: «Ich darf meine Windhunde nicht laufen lassen, weil eure barbarischen Gesetze die Einführung fremder Hunde in England verbieten. Aber ich habe Oberst Legh von Warrington einen englischen Windhund abgekauft, den ich nächstes Jahr laufen lasse. Er heisst ‹Hing Leg Panther› und ich werde ihn in der *Vita dei cani illustri* beschreiben, die ich am schreiben bin.»[18] Die Erklärung erstaunt nicht, wenn man die Angewohnheit des Dichters bedenkt, Projekte von Veröffentlichungen anzukündigen, bevor er auch nur ein einziges Wort geschrieben hatte. Wenn solche Erklärungen im allgemeinen unbeachtet blieben, so zog diese nun aber die Aufmerksamkeit des breiten Publikums auf sich. Die Notiz, die auch in Frankreich verbreitet wurde, hatte komische und groteske Folgen, wie uns wiederum Antongini mitteilt: «Sobald der Titel bekannt wurde, beeilten sich eine ganze Menge von älteren Herren und respektablen Damen, Besitzer einer Reihe lächerlicher Dackel, Pudel

Greyhound-Rennen in Miami, Florida, um 1910

mit rosa Schleifen und Windspielen mit Regenmänteln, D'Annunzio lange Episteln zu schicken, um ihm mit grossem Stolz die Intelligenz und die aussergewöhnliche Ergebenheit ihrer Toto, Poupette, Bibi, Azor, Mimi, Ketty usw. aufzuzählen, überzeugt, auf diese Weise dem Buchautor Dokumente von grosser Bedeutung zukommen zu lassen.»[19] Wenn die *Vita dei cani illustri* auch zu den vielen projektierten und niemals geschriebenen Texten gehört, so gibt es doch andere Textstellen, die sich mit diesen Tieren beschäftigen, so dass wir zu recht von «animali della creazione» sprechen können. Die Namen der Hunde der Capponcina beispielsweise werden auf diejenigen der Lady Myrta im Roman *Il Fuoco* übertragen: «Helion! Sirius! Altair! Donovan! Ali-Nour! Nerissa! Piuchebella! Auf einer Bank sitzend, die gegen die von Rosenbüschen umrankte Mauer lehnte, rief Lady Myrta ihren Hunden. Neben ihr stand die Foscarina in einem rötlichgelben Gewand, das aus jenem harten Brokatstoff gefertigt schien, wie man ihn im alten Venedig trug. Die Sonne hüllte die beiden Frauen und die Rosen in dieselbe helle Lichtwoge. ‹Sie sind heute wie Donovan gekleidet›, sagte Lady Myrta lächelnd zu der Schauspielerin. ‹Wissen Sie, dass Donovan Stelios Liebling vor den anderen ist?› Die Foscarina errötete. Ihre Augen suchten das rötliche Windspiel.»[20]

Die Überschneidung von wirklichem Leben und erzählerischer Vorstellung ist ein Verfahren, das vielen Texten D'Annunzios eigen ist, auch wenn die Windhunde in diesem Fragment nicht die Hauptfiguren der Szene sind und nur eine marginale Rolle spielen. Funktionaler in den narrativen Kontext eingebunden ist dagegen die Hündin Assra im zweiten Buch von *Forse che sì forse che no.* Im höllenähnlichen Szenario der Balze (in der Gegend von Volterra), in urtümlichen wilden Orten, die zu den tierischen Instinkten der Personen passen, spielt der Ritt von Aldo (der Bruder von Vana und Isabella Inghirani, voller inzestuöser Gelüste für letztere) und Paolo Tarsis (der Liebhaber von Isabella, der seinerseits von Vana geliebt wird), die im Leben Rivalen mit gegensätzlichen Gefühlen sind. Groll und Eifersucht, Mordpläne und emotionale Spannungen sind in einer symbolischen Seelenlandschaft angesiedelt. In diesem Kontext erscheint die Hündin Assra, die sich in die Felsklüfte vorgewagt hat und dort den Tod findet: « ‹Sicher steht sie am Wasser und will nicht herüber!› sagte Aldo ungeduldig. Er pfiff. Das Gebell antwortete. Er pfiff nochmals. Ein verzweifeltes Winseln kam zurück. Er lenkte das Pferd in der Richtung des Tons. Assra stand am andern Ufer des Morastes und heulte. Kein Pfeifen, kein Rufen, keine Drohung vermochte sie ins Wasser zu bringen. Das schöne perlgraue Tier wand sich auf seinen zarten Beinen und warf flehende Blicke aus seinen sanften Hetärenaugen herüber.

‹Paolo! Paolo!› – rief Aldo gegen die graue Anhöhe zurück, die ihm seinen Feind verdeckte. ‹Paolo!› Beim Rufen fühlte er, wie ihm das Herz in der Kehle klopfte, und er raffte alle Willenskraft zusammen. Er musterte mit raschem Blick die Einöde. Er erkannte einen schräg verlaufenden Grat von gelblichem Sandstein wieder, in dem glitzernde Mikaplättchen eingesprengt waren, und weiter hinten einen weisslichen Kamm, weisser als alles andere Gestein. Er sog die Luft ein und spürte einen leichten Schwefelgeruch. Er verfolgte mit dem Blick einen Weg, der der geheimnisvollen Spur parallel lief.

‹Paolo!› Sein [Gegner] starrte immer noch zu den hohen Abstürzen empor, über denen jetzt in der farblosen Luft rauchige Wolken zogen. Mit der Rechten streichelte er den Hals Pergoleses, und seine Seele verlor sich in eine Traurigkeit und ein Grauen ohne Entrinnen, wie das Emblem des Labyrinths, unter dessen Windungen er damals das emporgehobene Gesicht und die ausgereckte Hand der dunkeln Jungfrau von so seltsamem Licht übergossen sah. Er vernahm deutlich durch das Winseln der Hündin hindurch und durch das Rauschen, das von Zeit zu Zeit von den Höhen des Val d'Edra herdrang, den Ruf Aldos. Er wandte das Pferd und ritt seiner Stimme nach. Es war unmöglich, sich in dieser wirren Talöde zurechtzufinden.

‹Will sie nicht ins Wasser?› – ‹Reiten wir dem Moor entlang! Dort unten hört es auf.› Sie ritten eine Strecke einer hinter dem andern. Keiner konnte das Gesicht des andern sehen. Die Hufe sanken bis an die Fesseln im Schlamm ein. Auf der andern Seite des Sumpfes lief die Hündin unruhig mit. Plötzlich schoss sie wie ein Pfeil davon und verschwand winselnd zwischen den Buckeln und Höckern des Terrains. ‹Sie muss einen Fuchs gesehen haben›, sagte Aldo. ‹Schad, dass man nicht galoppieren kann!› – ‹Spürst du diesen Schwefelgeruch?› – ‹Er muss aus irgendeinem Erdspalt kommen.›

Er hatte geantwortet, ohne sich umzusehen, und lenkte gerade auf den weisslichen Grat zu, der weisser war als alles übrige Gestein. Man hörte wieder das Winseln der Hündin. ‹Sieh, dort am Ufer läuft die Geisterspur!› Und er setzte Caracalla in Trab und ritt über einen Streifen mit mehligem Sand. ‹Reite du hier weiter! Ich nehme den Weg um die Anhöhe herum. Assra! Assra!› Er schien erregt wie am Beginn einer Fuchsjagd. Der schweflige Geruch drang ihm in den Hals. Er sah sich nach dem Gegner um, der über dem kalkweissen Kamm verschwand. Das Herz drohte ihm vom inneren Aufruhr zu zerspringen. Das Winseln des Hundes hatte aufgehört.»[21]

Der Schwefelgeruch, die borsauren Natrondämpfe, die Platten aus löcherigem Sandstein, der verschlammte Bach lassen den Tod der Hündin erahnen, der andere Tode symbolisiert, andere Höllenszenen des Romans, den Selbstmord Vanas und den Wahnsinn Isabellas.

Von der Kritik als letzter Roman D'Annunzios im strengem Sinn betrachtet, bildet *Forse che sì forse che no* den Schluss einer wichtigen Schaffensperiode und kündet, vor allem in der grossartigen Erinnerungsprosa des Schlussteils, schon die thematisch-stilistischen Lösungen der *Faville* und die Neuheit der nokturnen Prosa an. Nach *Forse che sì forse che no* wendet sich D'Annunzios Experimentierlust Erzählformen zu, die gekonnte Verbindungen von Erinnerungsmaterial und traumhafter Erfindung bevorzugen, introspektiven und tagebuchartigen Formen, die eine symbolische Deutung der Wirklichkeit versuchen. Dies sind Charakteristiken, welche in der *Contemplazione della morte* und in der Prosa aus der Zeit zwischen dem Exil in Frankreich und dem *Libro segreto* sehr deutlich hervortreten.

Der Anlass zur *Contemplazione,* diesem Buch «mit einer wunderbaren Technik und ohne wirklichen Inhalt», das Emilio Cecchi der Schaffensperiode der «Entdeckung des Schattens» zuweist,[22] ist der Tod von zwei Freunden, des Dichters Giovanni Pascoli und des achtzigjährigen Hausherrn von Arcachon, Adolphe Bermond, der als eine Art Heiliger galt. In wenigen Tagen schreibt D'Annunzio vier Kapitel und schickt sie dem *Corriere della Sera,* der sie am 19. und 28. April und am 5. und 12. Mai 1912 mit zwei verschiedenen Titeln veröffentlicht, die ersten zwei unter *Per la morte di due amici,* die andern unter *Su la morte di due amici.* D'Annunzio einigt sich auch mit dem Verleger Treves über eine Buchausgabe, die dann aber, mit einem vorausgeschickten *Messaggio «A Mario Pelosini di Pisa»*, unter dem Titel *Contemplazione della morte* erscheint. Nachdem D'Annunzio seine letzte Begegnung mit Pascoli in der Garfagnana in Erinnerung gerufen, die Schönheit der *Myricae* und der *Primi poemetti,* in erster Linie aber die Faszination von Pascolis lateinischen Versuchen unterstrichen hat, widmet er zwei Kapitel Bermond, in denen er die Etappen eines einfachen franziskanischen Lebens in der französischen Lande nachzeichnet. Der Landstrich zwischen den bedrohlichen Ufern des Ozeans und den zur Harzgewinnung angeritzten Pinien nimmt Martyrium und Tod Bermonds symbolisch vorweg. Das Kapitel über den Tod Bermonds ist voll von Zitaten aus dem franziskanischen Repertoire und Anspielungen auf das Martyrium und den Tod Christi. Bermond stirbt denn auch in völliger Armut, erduldet alle körperlichen Schmerzen, stirbt sogar, wie er's gewünscht hatte, an Ostern, ein Gefühl von Frieden zurücklassend.

In der Tagebuch-Erzählung überlagern sich weitere Leidensgeschichten, wie diejenige des Ertrunkenen, der von den Meereswellen zurückgespült mit aufgedunsenem Gesicht am Ufer aufgefunden wird, oder diejenige der frisch geworfenen Welpen, denen die zum Überleben nötige Muttermilch fehlt:

«Meine acht Monate alten Hunde, die der Hundewärter nach dem Strande führte zum Nachmittagsspaziergang, sprangen mir entgegen und feierten mich um die Wette. Auf den sehnigen Pfoten sich aufrichtend, bedeckten sie mich mit ihrem biegsamen und zitternden Leben. Ihre Zähne waren reiner als der Jasmin, und ihre schwärzlichen oder grauen oder kastanienbraunen Augen schienen über ihrer Unruhe Funken zu sprühen. Eine Sorge erwachte mir im Herzen, ich dachte an meine fünf Tage alten Hunde, deren Augen noch versiegelt waren. Es waren ihrer neun, und um die Mutter nicht zu schwächen, musste man sich zur grausamen Auswahl entschliessen, die weniger Schönen und weniger Starken opfern! Ich hatte überall eine Nährmutter suchen lassen, ohne sie auftreiben zu können. Ich trat in den Hundezwinger, das Herz von einem schier weiblichen Mitgefühl erweicht. Die Hündin lag auf der Seite und hielt die Schnauze zwischen den gekreuzten Pfoten verborgen, mit der Anmut des Schwans, der den Schnabel unter die Flügel steckt. Ihre schönen, dattelfarbigen Augen hatten einen fast fieberischen Glanz und ein leise kummervolles Atmen hob ihre wie Planken eines Kiels sich abzeichnenden Rippen. [...] Nie war mir die erste Blüte des tierischen Lebens so wunderreich erschienen. Die Hündin hatte die Schnauze meiner Liebkosung entgegen gehoben, und hatte sich dann zum Säugling, der die letzte schon erschöpfte Brust mit einer zornigen Hartnäckigkeit auspresste, gewandt, um ihn zu belecken. Sie gab ihm leise Stösse, um ihn auf den Bauch umzudrehen, aber das eigensinnige Junge liess die Beute nicht und gab einen Ton der Verachtung von sich, der wie ein ersticktes Keifen klang. Er war weiss und grau gefleckt: er hatte einen Stern auf der Stirn, ein braunes und ein rosiges noch nacktes Ohr, das wie die Augen noch versiegelt und von drei hellen Bläschen verschlossen war. Ich kannte ihn wohl in allen seinen Merkmalen, wie die andern auch. Und nun schien mir alles ausserordentlich, göttlich wie die Verschiedenheit der Blumen, jene Buntheit der Felle, jene geheimnisvolle Vermischung der väterlichen und mütterlichen Eigenschaften. Ich hatte sie einen nach dem andern herauskommen sehen wie kleine opalfarbige Wölkchen, wie bläuliche Kugeln, wie ungeformte Welten: ein ekelhaftes und zugleich erhabenes Schauspiel. Ich hatte zugesehen, wie die unermüdliche Zärtlichkeit der Mutter sie, einen nach dem andern, von dem gräulichen Schaume reinigte, die blutige Schnur zerriss, und sie, die noch blind und taub waren, gegen den lauwarmen Quell ihres Lebens hinschob. Alles war mir gross und hehr erschienen, ein Wunder von Liebe und Weisheit; jetzt erschien mir alles heilig. Wie hätte ich zu wählen und zu verurteilen vermocht?»[23]

Und doch ist der tragische Rhythmus dieses Buches des Todes und des Schmerzes vom letzten Bild unterbrochen, das mit grosser vitalistischer Kraft neue Perspektiven eröffnet. In der Schlussszene ist nämlich die Freude des Dichters beschrieben, als er einen Unbekannten mit einer Hündin daherkommen sieht, die die todgeweihten Welpen säugen kann: «Es war ein Unbekannter aus der Heide, der mir die Nährmutter brachte. Er hielt am Koppelriemen eine Jagdhündin, die von Zeit zu Zeit einen leisen Klagelaut von sich gab. Und die Stimme der Mutter war so herzzerreissend, dass ich die der Nachtigall nicht mehr vernahm. ‹Wo hat sie ihre Kleinen gelassen?› fragte ich den Unbekannten. Der Henker hatte sie in einem Kübel voll kaltem Wasser ersäuft, alle zusammen: es waren zwölf! Ich beugte mich zu der Verzweifelten, und setzte ein Knie auf die Erde. Der rote Strahl des Leuchtturms erhellte ihren schönen falben Kopf mit den samtigen [Ohren], ihr kräftiges und stilles Gesicht, in dem zwei irre Augen flackerten. Und ich sah die zwölf kleinen Leichen in dem Eimer schwimmen.

Und da kniete ich im Sande hin und befühlte ihre Euter, die voll und warm waren zwischen den langen weissen und braunen Haaren. Der scharfe Geruch der schlecht gepflegten Mutterschaft und des vernachlässigten Hundelagers machte mir das Herz noch schwerer. Und der helle Lichtstrahl des Leuchtturms huschte über mein Haupt, das gesenkt war.»[24]

Der Gegensatz zwischen Leben und Tod, Hell und Dunkel belebt auch den französisch geschriebenen Text *La figure de cire,* der ursprünglich im Jahre 1913 als eigenständiges Werk geplant war, später aber in Form einer Folge von Bildern oder Halluzinationen ins *Libro segreto* einfloss.

Die handgeschriebenen Blätter, die von der ersten Phase eines später aufgegebenen Projektes zeugen, tragen die Daten autobiographischer Episoden: Auch hier scheint D'Annunzio also an der tagebuchartigen Struktur festhalten zu wollen, die Schreibart aber steht, noch mehr als in der *Contemplazione,* im Zeichen der Träumerei und der Entzifferung des Unbekannten.

Der Text ist Coré gewidmet, der Marquise Luisa Casati Stampa di Soncino, einer mailändischen Dame, Freundin und Mäzenin von Bildhauern und Malern, die,

Coré, die Marquise Luisa Casati Stampa

Damen mit Barsois, Milano 1910

extravagant in ihren Umgangsformen und Kleidern, bestimmt die «d'annunzianischste» unter den Freundinnen-Geliebten des Dichters und seine Muse war. Die Marquise hatte nicht nur für Pferde und Hunde eine grosse Leidenschaft, sondern für alle Rassetiere, insbesondere auch für exotische. In ihren unzähligen und luxuriösen Wohnsitzen, Capri, Venedig, Mailand, Paris, hielt sie sich einen eigentlichen Zoo voller Eulen, Papageien, Affen, Geparden, Schildkröten und Reptilien, von denen sie einige als Schärpen um den Hals vorführte: Sie war es, die D'Annunzio die berühmte Schildkröte schenkte, die später an einer Verdauungsstörung starb und deren vom Bildhauer Renato Brozzi in Bronze modellierter Panzer im Cheli-Saal des Vittoriale als Mahnmal für die Tafelnden ausgestellt war; sie schenkte dem Dichter auch eines der Pferde, die er im ersten Weltkrieg ritt.

Mit D'Annunzio teilte die Dame die Leidenschaft für Rennpferde und Windhunde, wie auch ein kurzer Passus aus *Solus ad Solam* unterstreicht: «Nicht lange darauf meldete mir ein Bote, der ‹schwarze Windhund› wäre eingetroffen. Entsinnst du dich des schwarzen Windhunds, den ich Luisa Casati versprochen hatte, ohne ihn zu bekommen? Entsinnst du dich der komischen Geschichte?»[25] Die Leidenschaft für Windhunde zeigt sich auch an einigen Portraits, die die Marquise für ihre Sammlung in Auftrag gab, vom bekannten von Giovanni Boldini, das sie mit einem Windhund an der Leine zeigt, über dasjenige von Kees van Dongen, wo sie mit zwei Windhunden, einem weissen und einem schwarzen, zu sehen ist, bis zur Zeichnung von Giacomo Balla, auf der sie mit einem Windhund und einem Papagei abgebildet ist.[26] Der Hund an der Leine ist also ein Bild, dem D'Annunzio in der Wirklichkeit, aber auch in künstlerischen Darstellungen begegnet: Boldinis Portrait der Marquise, das 1909 im Pariser Salon ausgestellt wurde, hatte denn auch die Bewunderung des Publikums und die Aufmerksamkeit der Presse geweckt. Coré liebte es übrigens, im Zentrum der Aufmerksamkeit zu stehen, ihre Zeitgenossen zu überraschen, die Moden vorwegzunehmen: In ihren Haltungen, ihrer Schminke und ihren Kleidern liebte sie die Provokation, wie auch die Bilder suggerieren, die Alberto Martini gemalt hat (die Marquise als Bogenschützin, als Schmetterling, in der Rüstung von Cesare Borgia, in den Kleidern der Gräfin von Castiglione), oder auch Man Rays berühmtes «magisches Foto mit den doppelten Augen» zeigt.

Der exzentrische Charakter und die Anziehung durch das Unbekannte und Magische machten Coré zur idealen Hauptfigur eines Textes, der Verwandlung, Traum und Halluzination, das Lauschen auf Unbekanntes zum Thema hat. In der *Figure de cire* verschiebt D'Annunzio das Erzählte allmählich vom Realen ins Irreale, indem er sich die Erdrossellung der Frau vor der Wachsstatue und das plötzliche Lebendigwerden der Statue vorstellt. Dabei geht er von realen Episoden aus – das Anprobieren extravaganter Kleider, die der berühmteste Pariser Schneider in zweifacher Ausführung angefertigt hat, eines für die Frau, das andere für eine mit der Frau identischen Wachsfigur; der Besuch bei einem Bildhauer in der Nähe von Paris, ein venezianischer Abend, eine Gesprächsrunde in Rom, das Geschenk eines Besens für das Bad – Episoden, die auch in den Liebesbriefen zwischen dem Dichter und der Marquise ihre Entsprechung finden. Der Text ist kurz und besteht bei flüchtiger Betrachtung nur aus einer Serie aneinander gereihter Bilder, die verschiedenen, übereinandergelagerten Ebenen angehören. Der magische und alchimistische Effekt jedoch entsteht durch ein Netz innerer Entsprechungen mit abgestimmten Farben, mit Überlagerungen von Vergangenheit und Gegenwart, von Gesehenem und Geträumtem, wo auch der Windhund an der Leine, der am Leben leidet, eine präzise symbolische Funktion erhält, indem er mit seiner fast unwirklichen Präsenz das Schlussmotiv der Zauberei vorwegnimmt: «Sie war ganz in Weiss gekleidet, mit einem engen Hut aus schwarzem Samt und einer langen schwarzen Feder, die irgendwie herausfordernd wirkte, wie ein breites, gegen den Himmel erhobenes Messer. An der Leine führte sie ihren weissen Windhund, ein trauriges Tier, welches daran zu leiden schien, dass es zu leben und zu gehen hatte; ein unbeteiligter Windhund mit einem sehr alten Stammbaum, lebendig geworden durch ich weiss nicht welche Zauberei, und dazu verdammt zu leben und zu gehen.»[27]

Man kommt hier auf die Spur des späten D'Annunzio, des Artifex, der die Wirklichkeit in visionärer Suche, im Auskundschaften des Unbekannten auflöst.[28]

Aus dem Italienischen übersetzt von Clà Riatsch

Anmerkungen

1 Gabriele D'Annunzio, geb. Pescara 1863, gest. Gardone Riviera, Brescia, 1938.

2 T. Antongini, *D'Annunzio et les animaux de la création*, in: *D'Annunzio inconnu*, Paris: Stock 1938, S. 214–243.

3 In einem Artikel von 1904, ohne genaues Datum, aus einer nicht identifizierbaren Zeitung. Vgl. den Ausstellungskatalog *Il piacere del corpo. D'Annunzio e lo sport*, M. Pancera, G. Vergani, V. Pirlo (Hg.), Milano: Electa 1999, S. 63.

4 B. Palmerio, *Con D'Annunzio alla Capponcina*, Firenze: Vallecchi 1939. Zitiert nach dem Neudruck mit der Einführung von M. Marchi, Firenze: Vallecchi 1995, S. 69f. Bei bestehenden Übersetzungen wurden diese unter Angabe der Titel verwendet, andernfalls wurden die Zitate aus dem Italienischen oder Französischen von uns übersetzt.

5 Ibid. S. 70.

6 Ibid. S. 71.

7 T. Antongini, *D'Annunzio inconnu*, a.a.O., S. 221f. Lesenswert sind auch die nachgelassenen Schriften in: *Il piacere del corpo. D'Annunzio e lo sport*, a.a.O., S. 95ff., mit dem Menu für die Hunde und den Empfehlungen für Diät und Pflege der Rennwindhunde.

8 G. D'Annunzio, *Altri Taccuini*, E. Bianchetti (Hg.), Milano: Mondadori 1976, 22 (1914), S. 211: «Der Sprung der Windhunde, die Spur, die ihr Lauf zurücklässt»; S. 213, «Die Ebene von Villacoublay. [...] Der Mond geht auf, wird golden, dann silbern. Die Mauern des Bauernhofes leuchten weiss. Ein unendlicher Friede – die Musik der hölzernen Klappern leitet die Träume ein. Die Hunde schlafen schon an ihrem Platz. Die Welpen alle auf dem Stroh, aneinandergekuschelt.»

9 Ibid. 23 (1914), S. 222. «Vor Tagesanbruch, das Krähen der Hähne – der Pfiff der Dampfeisenbahn – am Morgen bellen die Welpen. Die kleinsten scheinen wie Küken zu winseln. Plötzlich dann streiten sie sich und knurren wie ausgewachsene Windhunde. Donatella steht um sechs auf, um ihnen Milch zu bringen. Sie sind auf der ummauerten Wiese unter den Fenstern des Schlafzimmers. Ich höre, wie Donatella zärtlich mit ihnen spricht. Wenn sie ins Bett zurückkehrt, spricht sie mit mir. Das Fenster ist angelehnt. Die Welpen winseln. Da unterbricht sie ihre Rede, um mit einem zärtlichen Unterton zu sagen: ‹Sie hören meine Stimme.›»

10 Ibid. 21 (1914), S. 207. «Roby – mit den schwarzrosa Nüstern, mit dem rosa Mund, wie eine Blume voller Fransen – Die eisgrauen Augen, voller Irrsinn – Bianco, bleigrau gesprenkelt – Roy – weiss gesprenkelt mit rötlichbraun – blutunterlaufene Augen – knorriger Schwanz (er hatte eine Krankheit), rote nackte Schenkel – Pat – rotblond, mit schwarzer Schnauze – goldene Augen – wild wie ein junger Wolf, – gierig – [...]. Star – Orris – schwarze magere Hündinnen, blitzschnell, mit spitzer Schnauze. Punch, grosser schwarzer Teufel, die Schnauze weiss gesprenkelt, kräftig, mit grossen Muskelsträngen an den Schenkeln. [...].»

11 Ibid. 22 (1914), mit Datum 12. Juli 1914, S. 214ff.

12 Ibid. 23 (1914), S. 222. «Die grossen Windhunde bellen wild, sie warten auf den Spaziergang.»

13 Ibid. 20 (1914), S. 203f.

14 G. D'Annunzio, *Altri Taccuini*, a.a.O., 25 (1914), S. 235f. Diesem Eintrag folgt der Eintrag aus dem vorhergehenden Notizbuch, 24 (1914), S. 231: «4. September. Als ich in Dame-Rose ankomme, finde ich Donatella bei Meg kauernd, die schon sechs

weiss-blaugrau gefleckte Welpen geworfen hat. Wir können nicht aufbrechen.» Vom 9. August 1914 ist dagegen der Eintrag aus Heft LXVII: «Im Zwinger die Zubereitung der Suppe – Die Säcke mit den Biskuits – Die List, sie den Fabrikanten abzuluchsen – Die Verteilung des Fleisches – Die zwiespältigen Gefühle – zwischen der Notwendigkeit zu sparen und dem Kummer um die Hunde. Die Verteilung der Biskuits – *im Versteckten* – nach der Sparsamkeits-Predigt!» (G. D'Annunzio, *Taccuini,* a.a.O., S. 656). Zu Donatella und Dame-Rose vgl. auch *Leda senza cigno,* in: *Prose e romanzi,* II, S. 1267ff.

15 G. D'Annunzio, *Taccuini,* a.a.O., LXII, S. 605f.

16 T. Antongini, *D'Annunzio inconnu,* a.a.O., S. 223.

17 Der Dichter fuhr im Februar 1914 nach London. Vgl. auch D'Annunzio, *Taccuini,* (Hg.) E. Bianchetti, R. Forcella, Milano: Mondadori 1965, LXIV–LXV, S. 621–644.

18 In einem Interview mit dem *Daily Mail* vom 6. Februar 1914: Vgl. T. Antongini, *D'Annunzio inconnu,* a.a.O., S. 224.

19 Ibid. S. 224f.

20 G. D'Annunzio, *Feuer,* München: Albert Langen 1900, S. 293, Übersetzung aus dem Italienischen M. Gagliardi [ital. *Il Fuoco,* in *Prose e romanzi,* Hg. E. Bianchetti, Milano: Mondadori 1955, II, S. 735f.] Einige Seiten weiter ist es dann Stelio, der die Hunde ruft: «Er unterbrach sich plötzlich, weil sein Blick auf die Windspiele fiel, die ihn umgaben, und er ahmte die Kehllaute nach, mit denen der Führer der Meute die Jagdhunde in ihren Ställen zu rufen pflegt. Die Hunde wurden unruhig, ihre melancholischen Augen belebten sich. Zwei, die nicht bei den andern gewesen waren, kamen mit grossen Sprüngen herbeigelaufen, setzten über das Gebüsch weg und machten bei ihm Halt, mager und glänzend, wie mit Seide überzogene Nervenbündel.
‹Ali-Nour! Criffa! Nerissa! Clarissa! Altair! Helion! Hardicanute! Veronese! Hierro!› Er kannte sie alle bei Namen, und sie schienen ihn, da er sie gerufen, als ihren Herrn anzuerkennen. Da war das schottische Windspiel, dessen Heimat das Hochgebirge, mit rauhem dichten Fell, härter und dichter der Schnauze zu, von grauer Farbe, wie neues Eisen; da war das irische Windspiel, das auf Wölfe geht, von rötlicher Farbe und stark, dessen braunes bewegliches Auge das Weisse sehen liess; ein gelb- und schwarzgeflecktes entstammte der Tartarei, die endlosen asiatischen Steppen waren seine Heimat, wo es bei Nacht das Zelt gegen den Überfall von Hyänen und Leoparden bewachte (....)». Ibid. S.299f. [ital. S. 739].

21 G. D'Annunzio, *Vielleicht – vielleicht auch nicht,* Leipzig: Insel Verlag [4]1910, S. 246ff. [ital. *Forse che sì forse che no,* in: *Prose di romanzi,* a.a.O., II, S. 1069–1071].

22 Rezension der Erstausgabe, in der *Tribuna* vom 24. Juni 1912, dann in: E. Cecchi, *Letteratura italiana del Novecento,* P. Citati (Hg.), Milano 1972, Bd. I, S. 223-229.

23 G. D'Annunzio, *Betrachtung des Todes,* München: Georg Müller 1919, S. 173-178, Übertragung aus dem Italienischen von Gustav Schneeli [ital. *Contemplazione della morte,* R. Castagnola (Hg.), Milano: Mondadori 1995, S. 69f].

24 Ibid., S. 191–192 [ital. S. 75].

25 G. D'Annunzio, *Amaranta – Das Tagebuch einer Leidenschaft,* Berlin: Karl H. Bischoff Verlag 1942, S.130f., übersetzt und herausgegeben von Franz Wallner–Basté [ital. *Solus ad solam,* Firenze: Sansoni 1939, S. 84f.].

26 D. Cecchi, *Coré,* Bologna: L'inchiostroblu 1986, Tafeln 18, 35, 25.

27 G. D'Annunzio, *Libro segreto,* Milano: Mondadori 1938, S. 106.

28 Zum Hund als Ankündigung des Todes vgl. auch die letzten Verse D'Annunzios, die Pietro Gibellini entdeckt hat; *D'Annunzio, i cani, il nulla,* in: *Logos e mythos. Studi su Gabriele D'Annunzio,* Firenze: Olschki 1985, S. 261–266.

-Hundeausstellung-
Zürich 1923
22/23 Sept. in den Kasernenstallungen
W. Rau

Historische Hundeansichtskarten

Grosser St. Bernhard,
«Vor dem Aufbruch!», 1900

Französischer Sanitätshund, 1915

Schmugglerhund

Kaiser Wilhelm II. mit seinem Lieblingshund, Dackel Erdmann, auf Schiffsreise

Kaiser Wilhelm II. mit Familie und Hund, 1906

Infanteriegeschütz mit Zughunden, Einsatz k.u.k österreichische Armee, 1914/15

Deutsche Kriegsblinde bei einer Übung, 1916

Spendensammlung für Führerhundfond

Zughunde in Bern, vor 1905

Budapest, 1902

Ulrich Weber

Mann mit Hund
Varlin und Dürrenmatt

Der Maler und sein Modell

Auf einem der Porträts, die der Schweizer Künstler Varlin vom Schriftsteller Friedrich Dürrenmatt malte, hält dieser einen kleinen, hellbraun-weissen Hund mit spitzer Schnauze und grossen, buschigen Ohren, einen Papillon, auf dem Arm. Das 1967 entstandene Bild zeigt einen müden, einäugigen, fetten, hässlichen und mürrischen Dürrenmatt, das Gesicht in ungesundem Grau-Rosa im gleichfarbigen Hintergrund, durch das blaue Hemd zusätzlich akzentuiert. Maliziös und programmatisch prangt der Titel «Friedrich» in bunten Lettern in der rechten oberen Ecke, zarte Töne gibt es nur in der skizzenhaften, zierlichen Gestalt des Hundes, die mit der grobschlächtig dargestellten Figur des Autors kontrastiert. Der Hund hat den Blick auf den Boden gerichtet, wie auf dem Sprung, sich den Händen des Autors zu entwinden und sich aus dem Bild zu verabschieden.

Der Schriftsteller beschreibt die Entstehung dieses Bildes, das in vieler Hinsicht einen Gegenpol zum monumentalen Dürrenmatt-Porträt Varlins aus dem Jahr 1962 darstellt, als mühseligen Prozess, der sich über zwei Tage hinzog und sich gegen das Ende hin zuspitzte: «[...] die Hitze wurde unerträglich, ich wurde böse, endlich bösartig, hatte immer wieder das Hemd zu wechseln, weil ihm die Farbe nicht passte, unser kleiner Hund musste auf meinen Schoss, eine andere Pfeife in meinen Mund, dann keine, dann noch eine andere [...], Varlin fluchte, ich fluchte, das Hündchen zappelte, die Frauen reinigten im Badezimmer Pinsel: Varlin malte wie ein Besessener, stehend, ohne sich je hinzusetzen, sieben Stunden ununterbrochen, bald verzweifelt, bald begeistert, ein Maler im Kampf mit seinem Gegenstand.»[1]

Die Entstehung des Bildes wird nicht nur vom Porträtierten, sondern auch von einem weiteren Zeugen, Pierre Lachat, als wahrhafter Kampf beschrieben, in dem Varlin sein Opfer bis zum letzten reizte. «Wie hässlich doch der Mensch ist!», soll er beim Arbeiten schadenfroh gemurmelt haben.[2] Doch nicht nur während des Porträtierens malträtierte Varlin sein Opfer, auch nach Vollendung des Bildes zog der Maler, der nach seinen Worten «in Zürich berühmt, in der ganzen Welt verseckelt war», den erfolgsverwöhnten Dramatiker, den er in einem Interview mit Gelb als der Farbe der Prostitution assoziierte,[3] *in effigie* durch den Dreck: Im Porträtfilm, den Ludy Kessler 1969 über Varlin drehte, liegt das erwähnte Dürrenmatt-Bild am Boden, und Varlin überhäuft es mit alter Leinwand wie mit Dreckwäsche, bevor er das Ganze in eine Waschmaschine steckt, die während des Waschens explodiert: Ein Ritual der Auslöschung des eigenen Werks wie des Porträtierten. Varlin war ein Schüler Goyas: Nicht ganz unberechtigterweise schrieb er einmal, es müsse eine «masochistische Neigung der Intellektuellen» sein, sich von ihm malen zu lassen, der «Schutzverband der von Varlin Geschädigten» erfasse immer weitere illustre Namen.[4] Dies der Humus, auf dem die Freundschaft zwischen Varlin und Dürrenmatt gedieh.

Varlins Hunde

Hunde tauchen in den Bildern des am 16. März 1900 in Zürich geborenen Willy Guggenheim, der sich in seiner Pariser Zeit um 1930 das Pseudonym Varlin zulegte, häufig auf, und nicht nur als Begleiter der Menschen. Weit entfernt davon, Genremalerei zu betreiben, rückt er sie wiederholt ins Zentrum von Bildern. Er stellt sie als Individuen dar; er porträtiert sie, dabei eher an Goyas berühmtes Bild vom im Sand versinkenden Hund anknüpfend als an die unzähligen akademisch-lieblichen Hundeporträts der englischen Malerei des 19. Jahrhunderts.

In den letzten Lebensjahren im Bergeller Dorf Bondo, zu Beginn der siebziger Jahre, radikalisiert sich Varlins Malerei. Es findet eine Reduktion in Farben und Motiven statt, die zugleich eine Intensivierung bedeutet; «alles fiebert in dunklem Feuer, der Pinsel arbeitet wie eine Peitsche, die Handschrift ist bis zur Willkür explosiv»,[5] wie Ludmila Vachtova in ihrer Varlin-Monographie den bewegten Gestus dieser Bilder umschreibt. Eines der eindrücklichsten Bilder dieser Zeit ist der *Mann mit Hund*, ein Porträt des Galeristen und Fotografen Ernst Scheidegger. Wiederum entsteht, wie im Dürrenmatt-Porträt, ein Antagonismus von Herr und Hund, allerdings mit einer neuen expressiven Wucht, mit dem Pathos eines Schreis im malerischen Ausdruck wie im Motiv. Der Mensch wird in die Diagonalen zerrissen wie in der Momentaufnahme einer Explosion, nur der Boxerhund bildet mit seinem kauernden braunen Körper und schwarzen Gesicht auf den übereinander geschlagenen Beinen des Menschen den düster ruhenden Mittelpunkt, scheinbar unbeteiligt, zugleich gespannt, als ob er selbst das Zentrum dieser explosiven Energie und die Ursache des Schreis wäre.

In dieser Spätzeit, in der «Stunde der Wahrheit, wo er [Varlin, U.W.] nicht mehr mogeln, sich nicht mehr verstecken kann», an diesem «Endpunkt, wo er sich unausweichlich mit sich selbst konfrontiert»[6] sieht, entsteht auch eine Reihe von Porträts der Hündin Zita, die einer Nachbarin gehört und Dauergast in Varlins Atelier ist: Die Hündin, eine randständige Existenz, wirkt auf einigen Bildern wie ein Teil des Rauminventars, sie schleppt sich hin, gebärt, krepiert – liegend findet beides statt. Das Leben: eine Krankheit zum Tode. Der Hund ist hier nicht ein Trost in der menschlichen Vereinsamung, sondern er erscheint selbst verloren in der Leere, hinfällig und allein, ein stummes Wesen, eine Steigerung der von Varlin porträtierten menschlichen Aussenseiter. Eines dieser Zita-Porträts, beschrieben als «schmutzig ockerfarbenes, hochformatiges, doch nicht sehr grosses Bild [...], das tief im Raum oder im Leeren eine krepierende oder krepierte dicke

Varlin mit Hündin Zita
im Atelier, um 1973

weisse Hündin mit einigen schwarzen Flecken zeigte»,[7] wollte Friedrich Dürrenmatt, der eine beträchtliche Sammlung von Varlin-Bildern besass, damals kaufen. Der Handel scheiterte am Preis. Doch davon später.

Grenzüberschreitungen

«Es waren Tiere, Samuel, es waren Tiere»[8] – so apostrophiert Kommissär Bärlach zu Beginn von Dürrenmatts Kriminalroman *Der Verdacht* (1952) die Nazis gegenüber seinem naiven Arzt Samuel Hungertobel beim Betrachten von Bildern einer Operation ohne Narkose in einem KZ. Leitmotivisch kehrt die Tier-Metapher als Bild der Bestialität, der Unmenschlichkeit des Menschen nicht nur in diesem Roman, sondern im ganzen Werk Friedrich Dürrenmatts wieder. Im *Verdacht* wird ein Zwerg, ein KZ-Überlebender, den Kommissär Bärlach auf den ersten Blick für einen Affen hält, vom sadistischen ehemaligen KZ-Arzt Dr. Emmenberger, Hungertobels Gegenfigur, wie ein Haustier gehalten und für einen Mord eingesetzt. Ähnlich wie dieser Zwerg, der zugleich Mörder und Opfer, Werkzeug des Verbrechens und geschundene Kreatur ist, wird über dreissig Jahre später der Minotaurus in der nach ihm benannten «Ballade» (1985) als Tier-Mensch ein unschuldig gewalttätiges Opfer des Menschen. Die im antiken Minotaurus-Mythos symbolisierte Abgrenzung des Menschen vom Tierischen wird bei Dürrenmatt zum Kennzeichen seiner Unmenschlichkeit: Theseus stellt der Sehnsucht des einsam in seinem Labyrinth gefangenen Minotaurus nach einem Gegenüber, nach einem Du, eine Falle und verkleidet sich als zweiten Minotaurus, um jenen zu töten. Der Held der griechischen Sage ist hier gefangen in seinem Feindbild und vernichtet im Tier-Menschen auch die Möglichkeit zur Mitmenschlichkeit.

In der Darstellung seiner Jugend in den autobiographischen *Stoffen* schildert Dürrenmatt, wie ihm während seiner Gymnasialzeit zur Zeit des Ausbruchs des Zweiten Weltkriegs eines Tages die vorbeiströmenden Menschen am Berner Bahnhof als Tiere erschienen: «Nicht dass sie wie Tiere ausgesehen hätten, wie Kühe oder Schafe oder Wölfe, aber ich wusste plötzlich, dass es Tiere waren, die sich an mir vorbeibewegten, nichts als Tiere, die den Bahnhofplatz überquerten, schreckliche, geistlose, rohe, aufrecht gehende Primaten, und ich flüchtete die Lauben hinunter, über die Nydeggbrücke und die Haspelgasse hinauf nach Hause.»[9]

Dürrenmatt zeigt in seinem Werk eine Vorliebe für die Grenzbereiche und Metamorphosen zwischen Mensch und Tier, Mensch und Maschine, Mensch und Gott, sei es in Figuren, die zu grossen Teilen aus Prothesen bestehen, sei es im Auftritt von gottähnlichen Figuren, sei es im ironischen Erzählen aus der Perspektive Gottes oder intelligenter Computer. Während der Minotaurus durch sein Zwitterwesen die Grenze zwischen Tier und Mensch verkörpert und so Symbol für die animalische Existenz und das Menschsein selbst wird, kommt dem Hund eine vergleichbare grenzgängerische Rolle dadurch zu, dass er wie kein anderes Tier in die Alltagswelt und die sozialen Verhaltensweisen des Menschen einbezogen ist. Der Hund ist nicht gezähmte Natur; er ist in gleichem Masse ein Kulturprodukt wie der Mensch und spiegelt in seiner

Triebhaftigkeit und anerzogenen Selbstkontrolle für den Menschen jenes «Unbehagen in der Kultur», das Sigmund Freud als sozialpsychologischen Grund für die Grenzen rationaler und moralischer Gesellschaftsordnung und für die wiederkehrenden irrationalen Ausbrüche und Verformungen der Gesellschaft beschrieb. Der Hund ist der vertrauteste Freund. Er gehört zum Alltag des Menschen, doch bleibt er ein Rätsel und birgt in sich die Möglichkeit des Zusammenbruchs der Ordnung und des enthemmten Ausbruchs der Gewalt. Und dass das Böse und das Verderben nicht von aussen kommen, sondern im vermeintlich Vertrauten und Eigenen angelegt sind und oft geradezu dem Guten oder Gutgemeinten entspringen, gehört zu den Grundcharakteristika von Dürrenmatts Dramaturgie.

Der schwarze Hund

In Dürrenmatts früher Erzählung *Der Hund* (1945/51) begleitet das titelgebende Tier einen Strassenprediger, der in seiner unfanatischen Auslegung der Bibel ohne Gleichnisse auskommt und dessen Worte von ausserordentlicher Klarheit und Ruhe geprägt sind: «Den Hund, den er bei sich hatte und der zu seinen Füssen lag, bemerkte ich erst später, erstaunt darüber, dass ein so riesiges und entsetzliches Tier meine Aufmerksamkeit nicht auf der Stelle erregt hatte, denn es war von tiefschwarzer Farbe und glattem, schweissbedecktem Fell. Seine Augen waren schwefelgelb, und wie es das riesige Maul öffnete, bemerkte ich mit Grauen Zähne von ebenderselben Farbe, und seine Gestalt war so, dass ich sie mit keinem der lebenden Wesen vergleichen konnte.»[10] Die blosse Gegenwart des Hundes widersetzt sich dem Wort des Predigers, entzieht ihm trotz seiner Klarheit die Überzeugungskraft. Der Hund verkörpert jenes Unaussprechliche, Unbenennbare, das dem Menschen alle Endgültigkeit und Gewissheit immer wieder zunichte macht. Wenn man die Wahrheit verkünden will, kommt auch der Hund;[11] er ist der Grund der Angst und des Zweifels. Er ist einfach da, man kann ihn nicht vertreiben, nicht fortschicken: «Er hat keinen Namen und so würde er auch nicht gehen.»[12] Er begleitet nicht nur den Prediger, sondern auch den jugendlichen Erzähler und die Tochter des Predigers in ihrer Liebe, in der gleichen Ambivalenz von Vertrautheit und Bedrohung: Das Mädchen erwartet, dass «der grosse, schwarze Hund unsere arme Liebe *bewachen*»[13] werde, doch die Worte des Erzählers zeigen, wie trügerisch die Sicherheit ist: «Wir lagen beisammen unter der Erde, eingehüllt in ihre warme Dunkelheit, uns nicht mehr fürchtend, und von der Ecke her, wo der Mann auf seiner Matratze schlief, lautlos wie ein Toter, starrten uns die gelben Augen des Hundes an, runde Scheiben zweier schwefliger Monde, die unsere Liebe *belauerten.*»[14] Eines Tages fällt der Hund den Prediger an, und der Erzähler, vom Mädchen zu Hilfe gerufen, kommt zu spät, er findet nur noch die zerfetzte Leiche vor. Von da an ist nicht nur der Hund verschwunden, sondern auch das Mädchen, vergeblich suchen Polizei und Militär die Gegend ab, nur einmal noch sieht der Erzähler zu nächtlicher Stunde das Mädchen unten auf der Strasse vorbeigehen, «und ihm zur Seite, ein dunkler Schatten, sanft und lautlos wie ein Lamm, ging der Hund mit gelben, runden, funkelnden Augen.»[15]

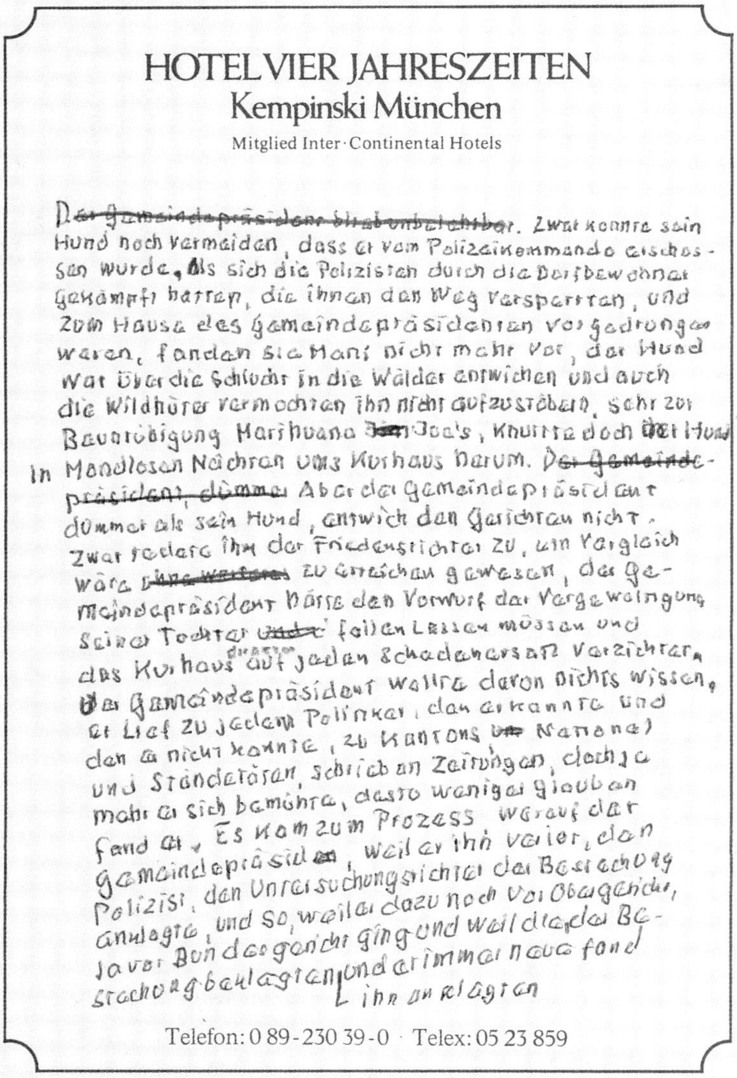
HOTEL VIER JAHRESZEITEN
Kempinski München
Mitglied Inter·Continental Hotels

~~Der Gemeindepräsident blieb unbelehrbar~~. Zwar konnte sein
Hund noch vermeiden, dass er vom Polizeikommando erschos-
sen wurde. Als sich die Polizisten durch die Dorfbewohner
gekämpft hatten, die ihnen den Weg versperrten, und
zum Hause des Gemeindepräsidenten vorgedrungen
waren, fanden sie Mani nicht mehr vor, der Hund
war über die Schlucht in die Wälder entwichen und auch
die Wildhüter vermochten ihn nicht aufzustöbern, sehr zur
Beunruhigung Marihuana Joe's, knurrte doch der Hund in
In mondlosen Nächten ums Kurhaus herum. ~~Der Gemeinde-~~
~~präsident, dümmer~~ Aber der Gemeindepräsident
dümmer als sein Hund, entwich den Gerichten nicht.
Zwar redete ihm der Friedensrichter zu, ein Vergleich
wäre ~~ohne weiteres~~ zu erreichen gewesen, der Ge-
meindepräsident hätte den Vorwurf der Vergewaltigung
seiner Tochter ~~und~~ fallen lassen müssen und
das Kurhaus auf jeden Schadenersatz verzichten.
Der Gemeindepräsident wollte davon nichts wissen.
Er lief zu jedem Politiker, den er kannte und
den er nicht kannte, zu Kantons- und Nationalräten
und Ständeräten, schrieb an Zeitungen, doch je
mehr er sich bemühte, desto weniger Glauben
fand er. Es kam zum Prozess, worauf der
Gemeindepräsident, weil er ihn verlor, den
Polizist, den Untersuchungsrichter der Bestechung
anklagte, und so, weil er dazu noch vor Obergericht,
ja vor Bundesgericht ging und weil die, die er Be-
stechung beklagten, und er immer neue fand
ihn anklagten

Telefon: 0 89-230 39-0 · Telex: 05 23 859

Friedrich Dürrenmatt: Manuskriptseite zum Roman «Durcheinandertal» (Originalgrösse), 1986

Der schwarze Hund hat auch in weiteren Werken Dürrenmatts bedrohliche Auftritte: Im Kriminalroman *Der Richter und sein Henker* (1951) überfällt Gastmanns Hund, eine riesenhafte, grauenerregende Bestie mit Augen «wie zwei helle, aber leere Flächen», ein «entfesseltes Ungeheuer an Kraft und Mordlust»[16], den Kommissär Bärlach. Im Rahmen des Genres erinnert dies an den – vom Detektiv ebenfalls vorhergesehenen – Überfall des mörderischen Hundes von Baskerville auf Sherlock Holmes, seinerseits eine Reminiszenz an die weit verbreitete Sage vom teuflischen schwarzen Hund, dessen Erscheinen den Tod ankündigt. Auch in der *Stoffe*-Erzählung *Der Rebell* findet sich eine bedrohliche schwarze Dogge – «ihre Augen blinken im Kerzenlicht wie geschliffene Steine»[17] –, die dem jugendlichen ‹Rebellen› den Weg zur Mutter versperrt, als er ihr des Nachts in eine geheimnisvolle Villa folgen will.

Dieser furchterregenden, geisterhaften Rolle des Hundes in den frühen oder zumindest früh konzipierten Texten Dürrenmatts stellt der Autor in seinem letzten Roman, *Durcheinandertal* (1989), eine komödiantische Variante gegenüber: Der Hund Mani ist der Held dieses vielschichtigen Romans, zumindest auf der Ebene der burlesken Bergdorfgeschichte. Das «kurzhaarige Hundeungetüm, schwarz mit weisser Brust und mächtigem Kopf»[18] und grösser als ein Bernhardiner, gehört dem Gemeindepräsidenten Prétander; er war einst aus dem Nichts erschienen, war plötzlich da. Wie so oft in Dürrenmatts Spätwerk steht der Roman in intertextueller Relation zum eigenen früheren Werk, ist implizit Selbstzitat und Selbstparodie: Der Gemeindepräsident mit dem sprechenden Namen, sein treuer Hund und die Tochter Elsi bilden das Gegenstück zum erwähnten unpathetischen Prediger der Wahrheit, seinem ebenfalls aus dem Nichts aufgetauchten, bedrohlichen Hund und seiner Tochter aus dem Frühwerk. Als Prétanders Tochter Elsi mit dem Hund zum Kurhaus im Durcheinandertal geht, um die Milch zu liefern, die für die dort versteckten Gangster bestimmt ist, wird sie von einem dieser Gangster vergewaltigt. Der Gewaltausbruch des Hundes beschränkt sich hier auf einen Biss in den Hintern des Gangsters – trotzdem wird der Hund als gemeingefährlich eingestuft und nach langen Rechtsquerelen zum Abschuss bestimmt. Polizist Lustenwyler will seine Pflicht tun, doch erwartet ihn Gemeindepräsident Pretánder am Dorfeingang mit Mani und dem Gewehr, und Lustenwyler zieht nach langem Überlegen unverrichteter Dinge wieder ab.[19] Nach dem Scheitern des Polizisten wird schliesslich ein ganzes Armeeregiment aufgeboten, um das Tier zu erledigen, das zum Widerstandssymbol eines renitenten Bergdorfes und zur Karikatur eines Schillerschen Freiheitshelden wird.[20] Doch Mani verschwindet, und getroffen wird nur eine Attrappe, ein Mani aus Holz, den der Gemeindepräsident geschnitzt und auf einer Bergzacke aufgestellt hatte. Am Schluss der verworrenen Handlung geht das Durcheinandertal samt Dorfbewohnern und Gangstern im Kurhaus in einem weihnächtlichen und apokalyptischen Finale in Flammen auf.

Der bedrohliche Hund aus den frühen Erzählungen ist hier in ein gutmütiges, aber schlaues Tier verwandelt, in einen treuen Freund: Der Gemeindepräsident kann sich mit ihm sprachlos besser verständigen als «mit Weibern»,[21] wie er dem Alt-Bundesrat, der selber ein ähnliches Verhältnis zu einem schwarzen Kater hat, in einem denkwürdigen

Gespräch erklärt. Das Wohlergehen des Hundes ist dem Gemeindepräsidenten wichtiger als die Frage, ob seine Tochter vergewaltigt wurde oder nicht. Doch am Schluss bleibt der Hund beim Mädchen. Die beiden sind die einzigen Überlebenden des grossen Brandes: «Vor dem Haus des Gemeindepräsidenten lag der Hund, neben ihm stand Elsi. Sie schaute auf den brennenden Wald, auf die lodernde Feuerwand jenseits der Schlucht, welche die Bewohner des Dorfes verschlungen hatte und noch verschlang. Sie lächelte. Weihnachten, flüsterte sie. Das Kind hüpfte vor Freude in ihrem Bauch.»[22]

Autobiographie und Mythos

In *Der Richter und sein Henker* gibt es nicht nur den bereits erwähnten bösen Hund Gastmanns: Auf ihrer Fahrt nach dem über dem Bielersee gelegenen Dorf Lamboing begegnen Kommissär Bärlach und sein Assistent Tschanz dem Schriftsteller, der ein Hündchen Namens Ping-Ping spazieren führt, das «weiss mit einem schwarzen Kopf im Scheinwerferlicht tänzelte»,[23] und fragen ihn nach dem Weg. Hunde sind nicht nur in Dürrenmatts literarischem Werk präsent, sie begleiteten ihn auch in seinem Leben. Im späten Werkkomplex der *Stoffe*[24] (1981/90) geht Dürrenmatt den biographischen und literarischen Quellen seiner Motive nach und spürt unter anderem auch verschiedene Hunde auf: Das Tier wurde ihm von Kindheit an zum Inbegriff der Bedrohung und des Feindes, seit ihm der Vater auf abendlichen Spaziergängen in der waldigen Gegend um das Dorf Konolfingen von Cerberus, dem dreiköpfigen Höllenhund, erzählte, während in der Nähe die Hofhunde bellten, und seit er als Jugendlicher in Bern von einem Schäferhund angefallen worden war. Jugenderinnerung ist auch die Sage vom weissen «Stinkhaudihung», der in einem Bergdorf als Todesbote umgeht, und den der angehende Student in seinem Übermut und unter erheblichem Alkoholeinfluss im nächtlichen Wald herausfordert. Später tritt mit Dürrenmatts eigenen Hunden vermehrt das Gegenbild des vertrauten Tiers in den Vordergrund – vom erwähnten Spitz Ping-Ping, den Dürrenmatts erste Frau Lotti in die Ehe brachte, über einen ständig bellenden Cocker-Spaniel, eine aus den Ferien mitgebrachte Promenadenmischung (Torro), den auf dem Varlin-Porträt abgebildeten Papillon und einen unberechenbaren Berner Sennenhund, der eingeschläfert werden musste, weil er Passanten und Besucher biss, bis zu den Schäferhunden, die Dürrenmatts Anwesen im idyllischen Vallon de l'Ermitage ob Neuenburg bewachten und gelegentlich Schafe auf der benachbarten Weide rissen.[25]

Dürrenmatt spitzt in den *Stoffen* die Autobiographie auf die Darstellung exemplarischer, geradezu archetypischer Situationen zu. Die nach dem Umzug aus dem Emmentaler Dorf ins Labyrinth der Stadt als auswegloser Kampf mit sich selbst und der Welt erlebte Pubertät findet ihre konzentrierte symbolische Darstellung im Kampf mit dem «grossen schwarzen Tier»: «Neben uns wohnte der Obergärtner. Sein Schäferhund war angekettet, ich liess ihn oft frei und nahm ihn auf meine Spaziergänge mit. Er war zutraulich, doch fiel er mich an einem Sonntagnachmittag im Hof gegen die Strasse zu an, unvermutet, plötzlich eine Bestie, vielleicht dass ihn die Fussgänger irritierten, vom

Friedrich Dürrenmatt mit Torro, um 1960

Hof nur durch eine Holzwand getrennt. Meine Mutter warf sich dazwischen, vergeblich, der Hund hatte sich in mich verbissen, sie kämpfte, ich kämpfte, von einer rasenden Wut gegen das grosse, schwarze, wilde Tier erfasst, so dass ich keinen Schmerz spürte. Vom Nachbargebäude, einer Mietskaserne, schauten die Leute auf ihren Balkonen zu, prächtiges Wetter, Sonnenschein, ich fühlte mich wie in einer Arena, endlich riss ein Gärtner, der uns zu Hilfe kam, den Hund weg, ich war blutüberströmt, die Kleider zerfetzt, ein Arzt kam, der Hund wurde erschossen. Die Menschen machen mit den Tieren kurzen Prozess.»[26]

Doch der Hund tritt in den *Stoffen* nicht nur als Objekt der Erinnerung auf, sondern er wird in seinem punktuellen, geheimnisvollen und erschreckend vertrauten, plötzlichen Auftauchen auch zu einer Allegorie des assoziativen Erinnerungsprozesses, der Gedächtnis-«Querfahrt», die überraschende Zusammenhänge herstellt und aufdeckt und immer wieder an den unausweichlichen Punkt der Begegnung mit dem Tod führt. Es ist das Bewusstsein des Todes, das den Menschen vom Tier – und von den Göttern –

Friedrich Dürrenmatt mit Schäferhund, Kakadu und Papagei, 1970er Jahre

unterscheidet: «Nur der Mensch stirbt, das Tier krepiert.»[27] Oder, mit den Worten in Dürrenmatts Evolutionsfiktion *Das Hirn:* «Es gibt keinen Tod in dieser Welt [der Tiere, U.W.], es gibt nur das tote Tier, wobei ein Tier durchaus fähig ist zu fühlen, dass ein Tier nicht mehr lebt – der Kadaver bewegt sich nicht mehr, spielt nicht mehr, macht nicht mehr mit –, aber kein Tier ist fähig, den Tod zu begreifen: die konkrete Welt der Tiere ist ohne Begriff.»[28] Die Entdeckung der eigenen Sterblichkeit als die «erste wissenschaftliche Entdeckung» des Menschen verändert dessen Bewusstsein, schliesst es von der Tierwelt aus.[29] Zwar hat der Mensch den Begriff des Todes, doch entzieht sich die existentielle Erfahrung des Todes der Fassbarkeit und der direkten Darstellung, als eine Grenze, die nur vom Leben her, von aussen, als Beobachtung, als Begegnung mit etwas Fremdem beschrieben wird. «Die Sprache ist des lebendigen Menschen; darum kann sie niemals begreifen, was sie den Tod nennt»[30], wie es Fritz Mauthner in seinem von Dürrenmatt oft zu Rate gezogenen *Philosophischen Wörterbuch* formuliert.

Im Ringen um die Darstellbarkeit der Todeseindrücke stösst Dürrenmatt im Kapitel *Begegnungen* zu Beginn des zweiten Bandes der *Stoffe* erneut auf den Hund, er beschreibt den Tod seines alten Schäferhundes (im Oktober 1977): Eines Nachts fehlt er an seinem üblichen Schlafplatz; erst nach langem Suchen entdeckt der Autor, «wie zufällig, zwischen den Blättern eines Strauches neben der Terrasse etwas Helles [...]. Der Hund hatte sich eine Grube gegraben und lag tot darin, er hatte sich selber verscharrt. Ich meldete es meiner Frau, die schon im Bett lag. Sie erhob sich, trat in einem Hausmantel in den grauhellen Morgen hinaus, ich folgte ihr. Am Himmel waren noch einige helle Sterne zu sehen, über dem See lagerte ein weisses Nebelband. Meine Frau kniete zum Hund nieder. Sie deckte ihn mit einer dunkelgrünen Decke zu, wie aus Furcht, er könnte frieren. Er hatte sie immer besonders treu bewacht.»[31]

Szenisch-plastisch beschreibt Dürrenmatt, wie er den Hundekadaver mit seinem Freund, dem Wirt Hans Liechti, zur Abdeckerei bringt: Liechti trägt «schweigend, massig, würdig» den Hund in den Wagen und fährt ihn durch den Nebel in die Jurahügel hinauf, in den allmählich klar werdenden Morgen zur Abdeckerei. «Die Sonne schien grell, alles wirkte wie eine überbeleuchtete Bühne, der Wald wie eine Kulisse. Wir hupten, liefen um die Anlage. Endlich hinkte ein Mann herbei, verschlafen, mürrisch, ohne dass wir wussten, woher er eigentlich gekommen war. Wir bringen einen Hund, sagten wir. Er wies stumm auf die Rampe, hinkte wieder davon, verschwand irgendwo. Liechti öffnete den Kofferraum und hob den Hund auf die Rampe. Nun lag er da, ein grosses schwarzes Tier, die Unterseite des Körpers und jene der Rute weiss, die Läufe ocker, die zwei Flecken auf der Stirn und beidseits der Schnauze von der gleichen Farbe. Der Hund lag da, wie er oft im Schlafe gelegen hatte, aber etwas fehlte und machte den Anblick schrecklich. Ein massloses Staunen drang in mich herein, einen Augenblick lang, der ewig zu währen schien, einen Todesaugenblick lang eben – auch bei weit erhabeneren Augenblicken, beim Anblick meiner toten Eltern etwa, hatte ich dieses Gefühl nicht, dieses plötzliche Aufheben der Zeit.»[32] Der Hund auf der Rampe der Abdeckerei wird dem Autor zum «Sinnbild des Todes selbst, und nun bewacht er meine tote Frau, war er doch ihr Hund».[33] Unmittelbar an die Darstellung des Todes des Hundes – verbunden durch dessen mythische Rolle als Totenwächter im Jenseits – schliesst Dürrenmatt die Schilderung des (mehr als fünf Jahre später erfolgenden) Todes der eigenen Frau an, zunächst erstaunt, ungläubig, dann als ein geradezu groteskes Erlebnis, distanziert beobachtend, wie die Männer vom Beerdigungsinstitut die Bahre mit der starren Leiche kaum die enge Treppe hinunterbringen. Die Distanziertheit der Darstellung ist jedoch nicht als Konsequenz fehlender Emotionalität zu verstehen; es liegt in diesen Abschnitten eine poetische Grundauffassung Dürrenmatts, eine Absage an die Traditionen sowohl der rhetorischen Totenklage wie der emotional-bekenntnishaften oder psychologisch-einfühlsamen Erlebnisdichtung und eine Annäherung an die mythologische Darstellungsweise im Zeichen einer Poetik der Distanz: «Gefühle lassen sich nicht beschreiben, der Tod ist nur von aussen darstellbar und stellt sich nur von aussen dar, sei es als ferne ausgefranste nelkenähnliche Wolke, im Sternbild des Stiers, der Überrest einer Sonne, sei es als weisse tonartige Scherben in einem Plastiksack, der Inhalt einer Urne, sei es als ein toter Hund auf der Rampe einer abgelegenen Abdeckerei.»[34]

Die autobiographische Darstellung überlagert sich in Dürrenmatts *Stoffen* vielfach mit mythologischen und literarischen Bezügen. Die Assoziation von Hund und Tod, die Dürrenmatt vom eigenen Erleben her plausibel macht, ist zugleich eine althergebrachte: Bei den Ägyptern hatte der Totengott Anubis die Gestalt eines schakalähnlichen Haushundes; die Ägypter kennen zudem die Vorstellung eines wechselgestaltigen Ungeheuers der Unterwelt, das als Hund die Strafe an den Toten vollstreckt, aber zugleich Wächter des Jenseitsbereichs ist. Hunde waren Grabhüter und wurden nicht nur bei den Ägyptern, sondern auch in vielen anderen Kulturen den Toten als Opfer mitgegeben. Der charakteristischen Ambivalenz von gefährlichem Feind und freundlichem Hüter begegnet man wieder im griechischen Unterwelthund Kerberos mit seinen drei Köpfen; die Todesgottheiten Hades, Hekate und Hermes (als Begleiter der Seelen) wurden mit Hunden in Verbindung gebracht. Bei den Römern besteht ebenfalls eine enge Verbindung des Hundes mit dem Tod, die sich unter anderem in der Sepulkralkunst deutlich ausdrückt. Dem Hund als Begleiter der Seelen begegnet man aber beispielsweise auch in der zoroastrischen Religion, und das Heulen des Hundes gilt in vielen Kulturen als Todesankündigung. In säkularisierter Form findet sich die beschützende Rolle des Hundes im Tod vor allem im Topos des Hundes am Grab seines Meisters, als Emblem der Treue über den Tod hinaus, bis in die Neuzeit. Es sei nur an Friedrich den Grossen erinnert, der für sich und seine Lieblingshunde eine Gruft beim Schloss Sanssouci in Potsdam errichten liess.[35]

Der letzte Kampf

Entzieht sich im Roman *Durcheinandertal* der Hund Mani geradezu spielerisch den Verhaftungsversuchen der Behörden, so steht der Hund in Dürrenmatts Werk auch dort, wo er in Zusammenhang mit eigenen Todeserfahrungen auftaucht, für das, was sich menschlicher Ordnung und rationalem Verstehen entzieht: Im autobiographischen Essay *Vallon de l'Ermitage* schildert Dürrenmatt seinen ersten Herzinfarkt im Jahr 1969. Jener Papillon, den Varlin zwei Jahre zuvor auf dem Schoss des Schriftstellers gemalt hatte, wurde nun zum Zeugen der Begegnung mit dem Tod: Dürrenmatts Frau war im Ausland, nur seine Mutter und sein Sohn waren zu Hause. «Ich glaubte zuerst an Sodbrennen, nahm Ebimar, ging zu Bett, das Hündchen kuschelte sich an meinen Hals, seine Wärme tat mir wohl, obgleich der Schmerz stärker wurde. [...] Mein Leib war gebläht. Ich ging immer wieder ins Badezimmer, sass auf dem Klo. Das Hündchen folgte mir ängstlich, unruhig. Dann lag ich wieder im Bett, von der Brustmitte bis unter das Kinn war der Schmerz schneidend, die linke Achsel schmerzte, auch der linke Arm, die linke Hand kribbelte. Das Hündchen rutschte nach oben, als wollte es nicht auf meiner linken Schulter lasten. Ich wusste, dass ich einen Herzinfarkt hatte, aber ich las ruhig im Buch weiter, das mich nichts anging, stur – ich hätte ebensogut das Telefonbuch lesen können –, den kleinen Kopf des Hündchens an meine Wange geschmiegt.» In einer eigenartigen Ruhe der Todeserwartung vergeht die Zeit. Der Papillon ist das einzige Wesen neben dem Betroffenen, das die Nähe des Todes zu spüren scheint. Dürrenmatt lässt schliesslich doch noch einen Arzt rufen, der jedoch fälschlicherweise eine Magenverstimmung diagnostiziert. «Das Hündchen lag auf meinem Schoss, während meine Mutter vom Tod meiner Grossmutter erzählte, lachend berichtend: Ich sei, dreijährig, zu ihr gekommen, besorgt, die Grossmutter komme nicht in den Himmel, sie sei zu dick, sie werde sicher im Kamin stecken bleiben. Indem sie so plauderte, dachte ich an Varlin, wie er mich mit dem Hündchen auf dem Schoss gemalt hatte, kaum dass ich meiner Mutter zuhörte.»[36] Der Hund auf dem Arm im Porträt wird so im Rückblick zum Sinnbild der Hinfälligkeit und zeigt sich in der Gegenwart als Wesen, dessen Wahrnehmungsvermögen für den Tod dasjenige der Menschen übersteigt.

In der Beschreibung der letzten Begegnungen mit dem Maler Varlin vor dessen Tod im Herbst 1977 kommt Dürrenmatt erneut auf den Hund zu sprechen, auf eines der erwähnten Porträts der Hündin Zita: «Von Varlins letzten Werken machte mir vor allem ein schmutzig ockerfarbenes, hochformatiges, doch nicht sehr grosses Bild Eindruck, das tief im Raum oder im Leeren eine krepierende oder krepierte dicke, weisse Hündin mit einigen schwarzen Flecken zeigte. Ich wollte es erstehen, doch Varlin verlangte einen Preis, den ich mir nicht leisten konnte. Als ich mit Varlin nach Soglio hinauffuhr, erzählte er mir von seiner Krankheit, von der er genesen sei, doch als er mir berichtete, wie man ihn behandelt hatte, wusste ich, dass er verloren war.»[37] Varlin will Dürrenmatt noch einmal malen. Auch in diesem Fall wird das Porträtieren zu einem Kampf, den der Autor als Rache am Überlebenden im Zeichen des Todes interpretiert: «Ich sass auf einem unbequemen Stuhl, als er mich zu porträtieren begann, sein Ledersessel, der neben dem Bett stand, war mir zu grauslich. Varlin verzögerte die Malerei ins Endlose, suchte Kohle, fand keine Farbe; meine Frau half ihm suchen, dann fing er auf einer Riesenleinwand immer wieder von vorne an. Todmüde, von der Hitze gepeinigt, legte ich mich endlich aufs Bett – die einzige Möglichkeit, Modell zu stehen –, zog auch die Schuhe aus, dann die Socken. Auf einmal kam er in Fahrt, er malte mich in meiner ganzen Wut darüber, dass ich sinnlos auf einem Bett lag – was hatte ich mit diesem Bett zu schaffen? –, er malte mich, stolz darüber, dass er, der sein Sterben ahnte, mich dorthin gezwungen hatte, aufs Bett, wo sich sein Schicksal erfüllen würde. Und tief hinten im Raum malte er das Bild, das zu kaufen ich nicht imstande war: die krepierende Hündin.»[38]

Die letzte Begegnung mit Varlin findet nach dessen Tod statt: «Varlin war gestorben. Wir sassen bei Franca in der Küche. Irgendwo winselte Lappi [der Hund Lapone, Nachfolger von Zita, U.W.]. Ein Arzt aus Lugano führte mich in Varlins Sterbezimmer. Er lag im Sarg, der Arzt nahm das Laken herunter. Ein wilder Kopf starrte mich an, der Mund weit geöffnet, die Augen in dunkle Höhlen versunken: Es war, als würde das Leben, erstarrt im Jetzt des Todes, die Schöpfung auslachen. Dann zwängte sich etwas durch meine Beine, verschwand im Dunkel des Raumes, es war der Hund.»[39]

1 Friedrich Dürrenmatt, *Varlin,* in: *Werkausgabe,* Zürich: Diogenes 1998, Bd. 32, S. 176.
2 Vgl. Pierre Lachat, *Spuren,* in: *nouvelle revue neuchâteloise* 65/2000, S. 13ff.
3 Vgl. Varlin, *Wenn ich dichten könnte: Briefe und Schriften,* hrsg. von Patrizia Guggenheim und Tobias Eichelberg, Zürich: Scheidegger & Spiess 1998, S. 93.
4 Ebd., S. 26.
5 Ludmila Vachtova, *Varlin,* Zürich: E. Scheidegger; Frauenfeld: Huber, 1978, S. 44.
6 Paola Tedeschi-Pellanda, *Varlin – Vom Antlitz der Dinge,* in: Paola Tedeschi-Pellanda; Patrizia Guggenheim, *Varlin,* Zürich; Hamburg: Scheidegger & Spiess 2000, S. 86.
7 Friedrich Dürrenmatt, *Labyrinth,* in: *Werkausgabe,* Zürich: Diogenes 1998, Bd. 28, S. 43.
8 Friedrich Dürrenmatt, *Der Verdacht,* in: *Werkausgabe,* Zürich: Diogenes 1998, Bd. 20, S. 123.
9 Friedrich Dürrenmatt, *Labyrinth,* in: *Werkausgabe,* Zürich: Diogenes 1998, Bd. 28, S. 203.
10 Friedrich Dürrenmatt, *Der Hund,* in: *Werkausgabe,* Zürich: Diogenes 1998, Bd. 22, S. 11f.
11 Vgl. ebd., S. 14.
12 Ebd., S. 14.
13 Ebd., S. 15. Hervorhebung U.W.
14 Ebd., S. 15. Hervorhebung U.W.
15 Ebd., S. 18.
16 Friedrich Dürrenmatt, *Der Richter und sein Henker,* in: *Werkausgabe,* Zürich: Diogenes 1998, Bd. 20, S. 37.
17 Friedrich Dürrenmatt, *Der Rebell,* in: *Labyrinth: Stoffe I–III, Werkausgabe,* Zürich: Diogenes 1998, Bd. 28, S. 315.
18 Friedrich Dürrenmatt, *Durcheinandertal,* in: *Werkausgabe,* Zürich: Diogenes 1998, Bd. 27, S. 17.
19 Vgl. ebd., S. 76f.
20 Der Roman *Durcheinandertal* steht als ganzer in parodistischem Bezug zu Schillers *Wilhelm Tell.*
21 Friedrich Dürrenmatt: *Durcheinandertal,* in: *Werkausgabe,* Zürich: Diogenes 1998, Bd. 27, S. 102.
22 Ebd., S. 136.
23 Friedrich Dürrenmatt, *Der Richter und sein Henker,* in: *Werkausgabe,* Zürich: Diogenes 1998, Bd. 20, S. 32.
24 1981 erschien der Band *Stoffe I–III: Der Winterkrieg in Tibet, Mondfinsternis, Der Rebell,* der 1990 unter dem Titel *Labyrinth: Stoffe I–III* neuaufgelegt wurde; 1990 der Band *Turmbau: Stoffe IV–IX.*
25 Neben den *Stoffen* ist vor allem der Essay *Vallon de l'Ermitage* (in: *Werkausgabe,* Zürich: Diogenes 1998, Bd. 36, S. 11–58) zu nennen, in dem Dürrenmatt das Leben mit den Hunden im Neuenburger Wohnhaus beschreibt.
26 Friedrich Dürrenmatt, *Labyrinth,* in: *Werkausgabe,* Zürich: Diogenes 1998, Bd. 28, S. 47.
27 Fritz Mauthner, *Wörterbuch der Philosophie: Neue Beiträge zu einer Kritik der Sprache.* Nachdruck der Erstausgabe von 1910/11, Zürich: Diogenes 1980, Bd. 2, S. 471.
28 Friedrich Dürrenmatt, *Turmbau,* in: *Werkausgabe,* Zürich: Diogenes 1998, Bd. 29, S. 245.
29 Vgl. ebd.
30 Fritz Mauthner, *Wörterbuch der Philosophie: Neue Beiträge zu einer Kritik der Sprache.* Nachdruck der Erstausgabe von 1910/11, Zürich: Diogenes 1980, Bd. 2, S. 477.
31 Friedrich Dürrenmatt, *Turmbau,* in: *Werkausgabe,* Zürich: Diogenes 1998, Bd. 29, S. 17.
32 Ebd., S. 18f.
33 Ebd., S. 19.
34 Ebd., S. 21f. Mit der «nelkenähnlichen Wolke im Sternbild des Stiers» ist wohl der Krebsnebel gemeint, der aus einer ‹Sternleiche›, aus den Überresten eines explodierten Sterns, besteht, einer Supernova, die im Jahr 1054 beobachtet wurde.
35 Ein anderer Schwerpunkt in der mythischen Bedeutungstradition des Hundes ist die Schamlosigkeit und sexuelle Begierde: Der Hund ist beispielsweise ein Begleiter des Priapus und wird in der attischen Komödie zur Metapher für den Penis. Die kynischen Philosophen kamen vermutlich zu ihrem Namen aufgrund ihres schamlosen Benehmens. Die Verachtung der Sexualität des Hundes ist eine gemein-antike Tradition. Auch dieser Aspekt ist, wenn auch verborgener als der Tod, Dürrenmatts Darstellung inhärent.
36 Friedrich Dürrenmatt, *Vallon de l'Ermitage,* in: *Werkausgabe,* Bd. 36, Zürich: Diogenes 1998, S. 42.
37 Friedrich Dürrenmatt, *Labyrinth,* in: *Werkausgabe,* Bd. 29, Zürich: Diogenes 1998, S. 43
38 Ebd., S. 43f. Dürrenmatt führt seinerseits dieses Interferenzspiel mit dem Hundebild nach Varlins Tod auch literarisch weiter: Im *Winterkrieg in Tibet* trifft der Offizier Hans nach dem Ende des Dritten Weltkriegs auf seiner Fussreise durch die atomar zerstörte Schweiz, die ihn vom Engadin bis nach Bern führt, im Bergell auf das verlassene Atelier eines Malers, wo dasselbe Bild einer krepierenden Hündin steht, verloren in einer Unendlichkeit von Ocker, und wo er von einer alten Frau namens Antonia – so hiess die Nachbarin Varlins, der die Hündin Zita gehörte – die Wahrheit vernimmt, auf die er erst am Ende seines zerstörerischen Kampfes im Winterkrieg in Tibet stossen wird: «Tu sei il nemico», du selbst bist der Feind. (Vgl. Friedrich Dürrenmatt, *Labyrinth,* in *Werkausgabe,* Zürich: Diogenes 1998, Bd. 28, S. 121f und S. 158.) Und in Dürrenmatts letztem Stück, *Achterloo,* wird eine tote, sandfarbene Hündin, die der Kardinal Richelieu auf den Armen trägt, zum symbolischen Mitleidsappell an Napoleon (vgl. *Werkausgabe,* Zürich: Diogenes 1998, Bd. 18, S. 82ff).
39 Friedrich Dürrenmatt, *Varlin,* in: *Werkausgabe,* Zürich: Diogenes 1998, Bd. 36, S. 130.

Varlin: «Friedrich», 1967

Varlin: Zita mit ihren Welpen, um 1970

Varlin: Zita, um 1970

Varlin: Zita, um 1970

Varlin: Die tote Hündin Zita, 1973

Varlin: Friedrich Dürrenmatt auf dem Bett, 1974–75

Varlin: Der Mann mit dem Hund, 1973–75

Ich frage mich oft, ob nicht das an sich Unbetonte den wesentlichsten Einfluss auf meine Bildung und Hervorbringung ausgeübt hat: der Umgang mit einem Hund.

Rainer Maria Rilke

Katzen sollen uns lehren, dass nicht alles in der Natur zweckbestimmt ist.

John Keats

Der Hund ist nichts und niemandem verpflichtet, er ist seinen Nächsten zugetan, er tut, als führe er ihre Befehle aus, er tut es aus Höflichkeit, Nachsicht. Er träumt von einem verlorenen oder in ihm rumorenden anderen, einem freizügigen Leben.

Paul Nizon

Dosso Dossi (zugeschrieben): Junger Mann mit Katze und Hund, Beginn 16. Jh.

Gerold Späth

Gerold Späth
Seit je Hunde im Haus

Seit je Hunde im Haus.

Die schwarze Legende Nero stellt Bretterdieb im Morgengrauen. Stirbt an Schwindsucht. Trotz literweise Kaffee Schnaps. Oder grad drum.

Dann Fips der gutmütige Fox. Ich etwa anderthalb und schnappe ihm die Milchmocken vor der Schnauze weg aus dem Napf.

Dann Struppi, den man täglich rufen kann, bis man schwarz wird. Denn Struppi macht täglich seine Runde. Die Goldküste hinab nach Zürich und retour via Schattenstrich über Horgen Wädenswil. Hurden will ich nicht behaupten, aber Struppis Erkundungsgänge gehen meist über sechs Stunden. Trotz zunehmender Erblindung. Oder halt auch grad drum.

Dann Quick der Einhoder. Ist schnell wie keiner. Aber beim innigen Karisieren schwer an Ort beschäftigt. Wird dabei vom bösen Nachbarköter bös zerbissen.

Folgt Zachi der strotzende Berner. Lässt sich von unserm damals Kleinen sabbernd reiten wie ein Ross.

Dann Wulli der Giftspitz. Ist die als Befzger getarnte immergehässige schnappschnauzige Hinterlist.

Dann Bläsi der Tolpatsch. Unser Kater zeigt ihm dauernd, was schnelle Kralle und tumber Köter ist. Er lernt es nie.

Dann Trix die schwarze Stammutter... – aber wo kommen wir hin!

Onkel Eugen war Orgelbauer und Jäger. Auf friedlichem Spaziergang an sonnigem Sonntagmorgen im Mai passiert, was Félix Fénéon in seiner knappen Art so beschrieben hätte:

DEM HERRN E. S. AN DEN KRAGEN GING EIN HERZSCHLAG, DEN HERBEIEILENDEN SEIN SCHARFER JAGDTERRIER. HIERAUF ENTFERNTEN SICH DREI TRANSPORTMITTEL IN DREI VERSCHIEDENE RICHTUNGEN: EIN DISKRETER LEICHENWAGEN, EINE JAULENDE AMBULANZ, EIN VERGITTERTES HUNDEMOBIL. GESTARTET WURDE BEI DER UFERPROMENADE ZU RAPPERSWIL AM ZÜRICHSEE.

Frédéric Wandelère, zum Text
siehe Foto S. 134

Frédéric Wandelère
Carlos et Georges au Grès de Calvignac en juin 1992

Nous sommes-nous pris d'affection pour Carlos, le chat ? Sûrement. Nous l'admirons tous. Grand seigneur, discret, chassant régulièrement sur ses terres d'été, ici, il médite quelquefois près des livres. Il lui arrive d'escorter le Maître et d'apparaître, aussi majestueux que lui, devant la caméra. Le dernier soir du dernier jour, à la fin du tournage, dans ce décor crépusculaire de murailles anciennes, de ruines, d'herbes encore vertes et de mousses, une beauté féline, la jeune chatte des voisins spéléologues, est venue l'allumer. On était tous à table, dehors : les caméramanes, le preneur de son, l'intendant Nerval, la cinéaste polyglotte, Georges – qui offrait le foie gras et le Cahors. Devant l'assemblée stupéfaite, la belle chatte s'est couchée comme une star de haute époque, et Carlos qui l'avait accompagnée et séduite la tenait en levrette. Il fixait chacun d'entre nous tour à tour – en même temps qu'il besognait – et c'était devant nous le démenti cinglant et public à cette rumeur qui circulait sur son compte depuis des jours. C'est Georges, bien sûr, qui l'avait suscitée par des confidences à voix basse. Il était bien étonné.

Deutsche Übersetzung Seite 327

Giovanni Netzer

Giovanni Netzer
Igl giat dalla marchesa

A Louis, igl rètg, vev'la regalo la giuventetgna, rosada. Agl sies minister, sessour, la fantascheia madeira. Ed agl cumandant, dalla garda, alla fegn, igl sies cor. Ma lez veva preferia, en oter cor, pispert tgi las fodas, sot igls îgls, e segl culiez, dalla marchesa, metressa, eran davantadas mengia profondas, per las cuatar cun pudra. Ed el la veva regalada ena tgesigna campestra, agl our da Paris, e l'amblidada sur notg. E da Bumang, la veva'l tarmess en giat algerian, alv, e grev, e magliurd, e maglioss, per tg'ella seia betg adegna suletta. Igl giat ò piglia dimora, segl plimatsch da vale, dalla marchesa. El litgiva las larmas, notg per notg, giu dallas fatschas sflureidas, e davantava adegna pi sgunflo, digl sal, e pi grev, dalla malaveta.

Ed en de ò igl cumandant, dalla garda, tarmess, ena brev alla donnigna, tg'el seia betg ple bung, da cuntinuar, a paer la pensiun regulara, pigl mantignamaint dalla metressa. – La sfurtinada s'è pattada, curt sessour, giu d'en punt ot avonda. Gl'algerian, l'ò litgia las larmas ed igl sanc or digls îgls.

Igl de dalla bara è igl cumandant, anriclo, en po, passo la fossa, ed ò sgultro tras la tgesetta, campestra, sch'el catta anc ensatge, tgi totga ad el. E partent, an carotscha, ò'l piglia igl giattung cun el, pigl vender agl gerber. Gl'algerian, ò durmia, la notg, aint igl letg digl cumandant, ed igl'ò stanschanto, cugl sies peis, ed igl peil. Er igl minister, è mort, ord mancanza da flo, dus notgs pi tard. Ma en suldo diligent, ò schluppetto, igl giat, segl flatg. Ins ò purto igl tierung an cuschigna, igl barso, cugls canigns, per la tschavera, roiala.

Ins dei, tg'igl rètg dalla Frantscha, seia mort, ord lungurela. La vardad è pero, tg'en tgavel diritsch, digl snuz digl giat, ò perfuro, e sfandia, e scarpo, la biglia, a Louis.

Deutsche Übersetzung Seite 328

Julia, Enkelin von Anne Perrier, und Baikal im Val de Bagnes (VS)

Anne Perrier
Adieu Baïkal

Ton nom comme une danse Baïkal
Nous ne le dirons plus
Nos mains ont fini de se perdre
Dans l'ombre fraîche de ton pelage
Ta voix s'est tue qui ébranlait
Au loin le chœur des loups
Et la banquise des mers ancestrales

Par un matin glacé d'hiver
Tu es tombé du temps
Et maintenant qui pourrait dire
Où s'évade la vie dans cette brume
Ton corps ici repose doucement
Dans l'infini des chants d'oiseaux
Dans la mémoire du vent
Mais tes yeux bleus tes grands yeux d'eau
Profonde sous la terre
Un jour seront-ils source
Autre que de nos larmes

Deutsche Übersetzung Seite 329

Lukas Bärfuss

Lukas Bärfuss

und sonnt euch
und fürchtet wasser
und die ruten

und ziert euch
und geht doch der hand entgegen
und harrt aus

und sträubt euch
und harrt aus
und harrt aus

euer sohn ist eine katze

Felix Philipp Ingold

Felix Philipp Ingold
Hund und...

...endlich

geboren. Wo das letzte
Licht die Stimme traf. Bricht nun der Hundstag an.
Blökt schon mein Glück und heisst wie ich.

Blick

Wie heisst der Hund. Wer
weiss es. Da seht doch. Grade eben hat er
meine Augen aufgeschlagen.

Da

und dort am Wegrand eine
Schönheit die winselt unerhört um nichts. Da
und dort stur sprungbereit mein Feind.

«Wozu

hast du mir den Biss
verpasst?» – «Damit du weisst was mein
Wunsch für eine Form hat.»

Blutig

Noch auf der Schwelle
frisst mir der Hund die frische Wunde aus
der Hand. Wie wahr.

Wem

ist die Stunde zwischen
Frau und Tier
verfallen. Wem das herrlichere Wild.

Wer

nestelt wem die Hundemaske
vom Geschlecht. Und wessen Kommen
ist zuerst. Zu spät.

Hund (1)

Bin der Nacht
vertraut. Mir bleibt die Wache. Bis
zum Tag der Trug.

Hund (2)

Das anhänglichste Haustier
des Menschen ist seine Hand. Gewöhnlich
die rechte. Und aber erst die *andre* macht den Hund ganz.

Bunt

ist keine Wahrheit. Es sei
denn sie wäre mit diesem grauen Hundstag
im Bund. Aber ganz *wirklich*.

Tierleben

Zum Beispiel der Fuchs dort der schniefend
zwischen Hund und Wolf auf die künstliche Gans zuschnürt. Wie
er giert. Und verliert.

Vézelay

Im Hof der Hahn der
kläfft. Der Hund
der kräht. Die Nacht die tagt.

Cuno Affolter und Pierre Yves Lador

«Miez» und «Wauwau»

Katzen und Hunde im Comic

Die Geschichte der Beziehungen zwischen Tier und Mensch und ihrer Umgebung im Comic ist wechselvoll und vielseitig. Ein Blick in den *Dictionnaire Encyclopédique des Héros et Auteurs de BD* (Edition Glénat, Grenoble 1998) von Henry Filippini, dessen erster Band ein Kapitel über Comic-Tiere beinhaltet, bestätigt es. Ohne Anspruch auf Vollständigkeit listet das Nachschlagewerk Hunderte von Tieren auf, die seit der Erfindung des Comics auf dem gedruckten Papier lebendig geworden sind. Statistisch eindeutig an der Spitze: Katzen und Hunde jeglicher Rassen, Prägung und Eigenschaften.

Seit Aesop müssen die Tiere dazu herhalten, in Parabeln menschliche Schwächen aufzuzeigen. Aber nicht nur in Fabeln oder Märchen, auch in der Kunst gibt es eine lange Tradition anthropomorpher (anthropomorph = menschlich, von menschlicher Gestalt, menschenähnlich) Tiere. So karikierte etwa Grandville mit seinen «animaux parlants» die menschlichen Eigenschaften in der Maske von Tieren. Sie geben sich wie Menschen, sie sprechen unsere Sprache, tragen Kleider und verfügen manchmal lediglich über einen Tierkopf.

Die Domestizierung der Hunde und Katzen im Comic ist so alt wie das Medium selbst: Hunde etwa finden sich bereits bei den Pionieren, dem Genfer Rodolphe Töpffer (1799–1846), der mit seinem Buch *Essai de Physiognomie* die Theorie des Erzählens mit Bildern formulierte, wie ebenso bei Wilhelm Busch (1832–1908) und dessen Geschichte *Plisch und Plum.* Und auch bei Richard Outcault, dessen *Yellow Kid* als erster eigentlicher Comic gilt, tummeln sich auf den Strassen von Hogans Alley unzählige Strassenköter.

Die erste Generation der Hunde kommt noch richtig tierisch daher. Will heissen: Die Mensch-Tier-Grenze ist noch unüberbrückbar, das Tier hat noch keine menschliche Eigenschaften. Bezeichnend für diese Periode «artgerechter» Tierhaltung ist der ebenfalls von Richard Outcault kreierte Comic-strip *Buster Brown* (1902–1920), in dem Browns Begleiter, die Bulldogge Tige, immer wieder für allerlei Slapstick-Gags verantwortlich ist, Chaos verursacht, doch niemals menschliche Züge aufweist. Die ersten Hunde und Katzen im Comic, selbst wenn sie anthropomorph waren, dienten nur dem Witz, nie der Satire. Bezüglich Katzenbildern stechen hier Théophile Alexandre Steinlens (1859–1923) Arbeiten für die Pariser Wochenzeitung *Chat Noir* (1882–1895), herausgegeben von einem Cabaret auf dem Montmartre, hervor. Der in Lausanne geborene

Maler, Lithograph, Karikaturist und Zeichner, der 1901 in Frankreich eingebürgert wurde, lieferte brilliante Blätter mit Katzendarstellungen, die wie Naturstudien wirken. Eine ähnliche Darstellungsweise findet man bei André Franquin, bei Gastons Katze. Ausdrucksstark und sich an der Natur orientierend, interessierte sich Franquin vor allem für die Bewegung, den Gang des Tieres.

Einer der ersten, der die Grenze zwischen Tierischem und Humanem aufbricht, ist der amerikanische Zeichner George Herriman (1880–1944) mit seiner Kult-Serie *Krazy Kat.* Zuerst tauchen die zwei späteren Berühmtheiten, Katz und Hund, in seinem 1910 gestarteten Tagesstrip *The Family Upstairs* auf und treiben es in der unteren Randzeile toll. 1913 wurde *Krazy Kat* als eigenständige Serie geboren. Im Mittelpunkt steht ein geradezu absurd inszeniertes Dreiecksverhältnis: Krazy Kat, die Katze, liebt Ignatz, die Maus, die wiederum als Zeichen der Verweigerung ihren Verehrer mit Ziegelsteinen traktiert. Eine Geste, die von Krazy Kat als Ausdruck innigster Zuneigung missdeutet wird. Der dritte im Bunde ist Police Offica Pupp, ein Hund, der in sehnsuchtsvoller Liebe für Krazy vergeht und ständig damit beschäftigt ist, die Katze vor Ignatz' Geschossen zu schützen.

So einfach (oder kompliziert!) die Grundkonstellation dieser unerwiderten Liebe auf den ersten Blick auch scheinen mag, so vielschichtig sind die Deutungsversuche dieses wohl geheimnisvollsten Mikrokosmos, der je im Comic geschaffen wurde. Der italienische Semiotiker und Romancier Umberto Eco hat es so auszudrücken versucht: «Die Poesie von *Krazy Kat* gründet in dem unverwechselbaren lyrischen Eigensinn des Autors, der die Handlungszüge unendlich oft wiederholte, wobei er ständig das Thema variierte, und einzig unter dieser Bedingung stifteten die Frechheit der Maus, das unerwiderte Mitgefühl des Hundes und die hoffnungslose Liebe der Katze das, was vielen Kritikern als Zustand der Poesie erschien, als die ununterbrochene Elegie des einfachen Leidens.»[1]

Grandville: Illustration zu den «Herzensleiden einer englischen Katze»

Grandville: Illustration zu den «Herzensleiden einer französischen Katze»

George Herriman: Krazy Kat

Andere betrachteten das Zusammenleben der Katze, der Maus und des Hundes als existentielle Parabel, Robert Warshaw dagegen verglich Herriman mit Lewis Caroll, und J. A. Carpenter sah im Verhältnis der Tiere eine Verbindung zwischen Parzival und Don Quijote, «the perfect fool and the perfect knight».[2] Die Liste der analysierenden Bewunderer der wohl genialsten Comic-Katze liesse sich fast endlos fortsetzen.

Herrimans Vorgabe, inhaltlich, wie auch formal – der Zeichner mutierte ständig die Hintergründe, spielte mit Sprache und Sprechblasen –, hat bei Katzenliebhabern bis heute Spuren hinterlassen. Zeichner wie Mandryka und dessen Serie *Les Minuscules,* Hunt Emmerson mit *Calculus Cat,* Patrick Mc Donnell mit *Mutts* nehmen bewusst Bezug auf das Universum von *Krazy Kat.*

Dennoch ist der Bekanntheitsgrad von *Krazy Kat* gerade wegen seiner Eigenständigkeit beschränkt: Obwohl von Literaten verehrt, von Charlie Chaplin, Jackson Pollock, Willem de Kooning bewundert und dem Vernehmen nach von Picasso und Walt Disney als Lieblingsstrip eingestuft, hat die Serie das grosse Publikum nie erreicht.

Das Spannungsfeld zwischen Hund-Katze-Maus begegnet uns durch die ganze Trickfilm- und Comic-Geschichte: Bei *Tom und Jerry* geht es um den ewigen Kampf zwischen dem gewieften David und dem grössenwahnsinnigen Goliath – ein Thema, das auch bei Mattiolis *Squeak the Mouse* bis zum Exzess behandelt wird. Bei Art Spiegelmans autobiographischem Holocaust-Comic *Maus* gilt es allerdings ernst: Hier werden die Juden als Mäuse, die Nazis als Katzen dargestellt.

Der Hund ist eindeutig des Menschen bester Kumpan. Zahlreich sind die unzertrennbaren Beziehungen zwischen Haltern und Hunden. Katzen sind zu eigensinnig und freiheitsliebend, als dass sie sich als ständige Begleiter eignen würden. Der Hund ist – vermutlich – das älteste Haustiern des Menschen. Die domestizierte Form des Wolfes wurde in kulturhistorischer Hinsicht sehr ambivalent beurteilt: Einerseits galt er als dämonisches, unreines Wesen, andererseits aber auch als treuester, zuverlässiger Gefährte des Menschen. Ganze Comic-Bände erzählen davon: Tim und sein Drahthaar-Foxterrier Struppi, Little Annie Rooney und ihr kleiner Zero, Ringgi und Zofi, Charlie Brown und Snoopy, Andy und Bessy, Obelix und Idefix... Letzteres übrigens eine Zufallsbekanntschaft mit Folgen: Idefix' erster Auftritt erfolgte 1963 in der Asterix-

Folge *Tour de France (Tour de Gaule)*. In seinem Drehbuch hatte Goscinny einen kleinen Hund vorgesehen, der vor dem Metzgerladen wartet. Uderzo, der Zeichner, lässt ihn seinem Helden bis ans Ende der Geschichte folgen. Der Zuspruch der Leser ist unbeschreiblich, die Autoren werden mit Post überschwemmt. Sie entschliessen sich, den Hund als Maskottchen von Obelix zu behalten. Ein Leserwettbewerb in der Zeitschrift *Pilote* verhilft dem Hund zu seinem Namen: Idefix.

Die Beziehungen zwischen Meister und Hündchen sind im Comic vielfältig. Das Spektrum der Verhaltensstörungen bei den Vierbeiner reicht von unterwürfigster Ergebenheit, vom Rettersyndrom bis hin zu Befehlsverweigerung. Regelmässig finden Gespräche zwischen Hund und Herr statt, dabei ist er Vertrauter, nicht Gegenspieler. Die Bindung ist so innig, dass schon manch ein Comic-Held sein Leben seinem Hund zu verdanken hatte, der ihn aus Lawinen buddelte, Geheimbotschaften durch Feindeslinien schmuggelte oder Verbrechern die Hosenbeine zähnefletschend zerriss. Und gar manch böser Bube wurde durch die feine Nase eines Hundes überführt. Oft fällt den Tieren allerdings eine Nebenrolle zu, und sie gefährden durch ihre animalischen Triebe den Helden: Ein Knochen nur, und die Geheimbotschaft ist vergessen, ein Whisky, und die guten Vorsätze sind weg.

Die Funktion der Begleitertiere ist einfach gestrickt. Anhand von Tim und Struppi ist sie exemplarisch nachzuweisen: Tim, der saubere Held, eine eigentlich leere Figur ohne Ecken und Kanten, verkörpert den Mann ohne Eigenschaften. Struppi unterscheidet sich charakterlich von Tim. Struppi ist in seiner Art viel alltäglicher als Tim und hat nicht den Drang, eine enthüllende Mission zu erfüllen. Er sehnt sich nach Ruhe und misstraut nicht selten den Vorschlägen von Tim. Er repräsentiert das Animalische und erinnert stark an den später auftretenden Kapitän Haddock. Struppi und Haddock bilden so das Gegengewicht zum braven Tim, konfontrieren ihn mit dem rein Triebhaften der Tierfigur Struppi und den regressiven, lustvollen Zügen eines Haddocks.

Einzelne Hunde und Katzen verstehen es aber auch, ihre Herrchen in den Schatten zu stellen und selbst die Hauptrolle einzunehmen: Bessy, Lassie, Rintintin, Felix, Sokrates...

Einzelne starteten gar Solokarrieren, etwa Idefix, der eine eigene Zeitschrift hatte, oder Rantanplan, die Persiflage des Superhundes Rintintin, mit einer eigenen Serie.

Und Snoopy, der wohl bekannteste Comic-Hund, schaffte es in all den Jahren sogar, Charlie Brown aus dem Mittelpunkt von Charles Schulz' Meisterwerk zu verdrängen. Snoopy, zu Beginn (1950) noch ein ganz possierliches Hündchen, bekam erst im Laufe der Jahre menschliche Züge. Seit 1958 tapst er auf den Hinterpfoten und wurde allmählich zur Hauptfigur. Auf dem Dach seiner Hundehütte ausgestreckt, phantasiert er sich ein besseres Leben: Da wird er zum roten Baron, dem Flieger-As aus dem Ersten Weltkrieg, zum wagemutigen Astronauten oder Erfolgsschriftsteller mit philosophischer Ader: «Manche werden als Menschen geboren, andere als Hunde. Ich hatte das Glück, als Hund zur Welt zu kommen.» Was für ein Hundeleben.

Dass sich eine Figur auch gegenteilig entwickeln kann, zeigt Felix, «the world's most famous cat», Vorbild für Figuren wie *Fritz the Cat* (Crumb) oder *Billy the Cat*

Robert Crumb: Fritz the cat

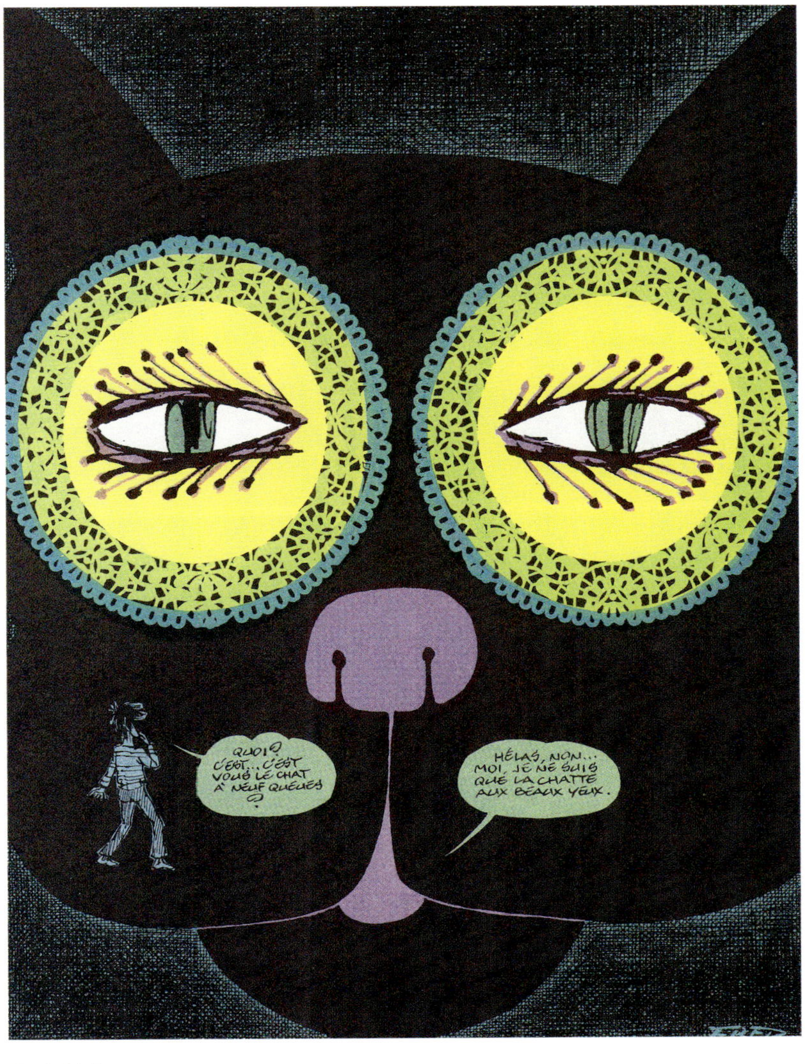

Fred: Philémon,
Le chat à neuf queues

Rintintin und Rusty,
Titelblatt

Rantanplan

(Colman/Desberg). 1919 von Pat Sullivan und Otto Messmer geschaffen, ist die Trickfilmfigur von Anfang an ein weltweiter Erfolg, der sich auch in einer lukrativen Merchandising-Vermarktung manifestiert(e). Die Comic-Version ab 1923, gezeichnet von Otto Messmer, besticht vor allem durch fantastisch-märchenhafte Elemente und unbändig anarchischen Humor. Die von 1958 bis 1981 im Bastei Verlag erschienenen Felix-Hefte lassen nichts mehr von der einstigen Magie erahnen. Aus Materialmangel ersann man eigene Geschichten, erweiterte die Serie um ein ganzes Arsenal von Nebenfiguren. Felix ist jetzt Detektiv, Schlagerstar oder Sportler. Die Anlehnung an Disneys Universum ist so offensichtlich, dass die wahren Qualitäten von Felix verborgen bleiben.

Den Rang um «the world's most famous cat» hat Felix der feige und feiste Kater Garfield streitig gemacht. Neben *Peanuts,* wo ein Hund im Mittelpunkt steht, und *Calvin und Hobbes,* wo der katzenverwandte Tiger Hobbes das Sagen hat, ist *Garfield* von Jim Davis die erfolgreichste Zeitungs-Comic-Serie der Welt. In über 2300 Zeitungen erscheint der Strip, der für «frech, fett, faul und philosophisch» steht.

Katzen und Hunde im Comic mithin: Sie begegnen uns in jedem Genre. Sie sind im Western zu Hause, sind Geheimagenten wie *Attila* (Derib), philosophieren und lesen Kant wie *Kador* (Binet) und bevölkern längst nicht nur die Erde. Felix the Cat und Struppi haben lange schon vor Neil Armstrong ihre Pfoten auf den Mond gesetzt. Superboys Superhund hat mit seinen Superkräften sogar schon ferne Galaxien besucht. In Mark Wasterlains Serie *Docteur Poche* gibt es sogar den Planeten der Katzen. Und in der Welt der Buchstaben des Atlantischen Ozeans – das wissen die Leser von *Philemon* (Fred) – soll es sogar die Katze mit neun Schwänzen geben.

Katzen haben bekanntlich neun Leben. Glaubt man den Comics, so haben sie und mit ihnen die Hunde wesentlich mehr.

Anmerkungen

1 Eco, Umberto, *Apokalyptiker und Integrierte. Zur kritischen Kritik der Massenkultur,* Frankfurt a.M.: Fischer 1984.

2 Zit. nach McDonell, Patrick, *Krazy Kat. The Comic Art of George Herriman,* New York: Abrams 1986.

Pierre Yves Lador und Cuno Affolter

Erotik von Hund und Katze im Comic

56 % der amerikanischen und 52 % der französischen Haushalte haben ein Haustier. Nach den Aquarienfischen (im Comic wenig ergiebig) steht die Katze an erster Stelle, gefolgt vom Hund. In den anderen westlichen Ländern kommt der Hund vor der Katze. Andererseits fällt eine Vorliebe für Hunde bei den Berufsgruppen auf, die mit der Erhaltung des Wirtschaftsvermögens oder der Aufrechterhaltung der Ordnung zu tun haben, dafür haben Intellektuelle und Künstler, Lehrer, Sozialarbeiter und Beamte lieber Katzen und sind häufig auch Hundehasser, wie aus der Studie des Soziologen Héran[1] hervorgeht.

Daher ist es nicht verwunderlich, wenn in Comics unzählige Katzen und vor allem herzige Hunde, jedoch nur in seltenen Fällen Kampfhunde anzutreffen sind. Im Comic unterscheidet man Tiercomics (wo Tiere Menschen ersetzen) von Comics, in welchen das Tier ein Begleiter ist, und schliesslich Parodien. Erotische Comics erscheinen vor allem in den ersten beiden Typen; sie werden selten parodiert.

Comics	Gewöhnliche (ab 1900)	Erotische (ab 1964)	Parodien (ab 1930)
Tier als Begleiter	Hergé: *Tim und Struppi*	Bertrand: *Linda aime l'art* Cavell, Crepax...	Bucquoy: *Tintin* Dirty-Comics
Tiercomics	*Krazy Kat*	*Fritz the Cat, Omaha*	Brunel: *Krazy Kat*

Auch wenn der Tiercomic aus der Tierliteratur für Kinder und der Tierliteratur selbst hervorgegangen ist, so hat er dennoch sofort etwas Eigenes zum Ausdruck gebracht. In *Krazy Kat* zum Beispiel, in welchem alle Figuren Tiere sind, steckt offensichtlich eine erotische Dimension, falls Erotik das Bewusstsein der Sehnsucht nach dem anderen oder des anderen nach sich selbst ist, sowie die sich daraus ergebenden Varianten. So bringen Krazy Kat und Ignatz mit Hilfe des Ziegels eine seltsame und diskrete Erotik zum Ausdruck, über die schon viel geschrieben worden ist.

Falls im Tiercomic Erotik vorhanden ist, dann als Kritik, Kritik an der kleinbürgerlichen Familie im Underground (Crumb: *Fritz the Cat*) oder aber, phantasmatischer und erschreckender, bei Mattioli: *Squeak the Mouse.*

Die Tiere lieben sich untereinander, selbst wenn sie nicht zur selben Gattung gehören: *Omaha*. In diesem Comic spielen Katzen, die mehr oder weniger mit menschlichen Geschlechtsorganen (Brüsten) ausgestattet und mehr oder weniger bekleidet sind,

Rollen von Menschen und decken die Probleme der Jugendlichen, der Paare und der Gesellschaft im allgemeinen auf, indem sie enthemmte Sexualität zum Ausdruck bringen. Sind die merkwürdigen Liebesbeziehungen zwischen Snoopy und dem kleinen Vogel Woodstock erotischer Natur?

Im gewöhnlichen Comic, wo Hund und Katze als Begleiter dienen, ist das Verhalten mehr oder weniger anthropomorph; da ist fast keine Erotik vorhanden, höchstens in Form von Zärtlichkeit, Freundschaft, Zuneigung. Der Körper mit seinen Bedürfnissen ist zwar beim Tier präsenter als beim Menschen, aber entsexualisiert; so pinkelt Struppi zum Beispiel ungeniert – allerdings zum Löschen einer Bombe.

Wir werden die Beziehungen zwischen Mensch und Tier und die Parodien auf diese Beziehungen noch untersuchen. Es gibt kaum Parodien auf Beziehungen von Tieren untereinander, denn das ist bereits eine parodistische Welt und folglich schwer zu parodieren.

Die Beziehungen zwischen Mensch und Tier sind normalerweise die gleichen, welche man in der Wirklichkeit beobachten kann: zweckbetont oder zärtlich, selten sexuell, oft verspielt. Verspielt und zweckbetont bilden hier keine eigentlichen Gegensätze, denn an Windhundrennen gehen oder Hetzjagden veranstalten, sich im Schlitten von Huskies ziehen lassen oder mit Bill spielen, ist beides zugleich. Man kann ein Tier schlagen oder streicheln, dabei werden alle Gefühle zum Ausdruck gebracht. In den Erwachsenencomics nähert man sich den erotischeren Sitten von Katzen und Hunden. Aber es sei darauf hingewiesen, dass schon in der Mythologie zoophile Erotik mit einem Stier erregender war als mit einem Pudel. Phantasie verlangt nach Übertreibung und weniger nach Vertrautem. Je grösser der Unterschied ist, desto reizvoller wird das Ganze. Lieber Stier, Pferd, Löwe, Panther, Schlange oder Schwan als Hund und Katze.

Dennoch dürfen wir nicht vergessen, dass der Hund mit dem Wolf verwandt ist und dass er als Dogge (zum Beispiel bei Crepax) ein mythisches Ausmass annehmen und zum wilden Tier werden kann. Wenn die Frau aber alleinige Herrin ist, wird sie sich eher aufs Lecken abgerichtete Tiere leisten. Diese Cunnilingi werden von netteren und kleineren Hunden oder von Katzen praktiziert, deren Fell, metaphorisch und redundant, an das weibliche Geschlechtsteil erinnert.

Manchmal ruft das Tier die Probleme seines Herrn in Erinnerung, zum Beispiel der Hund auf Crumbs berühmtem Familienbild «The family that LAYS together STAYS together». Die ganze kleinbürgerliche Wohnung steht Kopf: Die Eltern ficken auf dem Liegesofa, Bruder und Schwester auf dem Spannteppich, die Grosseltern in der Küche, auf den Zeitschriften und dem Bild an der Wand ist dasselbe Motiv zu sehen, und der Hund schliesslich, was uns hier interessiert, nimmt von hinten, auf allen Vieren, die kleine Schwester, die ihn mit einem überschwenglichen «goo!» anfeuert. Bei Flenniken tröstet der Hund die Jugendliche, bevor er dann auf ihrem Bett landet und ihr eifrig Leckdienste erweist. Freundschaftlich, denn die Erotik, die Begierde, das Dionysische sind hier gutmütig und auf natürliche Weise entstanden. Der Hund von Bertrand ist dagegen reinrassiger, wie seine Besitzerin, schläft aber im gleichen Bett *(Linda aime l'art).*

Mattioli: Squeak the Mouse

Bertrand: Linda aime l'art

Es gibt jedoch wildere Sitten, da koitieren die Hunde *a tergo* oder *more bestiarum* mit den Frauen, eine Stellung, von der in den Handbüchern der Beichtväter geschrieben steht, sie sei für Bestialität charakteristisch. Hinzu kommt manchmal die Nichtbereitschaft der Frau als noch etwas zusätzlich Grausames, aber diese Szenen kommen mit Hunden weniger häufig vor als mit Eseln (Lukianos-Manara), Pferden oder Stieren (Cuvelier). Nennen wir noch die wilden Hunde in Sades *Justine* oder die Dogge Sambe in *Histoire d'O* von Pauline Réage, beide von Crepax gezeichnet.

Die Kater stehen den Hunden in nichts nach, ob als Männer mit Katzenmasken oder richtige Kater, die bei Bertrand oder Crepax oder in den noch zweideutigeren Stellungen bei Crepax oder im Comic *Mémoires d'une chanteuse allemande* von Cavell den Cunnilingus praktizieren. In diesem Buch sitzen zwei Katzen mit einer Schleife um den Hals auf dem Bett und schauen ihrer Herrin beim Liebesspiel zu: Voyeurismus.

Auch hier eine seltene Liebesbeziehung zwischen Hund und Katze: Cavells bereits genannter Comic enthält auf der ersten Seite ein Kästchen, ein Insert von bescheidenem Ausmass, das dem Buch als Programm dient: Man sieht darauf einen kleinen Hund, der mit einer Katze kopuliert.

Bei Wolinski bewirken die beiden Hunde, die sich vor den Augen eines Menschenpaars lieben, dass die als «emanzipiert» geltende Frau die Flucht ergreift. Bei Boucq erregt die gleiche Szene auf einem Fernsehbildschirm den Zorn der Grossmutter, die einen Eimer Wasser gegen den Schirm wirft. Wie im Tiercomic gibt es hier einen Fabel-, einen Spiegeleffekt zwischen dem tierischen und dem menschlichen Verhalten, was ein Lachen auslöst.

Das Verhalten der Tiere (man kann es sich denken) entspricht dem Ton, den Absichten des Comics; Hund oder Katze passen sich an, sie unterstreichen eher, als dass sie Widerstand leisten. Im Gegensatz zu Gotlibs kleinem Marienkäfer beispielsweise, der im Off spielt, wie ein Chor in der antiken Tragödie.

In Parodien kehrt alles, was zensiert worden ist, mit geballter Kraft zurück. Struppi, der alles sah, wird zum Voyeur, ja zum Schauspieler (Bucquoy). Brunel betont geschickt die Erotik von Krazy Kat und noch direkter die von Boule.

Einen abgeschwächten Pornocomic kann man sich schlecht vorstellen, aber einen Kindercomic, durch Erotisierung parodiert, schon. In den Dirty-Comics, die in den

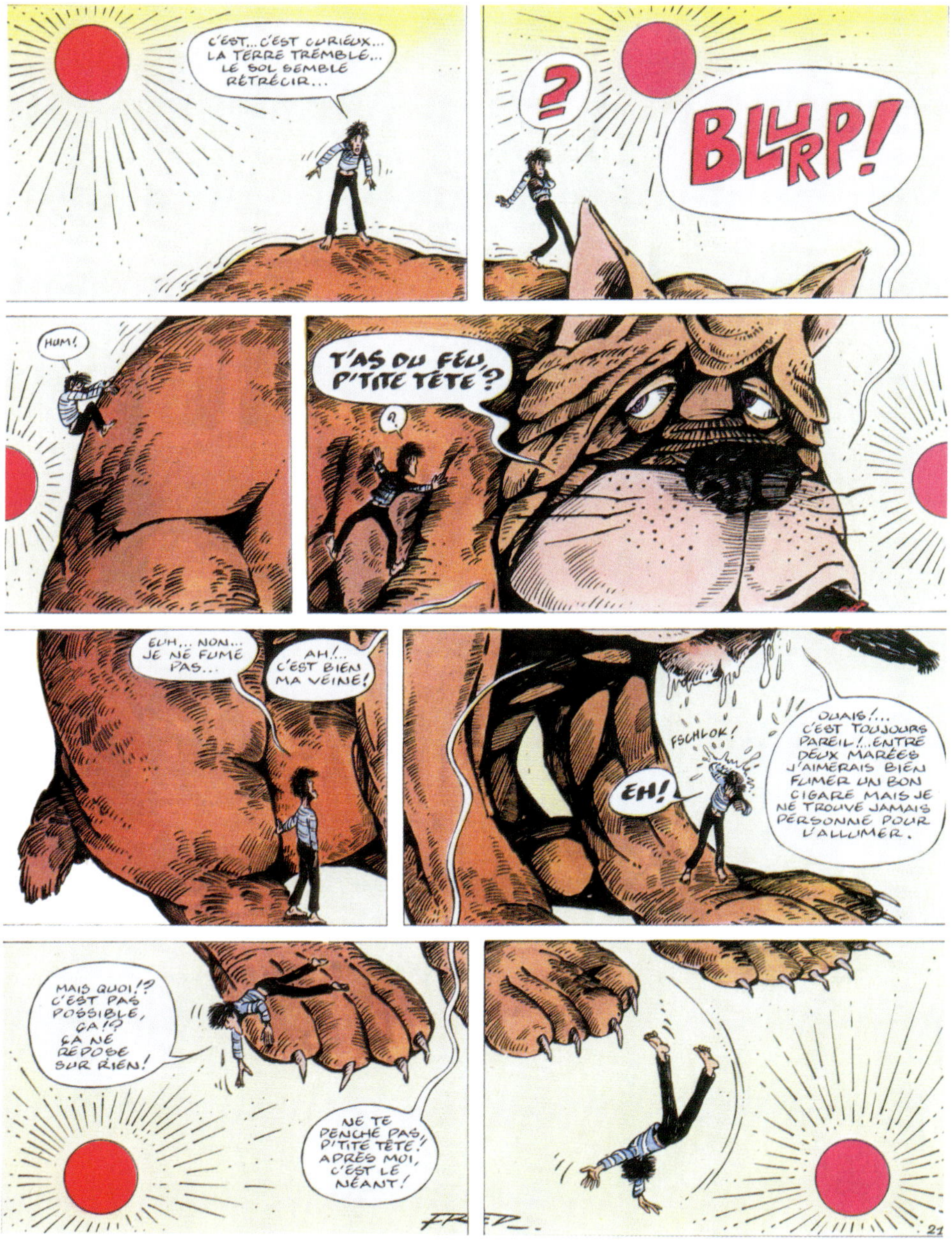

Fred: Philémon, Simbabbad de Batbad

dreissiger Jahren in den Eight Pagers erschienen, finden sich ein paar Parodien auf Disney mit Pluto und Goofy, die beide enorm bestückt sind und mit Frauen schlafen. Sie sind sehr anthropomorph. Man begegnet auch einem irren Comic, in welchem sich ein Hund und eine Katze zu guter Letzt in der Vagina einer Frau prügeln und versuchen, exklusiv für sich diese Zaubergrotte zu erobern.

Vergessen wir nicht, dass «la chatte» (die Kätzin) ja ein Argotausdruck für das weibliche Geschlechtsteil ist; es ist aber auch ein Kosewort: «Viens, ma petite chatte» (komm, mein kleines Kätzchen). Wenn man dagegen von einer sexy Frau sagt, sie habe «du chien» (das gewisse Etwas), so ist der Ausdruck «chienne» (Hündin) einer Frau vorbehalten, die freigebig eine entfesselte Sexualität lebt, normalerweise in der Volksliteratur mit einer Prise Frauenfeindlichkeit gekoppelt. Seltener gebraucht man den Ausdruck «chien» bei einem Mann.

Ich möchte mit dem ausserordentlichen Blatt *Simbabbad de Batbad* von Fred schliessen, einem gewöhnlichen (und aussergewöhnlichen) Comic, in welchem das Tier Begleiter ist. Philémon geht durch die Wüste, und was aussieht wie Pyramiden, entpuppt sich als die Ohren eines Hundes, dessen ganzer Körper eine Welt ist, um die Philémon schwebt und fällt. Die Bulldogge raucht eine dicke Zigarre. Auch wenn vielleicht schon gesagt wurde, dies sei der Wachhund des Kapitalismus oder der Kapitalist selbst, so könnte man heute von Globalisierung reden, in welcher Orales und Anales zusammenlaufen. Das massige Tier als Welt kostet seine Macht aus, und der junge, noch nicht geschlechtsreife Philémon tanzt seine Erotik fliegend und fallend – klassische Merkmale des erotischen Traums. Ein traumhaftes Blatt, von dem ich zu behaupten wage, es sei erotisch: weil subversiv, weil darauf die Welt Kopf steht (der Mensch als Satellit des Tiers) und weil es diese imaginäre Beziehung zum Anderssein veranschaulicht.

Aus dem Französischen von Markus Hediger

Anmerkungen

1 Héran, François, *Comme chiens et chats. Structure et genèse d'un conflit culturel*, in: *Ethnologie française* 4 (1988).

«Mit Wörtern spielt ein Kater zwar nicht. Aber in meiner Geschichte tut er es.»

Die Katze in der Kinder- und Jugendliteratur am Beispiel von «Felis Felis»

Felis ist ein ganz normaler literarischer Kater. Erfunden hat ihn die Autorin Hanna Johansen, mit Tuschfeder gezeichnet die Illustratorin Käthi Bhend. Jungen Leserinnen und Lesern ab neun Jahren erzählen die beiden im Buch *Felis Felis* in Text und Bild Episoden aus dem Leben eines Katers, der sich zwischen Katzen und «seinen» Menschen ganz gut zurechtzufinden weiss.

Tiere als Erzählfiguren und Thema gehören zur Geschichte und Gegenwart des Kinderbuches – Katze und Hund, die beiden vertrautesten Haustiere, nehmen darin eine zentrale Rolle ein. Was haben literarische Katzen und Hunde im Kinderzimmer verloren? Welche Aufgaben erfüllt ein Kater wie Felis, der Kinder an seinen Erlebnissen, Wahrnehmungen und Gedanken teilhaben lässt?

Für ihre gemeinsam gestalteten Tiergeschichten, in denen das spielerische Einfühlen in die Tierwelt stets auf genauer Beobachtung und naturwissenschaftlicher Auseinandersetzung basiert, sind Hanna Johansen und Käthi Bhend mit verschiedenen Preisen ausgezeichnet worden.

Sibylle Birrer und Ulrich Weber haben mit ihnen über Kinderbücher im Allgemeinen und *Felis Felis* im Besonderen gesprochen.

Vorab eine persönliche Frage: Haben Sie eine Katze – und wenn ja: welches Verhältnis haben Sie zu ihr?

Käthi Bhend: Ich habe eine Katze, die hatte ich mir extra angeschafft, als von Hanna Johansen die Anfrage für die Illustration von *Felis Felis* kam. Seither gehört sie quasi zur Familie. Sie ist inzwischen uralt und immer noch ganz klein, so dass sie sich wegen den anderen, grösseren Katzen in der Nachbarschaft nicht mehr hinaus getraut. Wohl deshalb hat sie eine Verhaltensstörung entwickelt und reisst sich am Bauch die Haare aus, weshalb ich mit ihr zum Tierarzt gehe – der wiederum eine Hormonstörung diagnostiziert. (Lacht) Ja, so ist das Verhältnis zu meiner Katze, dass ich mit ihr wegen einer vermeintlichen Hormonstörung zum Tierarzt gehe.

Hanna Johansen: Wegen der Verpflichtungen, die so eine Katze mit sich bringt, habe ich keine mehr; aber es leben viele Katzen in der Nachbarschaft – eine davon kommt mich oft besuchen und will dann unbedingt beachtet werden. Aber wir hatten lange eine Katze, einen Kater, Tristan. Und Tristan war im Guten wie im Schlechten das

Vorbild für Felis. Er war ein Familienmitglied, eines mit besonderen Eigenschaften. Eine Katze hat ihr eigenes Leben, und wir haben uns darum bemüht, ihr nicht im Weg zu stehen. So kam es, dass unser Kater auf der Suche nach einem unsterilisierten Weibchen so weite Wege zurücklegen musste, dass wir ihn nur durch einen verrückten Zufall wiederfinden konnten – und auch nachher bin ich oft laut nach Tristan rufend im Garten der psychiatrischen Klinik von Kilchberg herumgelaufen – bis er eines Tages ganz abgewandert ist; er hatte sich wohl an eine andere Art von Leben gewöhnt.

Von der persönlichen Katzengeschichte zu einer allgemeineren Frage: Wie kommt es, dass so viele Kinderbücher von Tieren erzählen? Was haben Tiere Kindern zu erzählen?

Hanna Johansen: Tiere spielen in der Geschichte der Menschheit und in ihren Geschichten eine grosse Rolle – schon bei Adam und Eva übernimmt ja ein Tier eine zentrale Funktion. Tiere scheinen in alten Religionen, Mythen und natürlich auch in Märchen eine Konstante zu sein. Abgesehen davon gibt es aber auch eine persönliche Erfahrung, die mir das Tier als geeignete Figur für Kinderbücher näher gebracht hat: Als Kind sind mir die Menschen in den wenigen Kinderbüchern, mit denen ich aufgewachsen bin, so merkwürdig vorgekommen – so ganz anders als ich und in einer ganz unwirklichen Art von Leben. Bei Tieren tauchte dieses Problem nicht auf, weil die von selbst schon anders sind als Menschen. An mir selber und später an anderen habe ich beobachtet, wie einfach für Kinder die Identifikation mit Tieren sowohl im Leben als auch in Büchern ist. Wenn eine Geschichte von Menschen handelt, dann sind diese definiert und für eine gute Geschichte oft schon überdefiniert: Es handelt sich um ein Mädchen, einen Jungen, um eine reiche oder eine arme Person, um eine, die braune oder blonde Haare hat, von der Hautfarbe ganz zu schweigen – lauter Gelegenheiten zur Distanz. Nichts gegen Distanz, aber sie kann der Lektüre auch im Weg stehen. Übrigens tun sich anscheinend gerade Jungen sehr schwer, die Perspektive eines Mädchens zu übernehmen, während das umgekehrt ganz problemlos funktioniert. Bei Tieren dagegen tauchen solche Fragen nicht auf; die Identifikation ist freier, weil sie spielerischer ist. Diese freieren Identifikationsvorgänge sind für mich ein guter Grund, Kinderbücher mit Tieren zu bevölkern.

Käthi Bhend: Vor allem sind Tiere auch zeitlos. Dieses Zeitlose ist bei der Illustration sehr hilfreich; die Darstellung ist von keiner Mode abhängig. Wenn ich hingegen Menschen zeichne, dann muss ich sie auch anziehen, ihnen Kleider geben, anhand derer die Zeit immer irgendwie erkennbar ist. Tiere hingegen hatten schon immer einen Pelz.

Hanna Johansen: In diesem Sinn sind Tiere elementarer. Wir haben bisher mehr von der Identifikation äusserlicher Art gesprochen. Aber gerade bei der inneren Identifikation geben Tierfiguren im Kinderbuch einen grösseren Freiraum. Denn gegenüber Menschen kennt das Kind lauter Abhängigkeiten. «So möchte oder so sollte ich auch werden», denkt es vielleicht beim Lesen. Das kann auch einengen. Bei Tieren dagegen

Illustrationen zu «Felis Felis», Federzeichnungen von Käthi Bhend

können wir alles, was Nicht-Ich ist, freier wahrnehmen; es gibt ja keinen zwingenden Anlass, eine Katze werden zu müssen. Umso bedenkenswerter, dass eine Identifikation meist ganz mühelos stattfindet. Tiere sind ein Beispiel fürs Anders-Sein, und so sind sie für mich im Kinderbuch eine Möglichkeit, die Neugier sowie die Freude am Anderen, am Beobachten, am genauen Hinschauen wach zu halten. Das fordert mich als Kinderbuchautorin wiederum dazu auf, es bei der Arbeit genau zu nehmen. Im Inhalt und in der Sprache. Hier treffen sich dann auch die Interessen von Käthi Bhend als Zeichnerin und mir als Autorin. Phantasie ist zentral, aber ich mag die Art von Phantasie lieber, die sich auf das Konkrete richtet, sich daran entzündet.

Gibt's vom Zeichnerischen wie vom Erzählerischen her gesehen Tiere, die sich besonders gut dazu eignen?

Käthi Bhend: Vom Zeichnerischen her eignet sich die Katze ganz vorzüglich. Vögel sind da viel schwieriger, denn ihre Mimik ist weniger aussagekräftig. Ein Schnabel ist nicht ein Mund, und die Augen sind bei Vögeln ganz starr – da muss man auch bei allem Willen zum Genauen etwas schummeln, weil die Bebilderung sonst zu langweilig wird. Bei einer Katze, oder eben einem Kater wie in *Felis Felis,* ist es vergleichsweise einfacher, ein Individuum herauszuarbeiten. Säugetiere sind von dem her für die Darstellung am einfachsten, Pelztiere natürlich den Kindern und den Erwachsenen am liebsten. Dementsprechend haben wir, als der Verlag Angst hatte, *Felis Felis* liesse sich trotz des beliebten Katzenthemas nicht gut verkaufen, gedacht: möglichst viel Pelz und schöne, grosse Augen auf den Umschlag...

Hanna Johansen: ...also, ein Buch über Insekten werde ich dir ersparen.

Käthi Bhend: Illustratorisch wäre das schon eine Herausforderung – ich musste auch schon Würmer zeichnerisch darstellen, die habe ich sogar in Kleider gesteckt!

Sie haben vorhin von der Darstellung der Mimik in der Zeichnung einer Katze oder eines Katers gesprochen. Gehen Sie da von der eigenen Beobachtung aus?

Käthi Bhend: In Kinderbuchzeichnungen wie in *Felis Felis* kommen immer zwei Elemente zusammen: als erstes die Wiedergabe von genauen Beobachtungen, als zweites aber auch die Vermenschlichung. Bei *Felis Felis* wurde mir vor allem in den kleinen Vignetten, die ich mehr als Dekoration behandelt habe, zu starke Vermenschlichung vorgeworfen: Die Pfoten sind zum Beispiel proportional zu gross – ich würde das heute anders machen. Ansonsten bin ich in meinen Zeichnungen ja immer sehr darum bemüht, die wahrnehmbare Natur wiederzugeben.

Welche Tiere bzw. welche Tierrollen finden Sie, Frau Johansen, besonders geeignet, um eine Geschichte zu erzählen?

Hanna Johansen: Für mich ist das nicht festgelegt. Voraussetzung ist, dass ich genug über ein Tier weiss, und – wichtiger – dass mir eine geeignete Geschichte einfällt. Zum Beispiel kann ein Tier in einer Geschichte heranwachsen, erwachsen werden. Aber ich kann dieses Erwachsenwerden nicht immer wieder bei verschiedenen Tierarten zeigen. Ausserdem muss unbedingt irgendeine persönliche Faszination vorhanden sein, durch Erfahrung, Beobachtung oder Wissen ausgelöst. Und die lässt sich schwer steuern. Über Hunde oder Pferde würde es mir wohl schwer fallen, eine Geschichte zu schreiben, nicht nur aus Mangel an Erfahrung, sondern auch, weil beide mir sehr mythologisiert vorkommen. Da würde ich mich nur auf ausgetretenen Pfaden bewegen können. Nun können Sie zu Recht sagen, dass das bei der Katze gleich ist. Aber da war eben unser Kater Tristan – und schon sind wir wieder beim Persönlichen, dem Erlebten als Ausgangslage, aber auch bei der Projektion. Bei Katzen und Hunden – von denen ich zwei oder drei sehr gerne mag – erlebe ich sehr verschiedene Dinge: Einen Hund muss man erziehen, und ich erziehe nicht gern. Aber man täte einem Hund keinen Gefallen damit, ihm nicht den Meister zu zeigen; es wäre sogar gefährlich, würde er zum Beispiel einfach auf die Strasse rennen. Bei einer Katze ist das ganz anders. Die muss man einfach lassen. Ich kann um sie Angst haben, aber über die Strasse muss sie alleine. Es ist eine emotionale Bindung ohne Gruppendisziplin. Darin steckt für mich eine Spannung. Ich frage mich dann gerne: Was geht in diesem Tier vor? Eine spannende Frage für uns Menschen, die sich nur im menschlichen Denken auskennen. Antworten darauf zu formulieren, heisst also auch, meine Vorstellungen in das Tier hineinzuprojizieren. Das ist übrigens ein guter Grund, weshalb ich als Kinderbuchautorin Spass am Erzählen von Tiergeschichten habe. Neben der spielerischen Projektion stehen dann die Sachbücher, die einen dazu anleiten, das Mass des Projizierten zu reduzieren. Doch gerade dieser Grenzbereich zwischen Wissen, Beobachten und Projektion macht ein Tier für eine Geschichte interessant.

Ist es nicht auch für den besten Zoologen, die beste Zoologin schwierig, Wissen und Projektion auseinander zu halten?

Hanna Johansen: Natürlich. Beim besten Willen zur Objektivität bleibt immer Projektion. Das sieht man auch daran, dass die wissenschaftlichen Erklärungsmuster Moden unterworfen sind. Aber man kann sich Mühe geben. Und allein schon die Bemühung, Projektion zurückzunehmen, macht uns wach und aufmerksam auf die eigene Wahrnehmung. Wenn ich zum Beispiel in *Felis Felis* schreibe, dass es für Katzen unanständig ist, sich direkt ins Gesicht zu schauen und sie deshalb «freundschaftlich» aneinander vorbei schauen, dann gebrauche ich für diese reale Beobachtung ein menschliches Wort in einer menschlichen Kategorie. Aber dahinter steckt dennoch die Katzen-Realität, gemäss der es eine Verhaltensweise unter Freunden gibt, also ein Verhalten unter Nicht-Feinden, die um kein Revier zu kämpfen haben. Genau mit dem Aufeinandertreffen dieser beiden Bereiche, der beobachtbaren Katzen-Realität und unserer Begrifflichkeit, kann man dann beim Schreiben spielen. Das macht mir bei der Arbeit Spass.

Möchten Sie dieses Spiel, das auch ein Spiel zwischen Wissen und Projektion ist, bei Kindern anregen?

Hanna Johansen: Im Vordergrund steht erst einmal, dass es mir selber Spass macht. Das ist wahrscheinlich eine notwendige Voraussetzung dafür, dass es bei anderen auch ankommt und die gleiche Wirkung erzielt. Wenn diese Situation eintritt, wenn also ein mehr oder weniger bewusstes und lustvolles Spiel zwischen Wissen und Projektion in

Gang kommt, dann freut mich das sehr. Aber es steckt kein zielorientiertes «Machen» dahinter. Dieses Spiel, auch die Neugier, muss beim Schreiben die innere Haltung sein, nicht Manipulation.

Kinder müssen lernen, in ihren Wahrnehmungen und Gedanken ein Gleichgewicht von Projektion und Distanz, Einfühlung und Erkenntnis zu gewinnen. Vielleicht bieten Tierfiguren als etwas Fremdes, Anderes genau die Möglichkeit zum Spielen und Ausprobieren: Was ist Ich, Nicht-Ich, Eigenes, Fremdes, Anderes? Vielleicht sind Tiere im Kinderbuch so gesehen eine Art «Schule des Verstehens.»

Hanna Johansen: Genau so sehe ich das bei dieser Aufgabe und Vorgehensweise des Schreibens. Das Tier, bei *Felis Felis* der Kater, wird zu einem Übungsfeld für «das Andere und ich»; das Tier ist der Anlass oder das Medium, sich auch mit fremden Erfahrungen auseinanderzusetzen. Das Kind kann «Ich» bleiben und dennoch den inneren Erfahrungsraum ausweiten, das heisst, sich mit Erfahrungen von anderen beschäftigen.

Wie funktioniert beim Schreiben und Zeichnen einer Katergeschichte wie «Felis Felis» dieses Auseinanderdividieren von «das Andere und Ich», das ja auch den Versuch beinhaltet, Projektion und Wissen unterscheiden zu können?

Hanna Johansen: Nehmen wir noch einmal das Beispiel der Höflichkeit oder Freundschaftlichkeit der Katzen, sich nicht ins Gesicht zu schauen. Ich weiss zwar die Entstehungsgeschichte dieses *Felis*-Kapitels nicht mehr genau. Vermutlich habe ich das Wegschauen der Katzen zuerst beobachtet, dann etwas darüber gelesen, um es anschliessend mit unserem Kater auszuprobieren. Sachbücher vermitteln mir Denkmöglichkeiten, die ich mit meiner Wahrnehmung und meinem Denken in Übereinstimmung zu bringen versuchen kann. In diesem Sinne greift beim Schreiben das eine in das andere, Projektion in Wissen, das «Ich» in das Andere und umgekehrt.

Käthi Bhend: Bei der Darstellung einer Katze ist es schon sehr stark eine Erfahrungssache. Aber auch eine Gefühlssache, auch wenn man dieses Wort so einfach missverstehen kann. Für *Felis Felis* musste ich vor allem beobachten und dabei lernen, was etwa verschiedene Ohren- oder Augenstellungen bedeuten könnten.

Hanna Johansen: Vielleicht findet bei einer solchen selbst gestellten Aufgabe noch einmal ein ähnlicher Prozess statt wie in der Kindheit: Kinder müssen lernen, wie in einer Gesellschaft gelebt wird. Dieses Lernen erfolgt nicht systematisch, sondern in einem Prozess. Als erwachsene Person kann man sich noch einmal so prozesshaft und unbefangen einem Tier nähern, um verstehen zu lernen, wie es lebt. Die Annäherung geschieht im Vorwärtsleben.

Wie sieht dieser Prozess bei Ihnen, Frau Bhend, real aus, wenn Sie ein Buch wie «Felis Felis» illustrieren?

Käthi Bhend: Wenn der Text zu mir kommt, ist er schon fertig. Dann – oder schon vorher, wenn das Thema eines Buches feststeht – verlege ich mich aufs Sammeln. Ich gehe gleich vor wie Hanna; wir haben für *Felis Felis* beide das Buch des berühmten Katzenforschers Paul Leyhausen gelesen. Ohnehin habe ich mir viele Bücher über Katzen gekauft. Als ich den Text für *Felis Felis* bekam, war meine Katze, die ich damals hatte, sehr krank und musste dann umgebracht werden. Die Aufgabe, diese Geschichte zu illustrieren, hat mich dann dazu bewogen, gleich wieder eine Katze anzuschaffen. Aber dieses Kätzchen war nicht nur kein Kater, sondern auch noch viel zu jung für den Felis. Auf gewissen Illustrationen, zum Beispiel auf den Vorsatzblättern, erkennen dies Menschen mit geübtem Blick: Diese Katze ist weiblich und jung. So oder so, ganz korrekt oder nicht – eine Katze musste unbedingt im Haus sein für die Illustration des *Felis*-Textes. Als Hilfsmittel habe ich dann zusätzlich zum Lesen und Beobachten meine junge Katze «durchfotografiert». Alle diese Tätigkeiten – Lesen, Beobachten, Fotografieren – bildeten die Ausgangslage für das Illustrieren. Aber ohne dass in die Zeichnungen auch die Vermenschlichung des Tieres hineinkommt, geht es dann trotzdem nicht – ich glaube, man ist nicht ehrlich, wenn man nur nach der Natur illustrieren möchte. Schliesslich interpretieren wir beim Zuschauen ja auch schon immer.

Hanna Johansen: Beim Erzählen ist das erst recht offensichtlich, weil man ja Sprache benutzt, Wörter braucht, um zu beschreiben. Mit Wörtern spielt ein Kater zwar nicht. Aber in meiner Geschichte tut er es: Er spielt damit, wie er sonst mit Blättern oder Mäusen spielen würde.

Käthi Bhend: Beim Zeichnen ist es mehr die Frage, in welche Szenerien man das Tier hineinversetzt, welche Grössenverhältnisse man wählt. In *Felis Felis* war für mich ein wesentliches Element der Katerperspektive, dass die im Text vorkommenden Menschen, die der Kater nur sehr schematisch, eigentlich ungenau wahrnimmt, auf den Bildern im Grunde ausgespart sind, allenfalls ist mal eine Hand zu sehen. (Lacht) Das hatte für mich gleichzeitig den Vorteil, dass ich diese Menschen, die viel schwieriger abzubilden sind, gar nicht zu zeichnen brauchte.

Wie ist dies bei der Darstellung des Katers: Haben Sie versucht, immer wieder das gleiche Katergesicht wiederzugeben?

Käthi Bhend: In der Illustration quasi ein Individuum zu erfinden, das wiederum alles typisch Katzen- beziehungsweise Katerhafte an sich hat, das wäre natürlich das Ideal. Doch das ist sehr schwierig.

«Felis Felis» besteht aus 16 Kapiteln, eigentlich 16 Episoden, die sich über ein gutes Jahr eines Kater-Lebens erstrecken. Was hat die Auswahl der jeweiligen Episoden zwischen Revierkämpfen, Langeweile, Brautschau, Mausen, Kastration etc. motiviert?

Hanna Johansen: Hinter den meisten Kapiteln steht im Grunde die Biographie unseres Katers Tristan, sie sind also durch Erleben und Beobachten entstanden. Andere Episoden habe ich nach der Lektüre von Sachliteratur dazuerfunden. Unser Kater ist zum Beispiel nach der Kastration nicht häuslich geworden, wie es üblich zu sein scheint, sondern immer wieder verschwunden. Diesen Ausgang unserer persönlichen Katergeschichte habe ich für das Buch «umerfunden», so dass Felis' Verhalten so ist, wie es in der «Realität» gemäss einer allgemeineren Erfahrung häufig vorkommt, allerdings nicht, weil das «richtiger» wäre, sondern um die Geschichte mit den schon eingeführten Darstellern und Schauplätzen abrunden zu können.

Steckt hinter einer Geschichte wie «Felis Felis» ein konkreter pädagogischer Anspruch? Möchten Sie Kinder möglichst viele Episoden aus dem Leben eines Katers kennen lernen lassen? Möchten Sie Kinder indirekt, aus der Perspektive eines Katers, etwas lehren?

Hanna Johansen: Die Gelegenheit, etwas zu erleben, soll eine Geschichte schon bieten. Aber das ist nicht konkret anzusteuern. Die Aufmerksamkeit wach halten, das möchte ich auf jeden Fall. Andere bewusste Absichten kann ich nicht formulieren. Meine Wahrnehmung ist: Was tun Kinder am liebsten? Lernen. Was hassen sie am meisten? Belehrt werden. So schreibe ich über etwas, von dem ich selber denke: Das ist ja interessant! Und wenn dieses Interesse auch im Text wahrnehmbar ist, dann ist er hoffentlich auch interessant zum Lesen. Ob das funktioniert, ist immer auch Glückssache.

Gibt es beim Illustrieren pädagogische Absichten?

Käthi Bhend: Weil ich die Geschichte nicht selber schreibe, stellt sich bei mir dieses Problem nicht in gleicher Weise. In *Felis Felis* ist die Gesamtheit der Abbildungen und der kleinen Vignetten der Versuch, viele verschiedene Momentaufnahmen aus dem Leben einer Katze wiederzugeben. Alle Zeichnungen sollen den Text illustrieren, indem sie aber auch immer noch etwas Anderes, Ergänzendes zeigen als «nur» das, wovon der Text spricht. Was genau beschrieben ist, muss man nämlich nicht immer noch zeichnen. Im Gegenzug ist die Abbildung ja auch nur ein kleiner Ausschnitt von dem, was im Text vorkommt. Aber alle Illustrationen zusammen sollen dem Kind die Möglichkeit geben auszuwählen, Darstellungen zu finden, von denen es sagen kann: Ja genau, so habe ich das auch schon gesehen. Viele Illustrationen zeigen aus diesem Grund auch ganz typische Haltungen einer Katze oder eines Katers. Im übrigen versuche ich beim Illustrieren ebenfalls möglichst das zu machen, was ich als Kind an Bildern gerne gemocht habe: dass immer wieder etwas Neues zu entdecken ist, dass innerhalb des Bildes plötzlich wieder ein anderes Bild sichtbar wird.

Hanna Johansen: Dass die Illustrationen noch etwas anderes sichtbar machen als der Text, das wünsche ich mir von einem Kinderbuch. Deshalb arbeite ich gerne mit Käthi Bhend zusammen. Oft kann das genaue Zeigen, wie es Käthi macht, noch etwas Zusätzliches bringen, weil wir uns unter dem in Wörtern Beschriebenen etwas sehr Unvollständiges oder Ungenaues vorstellen.

In «Felis Felis» ist es sehr interessant, wie Sie, Frau Johansen, das Problem der Tier- und Menschensprache gelöst haben: Der Kater spricht, nur verstehen ihn die Menschen aufgrund ihrer physiogomischen Ausstattung, ihren kleinen, zu eng anliegenden Ohren nicht. So erklärt sich das zumindest der Kater.

Hanna Johansen: Ja, solche Spiele liebe ich natürlich. Der Kater muss ja für das Kinderbuch mit Katzengedanken Menschensprache sprechen, und so liefere ich – übertrieben vermenschlichend – eine scherzhafte Erklärung dafür.

Im Buch ist es eine Art Grosszügigkeit des Katers, dass er sich solche menschliche «Schwächen» – schliesslich verstehen sie ihn nicht, während er mit ihrer Sprache gut zu Rande kommt – physiognomisch erklärt.

Hanna Johansen: (Lachend) Halten Sie das für realistisch oder für Projektion? Im Ernst: Auch hier stellt sich trotz aller Spielerei mitunter diese Frage, denn es gibt Kenntnisse von Interaktionen zwischen Katzen und Menschen, die mich schon staunen machen. Zum Beispiel dass nur ganz junge Katzen zu ihrer Mutter so richtig schön «miiau» sagen. Später, als erwachsene Katze und anderen Katzen gegenüber gibt es alle möglichen Laute, aber höchstens ein «maaou». Nur zu «ihren» Menschen sagen sie dann wieder dieses Kätzchen-miiau, weil sie in die Kindchen-Rolle zurück fallen dürfen, was sie sich anderen Katzen gegenüber nicht leisten könnten. Projektion und Spiel sind hier wiederum mit Wissen verknüpft, und was daraus als Erklärung aus Katerperspektive entsteht, zusammengesetzt aus eben diesen drei Komponenten, das macht mir dann wiederum einfach Spass.

Kommen wir noch einmal auf die Situation «ich und das Andere» zurück, die ein Kind in einer Tiergeschichte antrifft: Bei genauem Hinsehen fällt einem bei «Felis Felis» auf, dass der Kater immer wieder Dinge tut, die man Kindern verbietet bzw. sie zum Gegenteiligen anleitet. So schaut er eben seinem Gegenüber, auch den Menschen, aus Höflichkeit nicht ins Gesicht, während man Kinder anleitet, ihr Gegenüber beim Sprechen anzuschauen. Ein Kind erzieht man zur Sorgfalt mit Dingen, während Felis so lange mit der Maus spielt, bis sie kaputt – tot – ist. Was meinen Sie dazu?

Hanna Johansen: Das ist mir gar nicht bewusst gewesen, dass es auch bei diesem Kinderbuch der Fall ist – es ist ein Vorgang, den ich beim Schreiben öfter beobachte. Ich mache es nicht mit Absicht, aber es freut mich, wenn es passiert…

…dann schreiben Sie also ein bisschen subversive Kinderliteratur?

Hanna Johansen: Jein – und dieses Jein gefällt mir sehr gut, weil das Kind genau weiss: Das ist ein Tier, das lebt nun mal anders als ich. So entsteht eine wunderbare

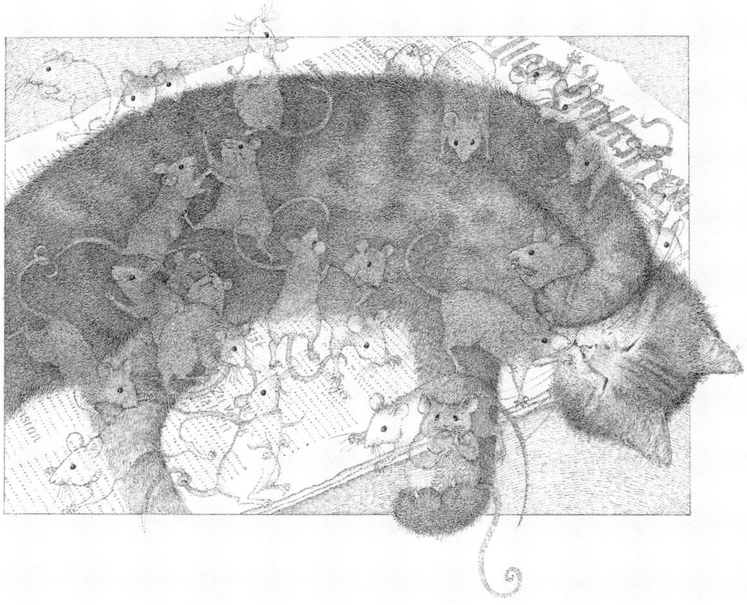

Gleichzeitigkeit, indem sich die Kinder identifizieren und dennoch «Ich» bleiben. Denn ein Kind erkennt sehr wohl, dass die Norm, nach der ein anderes Lebewesen lebt, nicht unbedingt die seinige ist. Mit diesen anderen Normen zu spielen und Spass zu haben, gefällt mir deshalb eigentlich besser, als menschliche Streiche zu schildern. Auch als Kind habe ich solche Geschichten nicht so gemocht. Sie waren mir irgendwie unbehaglich, weil ich dachte, dass diese Streiche eigentlich Folgen haben müssten, und zwar schlimme Folgen. Bei Tieren funktionierte hingegen die Identifikation ohne dieses Unbehagen. Übrigens kommt man vielleicht mit Kinderbüchern, in denen Tiere Dummheiten machen, auch besser an der «pädagogischen Zensur» – einzelne Kindergärtnerinnen, Lehrer und so fort – vorbei, denn die meldet zuweilen schnell ihre Bedenken gegen Geschichten an, die Kinder allenfalls zu «Dummheiten» anstiften könnten.

Könnten Sie es sich vorstellen, auch für Erwachsene einmal eine Katzengeschichte, einen Katzenroman zu schreiben bzw. in einem Text die Perspektive einer Katze einzunehmen?

Hanna Johansen: Ich habe es mir nie vorgestellt... Solche Figuren wie den Kater Murr und seine Kollegen habe ich immer gern gemocht. Aber ich möchte bei meinen Büchern für Erwachsene eigentlich lieber näher bei der Sache bleiben. Der Unterschied beim Schreiben für Erwachsene und für Kinder ist ja vor allem, dass man bei Erwachsenen längere Lebenserfahrung voraussetzt und sich deshalb im Schreiben auch damit auseinandersetzen kann. Auch beim Schreiben aus der Tierperspektive würde ich für Erwachsene mein Erzählen viel stärker mit dieser Lebenserfahrung aufladen wollen. Vielleicht wäre es machbar, einen solchen Text zu schreiben, aber ich weiss gar nicht, ob ich Lust dazu hätte. Und wenn ja, dann würde mir wahrscheinlich die ganze Tradition der Tiererzählung im Wege stehen, indem ich das Gefühl hätte, mich in diese Tradition einreihen zu müssen. Eigenartig ist, dass ich dieses Gefühl beim Schreiben für Kinder nicht habe, obwohl es da die Tradition der Tiererzählungen erst recht gibt... Zurück zu den Erwachsenen: Ich muss wohl noch anfügen, dass es in meinen Kinderbüchern immer wieder Dinge gibt, von denen ich beim Schreiben denke, dass sie nur von den Erwachsenen, die das Buch vorlesen, bemerkt und verstanden werden. Gleichzeitig dürfen dort natürlich für Kinder keine unverständlichen Stellen sein, sondern ganz gewöhnlicher Text muss da stehen, mit einem Unter- oder Neben-Sinn, der sich nur der erwachsenen Erfahrung auftut. Ich glaube, es passiert in dieser Dreiersituation des Vorlesens, Erwachsener-Buch-Kind, etwas viel Schöneres, wenn der Erwachsene, der vorliest, am Text selber auch Freude hat und es nicht bloss aus Pflichtgefühl tut.

Käthi Bhend: Bei den Illustrationen ist dies sehr ähnlich. Ich könnte mir nicht vorstellen, eine Tiergeschichte für Erwachsene zu illustrieren. Aber die Erwachsenen haben offensichtlich selber Spass an Illustrationen, wie sie in *Felis Felis* zu finden sind. Weil die Bilder auch noch etwas anderes erzählen als der Text, passiert in der Vorlesesituation zwischen dem Erwachsenen und dem Kind viel.

Von Hanna Johansen, die eingangs gesagt hat, dass sie nicht über Hunde schreiben möchte, wird wohl diese Anfrage nie kommen – aber könnten Sie, Frau Bhend, es sich vorstellen, ein Kinderbuch über einen Hund zu illustrieren?

Käthi Bhend: Das hängt ganz und gar von der Geschichte ab. Denn wenn sie mir gefällt, wenn ich das Gefühl habe, sie sei «stimmig», dann kann ich mir das sehr wohl vorstellen. Aber beim Lesen muss etwas in meinem Kopf passieren, es muss schon ein erstes Ablaufen von Bildern einsetzen. Wenn dies nicht geschieht, auch beim wiederholten Lesen nicht, dann kann ich nicht illustrieren – egal, um welches Tier es sich auch immer handelt.

Hanna Johansen: Übrigens habe ich für eine Anthologie schon einmal eine Hundegeschichte schreiben müssen. Aber ich habe eine Katze gebeten, das für mich zu tun. Sie beschreibt nun in der Geschichte *Wir haben einen Hund,* wie bei ihr zu Hause, in «ihrer» Familie, ein junger Hund Einzug hält. Davon versteht sie etwas. Diese Katze hat sich seitdem auch in anderen Erzählungen zu Wort gemeldet – und wird es hoffentlich weiterhin ab und zu tun.

Anhang

Übersetzungen

Leo Tuor
Hundeleid

Waooohuuuuu, wenn ich doch nur nicht so unverschämt gewesen wäre, bin ein rechtes Kamel, habe Mist gebaut, einen riesen Salat. Und jetzt, ich armer Hund, baumele ich Auge in Auge mit meinem Herrn, der mit mir wettert. Er hat mich am Kragen gepackt, mich vom Boden hochgehoben, und da hänge ich in meiner ganzen Länge, ich armer, geschlagener Tropf, der ich bin. Ein hundsgewöhnlicher Hund, ein Lappen, gezwungen, in die zornig funkelnden Augen meines Herrn zu schauen, seine trockene Nasenspitze berührt meine feuchte. Nase an Nase. Auge in Auge. Wütende Menschenaugen gegen kleine Knopfaugen mit der Angst in der Kehle und dem Herz in den Hosen. Hänge wie ein Seepferdchen, die Ohren nach rückwärts gelegt, ein Fragezeichen, das nicht ein noch aus weiss. Zittere wie ein Schosshündchen, muss gleich jungen[1]. Wäre es richtig, mit dem Schwanz zu wedeln oder gerade nicht?

Oh du liebes Herrchen, hab ein Herz, hab Mitleid, hab Erbarmen mit deinem Hündchen. Lass mich nicht vor die Hunde gehen. Wer weiss, morgen steckst vielleicht du in meiner Haut. Wir sitzen ja alle im selben Boot, *nus en sin la mare/ stein tuts per negare*[2], und wer weiss, wann sich der Spiess dreht? Und morgen, weiss Gott, wer auf dem Hund ist.

Huhu-u, ich könnte in den Erdboden versinken. Die grossen Hunde fressen die kleinen. Schimpfe mit mir – aber verzeih. Ich verspreche, ich werde nie mehr versuchen, dich an der Wurst herumzuführen. Ich habe eben auch meine Ticks und ein Tick und noch ein Tick geben einen Tac[3].

Ach, das Hundeleben ist nicht einfach, und die Katze ist auch keine Heilige. Uh, ich armes Tier. Will von jetzt an artig sein. Bin reumütig – wie ein Hund.

[1] Die Wendung bedeutet im Romanischen auch: sich übergeben müssen.
[2] Zeile aus einem alten religiösen Lied, sinngemäss übersetzt: Wir sind auf dem Meer, werden alle untergehen.
[3] Il tac, romanisch, ist der Fleck.

Aus dem Surselvischen übersetzt von Christina Kurth

Grytzko Mascioni
Ich und der Hund: beide gleich ängstlich

Wie lästig, bis zum Überdruss zu hören, der Hund sei der beste Freund des Menschen: Diese oft betonte Dummheit bestreitet die – wenn auch schwache – Hoffnung, der Mensch möge der beste Freund des Menschen sein. Die alberne Redensart verrät ein zynisches Grinsen, eine Verzerrung der Gedanken, verführt von der anzüglichen Bemerkung, die augenzwinkernd auf die Welt Bezug nimmt, ohne zu wissen, wie trivial sie ist. Oder sogar gefährlich.

Ich möchte vielmehr von mir selbst sagen können, ich sei der beste Freund des Hundes, fähig, das Geheimnis seiner feuchten Augen zu ergründen, jenes Blickes, der nie von uns ablässt und in dem ich bald verzagte Bitterkeit, bald süsse Hingabe lese. Oder noch häufiger die dunkle Furcht vor einer unabänderlichen Einsamkeit. Mit der erhobenen Pfote, mit der Schnauze, die dich stupst, mit dem linkischen Tanz des Schwanzes, dem Versuch, wirre Gefühle und unbeholfene Botschaften in die Luft zu malen, wird ein Trost gefordert oder geschenkt, der unbewusst nach der Brüderlichkeit all dessen, was ist, strebt. Das freudige Winseln oder das dumpfe Knurren künden von demütiger Freude oder dunklen Ängsten, und die animalische Unruhe ist die, uns wohlbekannte, Neugier nach dem Warum der Welt. Eine Neugier, die regelmässig enttäuscht wird.

Es genügt, seine unschuldige Liebe im täglichen Umgang zu erfahren, und wir sehen, dass der Hund einen geheimnisvollen Kosmos von Empfindungen in sich trägt, die unseren ähnlich und doch sehr fern sind, so dass weder das Streicheln des Menschen noch die tapsigen Liebesbeweise des Hundes die Kluft überbrücken können, die uns trennt. Doch sieht man genau hin, handelt es sich um die Kluft, die sich zwischen uns und unserem eigenen Bild auftut, das von einem nahen und dennoch in seiner flüchtigen Wirklichkeit unerreichbaren Spiegel zurückgeworfen wird. Und auch der Hund – wie jedes andere beseelte Wesen – wird zum Spiegel ein und derselben Frage, die uns unbeantwortet bewegt und tief bekümmert: *Warum*? So, während wir uns beide fragen, sind wir nicht Freunde, der Hund und ich: nur zwei Aspekte eines einzigen prekären Lebens. Beide gleich ängstlich.

Aus dem Italienischen übersetzt von Maja Pflug

Vahé Godel
Schwarze Katze – Weisse Katze

Unter einem Blick aus Honig und Schwefel, dünn wie ein Strohhalm, lässt du deine Hand (deine Feder) über das Papier irren – nachts, am Tag, unabhängig von Stunde und Jahreszeit. Manche Seiten werden zusehends schwarz. Andere bleiben fast weiss. Von Zeit zu Zeit zerknüllst du ein Blatt, presst es zusammen, knetest es und wirfst die Kugel hinter dich, über die Schulter. Sofort reisst der kleine Wachposten die Augen auf und stürzt sich mit einem blitzschnellen Satz auf die papierne Beute: Er schleudert sie weg, verfolgt sie unter die Möbel, von einer Wand zur andern, dann erstarrt er mitten im Zimmer, zerreisst sie mit seinen Krallen und Eckzähnen, zerfetzt sie, vernichtet sie – bevor er, als wäre nichts gewesen, auf seinen Posten zurückkehrt. Du hast dir nichts anmerken lassen, bist am Tisch sitzengeblieben, hast dich damit begnügt, an deiner Feder zu kauen, aber du hast jedes noch so leise Geräusch des Laufens und der Zerstörung ausgekostet. «Es zählt allein das Ende», denkst du, «das Töten, die Gnade, der Schlag mit der Pfote.» (Oh ja, ein Ende machen können..., es beenden..., den Gnadenstoss geben...)

Ich rede, rede, ich höre nicht auf zu reden. Ich rufe. Warte. Keine Antwort. Ich spitze vergeblich die Ohren. Ich sage vergeblich... Ich betrachte meine leeren Hände da auf dem Tisch, meine Finger, die sich bewegen, ohne dass ich weiss warum. Höchst widerwillig. Ich rede ganz allein. Stille. Das Dunkel. Ich sehe nichts. Nichts als das Schwarz einer weissen Nacht. Ich rede mit meiner Katze. Nicht mit der, die da auf dem Stuhl liegt, zusammengerollt, und die ich einst an einem Winterabend aufgenommen habe. Nein. Ich rede nur mit meiner virtuellen Katze. Sie existiert nur, wenn ich mit ihr rede. Ich sehe sie nur im Dunkeln. Ich schliesse die Augen. Sie ist weiss, schneeweiss, und ihre Pupillen sind blau, von einem Blau, oh, wie soll ich sagen... Ich erzähle ihr von dir, leise, Tag und Nacht, ohne Atem zu schöpfen. Indem ich das tue, rede ich mit dir, durchlöchere dich mit Worten. Mein Gedächtnis isst dich: Ja, stell dir vor, je mehr ich mit dir rede, desto weniger existierst du... Meine schöne virtuelle Katze lässt mich nicht aus den Augen. Je mehr ich rede, desto mehr verliere ich mich. Mir bleibt nur ein Mund. Eine Stimme. Der Kratzer einer Liebkosung.

Aus dem Französischen übersetzt von Michael von Killisch-Horn

Anna Felder
Ohne Geige

Erst Geigerin, dann Katze.

Nein, erst Katze, dann Geigerin.

Sie spielt und schläft, schläft und spielt. Die Katze, das heisst die Geigerin.

Stumm, in sich gekehrt, den Mund fest geschlossen – so spielt sie, schläft sie.

Auch die Augen fest geschlossen, von den Haaren verschluckt, der Kopf geneigt, die singende Geige im Arm. Sie ist im Stehen über der Geige eingeschlafen im Saal vor allen; so träumt die Geige den Traum laut weiter, umso lauter, himmlischer und ferner, je tiefer der Schlaf ist.

Oder wir sitzen im Saal und spielen, jeder innerlich, während die Geigerin für uns schläft.

Atmet sie? Sie atmet.

Ohne Geige die Katze. Ist verlorengegangen in grauer Vorzeit. Oder nie besessen worden, erfunden eines Morgens in Vergesslichkeit, in kurzen Gedanken, im Vogelflug: ein Zittern der Schnurrhaare und los.

Der Schlaf dagegen dauert lang, länger als sieben Leben, gemessen in Musik noch vor der Geige: Der Schlaf ist dicht am Boden, immer gewesen, ist am Fenster, ist im Schoss, überall.

Es genügt, sich mit seinem Pelz hineinzubegeben, mit rhythmischen Pfoten und freier Nase, auf den Ohren schon die Kopfhörer, Präludium zum Konzert: Das Konzert ist ja auf Sendung seit Anbeginn der Schöpfung, da, dicht am Boden auf dem Teppich, auf den Zeitungen, unter dem Stuhl, je nach Programm: Orchester und Solisten untadelig in der Aufführung, forte fortissimo in den Kopfhörern zu modulieren, fünfzehn, vierzehn, dreizehn, dreizehn wegen der Bläser, am besten ist die Akustik, wenn wir den Buckel nach Osten wenden, nein, lieber nach Westen, probieren wir's.

Meine Katze probiert es auf dem Kopfkissen im Schlafzimmer, auf dem linken, sie schnuppert – oder auf dem Federbett – sie probiert noch einmal auf dem rechten Kissen, schnuppert wieder, lauscht, leckt voll Ernst, lauscht wieder, konzentriert sich auf die Stickerei, rechts links, verbindet, verwechselt, konjugiert beide, ihn sie im G-Schlüssel, besteht jetzt auf dem Platz, Vorderpfotenmechanismus, verengt die Augen, schielend, vertieft, vertont, schon ganz Musik, ganz Schlaf: Hier sind die Trompeten, hier die Geigen, die Flöten: Die Katze tritt auf der reinen Seide immer wieder die Töne fest, um sie vollständig versammelt zu wissen auf dem Kissen, wehe, sie fände sie nicht wieder, eine

Angelegenheit auf Leben und Tod; schönes, frisch gewaschenes weisses Kissen, jetzt oder nie wird sie sich für immer niederlassen, vielleicht für immer mit rotgetigertem Gewissen, hier wird sie sich ganz fallenlassen, bis ins Herz der Musik vordringen, in die Mitte des Schlafes, tausend Meilen von den Hunden entfernt.

Da ist sie, versunken, vertieft, erinnerungslos, fremd, die Augen geschlossen auf Seidengrund, das Maul zu zum Abschluss der Coda, um sich zwischen Schnurrhaaren und Schwanz kein einziges Legato, kein einziges Rubato entschlüpfen zu lassen; da ist sie, selbstvergessen hingegossen singt sie für uns, allein, Solistin, Mähne gesträubt, Kiefer locker, eingeschlafen an unserer Statt. Sie lächelt kaum, schmollt kaum, in Synkopen kitzelt die Geige ihr Bewusstsein, Beben eines Flügels im Flug, auf der Flucht eines Vogels in Not: Um nichts auf der Welt würde meine Katze den Vogel packen, noch je zubeissen, so bis in den Traum hinein gehüllt in saubere reine Seide: Leb wohl Geige, leb wohl Vogel, liebe Hunde lebt wohl, wir spielen Mozart Mozart Mozart in vollkommener Harmonie für die Jahrhunderte der Jahrhunderte.

Atmet sie? Sie atmet.

Heute morgen, als ich an der Türschwelle mit der Nachbarin den Fächer aus Federn beklage, der noch mit frischem Blut als Geschenk für mich dort niedergelegt wurde, ohne Absender, ohne Geige, ohne Katze, merke ich auf einmal, wie die Augen der Frau Nachbarin auf meine Wörter starren, oder vielmehr hinter meine Wörter: Sie stoppen sie auf meinem Gesicht, noch bevor ich spreche, sie mustern mich streng, schauen in meinen Mund, bohren sich mir unbarmherzig direkt in den Hals, ja direkt bis auf den Grund der Seele.

Deiner? Meiner.

Aus dem Italienischen übersetzt von Maja Pflug

Anne-Lou Steininger
Doktor Meduse

Jetzt könnt ihr ihn ansehen; jetzt, und bis in alle Ewigkeit, ohne Furcht seine Kreideaugen fixieren, seine melancholischen Züge, archiviert in imaginären Geologien, euch ihm nähern, ja, ihn berühren: Er ist ungefährlich.

Nennen wir ihn Dr. Meduse. Mehr als alle anderen war er von der fixen Idee besessen zu besitzen, sicherzustellen, dass ihm nie etwas entgeht. Die Vorstellung, etwas könnte ausserhalb seines Denkens, seines Blicks, seiner Hände leben, war ihm unerträglich. Dr. Meduse hatte einen radikalen Weg gefunden, sich die Welt anzueignen: Er versteinerte sie. Ein einziger Blick genügte ihm und... Sandblumen, Steinbäume, an Stelle des Himmels eine Schieferplatte, zerkratzt von geronnenem Regen; in den Alleen seines Mondgartens hörten zu Statuen versteinerte Diebe nicht auf, sich zu wundern, ein jäh vom Blitz getroffener Vogel zerbrach im Fallen. Seine Diener kehrten, zu Tode erschrocken, in der Nacht die knirschenden Scherben der zerbrechlichen Schieferschmetterlinge zusammen, die den Boden bedeckten. Ihn selbst hatte niemand gesehen, aber es wurde erzählt, er esse mit verbundenen Augen und verbringe seine Zeit damit, seufzend seine Opfer zu streicheln.

Dann kam diese Katze, eine gewöhnliche Katze. Der Mann spürte, wie sie näherkam, und erfreute sich schon im voraus an diesem Leben, nach dem er greifen konnte. Er liess sie kommen, näher, noch näher. Schliesslich warf er einen Blick auf seine Beute... Und? Er sah eine Katze, eine ganz gewöhnliche anthrazitgraue Katze, die ruhig durch das Zimmer ging. Wie alle anderen ihrer Art schien sie sich in einer anderen, tastbaren und unerreichbaren Beschaffenheit des Raums zu bewegen. Aber der Mann wurde nicht misstrauisch. Die Katze ging an ihm vorbei; auf unbestimmte Weise fasziniert, sah er ihr zu, wie sie vorbeiging. Ihm wurde nicht sofort bewusst, dass die Katze weder zu Stein geworden noch stehengeblieben war. Er wollte wütend aufschreien. Aber nur ein schwaches Fauchen drang aus seiner Kehle. Er sah noch, wie sich die Katze umwandte, und so, wie man in den Träumen spürt, dass man fällt, begriff er, dass er seinerseits zu Stein geworden war.

Aus dem Französischen übersetzt von Michael von Killisch-Horn

Jacques Chessex
Eine Katze die durch den Regen geht

Eine Katze die durch den Regen geht
präzise und schimärenhaft
Wie früher eine Katze
Nicht umherirrte
sondern vorbeiging
Eine Katze wie früher in der Kindheit
Eine Katze von der geheimen Seite her
In ihrem Katzenlicht

Eine Katze die durch den Regen geht
Wie früher präzise und schimärenhaft
Katze allein in grauem Licht
Titel eines Bildes nicht Gegenstand
Zu viele Katzen sind gemalt worden
Eine ungeheure Erfindungskraft
ist nötig
Um zu sagen eine Katze alt wie die Welt
Und etwas Neues zu schaffen, etwas Lebendiges
Wie diese Katze allein in diesem Grau
Leuchtendes Grau oder polierter Tag

Wie kann man sagen eine Katze
klar wie eine Katzenzeichnung
Und konkret vor dieser Wiese?
Eine Katze die durch den Regen geht
Zerstreut scheinbar und bemüht
Nicht mehr zu wiegen als nötig
im Schreiben
Und in der Praxis ja sogar im Traum
Wenn diese Katze vorbeigeht
in der Landschaft
Mit den Flocken, dem Dunst

Dem Wind reglos an diesem Morgen
Die vielleicht aus der Kindheit kommt
Und aus ihrer Reglosigkeit
fast ohne Bedauern

[Ropraz, 20. Februar –
TGV Paris, 28. März 00]

Aus dem Französischen übersetzt von Michael von Killisch-Horn

Etienne Barilier
Endlich

Sie ist eine wirklich scheue Katze. Um sie zu sehen, musst du die Nacht abwarten, die Lichter löschen. Dann kommt sie, drückt sich an die Fenstertür und schaut herein. Aber sie kratzt nie an der Scheibe. Du kannst dich vor sie hinkauern, Auge in Auge mit ihr, sie rührt sich nicht. Versuchst du aber zu öffnen, geht sie weg, mit genauem und langsamem Schritt.

Durch die Scheibe betrachtet, sind ihre Augen keine Achate, sondern unser Planet Erde, von sehr weit her gesehen, vom Mond aus gesehen. Auch die Katze mustert deine Pupillen. Sieht sie eine gelbe, unerträgliche Welt ohne Natur, ohne Leben?

Sie macht dir Angst, wenn sie so allabendlich kommt und nicht herein will. Du stellst ihr eine Schale Milch vor die Fenstertür. Aber sie rührt sie nicht an. Es vergehen Tage und Wochen und Jahre. Mit der Zeit wird die Katze, die immer treu zur Stelle ist, zunehmend dünner und geschmeidig, mager wie in den Ländern des Südens. Ein Profil, das man plötzlich vor sich hat, samt den Augen.

Und nun bist du alt. Du musst dich anstrengen, um in die Knie zu gehen und sie hinter der Scheibe anzuschauen. Eines Nachts, nach längerem Betrachten, weicht die Katze ein wenig zurück, ohne dich aus den Augen zu lassen: Ermuntert sie dich, hinaus- und endlich zu ihr zu gehen? Du richtest dich auf, um zu öffnen, es knackt in den Knochen, aber sie läuft wie immer davon. So auch tags darauf: Sie weicht zurück, sie wartet. Du brauchst noch ein paar Tage, erst dann wird es dir klar. An einem Frühlingsabend zertrümmerst du die Scheibe mit blossen Händen, mit blosser Stirn. Endlich kann die Katze zum Trinken herein.

Aus dem Französischen übersetzt von Markus Hediger

Donata Berra
Landschaften mit abwesendem Kater
eins

Verstrickt in deine tausend Schlingen, nie
gehe ich stolz los,
nur meinen Launen folgend, und verliere mich
an Gabelungen auf zufälligen Wegen, nicht dort, wo
ich noch Spuren finden könnte
von dir.

Heute morgen aber
auf der Kühlerhaube des Autos
der vierblättrige Abdruck einer Pfote:
und er, souverän woanders.

Landschaften mit abwesendem Kater
zwei

Dann kommt der Schlaf
über alles, was wir uns gesagt haben,
und der Schatten: vielleicht
ist Vergessen sich Verkriechen in Sicherheit.

Könnte ich es wenigstens machen wie er,
der unter die Decke schlüpft und nur
die Schwanzspitze draußen lässt
als Capriccio der Erinnerung.

Aus dem Italienischen übersetzt von Maja Pflug

Frédéric Wandelère
Carlos und Georges in Le Grès, Calvignac, Juni 1992

Haben wir den Kater Carlos ins Herz geschlossen? Gewiss. Wir bewundern ihn alle. Als diskreter Grandseigneur, der im Sommer regelmässig auf seinen Ländereien hier jagt, meditiert er manchmal dicht bei den Büchern. Es kommt vor, dass er den Meister begleitet und ebenso würdevoll wie er vor der Kamera auftaucht. Am Abend des letzten Drehtages, vor dem dämmerigen Hintergrund aus altem Gemäuer, Ruinen, noch immer grünem Gras und Moos, kam eine Schönheit, die junge Kätzin der Nachbarn, der Höhlenforscher, und machte ihn an. Wir sassen alle bei Tisch, im Freien: die Kameraleute, der Tontechniker, der Verwalter Nerval, die mehrsprachige Filmemacherin, Georges – der zu Foie Gras und Cahors geladen hatte. Vor den verblüfften Anwesenden hatte sich die schöne Kätzin hingelegt wie ein Star von anno dazumal, und Carlos, der sie begleitet und bezaubert hatte, hielt sie fest umklammert. Er fasste jeden von uns der Reihe nach scharf ins Auge – während er sich abmühte –, und das war vor unseren Augen das schneidende öffentliche Dementi des Gerüchts, das seit Tagen über ihn im Umlauf war. Natürlich hatte Georges es in die Welt gesetzt, vertraulich und leise. Und staunte nicht schlecht.

Aus dem Französischen von Markus Hediger. *Foto Georges mit Carlo siehe S. 134*

Giovanni Netzer
Der Kater der Marquise

Louis, dem König, hatte sie ihre Jugend, die rosene, geschenkt. Dessen Minister, darauf, die reife Phantasie. Und dem Kommandanten, der Garde, zuletzt, ihr Herz. Aber jener hatte ein anderes Herz bevorzugt, sobald die Falten, unter den Augen, und auf dem Hals der Marquise, der Maitresse, zu tief geworden waren, um sie mit Puder zu decken. Und er schenkte ihr ein Häuschen, ein ländliches, am Stadtrand von Paris, und vergass sie, über Nacht. Zu Neujahr, schickte er ihr einen algerischen Kater, einen weissen, schweren, verwöhnten, und verfressenen, damit sie nicht allweil allein sei. Der Kater machte sich breit, auf dem samtenen Kissen, der Marquise. Er leckte, Nacht für Nacht, die Tränen, von den welken Wangen. Salz, und Mitleid blähten ihn auf, und machten ihn schwer.

Und eines Tages, schickte ihr der Kommandant der Garde, einen Brief, er sei nicht mehr in der Lage, den Unterhalt, der Maitresse, regelmässig zu zahlen. – Die Unglückliche warf sich, wenig später, von einer Brücke, die hoch genug war. Der algerische Kater, leckte ihr die Tränen, und das Blut, aus den Augen.

Am Tag des Begräbnisses ging der Kommandant, reuevoll, ein wenig, am Grab vorbei, und durchwühlte das Haus, ob er noch etwas finde, was ihm gehöre. Und als er aufbrach, in der Kutsche, führte er den grossen Kater mit, um ihn dem Gerber zu verkaufen. Der Algerische schlief, in der Nacht, im Bett des Kommandanten, und erstickte ihn, mit seinem Gewicht, und seinem Pelz. Auch der Minister verstarb, aus Atemnot, zwei Nächte später. Aber ein pflichtbewusster Soldat erschoss den Kater, auf der Stelle. Man trug das Tier in die Küche, und briet es, mit den Kaninchen, für die königliche Tafel.

Man sagt, der König von Frankreich, sei aus Langeweile gestorben. Die Wahrheit aber ist, dass ein zähes Härchen, der Katzenschnauze, des Königs Darm durchstach, und zerschnitt, und zerriss.

Vom Autor aus dem Rätoromanischen übersetzt

Anne Perrier
Leb wohl Baikal

Dein Name wie ein Tanz Baikal
Wir werden ihn nicht mehr sagen
Unsere Hände werden sich nicht mehr verlieren
Im kühlen Schatten deines Fells
Verstummt ist deine Stimme die in der Ferne
Den Chor der Wölfe erzittern liess
Und das Packeis der uralten Meere

An einem eiskalten Wintermorgen
Bist du aus der Zeit gefallen
Und jetzt – wer könnte sagen
Wohin das Leben in diesem Nebel flieht
Dein Körper hier ruht sanft
In der Unendlichkeit des Vogelsangs
Im Gedächtnis des Windes
Aber aus deinen blauen Augen, deinen grossen Augen
Von Wasser tief unter der Erde
Wird eines Tages etwas andres
Als unsere Tränen quellen

Aus dem Französischen übersetzt von Michael von Killisch-Horn

Cuno Affolter

geboren 1958 in Olten. Seit 1978 freischaffender Comic-Journalist, Ausstellungsmacher und Comic-Experte für Fachzeitschriften und Rundfunk. Seit 1999 Konservator der grössten öffentlichen Comic-Sammlung der Schweiz in der Stadtbibliothek Lausanne. Verschiedene Publikationen zu Comics, u.a. Co-Autor von *Nouvelles émergences de la bande dessinée Suisse* (1996). Lebt und arbeitet in Lausanne.

Lukas Bärfuss

geboren 1971 in Thun, lebt als Schriftsteller in Zürich. Schreibt prosaisch, dramatisch und in der Freizeit hin und wieder lyrisch. Zuletzt: *Meienberg, Groteske,* Uraufführung Theater Basel, April 2001; *Die Reise von Klaus und Edith durch den Schacht zum Mittelpunkt der Erde, Melodram,* Uraufführung am Schauspielhaus Bochum, Januar 2001, *Medeää. 214 Bildbeschreibungen, Tragödie;* Uraufführung an den Wiener Festwochen, Juli 2000.

Etienne Barilier

geboren 1947 in Payerne. Unter seinen rund dreissig Werken finden sich neben Romanen literarische, philosophische und musikwissenschaftliche Essays. In seinen Romanen nehmen Tiere häufig eine wichtige Rolle ein, etwa in *Le Chien Tristan* (deutsch *Nachtgespräche)* und *Musique* (deutsch *Die Katze Musica).* Tiere sind auch in einigen seiner Essays gegenwärtig, insbesondere in *Contre le nouvel obscurantisme* (deutsch *Gegen den neuen Obskurantismus)* und *Les Enfants-loups.*

Jacques Berchtold

lehrt französische Literatur an der Universität Genf. Neben zahlreichen Artikeln zur Literatur des 18. Jahrhunderts und der Mitarbeit bei acht Kollektivwerken hat er sich speziell mit dem Verhältnis der Autoren zum Bestiarium auseinandergesetzt: *Des Rats et des ratières: anamorphose d'un champ métaphorique de Saint Augustin à Jean Racine* (Genève, 1992); *L'Etreinte abhorrée: angoisses de l'homme face au rat dans la littérature et le cinéma fantastiques, XIXe-XXe s.* (La Rochelle, 1995). Autor von *Echiquiers d'encre: le jeu d'échecs et les Lettres, XIXe-XXe s.* (Genève, 1998), und *Prisons du roman (XVIIe–XVIIIe s.): lectures plurielles et intertextuelles du «Guzman de Alfarache» à «Jacques le fataliste»* (Genève, 2000).

Donata Berra

geboren 1947 in Mailand. Studium der italienischen Literatur und Musikwissenschaft in Mailand. Lehrbeauftragte für italienische Literatur an der Universität Bern. Publikation der Gedichtsammlungen *Santi quattro coronati* (1992), *Zwischen Erde und Himmel/ Tra terra e cielo* (1997), *Maria, schräg an einen Pfosten gelehnt/ Maria, di sguincio, addossata a un palo* (1999). Übersetzerin deutsch-italienisch, z. B. Wolfgang Hildesheimer, *Mozart* und Klaus Merz, *Jakob dorme.*

Käthi Bhend

geboren 1942 in Olten, arbeitete als Grafikerin in Lausanne, Paris und Zürich. Sie erhielt viele Preise und Auszeichnungen, u.a. 1990 zusammen mit Hanna Johansen den Schweizerischen Jugendbuchpreis. Sie lebt heute im Kanton Appenzell und illustriert Bücher. Jüngstes Buch mit Hanna Johansen: *Vom Hühnchen, das goldene Eier legen wollte* (1998).

Sibylle Birrer

siehe Herausgeberinnen und Herausgeber

Renate Böschenstein-Schäfer

Prof. Dr. phil., unterrichtete von 1971–1998 neuere deutsche Literatur an der Universität Genf, schrieb und schreibt vor allem über Idyllendichtung, Mythenrezeption, Literatur des 19. Jahrhunderts, liebt Tiere und untersuchte ihre Darstellung bei Gessner, Hölderlin, der Droste, Keller und Hofmannsthal.

Jutta Buchner-Fuhs

Dr. phil., Institut für Europäische Ethnologie/Kulturwissenschaft der Philipps-Universität Marburg, Habilitationsstipendiatin der Deutschen Forschungsgemeinschaft. Sie hat zahlreiche Texte zur Mensch-Tier-Beziehung im 19. Jahrhundert publiziert. Arbeiten u.a.: *Von Pferden, Hühnern und Läusen. Tiere in der Stadtlandschaft Wiesbaden,* in: Behnken, Imbke (Hrsg.), *Stadtgesellschaft und Kindheit im Prozess der Zivilisation,* Opladen 1990, S. 219–242. *Kultur mit Tieren, Zur Formierung des bürgerlichen Tierverständnisses im 19. Jahrhundert,* Münster u.a. 1996 (Diss.). *Hinter den Mauern des Schlachthauses, Anmerkungen zur historischen Konstruktion von Wirklichkeit,* in: Hessische Blätter für Volks- und Kulturforschung N.F. 32/1997, S. 87–104.

Raffaella Castagnola

geboren 1960 in Lugano, Studien in Florenz und Bologna mit Dissertation zu Bardo Segni. Publikationen zu Cecco Angiolieri, Savonarola und Guicciardini. Kommentierte Ausgaben von D'Annunzio: Die *Contemplazione della morte* und *Forse che sì forse che no* bei Mondadori, der Briefwechsel D'Annunzio – Luisa Casati Stampa bei Archinto. Lehrbeauftragte an den Universitäten Zürich und Genf.

Francis Cheneval

geboren 1962 in Bern. Studium der Philosophie und Politologie an den Universitäten Freiburg i. Ue. und Georgetown (USA). Lehrt Philosophie an der Universität Zürich.

Jacques Chessex

geboren 1934 in Payerne. Dichter, Romancier und Essayist, erhielt 1973 für seinen Roman *L'Ogre* (deutsch *Der Kinderfresser)* als einziger Schweizer Autor den Prix Goncourt. Seit je malt er auch, sein graphisches Werk wurde im Jahr 2000 in Cuenca (Spanien) und in Lausanne ausgestellt. Der Verfasser des Romans *Carabas* stellt fest: «Ich stehe in der Gunst der Katzen. Es gibt einen Pakt zwischen uns.»

Thomas Feitknecht

geboren 1943, Studium in Bern und Berlin. Nach der Promotion 1970 journalistische Tätigkeit als Redakteur, Londoner Korrespondent und Stellvertretender Chefredakteur der Tageszeitung «Der Bund» in Bern. Seit 1990 Leiter des Schweizerischen Literaturarchivs (SLA) in Bern.

Anna Felder

geboren 1937 in Lugano, lebt in Aarau. Studien der italienischen Literaturgeschichte in Zürich mit Dissertation über Montale. Hat bis vor kurzem an der Kantonschule Aarau unterrichtet. Publikation von Romanen und Erzählungen, u.a. *Tra dove piove e non piove* (1972), *Gli Stretti congiunti* (1982), *La disdetta* (1974 u. 1991) und *Nati complici* (1999). Der grössere Teil von Felders Werk ist auch auf Deutsch übersetzt.

Ingrid Fichtner

Mag. phil., geboren in Österreich, lebt seit 15 Jahren in der Schweiz und arbeitet als Übersetzerin, Lyrikerin und freie Lektorin in Zürich. Zuletzt erschienen *Fortschrift. Oder das Gesicht* (Ein Proëm, 1998), *Doppelgänger* (als Hrsg., 1999) und *Farbtreiben* (Gedichte, 1999).

Vahé Godel

geboren 1931 in Genf. Verfasser von rund 30 Werken (Gedichte, Erzählungen, Essays, Übersetzungen armenischer Dichter) – darunter *Du même désert à la même nuit* (Bruxelles, Antoine, 1978); *Qui parle? que voyez-vous?* (1982); *Les Frontières naturelles* (1986); *Quelque chose quelqu'un* (1987); *Exclu, inclus* (1988); *Vous* (1990); *Ov* (1992); *Arthur Autre* (1993); *Le Chat* (1993); *Un homme errant* (1997); *Zones frontières* (1998); *Ruelle des oiseaux* (1999); *Ici (ailleurs)* (2000).

Felix Philipp Ingold

geboren 1942 in Basel, lebt in Zürich und Romainmôtier; Schriftsteller, Übersetzer, Publizist, Hochschullehrer; veröffentlichte zuletzt: *Freie Hand* (Vademecum, München 1997), *Nach der Stimme* (Gedichte, Stuttgart 1998; als CD 2000), *Geballtes Schweigen* (Anthologie, St. Gallen 1999), *Der grosse Bruch* (Abhandlung, München 2000), *Auf den Tag* (Kalendarium, Graz 2000) *Restnatur/De nature* (Gedichte, deutsch/französisch, Lausanne 2001).

Hanna Johansen

geboren 1939 in Bremen, studierte Germanistik, Altphilologie und Pädagogik, lebt in Kilchberg bei Zürich. Mehrfach ausgezeichnet, u.a. 1993 mit dem Ingeborg-Bachmann-Preis. Schreibt Romane und Erzählungen, zuletzt *Die stehende Uhr* (1998), sowie Kinder- und Jugendbücher, zuletzt *Maus, die Maus liest ein langes Buch* (1999, Bilder von Klaus Zumbühl) und *Sei doch mal still* (2001, mit Bildern von Jacky Gleich).

Birgit Kempker

geboren 1956 in Wuppertal. Wohnt in Basel. Prosa, Essay, Hörstücke, Texte für die Kunst, Ausstellungen, Vorträge. Dozentin für Wort und Bild an der Schule für Gestaltung in Basel und seit 1990 Einrichtung und Betreuung des Faches Sprache/Literatur in der F+F, Kunstschule Zürich. Herbst 2000 Sphinx von Pontresina. Zuletzt publiziert: *Mike und Jane* (Droschl, 2001).

Pierre Yves Lador

erschien im gleichen Jahr wie *L'Etoile mystérieuse* (deutsch: Hergé, *Der geheimnisvolle Stern*); Direktor der Bibliothéque municipale de Lausanne, wo er einen Sammelschwerpunkt zu populären Literaturformen wie Comics, Kriminalroman und Science-fiction etabliert hat. Letzte Publikationen: *Le fil jaune* (mit Zeichnungen von Pierre Aeschlimann), *Solide obsidienne, ou, Quand le soleil se couche* (2000) und *Vie rouge* (2001).

Rätus Luck

Dr. phil., geboren 1937, wissenschaftlicher Berater der Schweizerischen Landesbibliothek. Publikationen u.a. über Gottfried Keller, C.F. Meyer, Carl Spitteler, Rainer Maria Rilke, Hermann Hesse.

Gérard Macé

geboren 1946 in Paris. Fühlte sich schon früh zum Schreiben hingezogen und studierte aus Mangel an Phantasie Literatur. Heute würde er eher die Önologie oder Fotografie wählen. Ist ein wenig herumgereist (Italien, Japan, Mittlerer Osten...) und hat viel von all den verschiedenen Leben geträumt, die er hätte führen können.

Grytzko Mascioni

geboren 1936 in Villa di Tirano. Studien in Mailand, viele Jahre Mitarbeiter beim Fernsehen der italienischen Schweiz, 1992 bis 1996 Direktor des Istituto italiano di cultura in Zagreb. Zahlreiche Publikationen in Poesie und Prosa, u.a. die Romane *Carte d'autunno* (1973) und *Puck* (1996) und die Gedichtsammlungen *I passeri di Horkheimer* (1978) und *Poesia, 1952–82* (1984).

Helen Meier

Schriftstellerin. Für den Erstling *Trockenwiese* erhielt sie 1985 den Rauriser Literaturpreis und in Klagenfurt das Ernst Willner-Stipendium. Seither hat sie fünf Bände mit Erzählungen, zwei Romane und ein Theaterstück publiziert. 2000 wurde sie für ihr Gesamtwerk mit dem Droste-Preis der Stadt Meersburg und dem Preis der Schweizerischen Schiller-Stiftung ausgezeichnet.

Klaus Merz

geboren 1945 in Menziken (Aargau), lebt in Unterkulm. Mehrere Auszeichnungen und Preise, darunter der Aargauer Literaturpreis 1992, Solothurner Literaturpreis 1996, Hermann-Hesse-Literaturpreis 1997. Letzte Buchveröffentlichungen: *Jakob schläft. Eigentlich ein Roman* (1997), *Kommen Sie mit mir ans Meer, Fräulein? Roman* (1998), *Garn. Prosa und Gedichte* (2000), im Herbst 2001 erscheint der Prosaband *Adams Kostüm.*

E.Y. Meyer

1946 geboren in Liestal. Studium der Literatur und der Philosophie. Seit 1974 freier Schriftsteller. Lebt in Bern. Ausgezeichnet u. a. mit dem Preis der Schweizerischen Schiller-Stiftung, dem Gerhart-Hauptmann-Preis und dem Welti-Preis für das Drama. Zuletzt erschienen: *Venezianisches Zwischenspiel,* Novelle (1997) und *Der Trubschachen Komplex,* Ein Roman und eine Erzählung (1998).

Giovanni Netzer

geboren 1967 in Savognin. Studien in Philosophie, Theologie, Theaterwissenschaft und Kunstgeschichte in Chur und München. Theater- und Kulturarbeit, Autor von Erzählungen, erschienen im Sammelband *La mort da Giulietta* (1999).

Anne Perrier

wohnt in Lausanne, wo sie 1922 geboren wurde und wo die meisten ihrer Gedichtbände erschienen sind. Sechs davon wurden in der Sammlung Poche Suisse (Editions de l'Age de l'homme, 1988 und 1993) neu aufgelegt. 1996 erschien eine Ausgabe ihrer gesammelten Werke in Bordeaux (Ed. L'Escampette) unter dem Titel *Œuvre poétique 1952–1994.*

Isolde Schaad

geboren 1944, Schriftstellerin und Pulizistin in Zürich, Texte u.a. für DU, Kursbuch Berlin, Text & Kritik. Forschungsaufenthalte in Afrika, Nahost und Indien. Frühjahr 1997 als Writer in residence in den USA. Letzte Bücher: *Body & Sofa* (1994), *Mein Text so blau* (1997). Ihr neuester Roman *Keiner wars* erscheint im Herbst 2001.

Ruth Schweikert

geboren 1965 in Lörrach, lebt mit ihrer Familie in Zürich. Nebst einem Erzählband und einem Roman schreibt sie Theaterstücke und Filmdrehbücher.

Gerold Späth

Schriftsteller, stammt aus einer alten Orgelbauerfamilie. Neben *Stimmgänge* (1972), *Commedia* (1980) und *Früher am See* (1991) gehören die drei thematisch zusammenhängenden Romane *Unschlecht* (1970), *Balzapf oder als ich auftauchte* (1977) und *Barbarswila* (1988) zu seinen wichtigsten Werken.

Jean Starobinski

geboren 1920 in Genf. Literaturhistoriker, Essayist und Arzt, hat an der Johns Hopkins Universität, Baltimore, sowie in Basel, Zürich (ETH) und Genf gelehrt. Mitglied des Institut de France, ausgezeichnet mit dem internationalen Balzan-Preis und dem Goethe-Preis. Trat mit Studien zu Rousseau, Montaigne, Ferdinand de Saussure, zur Poesie und zu Methoden der Interpretation hervor. Jüngste Publikationen: *Action et réaction* (1999); *La Caresse et le fouet: André Chénier* (1999); *La Perfection, le chemin, l'origine* (2001).

Anne-Lou Steininger

geboren 1963 im Wallis. Studium der Politikwissenschaften und der Philosophie. Verschiedene Tätigkeiten, davon einige Jahre in der Werbebranche. Ihr erstes Buch *La Maladie d'être mouche* erschien 1996 bei Gallimard. Sie erstellte später eine dramatische Fassung, die als *Le Théâtre des mouches* 1998 in Genf uraufgeführt wurde. Im selben Jahr erhielt sie den *Prix Edouard et Maurice Sandoz* für das Projekt einer Sammlung von kurzen Texten mit dem Titel *Les Contes des jours volés,* die noch nicht erschienen ist. Die Autorin lebt in Genf und ist Mutter eines fünfjährigen Sohnes.

Leo Tuor — geboren 1959. Schriftsteller und Schafhirt, wohnhaft in Val in der Val Sumvitg. Sein wichtigstes Werk bisher *Giacumbert Nau* (1988) mit deutscher und französischer Übersetzung und Vertonung von und mit Werner Lüdi. Mit Iso Camartin Herausgeber der kritischen Werkausgabe des Dichters und Historikers Giacun Hasper Muoth.

Frédéric Wandelère — geboren 1949 in Freiburg i. Ue., Literaturstudium in Genf. Publikationen: *Leçons de simplicité* (Genève, La Dogana 1988); *Quatre tombeaux de vent* (Fribourg, Le feu de nuict 1991); *Le Dilettante* (Marseille, Spectres familiers/CIPM 1991); *Le Sort commun* (Genève, Fondation S. Buffat 1995); *Choix de poèmes* (Lausanne, L'Age d'Homme/Poche Suisse 1999). Essays zu Nicolas Bouvier, Charles-Albert Cingria, Philippe Jaccottet, Georges Borgeaud und zu den Malern Palézieux und Cottet. Jüngste Publikation: «*Poésie et simplicité*» in: *Poésie prétexte* (Genève, La Dogana 2000).

Ulrich Weber — siehe Herausgeber

Urs Widmer — geboren 1938 in Basel, schreibt Romane, Erzählungen, Hörspiele, Theaterstücke und Essays. Im Herbst 2000 erschien sein Roman *Der Geliebte der Mutter* (Zürich: Diogenes). Sein neuestes Stück *Bankgeheimnisse* wurde am 11. Mai 2001 im Theater an der Gessnerallee in Zürich uraufgeführt.

Die Herausgeberinnen und Herausgeber

Sibylle Birrer — geboren 1970 in Luzern, studierte Germanistik und Geschichte in Bern. Seither arbeitet sie als wissenschaftliche Mitarbeiterin in verschiedenen Projekten des Schweizerischen Literaturarchivs sowie als Literatur-Journalistin für die Neue Zürcher Zeitung.

Annetta Ganzoni — geboren 1958 in Celerina, Sekundarlehrerdiplom in Zürich und Romanistikstudium in Bern. Tätigkeit als Lehrerin und journalistische Arbeiten. Wissenschaftliche Mitarbeiterin am Schweizerischen Literaturarchiv in Bern mit den Schwerpunkten Italienisch und Rätoromanisch. Artikel zu verschiedenen romanischen Autorinnen und Autoren.

Marie-Thérèse Lathion — geboren 1952 in Sitten, Studium der französchischen Literatur und Altphilologie in Fribourg. Seit 1991 wissenschaftliche Mitarbeiterin im Schweizerischen Literaturarchiv, Bern.

Ulrich Weber — geboren 1961 in Bern, wissenschaftlicher Mitarbeiter im Schweizerischen Literaturarchiv und Centre Dürrenmatt Neuchâtel, Aufsätze zu Friedrich Dürrenmatt und anderen Schweizer Autoren. Seine Dissertation zur Entstehung von Friedrich Dürrenmatts Spätwerk aus der ‹Mitmacher›-Krise erscheint 2002 im Stroemfeld-Verlag.

Nachweise

Nachweis der Bilder und Skulpturen

S. 8 Grandville: Illustration zu «Causes célèbres» aus: Vie privée et publique des animaux. Vignettes par Grandville, publiée Sous la direction de P.F. Stahl, Edition Complète, revue et augmentée, Paris: Hetzel, 1867; S. 15 Musée de Pully, CH-1009 Pully; S. 18 Birgit Kempker, Basel; S. 20 Francisco de Goya: Hund, aus der Serie der «Schwarzen Bilder» aus Goyas Haus «Quinta del Sordo», 1820-1823, Madrid, Museo del Prado, Foto: Archiv für Kunst und Geschichte (AKG), Berlin/Erich Lessing; S. 30 AKG; S. 32 AKG; S. 34 AKG; S. 39 oben: aus: Vie privée et publique des animaux Vignettes par Grandville, Paris, 1867; S. 39 unten: aus: DU, Die Zeitschrift der Kultur, 3/1997; S. 45 (oben) Museo Nazionale Archeologico, Neapel/AKG; S. 45 (unten) Madrid, Museo del Prado/AKG; S. 46 (oben) Siena, Ospedale di Santa Maria della Scala/AKG; S. 46 (unten) AKG; S.47 Petit Palais, Musée d'art moderne, Genève; S. 48 (oben) Paris, Louvre/Giraudon; S. 48 (unten) Champfleury: Les chats, Paris, Rothschild, 1869. Reprint: Neuchâtel, Ides et Calendes, 1996; S. 49 (oben) AKG; S. 49 (unten) Musée cantonal des Beaux-Arts, Lausanne; S. 50 (oben) aus: «Emblemata, Handbuch zur Sinnbildkunst des XVI. und XVII. Jahrhunderts», Hrsg. von Arthur Henkel und Albrecht Schöne, Stuttgart, Metzler, 1967; S. 51 (beide) Schweizerische Landesbibliothek (SLB), Graphische Sammlung; S. 54 Metropolitan Museum, New York; S. 55 aus E.T.A. Hoffmann: Lebensansichten des Katers Murr, Buchschmuck und 8 farbige Originallithographien von Maximilian Liebenwein, Zürich/Leipzig/Wien, Amalthea-Verlag, 1923; S. 56 aus Edgar Allan Poe: Erzählungen, Wiesbaden, VMA-Verlag, o.J.; S. 58 Nachlass Semadeni, SLA; S. 60 aus: Gottfried Keller: «Spiegel das Kätzchen», Zürich, Leipzig, Wien, Amalthea, 1921 (SLB); S. 69–73 Nachlass Patricia Highsmith, SLA; © Copyright 2001 by Diogenes Verlag, Zürich; S. 75 Öffentliche Kunstsammlung Basel, Kunstmuseum. Depositum der Giacometti-Stiftung, Foto Colorphoto Hinz, Allschwil-Basel © Pro Litteris, Zürich; S. 87 (oben) Paul Auster: «Timbuktu», London, faber&faber, 2000; S. 87 (unten) John Berger: «King, A Street Story», New York, Vintage, 1999; S. 88 aus Paricia Dale-Green: «Dog», London, 1966; S. 89 Badisches Landesmuseum, Karlsruhe; S. 95 Sammlung Glättli, Kilchberg; S. 97 Schulz, Peanuts; S. 101–104 Thomas-Mann-Archiv der ETH Zürich, Abdruck mit Einwilligung der Gunter Böhmer-Stiftung, Calw / Fondazione Ursula e Gunter Böhmer, Gentilino; S. 117 und S. 118 ACRPP; S. 126: The National Gallery, London; S. 162 aus: «L'Univers. Histoire et description de tous les peuples», Paris, 1835/AKG; S. 164 Paris, Louvre, Foto Erich Lessing/AKG; S. 165 Rom, Galleria Borghese/AKG; S. 170 AKG; S. 171 Vevey, Cabinet cantonal des estampes, Fonds Pierre Decker; S. 175 Skulptur von Pierre Loison, Eglise St. Roch, Paris, Foto: Christophe Fouin, © Ville de Paris – C.O.A.R.C; S. 176 Georges-Louis Leclerc de Buffon: «Histoire naturelle», nouvelle édition, Berne, 1792, SLB; S. 179 (links): British Library, London; S. 179 (rechts) A.F.J. Freville: Geschichte berühmter Hunde, 1797 Bibliothek des Naturhistorischen Museums, Bern; S. 180 Schweizerische Landesbibliothek, Bern; S. 181 Fontainebleau, Musée National du Château/Giraudon; S. 186 SLB; S. 187 Centre d'iconographie genevoise; S. 200 Squeak the mouse; S. 201–207 Graphische Sammlung der SLB, Sammlung Gugelmann; S. 209 Schenkung LK, Klee-Museum, Bern; S. 210 Musée du Louvre, Paris/Giraudon, Paris; S. 218 Ingrid Fichtner, Zürich; S. 228 Musée de Cluny, Paris/AKG; S. 229–232 Mitsou, Vierzig Bilder von Balthus, mit einem Vorwort von Rainer Maria Rilke, Hrsg. und aus dem Französischen übersetzt von August Stahl, Frankfurt a.M. und Leipzig, Insel 1995; S. 236 Sammlung des Künstlers © Pro Litteris, Zürich; S. 237 Privatsammlung, © Pro Litteris, Zürich; S. 243 Sammlung Glättli, Kilchberg; S. 248 (unten) Sammlung Glättli, Kilchberg; S. 252–256 Ansichtskarten Sammlung Glättli, Kilchberg; S. 262 Nachlass Friedrich Dürrenmatt, SLA; S. 271–277 Patrizia Guggenheim und Tobias Eichelberg, Bondo (?) © Pro Litteris; S. 279 Ashmolean Museum, Oxford; S. 294 aus: Vie privée et publique des animaux. Vignettes par Grandville, publiée Sous la direction de P.F. Stahl, Edition Complète, revue et augmentée, Paris: Hetzel, 1867; S. 295 aus: «Krazy Kat, The Comic Art of George Herriman», by Patrick Mc Donnell, Karen O'Connell, Harry N. Abrams, Inc., Publishers, New York; S. 297 (links) Fred: «Philemon, Le chat à neuf queues», Lausanne etc., Dargaud; S. 297 (oben rechts) Robert Crumb, «Fritz the cat», Reprodukt Verlag © Robert Crumb; S. 297 (Mitte rechts) Rintintin; S. 297 (unten rechts) Morris: «Rantanplan», Stuttgart, delta Verlag; S. 300 Squeak the mouse; S. 301 Bertrand: Linda aime l'art; S. 302 Fred: Philemon; S. 307–315 Käthi Bhend, Originalzeichnungen für Hanna Johansen: «Felis Felis, eine Katergeschichte» Zürich, Nagel&Kimche 1987, Eigentum der Künstlerin; S. 337 Wilhelm Busch: «Der Lohn des Fleisses», aus: «Sämtliche Bilderbogen in einem Band», Zürich, Edition Olms, 1979.

Fotonachweis

S. 10 Nachlass Hermann Hesse, Schweizerisches Literaturarchiv (SLA), Bern; S. 11 Thomas-Mann-Archiv der ETH Zürich; S. 13 F.J. Goodman/Nachlass Patricia Highsmith, SLA; S. 16 Isolde Ohlbaum, München; S. 22 Felix von Muralt/Lookat, Zürich; S. 24 Ruth Schweikert, Zürich; S. 26 Privatsammlung; S. 50 Musée d'art et d'histoire, Fribourg, Primula

Bosshard; S. 61 Cinémathèque Suisse, Lausanne; S. 64 Silvia Schneider, SLB; S. 65 Lore Berm-bach/Nachlass Highsmith, SLA; S. 76 Franéois Lagarde; S. 78 Werner Rolli, Aarau; S. 80 von Muralt/Lookat; S. 82 Marcel Imsand/Archives Bertil Galland, SLA; S. 84 Yvonne Böhler, Zürich; S. 93 AKG; S. 106-113 Gérard Macé, Paris; S. 123 aus: Klaus Wagenbach: Franz Kafka, Eine Biographie seiner Jugend, Bern, 1958; S. 129 Keystone/Nachlass Blaise Cendrars, SLA; S. 130 W. Isser/Deutsches Literaturarchiv, Marbach; S. 131 Willy Spiller, Zürich; S. 132 Privatsammlung; S. 133 Marianne Breslauer/Nachlass Annemarie Schwarzenbach, SLA; S. 134 Yvonne Böhler, Zürich; S. 135 Georges Borgeaud, Paris; S. 136 Daniel Vittet/Nachlass Ludwig Hohl, SLA; S. 137 Meerkämper, Davos; S. 138 Fonds Chappaz/Bille, SLA; S. 139 Paola Agosti, Rom; S. 140 Paola Agosti, Rom; S. 141 Paola Agosti, Rom; S. 142 Paola Agosti, Rom; S. 143 Musée de l'Elysée, Lausanne; S. 144 Paola Agosti, Rom; S. 145 Paola Agosti, Rom; S. 146 Horst Janke/AKG; S. 147 G.L. Manuel Freres/AKG; S. 148 Robert Doisneau/Rapho; S. 149 Fee Meisel/Paul-Klee-Stiftung, Bern; S. 150 Ursula Litzmann/AKG; S. 161 Comet/Nachlass Friedrich Dürrenmatt, SLA; S. 152 Privatsammlung; S. 153 Privatsammlung; S. 154 Marc Garanger/ Gallimard; S. 155 Robert Doisneau/Rapho; S. 156 von Muralt/Lookat; S. 157 Werner Bern, Berlin; S. 158 Renate von Mangoldt/Max Frisch-Archiv, ETH Zürich; S. 159 Sybille Haushofer, Steyr/Dokumentationsstelle für neuere Österreichische Literatur, Wien; S. 212 von Muralt/Lookat, Zürich; S. 214 Isolde Ohlbaum, München; S. 216 Yvonne Böhler, Zürich; S. 222 Schweizerisches Rilke-Archiv, SLA; S. 226 Schweizerisches Rilke-Archiv, SLA; S. 240 Nunes Vais, Fondazione Vittoriale degli Italiani, Gardone Riviera – I; S. 242 Fondazione Vittoriale degli Italiani, Gardone Riviera – I; S. 248 (oben) Fondazione Vittoriale degli Italiani, Gardone Riviera – I; S. 259 Ernst Scheidegger, Zürich © Pro Litteris; S. 265 Henriette Grindat/ Nachlass Friedrich Dürrenmatt, SLA; S. 266 Brigitte Friedrich, Köln/Nachlass Friedrich Dürrenmatt, SLA; S. 280 von Muralt/Lookat, Zürich; S. 282 Stéphanie Cudré-Mauroux, Fribourg; S. 284 Privatbesitz; S. 286 Privatbesitz; S. 288 Martin Wiesli, Bern; S. 290 Yvonne Böhler, Zürich

Rechteinhaber, die nicht ausfindig gemacht werden konnten, sind gebeten, sich mit dem Schweizerischen Literaturarchiv, CH-3003 Bern, in Verbindung zu setzen.

Dank

den Autorinnen und Autoren für ihre Mitarbeit und für die Illustrationsvorschläge, die leider nicht in jeder Hinsicht berücksichtigt werden konnten

den Übersetzerinnen und Übersetzern für ihre grosse und zuverlässige Arbeit:
Markus Hediger, Michael von Killisch-Horn (französisch-deutsch)
Maja Pflug, Clà Riatsch (italienisch-deutsch)
Christina Kurth, Giovanni Netzer (romanisch-deutsch)

für die finanzielle Unterstützung der Übersetzung:
Oertli Stiftung/Fondation Oertli, Zürich, und Pro Helvetia, Zürich

für Leihgaben/Vorlagen:
Cinémathèque Suisse, Lausanne
Max Frisch-Archiv, ETH Zürich
Walter Glättli, Kilchberg (Sammlung von historischen Hundeansichtskarten)
Patrizia Guggenheim und Tobias Eichelberg, Bondo
Bernisches Historisches Museum, Bern
Thomas-Mann-Archiv der ETH Zürich
Frédéric Wandelère

für unentgeltliche Abdruckrechte:
Diogenes Verlag, Zürich
Fondazione Ursula e Gunter Böhmer, Gentilino
Gunter Böhmer-Stiftung, Calw
Sybille Haushofer, Steyr
Thomas Hürlimann, Willerzell
Adolf Muschg, Männedorf
Mengia Semadeni, Samedan

für Reproduktionsarbeiten:
Peter Sterchi und Sylvia Schneider, Fotolabor der Schweizerischen Landesbibliothek, Bern

fürs Korrekturlesen:
dem ganzen Team des Schweizerischen Literaturarchivs
sowie Martin Clausen und Lucienne Schwery.